이견지 夷堅志 정지 丁志

【二】

이견지夷堅志 정지丁志 【二】

1판 1쇄 발행   2024년 12월 31일

저   자┃ 홍매洪邁
역주자┃ 유원준 · 최해별
발행인┃ 이방원
발행처┃ 세창출판사

    신고번호 제1990-000013호
    주소 03736 서울시 서대문구 경기대로 58 경기빌딩 602호
    전화 02-723-8660 팩스 02-720-4579
    이메일 edit@sechangpub.co.kr 홈페이지 www.sechangpub.co.kr
    블로그 blog.naver.com/scpc1992 페이스북 fb.me/Sechangofficial 인스타그램 @sechang_official

ISBN 979-11-6684-389-1 94820
ISBN 978-89-8411-820-1 (세트)

이 번역도서는 2018년 정부(교육부)의 재원으로 한국연구재단의 지원을 받아 수행된 연구임 (NRF-2018S1A5A7039016).

이견지 夷堅志 정지 丁志

An Annotated Translation of

Yijianzhi (Dingzhi)

【二】

[송宋] 홍 매洪邁 저

유원준 · 최해별 역주

세창출판사

이 책은 송대宋代(960~1279)의 홍매洪邁(1123~1202)가 편찬한 『이견지』 가운데 초지初志의 갑지와 을지에 이어 병지와 정지 각 20권을 번역하고 독자들의 이해를 돕기 위해 상세한 주해를 더한 것이다. 『이견지』는 송대 명문 사대부 가문에서 태어나 고위 관료를 지낸 홍매가 중앙과 지방에서 재직하며 수집한 각종 일화를 모은 책으로서 대략 12세기 말경 편찬된 것으로 추정한다. '이견夷堅'이라는 제목은 『열자列子』 「탕문湯問」에서 『산해경山海經』을 가리켜 "우禹가 다니다 그것을 보고, 백익伯益이 확인한 후 이름 붙였으며, 이견夷堅이 이를 듣고 기록하였다"라고 한 데서 유래한 것으로, 홍매 스스로 박문다식博聞多識한 '이견'이라는 인물을 자처하며 지은 것이다. 『이견지』는 편찬 당시 총 420권에 달하였지만 현재 전해지는 것은 그 절반에 불과하다.

저자 홍매는 자가 경로景盧, 호는 용재容齋·야처野處이며, 강남동로 요주 파양현(江南東路 饒州 鄱陽縣, 현 강서성 상요시 파양현江西省 上饒市 鄱陽縣) 사람이다. 아버지 홍호洪皓(1088~1155)는 금조에 사신으로 파견되었다가 15년이나 억류되었음에도 불구하고 시종 충절을 지켰던 인물로 유명하다. 홍호는 금조에 대한 강경책을 주장하며 주화파인 진회秦檜와 대립하였기에 사회적 명망에 비해 정치적으로는 불우하였다. 이런 정치적 입지로 인해 홍매를 비롯한 그의 자식들도 한때 어려움에 처하였다.

홍매는 소흥紹興 15년(1145)에 진사가 되어 여러 관직에 올랐고, 부친에 이어 금조에 사신으로 다녀왔으며, 길주吉州 지사, 감주贛州 지사, 무주婺州 지사 등을 역임하면서 지역 발전에 힘썼다. 순희淳熙 13년(1186) 한림학사翰林學士가 되었으며 그 후 영종寧宗 시기 단명전학사端明殿學士에 오른 후 관직에서 물러났다. 만년에는 향리에 머물면서 저술에만 전념했으며, 그가 남긴 저술로는『이견지』외에『용재수필容齋隨筆』과『야처유고野處類稿』및『사기법어史記法語』등이 있다.

『이견지』는 홍매가 관리로서 도성을 비롯해 각 지방에 재직하며 전해 들은 민간의 이야기를 집록한 것이다. 그런 만큼 그 내용은 매우 다양하고 풍부하다. 정치와 행정, 전쟁과 군사, 범죄와 사법, 상업과 교통, 문학과 교육, 과거 응시와 당락, 음식과 술, 혼인과 애정, 질병과 의약, 죽음과 저승, 점복占卜과 민간신앙, 불교와 도교 등 당시 사람들의 삶을 총체적으로 보여 주는 다양한 주제들이 포함되어 있으며, 정사正史에서 보기 힘든 황제와 고위 관료의 일화를 비롯해 금조와의 외교관계까지 총망라되어 있다.

물론 수록된 일화 가운데 현재 우리의 합리적 상식으로는 이해하기 힘든 기이하고 괴상한 이야기奇談怪事가 상당수 포함되어 있다. 그래서 그동안『이견지』는 당시 사회상을 잘 반영하는 기록이라기보다는 지괴소설의 하나로 더욱 주목받아 왔다. 하지만『이견지』속의 기이한 일화가 홍매 자신이 지어낸 것이 아니라 각지에서 사실로 인식되고 있었던 이야기를 집록했다는 점이 중요하다. 이는 당시 계층에 상관없이 대다수 사람이 그러한 정신적·정서적 형태를 지니고 있었음을 말해 준다. 또한 어떤 일화이건 그것이 인구에 회자되기 위해서는 당시 현실을 반영한 측면이 있어야 한다. 이런 점에서 홍매의『이견지』는 당시 사람들의 집체적인 심성을 우리에게 그대로 전해 주는 매우 귀중한 자료이다.

　최근 송대 연구자들이 『이견지』의 가치에 대해 높이 평가하고 주목하는 것도 바로 이 때문이다. 기존 사서와 달리 필기소설이라는 문학적 특성에 힘입어 『이견지』는 일반 사료에서는 찾아볼 수 없는 그 시대의 호흡과 감정을 고스란히 담고 있다. 특히 성과 사랑, 질투와 욕망, 금기와 기복, 사후세계에 대한 집단 상상 등 기존의 관찬 사서나 사대부의 문집에는 수록되지 않은 당시 사람들의 생생한 삶의 모습이 이야기의 형태로 가감 없이 드러나 있다. 따라서 『이견지』는 일반 사료로는 접근하기 어려웠던 일상사·미시사·심성사 등에 대한 연구를 가능하게 해 준다는 점에서 각별한 의미를 지닌다.

　또 그동안 『이견지』의 한계로 지적되어 온 '객관성' 문제 역시 새로운 이해와 접근이 필요하다. 저자 홍매는 그의 글에서 『이견지』의 사실성과 객관성을 확보하기 위하여 고심하였음을 밝힌 바 있다. 홍매는 『이견을지夷堅乙志』 서문에서 이전의 대표적인 지괴 문학인 간보干寶의 『수신기搜神記』와 서현徐鉉의 『계신록稽神錄』 등을 거론하며, 그 내용이 허무환망虛無幻茫한 데 반해 자신의 기록은 분명한 사실에 근거하고 있다고 강조하였다. 또 일화를 전한 사람의 이름을 명기하여 일화의 사실성을 증명하고자 하였다. 또 홍매는 『이견지』에 기괴한 일화가 포함되어 있음을 인정하면서도 이는 『춘추』나 『사기』 같은 정통 사서에도 포함된 것이라며 그 가치를 당당히 주장했다. 동시대를 살았던 육유陸游도 『이견지』를 '역사서의 보완(史補)' 이상의 것으로 평가하였다.

　사실 객관성이라는 것 역시 시대적 한계를 지닌다는 점에서 현재의 관점으로 송대 사유 방식의 객관성을 재단하는 것이 과연 타당한 일인지 다시 생각해 보게 된다. 무엇보다도『이견지』의 일화를 덮고 있는 운명론적·신비주의적 베일을 걷어 내면 오히려 우리가 찾고 있던 송대의 사회상을 더욱 가까이 마주할 수 있게 된다.

그럼에도 불구하고『이견지』의 활용에는 적지 않은 제약이 따른다. 우선 그 내용이 매우 방대하고 편찬 체례가 체계적이지 않다. 주제별·인물별·지역별 범주 없이 2,600여 개의 짤막한 일화가 뒤섞여 있기 때문에 그 활용이 쉽지 않다. 문체도 상당히 난해한 편인데, 고위 관료인 저자의 문어체와 설화의 특성상 구어체가 뒤섞여 있어 해석의 어려움이 크다. 더구나 수천 개의 짧은 일화 속에 당시의 정치·제도·법률·문물·지명·관습 등과 관련된 용어가 전후 맥락 없이 대거 등장한다.

따라서『이견지』의 번역과 주석은 매우 필요한 작업이다. 중국학계에서는 일찍이 백화白話 번역이 진행되어 현재 중주고적출판사본(中州古籍出版社本, 1994), 그리고 완역본인 구주도서출판사본(九州圖書出版社, 1998) 등이 있다. 한국에서는 2019년『이견지』(갑·을지)의 역주본이 출간되었고(유원준·최해별 역주, 세창출판사), 일본에서도 비슷한 시기 갑·을지의 일본어 역주본이 출간되었다(汲古書院, 2014~2019). 또, 일본에서는 최근까지 병지 상·하권과 정지 상권의 일본어 역주본이 출간되었다(汲古書院, 2020~2024). 이번『이견지』(병·정지) 역주본은 갑·을지에 이어 한국학계의 중요한 성과로 평가받을 수 있을 것이다.

『이견지』는 원래 초지初志, 지지支志, 삼지三志, 사지四志의 순서로 발행되었고, 모두 합해 420권으로 이루어져 있었다. 하지만 합본合本은 원대元代에 이미 산일되었던 것으로 추정된다. 지금까지 전하는 판본은 여러 종류가 있다. 우선 광서光緖 5년(1879)에 육심원陸心源이 송본宋本을 중각重刻한 육심원본陸心源本 80권(甲, 乙, 丙, 丁 각 20권)이 있다. 두 번째로는 완위별장본宛委別藏本 79권이 전하며, 세 번째로는 필기소설대관본筆記小說大觀本 50권이 있다. 네 번째로 현재 가장 많은 내용을 수록하고 있는 것으로, 함분루涵芬樓에서 인쇄한『신교집보이견지新校輯補夷堅志』가 있는데, 초지・지지・삼지 중 남아 있는 부분에 다 보유補遺를 더해 총 206권으로 편찬했다. 1981년 중화서국中華書局에서는 함분루본을 저본底本으로 삼아 표점을 찍고 교감을 한 뒤『영락대전永樂大典』등에서 집록해 낸 일문佚文 26개를 「삼보三補」편으로 추가해 207권에 달하는 고체소설총간古體小說叢刊『이견지』를 편찬해 냈다. 중화서국본은 현존하는『이견지』가운데 가장 완정한 내용을 담고 있다고 할 수 있다. 본 역주는 중화서국본 등 여러 판본을 참고하여 진행하였다.

한편 전체 분량 가운데 상당한 부분을 차지하는 기담奇談이나 괴사怪事 등을 서사 자료로 활용하기 위해서는 당시 사회에 대한 정보가 충분히 제공되어야 한다는 점을 고려하여 각주에서 관련 인물, 지명, 관직, 사건에 대한 배경 지식을 가급적 상세히 담고자 하였다. 특히 이번 병・정지의 작업 과정에서는 역사를 전공하지 않는 일반 독자들의 이해를 돕기 위해 중국 역사나 문화와 관련된 주요 명사에 대해 그것이 처음 등장할 때 되도록 상세한 각주를 넣고자 노력하였고, 일화 속 언급되는 지명에 대해서는 해당 지역의 옛 지명과 현 지명에 대해 상세한 설명을 추가하여 일화가 발생한 공간에 대한 이해도를 높이고자 하였다. 필기 소설이기에 풍부하게 표현된 상상력과 송대인의 감정을 최대한 생동감 있는 문체로 재현해 내는 것도 번역자에게 주어진 과제였지만 번역의 정확성과 가독성 사이에서 만족스러운 해답을 찾기란 쉽지 않았다. 아무쪼록 이번 작업이 『이견지』가 대중들에게 널리 읽히고 또 연구자들이 활용하는 데 도움이 되기를 바라며 오류가 있는 부분에 대해서는 독자들의 거침없는 질정도 부탁드린다.

이번 역주 작업은 갑지와 을지에 이어 병지와 정지 각 20권을 번역한 것이니 분량으로는 현존 『이견지』의 1/5 정도 된다. 앞으로도 『이견지』 역주의 후속 작업은 계속될 예정이다. 이번 역주 작업을 통해 『이견지』가 지괴소설을 넘어 송대 사회의 여러 복합적인 모습을 담고 있는 귀중한 사료로 자리매김하고, 『이견지』의 활용을 더욱 촉진시켜 송대 사회 더 나아가 전통시대 중국에 대한 우리의 이해가 더욱 깊어지길 고대한다.

2024년 12월 역주자 드림

❶ 본 문

- 한문 원문을 먼저 수록하고 번역문을 뒤에 수록한다.
- 가독성을 높이기 위해 번역문에서는 한자의 사용을 최소화한다.
- 지명은 주와 현을 명기하고, 각주를 통해 지리적 정보를 충분히 제공하고자 하였다.
- 대화체 문장은 가급적 본래의 어감을 살려 번역하며, 신분제의 특성을 반영하기 위해 존칭과 비칭을 수용하였다.
- 직접 대화체 문장은 '말하길, 대답하길, 묻길' 등으로 표기한 뒤 줄을 바꿔서 " "로 처리하고, 간접 대화체 문장은 ' '로 표기한 뒤 줄을 바꾸지 않고 처리하는 것을 원칙으로 한다.
- 기원전 · 후는 (전38~후10)으로 표기한다.

❷ 각 주

- 표제어는 검색의 편의성을 고려하여 관명은 가능한 정식 명칭을, 이름은 본명을 기준으로 한다.
- 관직과 행정명은 북송 말을 기준으로 하되 남송 때의 사안은 당시의 관직과 지명을 따른다.

❸ 이체자

- 이체자는 아래와 같이 통용자로 바꾸어 표기한다.

  擧→擧, 敎→教, 宮→宫, 玘→玘, 曁→曁, 楲→椴, 甯→寧, 凭→憑, 令→令, 吳→吳,
  汚→汙, 臥→臥, 衞→衛, 飮→飲, 益→益, 刾→刺, 巓→巓, 癲→癲,
  顚→顚, 足+厨→蹰, 直→直, 眞→眞, 鎭→鎭, 厨→廚, 値→值, 鬮→鬭, 邺→邺

❹ 국호 및 호칭

- 漢文 사료에는 거란의 국호가 여러 차례 바뀌었지만, 거란문자로 된 사료에는

시종 '하라치딴哈喇契丹'으로 표기하고 있다. 이에 통상 거란으로, 특별한 경우에는 원문에 따라 번역한다.

● 遼 · 宋 · 金 등 국호가 모두 외자이므로 '거란 · 송조 · 금조'로 번역한다. 연호를 표시할 경우에는 거란 · 송 · 금 등으로 표기한다.

● 金에 대한 『이견지』 내의 국호 사용례는 금金 · 금국金國 · 여진女眞 · 북로北虜 등 다양하며, 문맥에 따라 어의가 다르다. 문맥에 무리가 없으면 '금조'로 번역하고 그 외는 한자를 병기한다.

● 오늘날의 漢族에 해당하는 漢人 · 漢民 · 漢兒 · 漢家 등은 '한인', 거란과 여진은 가급적 '거란인', '여진인'으로 번역한다.

❺ 용 어

● 字와 출신 지역, 관직, 이름 순 표기를 원칙으로 한다.

● '원년'은 '1년'으로 표기한다.

● 陰府 · 冥府 · 幽府 · 地府 · 冥司 · 陰典 · 陰君: 府 · 司 · 典 · 君 등의 관명이 있을 경우 '명계의 관부 · 관아 · 왕'으로 번역하였다. 반면 陰 · 西 · 地下는 '저승'으로 번역하되 앞뒤 관계를 보아 '명계'로도 번역하였다.

이견지夷堅志 정지丁志

【二】

| 차 례 |

14

16

이견지夷堅志 정지丁志

【一】

이견정지

夷堅丁志
卷 11

田道人者, 河北人, 避亂南度, 居京口. 每歲三月茅山鶴會, 欲與其徒偕往, 必有故而輟. 紹興壬午之春始獲一游, 因留連月餘. 將歸, 足疾驟作, 不可行, 既止卽愈, 欲行復作, 如是者屢矣. 意其緣在此山, 禱于神, 乞爲終焉之計, 自爾不復病. 夢神告曰:"此非汝居也, 汝自有庵在山中, 其址東向者是, 宜亟訪之." 固以爲想念所兆, 未深信. 越數夕, 夢如初, 猶未決. 又念身赤立於此, 縱得其基, 雖草廬豈易能辦?

是夕, 夢神怒曰:"旬日不遷, 必死玆地矣." 晨興, 訪同類, 且託尋跡之, 杳不可得. 或曰:"吾聞大茅君藏丹之處名丹沙泓, 地勢正東, 但知名耳, 不識其所在, 盍詢之耆老間乎?" 亦竟莫有知者. 旬日之期既迫, 皇皇不敢怠, 獨徘徊免徑. 忽有村夫搦其胸, 方恐懼, 其人乃問曰:"汝非尋丹沙泓庵地者乎? 我知之." 引至崦中, 以足頓地, 曰:"此是也." 田四顧, 山林翔抱, 正可爲東向居, 喜甚, 犒以百錢. 笑曰:"我豈求此者? 將安用之?" 不顧而去.

田沿路標誌而反, 明日, 往芟薙荊棘, 以籧篨作屋宿焉. 中夜, 大虎來, 倚臥于外, 曉乃退. 岩石下有蛇, 微露脊脊, 大如柱, 皆不傷人. 又明日, 儌工攜畚臿平治, 於積葉三四尺下得磐石, 嶙峋嵌空, 縱廣數尺, 若爪所攫拏而穿者. 發之, 得石蓮華盆, 有水浸丹沙一塊, 重可二十兩, 取而藏之. 蓋前日村夫頓足處. 是後蛇虎皆不見, 疑爲衛丹之鎮云.

隆興甲申乙酉歲, 近境疾疫起, 田以丹末刀圭揉成丸救之, 服者皆活. 所濟數千人, 共以木石錢粟爲營一庵於泓中, 去玉晨觀不遠, 爲人布氣治疾亦多驗. 乾道己丑, 藍師稷爲江東提刑, 過茅山, 親見田說, 及分得丹三錢. 辛卯歲, 以庵與楊和王之孫, 奮衣出山, 不言所向.

하북 사람인 도인 전씨는 전란을 피해 남쪽으로 건너와 경구에 살고 있었다. 매년 3월 모산에서 생일잔치가 열릴 때마다 제자들과 함께 가려고 하였지만, 그럴 때마다 일이 있어 갈 수 없었다. 소흥 임오년(32년, 1162) 봄, 비로소 한 번 유람할 기회를 얻어 한 달 넘게 모산에 머물렀다. 그리고 돌아가려고 하는데 갑자기 발에 병이 나서 길을 나설 수가 없었다. 조금 쉬고 나아져서 출발하려고 하면 병이 도져 못 가는 일이 여러 번 반복됐다. 그는 이 산과의 인연 때문이라고 여기고 신에게 기도를 올리며 신의 계획이 무엇인지 알려 달라고 간구하였다. 이때부터 다시 병이 재발하지 않았다. 꿈에 신이 나와 말하길,

"이곳은 네가 지낼 만한 곳이 아니다. 너는 본래 산중에 암자를 가지고 있을 운명이며 그 터가 동향을 하고 있으면 바로 그곳이 네 암자 자리이다. 어서 가서 찾아보거라."

하지만 전씨는 꿈은 평소 자신의 상념이 만들어 낸 것일 뿐이라 굳게 믿고 있어서 꿈에서의 일을 그다지 신뢰하지 않았다. 그래서 며칠 밤에 걸쳐 처음과 같은 꿈을 여러 번 꾸었지만, 여전히 결정을 내리지 못했다. 그는 또 생각하기를, 지금 자기는 돈 한 푼 없이 이곳에서 지내고 있는데 설령 암자 터를 찾는다고 한들 그곳에 초가집이라도 지을 수 있겠는가 라고 생각하였다. 이날 밤 꿈에 신은 노하여 말하길,

"열흘 내 이곳에서 옮기지 않으면 너는 반드시 여기서 죽을 것이다."

새벽에 일어나 동료들을 찾아가 물었고 그들에게 부탁하여 신이 말한 곳을 찾아보았지만 묘연할 뿐 찾을 수가 없었다. 어떤 사람이

말하길,

"내가 듣기로 대모군[1]께서 단약을 아무도 모르게 저장해 놓은 곳을 가리켜 '단사홍'이라 부르는데 그곳의 지세가 마침 정동향이라고 합니다. 그러나 그 이름만 알 뿐 어디에 있는지는 알지 못합니다. 차라리 나이 드신 분들에게 그것을 물어보는 것이 좋지 않을까요?"

하지만 그곳이 어딘지 아는 자는 아무도 없었다. 열흘의 기한이 다가오자 황급하여 태만할 수 없기에 홀로 배회하며 힘써 길을 찾았다. 갑자기 한 촌부가 자신의 가슴을 움켜쥐고 있는데 매우 무서워하고 겁내하는 것 같았다. 그자가 곧 물어보길,

"너는 단사홍의 암자 터를 찾고 있는 자가 아니냐? 내가 그곳을 알고 있다."

그자는 전도인을 데리고 산중[2]으로 가더니 발로 땅을 두드리며 말하길,

"바로 이곳이다."

전도인은 사방으로 돌아보니, 산림이 둘러싸고 있고 마침 좌향이 정동향이어서 기쁘기 그지없었다. 돈 100전을 감사의 사례로 드리려고 하자 그자가 웃으며 말하길,

"내가 어찌 돈을 바라고 했겠나? 앞으로 이 돈을 쓸데가 어디 있겠소?"

그는 뒤돌아보지 않고 떠났다. 전도인은 길을 따라 표시를 하며 돌

---

1 大茅君: 모산에서 도를 닦아 신선이 된 茅씨 3형제 가운데 큰형을 뜻한다.
2 峀中: 본래 저녁 때 산에서 해가 지는 곳을 가리키는 말인데 여기에서는 '산중'으로 번역하였다.

아왔다. 다음 날 다시 가서 가시덤불을 베고 대자리를 깔아 잘 곳을 만들어 그곳에서 묵었다. 한밤중에 큰 호랑이가 와서 대자리 밖에서 기대고 누웠다가 새벽이 되어서야 물러났다. 큰 바위 아래에는 뱀이 있었는데 흐릿하게 등골뼈를 드러내 놓고 있었다. 몸통이 기둥처럼 컸으나 모두 사람을 해치지는 않았다.

다음 날 인부를 사서 삼태기와 삽을 가지고 평평하게 땅을 골랐다. 나뭇잎으로 서너 척 쌓인 곳 아래를 보니 너럭바위가 있었다. 너비는 몇 척이나 되었고 울퉁불퉁하고 깊숙이 패인 모습이 마치 손톱으로 긁어서 파놓은 것 같았다. 그 바위를 들어 올리고 보니 돌로 된 연꽃 무늬 동이가 나왔고 동이에는 단사 한 덩이가 물에 잠겨 있었다. 무게가 족히 20냥은 되어 보였는데, 단사를 가져와 잘 보관하였다. 그곳이 대략 전날 촌부가 발로 두드린 곳이다. 그 뒤로 뱀과 호랑이 모두 나타나지 않았다. 그들은 아마 단사를 지키려고 진을 쳤던 것으로 보인다.

융흥 갑신년과 을유년(2~3년, 1164~1165)에 모산 부근에서 역병이 돌았는데, 전도인이 단사 가루를 약순가락[3]으로 한 수저 뜬 뒤 주물러서 환을 만들어 그들을 구하려 했다. 약을 먹은 자들은 모두 살았다. 구제한 사람이 수천 명에 이르자 이들이 나무와 돌 그리고 돈과 양식을 가져와 단사홍에 암자를 하나 지어 주었다. 옥진관에서 멀지 않은 곳이었다. 전도인은 사람들을 위해 포기[4]를 통해 병을 고쳐 주

3　刀圭: 소량의 가루약을 떠먹는 데 쓰는 약순가락인데 장방형의 얇은 판형에 끝은 뾰족하고 가운데가 약간 패인 모양이다. 후에 도사들이 단약을 복용할 때 사용하는 도구로 쓰면서 약의 복용량을 뜻하는 말이자 도교의 전용 용어처럼 쓰였다.
4　布氣: 도인이 기를 움직여(運氣) 사람에게 불어넣어 준다는 말로서 특히 陽和의

었는데 대다수가 효험을 보았다.

　건도 기축년(5년, 1169), 남사직[5]이 강동제점형옥공사로 있을 때 모산을 지나가다가 전도인이 친히 말하는 것을 보았고, 단사 3전을 얻을 수 있었다. 건도 신묘년(8년, 1172) 전도인은 암자를 화왕 양존중[6]의 손자에게 주었고 도복을 휘날리며 산을 떠났는데 어디로 간다고 말해 주지 않았다고 한다.

　기를 사람에게 퍼뜨린다는 뜻이다.
5　藍師稷: 楚州·吉州 지사를 지냈다. 楚州지사 시절, 해릉왕이 맞은 편 海州에서 전쟁을 준비 중이었으나 주화파의 눈치를 보느라 공격하지 못하도록 하였다.
6　楊存中(1102~1166): 자는 正甫이고 본명은 沂中이며 河東路 代州 崞縣(현 산서성 忻州市 原平市) 사람으로 유명한 楊家將의 후손이다. 紹興 2년(1132)에 神武中軍統制가 되었고, 藕塘과 柘皐에서 승리하여 殿前都指揮使가 되었으며 太傅에 제수되었고 同安郡王·和王에 봉해져 양가장 가운데 최고위직을 지냈다.

화병에 핀 복숭아꽃瓶中桃花

孟處義去非知楚州, 元夕享客, 以通草作梅花綴桃枝上, 插兩銅壺
中, 未嘗貯水也. 中春後, 桃枝忽結花甚盛, 數日方落. 孟殊以自喜, 至
秋, 乃有閨門之戚, 明年而爲淮漕.

　초주[7] 지사로 자가 거비인 맹처의[8]는 정월 대보름 밤에 손님을 맞
아 잔치하고 있었다. 그는 통초[9]를 이용해 만든 매화 묶음[10]을 복숭아
나뭇가지에 올려놓고 두 개의 구리 화병에 꽂아 놓았다. 일찍이 물을
준 적이 없었는데도 중춘[11]이 되자 복숭아 가지에서 갑자기 꽃이 만
개하더니 며칠 후 꽃이 졌다. 맹처의는 이를 보고 대단히 기뻐하였
다. 가을이 되자 딸이 혼례를 치렀고, 이듬해 자신은 양회[12]전운사에
임명되었다.

7　楚州: 淮南東路 소속으로 치소는 산양현(현 강소성 淮安市 淮安區)이고, 관할 현
　은 4개, 州格은 團練州이다. 현 강소성 중서부 淮安市를 중심으로 鹽城市 서부, 揚
　州市 북부에 해당한다.
8　孟處義: 宗正寺 主簿, 徽州 歙縣과 蘇州 지사를 거쳐 左朝散大夫로 楚州 지사를 지
　내고 회남로 轉運判官이 되었다.
9　通草: 두릅나무과의 줄기 속이다. 가볍고 유연하여 탄력이 있다.
10　綴: 다육식물에서 흔히 나타나는 형상으로 생장점에 변이가 생겨서 부채처럼 납작
　하게 자라는 것을 말한다. 또 묶어서 만든 장식을 뜻하기도 한다.
11　中春: 음력 2월 15일 또는 봄철의 두 번째 달, 즉 입춘이 있는 달의 다음 달을 뜻한다.
12　兩淮: 淮南東路와 淮南西路를 가리키는 말이다. 회남동로의 치소는 揚州(현 강소
　성 揚州市)이고 현 강소성 중부와 안휘성 중동부, 회남서로의 치소는 壽州(현 안
　휘성 淮南市 壽縣)이고 현 안휘성의 장강 이북에 해당한다.

　　乾道三年, 江西大水, 瀕江之民多就食他處. 豐城有農夫挈母妻幷
二子欲往臨川, 道間過小溪, 夫密告妻曰: "方穀貴艱食, 吾家五口難以
偕生, 我今負二兒先渡, 汝可繼來. 母已七十, 老病無用, 徒累人, 但置
之於此. 渠必不能渡水, 減得一口, 亦幸事." 遂絶溪而北.

　　妻愍姑老, 不忍棄, 掖之以行, 陷於淖. 俛而取履, 有石礙其手, 撥去
之, 乃銀一笏也. 婦人大喜, 語姑曰: "本以貧困故, 轉徙他鄉, 不謂天
幸賜此, 不惟足食, 亦可作小生計. 便當卻還, 何用去?" 復掖姑登岸,
獨過溪報其夫. 至則見兒戲沙上, 問其父所在, 曰: "恰到此, 爲黃黑斑
牛衝入林矣." 遽奔林間訪視, 蓋爲虎所食, 流血汚地, 但餘骨髮存焉.
不孝之誅, 其速如此. 是時藍叔成爲臨川守, 寓客黃彪彪父自豐城來,
云得之彼溪旁民, 財數日事也.(右三事皆藍叔成說.)

　　건도 3년(1167), 강서 지역에 큰 홍수가 나서 강가에 살고 있던 백
성들은 다른 곳으로 가서 구걸하며 살 수밖에 없었다. 홍주 풍성현[13]
에 살던 한 농부는 어머니와 아내 그리고 두 아들을 데리고 임천으로
가는 도중 작은 냇가를 넘어야 했다. 농부는 몰래 아내에게 말하길,

　　"지금 곡식값이 뛰어 하루하루 먹기도 힘이 드니 우리 집 다섯 식
구가 모두 살아남기는 어렵겠소. 내가 지금 두 아들을 업고 먼저 냇
가를 건널 테니 당신은 뒤따라오시오. 어머니는 나이가 이미 칠십이

13　豐城縣: 江南西路 洪州 소속으로 현 강서성 북서부 九江市 중앙의 武寧縣에 해당
　　한다.

고 늙고 병들어 살아도 쓰일 데가 없으며 다만 짐이 될 뿐이니 그저 이곳에 두고 갑시다. 어머니는 물을 건널 수 없을 것이고 그러면 입을 하나 줄일 수 있을 것이니 역시 다행한 일일 거요."

그는 마침내 냇물을 건너 북쪽으로 갔다. 며느리는 시어머니가 늙고 병든 것을 불쌍히 여겨 차마 버리고 갈 수 없어 그를 부축해 함께 강을 건너다가 진흙탕에 빠졌다. 몸을 숙여 신발을 꺼내려는데 돌이 걸려서 손으로 그 돌을 치운 뒤 버리려다 보니 돌이 아니라 은판이었다. 며느리는 크게 기뻐하며 시어머니에게 말하길,

"본래 가난 때문에 타향으로 이사 가려는 것인데, 하늘이 이렇게 은판을 하사해 주실 줄은 몰랐네요. 배부르게 먹을 수 있게 되었을 뿐만 아니라 뭐라도 해서 생계를 꾸릴 수 있을 것 같아요. 우리는 이제 돌아가도 됩니다. 뭐 하러 타향에 가겠어요?"

며느리는 다시 시어머니를 부축하여 언덕에 오르게 한 후 홀로 냇가를 건너 남편에게 알리려고 했다. 가 보니 아들들은 모래밭에서 놀고 있었다. 아버지가 어디 계시냐고 물으니 그들이 답하길,

"우리가 마침 여기에 왔는데 누렇고 검은 얼룩소가 아버지를 물고 숲으로 들어갔어요."

급히 숲으로 뛰어가 살펴보니 그는 호랑이에게 잡아먹혀 주변에 피가 땅에 낭자했다. 그저 남은 뼈와 머리카락만이 있을 뿐이었다. 불효에 대한 징벌이 이처럼 신속하게 이루어진 것이다. 이때 남숙성은 임천현 지사로 있었는데 자가 표보인 황반을 손님으로 맞고 있었다. 황반은 마침 풍성현에서 왔는데 그 개울가의 주민에게서 이 이야기를 들었다고 한다. 바로 며칠 전의 이야기였다.(위 세 가지 일화 모두 남숙성이 말한 것이다.)

　　溫州城東有唐李衛公廟, 州人每精禱祈夢, 無不應者. 紹興三十二
年, 郡士木待問蘊之得漕薦, 謁廟扣得失. 夢著紫衫獨立於田間, 士子
數千輩擁一棺馳去, 皆回首視蘊之. 明旦, 以語同舍生潘檉. 檉解曰:
"君當魁天下, 棺之字從木從官, 君得官無疑, 數千輩舁之, 明皆出君下
也." 果如其言. 時同郡木子正亦夢神告曰: "明年本州再出狀元, 其姓
名曰木棐."

　　子正以爲神報己, 必繼王十朋之後, 遂更名棐. 旣而棐試下, 蘊之登
科, 子正始悟木之身乃十字, 移旁兩筆, 合棐之上爲朋字, 其下復一木
焉, 則十朋之後踵之者姓木, 而非棐也.

　　온주성 동쪽에는 당 위국공 이정[14]의 묘가 있었다. 온주의 사람들
은 매번 정성을 들여 기도를 올려 현몽을 바라면 꿈이 들어맞지 않은
적이 없었다. 소흥 32년(1162), 온주의 사인이자 자가 온지인 목대
문[15]은 전운사가 주관하는 해시[16]에 응시하게 되었는데 이위공묘에

---

14 李靖(571~649): 자는 藥師이며 雍州(현 섬서성 咸陽市 三原縣) 사람이다. 이세민
　　을 수행하여 王世充을 격파하고 당조 건국에 큰 공을 세웠고, 동돌궐을 멸망시키
　　고 吐穀渾을 평정하여 당의 영토를 크게 늘렸다. 이런 공으로 상서우복야가 되었
　　고 凌煙閣 24공신에 배향되었으며 衛國公에 봉해졌다.

15 木待問(1140~1212): 자는 蘊之이며 양절로 溫州 永嘉縣(현 절강성 溫州市 永嘉
　　縣) 사람이다. 『이견지』의 저자 홍매의 사위이며 隆興 1년(1163) 과거에 장원급제
　　한 수재였다. 著作郎・起居舍人, 寧國府・福州・婺州 지사를 거쳐 예부상서를 지
　　냈다.

16 漕薦: 송대 과거의 1단계인 解試에는 轉運司에서 주관하는 漕試, 국자감에서 주관

가서 그 결과에 대해 점지해 달라고 청하였다. 꿈에 자주색 적삼을 입은 자가 홀로 밭 가운데 있었고, 사인 수천 명이 관 하나를 둘러싼 채 달려가고 있었다. 모두 머리를 돌려 목대문을 보고 있었다. 이튿날 아침, 목대문은 이 꿈을 기숙사 동기인 반정에게 이야기했다. 반정은 꿈을 풀이하며 말하길,

"그대는 마땅히 천하의 장원을 할 것입니다. '관棺'이라는 자에는 목木도 있고 관官도 있습니다. 그대가 관직에 오를 것은 의심할 여지가 없어요. 수천 명이 관을 들고 있으니 모두 그대의 성적보다 아래에 있다는 것을 설명합니다."

과연 그가 말한 대로 되었다. 당시 같은 온주의 목자정이라는 자역시 꿈에서 신을 만났는데 신이 말하길,

"내년에 온주에서 다시 장원이 나오는데 그 이름은 '목비木棐'일 것이다."

목자정은 신이 자기에게 알려 준 것이라 여기고 자기가 반드시 왕십붕[17]의 뒤를 이을 것이라 여겨 곧 이름을 '비棐'로 고쳤다. 얼마 후과거에서 목비는 낙방했고 목대문은 급제하였다. 목자정은 그제야

하는 太學試, 州學에서 주관하는 鄕試가 있다. 景祐 연간(1034~1037)에 각 路 轉運司 주관으로 해당 로에 거주하는 현직 관원의 자제 및 장례 때 상복을 입는 친척, 종실녀의 남편 등을 대상으로 별도의 과거를 개설하도록 하여 제도화되었다. 모든 절차와 방식은 州·府 解試와 같아 합격하면 省試에 응시할 수 있는 자격을 부여하였다.

17 王十朋(1112~1171): 자는 龜齡이고, 호는 梅溪이며 兩浙路 溫州 樂淸縣(현 절강성 溫州市 樂淸市) 사람이다. 과거에 장원급제하였고 起居舍人, 侍御史를 역임했으며, 饒州·夔州·湖州·泉州 지사를 지냈다. 강직하고 치적이 뛰어나 높은 평가를 받았으며, 금조에 대한 강경론을 주장하였다.

이견정지【二】

비로소 목木의 몸통은 십十자이니 옆의 두 획을 비栞자의 위에 옮기
면 붕朋자가 되고, 또 그 아래에 다시 목木자가 있으니 곧 왕십붕十朋
의 뒤를 잇는 자의 성은 목씨가 맞지만 이름은 '비'가 아님을 알게 되
었다.

천수자 육구몽^{天隨子}

乾道六年, 木蘊之待洪府通判缺, 居鄕里. 火焚其廬, 生事垂罄, 作忍貧詩曰: "忍貧如忍灸, 痛定疾良已. 餘子愛一飽, 美疹不知死. 步兵哭窮途, 文公謝五鬼. 百世賢哲心, 可復置憂喜. 誦經作飢面, 偉哉天隨子. 九原信可作, 我合耕甫里."

踰年, 夢一翁衣冠甚偉, 來言曰: "若識我乎? 我則天隨子也. 以君好讀予文, 又大書予「杞菊賦」於壁間, 頃作詩用忍飢事, 又適契予意, 故願就見, 爲君一言. 予昔有田四頃, 歲常足食, 惟遇潦則浸沒不得穫. 忍飢誦經, 蓋此時也. 今子有回祿之禍, 而窮悴踵之, 是水爲我災, 而火爲子厄也. 然予田尙在, 獨爲蠅蚋所集, 不可耕, 無有能爲予驅除者, 不免懇子耳." 旣寤, 殊不曉其言.

晨起, 偶整比夜所閱書, 而『笠澤叢書』一策適啓置按上, 視之, 乃「甫里先生傳」, 前日固未嘗取讀也. 篇中有云: "先生有田十萬步, 有牛咸四十蹄, 耕夫百餘指, 而田汚下, 暑雨一晝夜, 一與江通色, 無別己田他田也. 先生由是苦飢困, 倉無斗升畜積." 正與夢中語合, 而一田字上有二死蠅粘綴, 嗟歎其異, 爲拂拭去之.

건도 6년(1170) 자가 온지인 목대문은 홍주[18] 통판 발령을 대기하면서 향리에 머무르고 있었을 때, 큰불이 나서 초가집이 다 탔고 집기

---

[18] 洪州: 江南西路의 치소로서 6개 주, 4개 군, 49개 현을 관할하였으며 孝宗의 潛藩이라서 隆興 3년(1165)에 隆興府로 승격하였다. 치소는 南昌縣·新建縣(현 강서성 南昌市 南昌縣·新建區)이고 관할 현은 8개이며 州格은 節度州이다. 현 강서성 북중부에 해당한다.

도 모두 없어져 생활이 몹시 어려웠다.[19] 목대문은 '가난을 참고 견디
자는 시'를 한 수 지었다.

가난을 참는 것은 뜸 뜨는 것을 참는 듯 고통스러우나,
고통이 사라지면 병 또한 나으리.

여러 자식은 한 번이라도 배불리 먹고자 원하는데,
오랜 배고픔은 그칠 줄을 모르누나.[20]

보병교위 완적은 울면서 길을 끝까지 걸었고,[21]
문공 한유[22]는 다섯 궁귀[23]에게 감사드렸다네.

19 垂罄: 垂罄之室의 준말이다. 罄은 돌이나 옥으로 만든 타악기의 하나이다. 垂罄은
   줄에 매달린 경쇠인데, 아무런 이물질도 없는 옥이라야 높고 맑은 소리가 난다. 그
   래서 垂罄之室은 아무것도 없는 방으로 매우 궁핍하다는 말이다.
20 美疹: 상대방을 높이기 위해 그가 앓는 병을 이르는 말로서 美愼 · 美疚 · 美疾이라
   고도 한다. 본문에서는 오랜 가난으로 인한 배고픔의 고통을 뜻하는 말로 해석하
   였다.
21 阮籍(210~263): 삼국시대 죽림칠현 가운데 하나로 3세에 부친을 잃고 매우 가난
   한 환경에서 공부하면서도 부귀영화를 꿈꾸지 않고 안빈낙도하는 삶을 추구하였
   기에 현자의 표상으로 높이 평가된 인물이다. 완적은 步兵校尉 직을 자청하였는
   데 보병교위는 황제 측근의 무관도 아니고 병권도 없었기에 왜 그 직책을 요구했
   는지 의심받을 정도였다. 완적의 관직 생활 중 보병교위로 지낸 기간이 가장 길어
   서 阮步兵이란 별명이 생겼다.
22 韓愈(768~824): 자는 退之이며 선조가 昌黎(현 하북성 秦皇島市 昌黎縣) 출신이어
   서 한창려, 사후에 文이라는 시호를 받아 韓文公으로 불리기도 했다. 3세에 고아
   가 되는 등 어려운 환경에서도 학문에 정진하여 25세에 진사가 되었고 京兆尹 ·
   吏部侍郞 등을 역임하였다. 柳宗元과 함께 고문운동을 주도하였고, 도가와 불가
   를 배척하며 유가의 정통성을 적극 옹호 · 선양하여 송대 성리학의 단초를 제공하
   였다. 당송팔대가 가운데 한 명이다.
23 五鬼: 다섯 귀신에는 여러 가지 뜻이 있는데, 통상 동서남북과 중앙 다섯 방위에
   있는 대표적인 전염병의 신을 가리킨다. 五鬼는 五瘟 · 五瘟使 · 五瘟使者라고도
   칭한다. 그러나 본문의 五鬼는 五窮鬼로서 '智窮 · 學窮 · 文窮 · 命窮 · 交窮'이다.

여러 세대를 걸쳐 존경받는 현명하고 지혜로운 자의 마음은,
근심과 기쁨을 다시금 고쳐 두게 하네.

배고픔을 참고 경전을 외우니 굶주림이 얼굴에 드러나네,
위대하도다. 천수자여![24]

죽은 사람이 실로 다시 살아날 수 있으니,[25]
나도 보리甫里[26]에서 밭을 가는 것이 마땅하리.

이듬해 꿈에 의관을 갖춘 위엄 있는 한 노인이 와서 말하기를,

"그대는 나를 알아보시겠소? 내가 바로 천수자요. 그대가 나의 글
을 잘 읽고 또 나의 「기국부」[27]를 벽에 크게 쓰고 일전에는 시를 지어
배고픔을 참는 뜻을 밝혔는데, 마침 나의 뜻과 딱 들어맞아 한번 보

1월 5일 이들 五窮鬼를 멀리 내쫓는 '送窮鬼'라는 풍속이 있다. 韓愈는 자신이 지
은 '送窮文'에서 '무른 이 五窮鬼가 나의 다섯 가지 근심이다'라고 하였는데, 이는
역설적으로 智 · 學 · 文 · 命 · 交를 갖춘 완벽한 사람이 되겠다는 다짐이기도 하
다.
24 天隨子: 唐代 시인 陸龜蒙의 호로서 '하늘의 뜻에 따라 사는 사람'이란 뜻이다. 육
구몽은 長洲(현 강소성 蘇州市) 사람으로 천수자 외에도 江湖散人 · 甫里先生 등
의 호가 있었다. 육구몽은 과거에 떨어진 뒤 湖州 · 蘇州 刺史의 幕僚로 생활했고,
후에는 松江 甫里에 은거하면서 시를 많이 남겼다.
25 '九原可作': 九原은 춘추시대 晉의 경대부 무덤이 있던 현 산서성 新絳縣 북쪽에
있는 산의 이름이다. 후에 九泉과 함께 묘지나 저승을 가리키는 말로 자리 잡았지
만 때로는 산서를 가리키기도 한다.
26 甫里: 陸龜蒙의 고향으로 蘇州 성의 동남쪽에 있다. 북쪽의 吳淞江, 남쪽의 澄湖
사이에 있는 전형적인 강남 水鄕이다. 현 강소성 蘇州市 吳中區 甪直鎭에 해당한
다.
27 「杞菊賦」: 초라한 집에서 살고 있으나 서재 주변에는 구기자와 국화를 가득 심고
꽃을 즐기지만, 배고픔을 참고 경전을 읽는다고 하여 맛있는 음식과 술의 맛을 모
르지는 않는다는 뜻의 내용을 담고 있다.

고 싶었고, 그대를 위해 한마디 해 주고 싶었다오. 내가 예전에 4경의 밭이 있어서 해마다 풍족하게 먹고 지낼 수 있었다오. 그런데 큰비를 만나 물에 잠겨서 수확할 수 없었지요. 배고픔을 참으며 경전을 암송한 것이 대략 그때였지요. 지금 그대에게는 회록[28]의 화가 있어 궁하고 힘든 날이 계속될 것이오. 이는 수재가 나의 재앙이었다면, 화재가 그대의 액운이 된 것이라오. 그러나 나의 땅은 여전히 남아 오직 파리 떼만 모이게 되어 경작할 수 없게 되었는데, 나를 위해 파리 떼를 없애 줄 이가 없으니 당신을 귀찮게 할 수밖에 없구료."

　목대문은 깨어난 뒤 노인의 말이 무슨 뜻인지 전혀 이해할 수 없었다. 새벽에 일어나 우연히 밤에 보던 책을 정리하는데 『입택총서』[29] 한 권이 마침 책상 위에 펼쳐진 채 놓여 있었다. 그것을 보니 마침 「포리선생전」[30] 부분이었고, 분명히 전에는 읽어 보지 못한 것이었다. 글 가운데 이르길,

　　선생은 밭 10만 보가 있었고, 소는 모두 10마리, 농부가 대여섯 명 있었다. 그러나 밭이 침수되었다. 한여름에 비가 하루 밤낮을 오더니 모두 강물에 덮여서 자기 밭과 남의 밭을 구분할 수도 없게 되었다. 선생은 이로 말미암아 기아로 고생하였고 창고에는 한 말이나 한 되의 곡식도 쌓아 둔 것이 없었다.

　꿈에서 만난 노인의 말과 그대로 일치하였다. 그리고 밭 '전'자 위

28　回祿: 본래 불의 신을 뜻하나 후에 주로 화재를 뜻하는 말로 쓰였다.
29　『笠澤叢書』: 육구몽이 병이 나서 笠澤(松江)에 있을 때 지은 것으로, 여러 종류의 글을 별도로 분류하지 않고 모았기 때문에 叢書라는 제목을 붙였다.
30　「甫里先生傳」: 육구몽이 쓴 自傳이다.

에 죽은 파리 두 마리가 붙어 있었다. 그 기이함에 탄식하였고, 그 파리를 떼어 버렸다.

> 莆田鄭僑惠叔, 乾道己丑春省試中選, 未廷對. 夢空中一梯, 雲氣圍
> 繞, 竊自念曰: "世所謂雲梯者, 茲其是歟?" 俄身至雲梯側, 遂登之. 及
> 高層仰望, 則有大石, 蒼然如鏡面. 正懼壓己, 忽冉冉升騰, 立于石上.
> 驚覺自喜, 但不曉登石之義. 旣而爲天下第一, 其次日溫陵石起宗. 先
> 是, 考官用分數編排, 石君當居上, 臨唱名始易之云.(右三事皆木蘊之
> 說.)

자가 혜숙인 흥화군 포전현 사람 정교³¹는 건도 기축년(5년, 1169) 봄, 성시에 합격하고 전시를 준비하던 중이었다. 꿈에 공중에 놓여 있는 계단을 보았고 그 주위를 구름이 둘러싸고 있었다. 그는 속으로 생각하며 말하길,

"세상 사람들이 이른바 '운제(구름 사다리)'라고 하는 것이 바로 이것이 아닌가?"

잠시 후 몸이 운제 옆으로 다가갔고, 마침내 그 위로 올라갔다. 높은 곳에 이르러 멀리 바라보니 큰 돌이 있었고, 빛나는 모습이 마치

31　鄭僑(1132~1202): 자는 惠叔이며 福建路 興化軍 莆田縣(현 복건성 莆田市 城廂 區) 사람이다. 鄭樵의 조카이며 王應辰의 사위였다. 乾道 5년(1169) 과거에서 장 원급제하였다. 기민 구제에 힘썼고 淮鹽 관리를 통해 390만 관의 수입을 증대시켰 다. 이런 치적과 함께 강직한 성품으로 효종의 각별한 신임을 받았고 금국에 賀正 使로 다녀오기도 하였다. 吏部尙書, 建寧府 · 福州 · 建康府 지사, 吏部尙書 · 知樞 密院事 · 參知政事 등 요직을 역임하였으며 초서의 대가이기도 하다.

거울과 같았다. 그 돌이 떨어져 자기를 누를까 겁내고 있었는데 갑자기 몸이 천천히 위로 올라가 돌 위에 섰다. 놀라 깨어난 뒤 스스로 기뻐하였다. 다만 돌 위에 오르는 것이 무슨 뜻인지 알 수 없었다. 이후 천하제일의 자리(장원)에 올랐다. 그다음 순위가 온릉[32] 사람 석기종[33]이었다. 이에 앞서 시험관들은 점수에 따라 줄을 세웠는데 석기종이 분명히 가장 위였다. 그러나 급제자를 호명[34]할 때가 되자 비로소 그 순서를 바꾸었다고 한다.(위 세 가지 일화 모두 목대문이 말한 것이다.)

---

32 溫陵: 福建路 泉州(현 복건성 泉州市)의 별칭이다. 인근 溫州와 마찬가지로 따뜻한 기후에서 유래한 오랜 지명이다.

33 石起宗(1140~1200): 자는 似之이며 福建路 泉州 同安縣(현 복건성 廈門市 同安縣) 사람이다. 시부는 물론 서예에 능하였으며, 공부하길 좋아해 봉록 대부분을 책을 사는 데 썼다. 백성들의 어려움에 대해 배려를 아끼지 않았다. 祕書省正字 · 漳州 通判 · 徽州 지사 · 상서이부원외랑 등을 지냈다.

34 唱名: 전시를 마치면 성적순으로 호명하여 전각 안으로 들어오게 한 뒤 황제가 일일이 접견한다. 급제자의 이름을 부른다는 뜻에서 唱名, 등수에 따라 부르다는 뜻에서 唱第라고도 하며 傳臚 · 臚傳 · 臚唱라고도 한다. 雍熙 2년(985)부터 실시하였다.

泉州南安縣金溪渡, 去縣數里, 闊百許丈, 湍險深浚, 不可以爲梁.
舊相傳讖語云: "金溪通人行, 狀元方始生." 郡人皆欲副其讖, 姓金者
多更名'通行', 姓方者更名'始生', 然莫有應者. 江給事常自京師丁母夫
人憂歸泉南, 建炎丁未, 卜墓地于渡之南岸. 工役者日有履險之勞. 南
安宰事江公謹甚, 命暫聯竹筏爲小橋, 僅可輕單往來, 未幾, 復爲水所
壞. 是年實生梁丞相, 所謂'通人行'之語, 其應如是.

천주 남안현[35]의 금계 나루는 현성에서 몇 리가량 떨어져 있는데, 강폭이 100여 장에 이르고 물살이 빠르며 수심도 아주 깊어 다리를 놓을 수 없었다. 이 나루에는 옛날부터 전해져 오는 예언이 있었는데,

"금계 나루를 걸어서 건너는 사람에게서 곧 장원이 곧 나올 것이다."

천주 사람들은 모두 그 예언에 부응하고자 김씨 성을 가진 자들은 대부분 이름을 '통행'으로 바꾸었다. 방씨 성을 가진 자들은 이름을 '시생'으로 바꾸었다. 그러나 예언에 부응해 장원 급제한 자가 없었다.

급사중[36] 강상[37]이 모친상을 당하여 도성에서 천주로 돌아왔다. 건

---

[35]　南安縣: 福建路 泉州 소속으로 현 복건성 동남부 泉州市 동남쪽의 南安市에 해당한다.

염 정미년(1년, 1127) 금계 나루 남쪽 언덕을 묘지를 정하였다. 묘역을 만드는 인부들이 매일 험난한 강을 건너야 하는 수고로움이 있었다. 남안현 지사는 급사중 강상을 매우 깍듯이 모셨기에 임시로 대나무 뗏목을 연결하여 작은 다리로 만들라고 명하였다. 하지만 겨우 짐 없는 사람만 왕래할 수 있을 정도였고, 오래지 않아 다리는 다시 물살에 부서졌다. 이해에 실제로 승상 양극가[38]가 태어났으니 이른바 '금계 나루를 걸어서 건너는 사람'이라는 구절은 이처럼 딱 들어맞았다.

---

36 給事中: 문하성에 상달된 문서와 문하성에서 하달하는 문서를 읽고 잘못된 점을 반박하거나 바로잡는 업무를 처리하는 관리로서 원풍 3년(1080) 관제 개혁 후 정4품이 되었으며 정원은 4명이었다. 翰林學士 · 尙書 · 侍郎과 함께 황제의 측근에서 근무하는 侍從官의 하나로서 매우 명예로운 관직이었다. 中書門下給事中의 약칭이며 給事라고도 한다.

37 江常(?~1138): 자는 少明이며 福建路 泉州 惠安縣(현 복건성 泉州市 惠安縣) 사람이다. 宣和 연간에 侍御史를 지냈고, 靖康 1년에 福州 지사였고 후에 복건로 兵馬鈐轄을 겸하였다. 紹興 2년에 給事中으로 발탁되었으나 간관의 탄핵을 받아 곧 사임하였다.

38 梁克家(1127~1187): 자는 叔子이며 福建路 泉州 晉江縣(현 복건성 泉州市 晉江市) 사람이다. 紹興 30년(1160)의 과거에서 장원급제하였고 中書舍人 · 對金 사신을 지냈다. 給事中을 거쳐 端明殿學士 · 簽書樞密院使 · 參知政事 겸 知院事를 역임하고, 우승상 겸 樞密使가 되었다. 금과의 관계에서 주화론을 주장하여 주전론자인 좌승상 겸 추밀사 虞允文과 대립하였다. 매우 강직한 성품의 소유자였고, 朱熹를 천거하였다.

泉州南安縣學前有溪名黃龍. 乾道四年, 邑令天台鹿何趨府歸, 過
學門, 聞路人喧呼, 轎卒皆駐足驚顧, 怪問之, 曰: "黃龍溪上龍見." 鹿
停車熟視, 波瀾洶湧中, 一物高數丈, 嶄然頭角, 出沒其間. 須臾, 雷聲
大震, 烟霧蔽蒙, 騰空而上. 人多有見其尾者. 鹿爲之駭愕, 知此地必
有嘉祥, 因賦詩勉諸生, 得句云: "雞渡已符當日讖, 龍溪仍見此時祥."
士大夫多屬和. 明年, 大廷策士, 縣人石起宗, 初爲牓首矣, 旣而列在
第二. 龍之爲靈, 其非偶然? 父老謂: "頃曾魯公擢第時, 溪龍亦見." 公
廷試第一, 以一足微跛, 降第二人. 兩事甚相類云.(右二事鹿伯可說.)

천주 남안현 현학 앞에는 황룡계³⁹라고 불리는 강이 있다. 건도 4
년(1168), 현지사인 태주 천태현⁴⁰ 사람 녹하⁴¹가 급히 천주 관아에 갔
다가 돌아오는 길에 학교의 문을 지나는데, 길을 가던 사람들이 웅성
거리며 떠드는 소리를 들었다.

가마를 나르던 병졸들이 모두 발길을 멈추고 놀라 살펴보며 괴이

39　黃龍溪: 福建路 泉州 南安縣을 흐르는 東溪와 西溪가 현성 서쪽의 雙溪口에서 합
　　해진 뒤의 하단을 가리켜 黃龍溪 또는 黃龍江이라 하였다. 현성은 현 豐州鎭에 있
　　었고, 강은 현성의 남쪽을 흘렀다. 黃龍溪의 현 지명은 晉江이다.
40　天台縣: 兩浙路 台州 소속이며 현 절강성 동중부 台州市 북서쪽의 天台縣에 해당
　　한다.
41　鹿何(1127~1183): 자는 伯可이며 양절로 台州 臨海縣(현 절강성 台州市 臨海市)
　　사람이다. 남안현 지사, 吉州 통판, 饒州 지사 등을 거쳐 상서성 屯田員外郎을 지
　　냈다.

하게 여겨 물어보니 그들이 말하길,

"황용계에 용이 나타났습니다."

녹하는 가마를 멈추고 자세히 살펴보니 물결이 용솟음치고 있는 가운데 무언가 높이가 여러 장 되어 보이는 물건이 뾰족하게 두각을 드러낸 채 그 사이에서 출몰하고 있었다. 곧 천둥소리가 들리며 크게 벼락이 치더니 희뿌연 안개가 덮인 상태에서 그것이 공중으로 솟구쳐올랐다. 많은 사람이 그 꼬리 같은 것을 보았다. 녹하는 그것을 놀랍고 기이하게 여기면서, 한편으로는 이곳에 반드시 길한 일이 있을 것임을 알고 시를 지어 학생들을 격려하였다. 그 시의 한 구절은 이르길,

"금계 나루는 당일의 예언에 이미 부합하였고,
황룡계는 거듭 길상한 시기를 보여 주었네."

사대부들은 이후 종종 시를 지어 서로 호응했다. 이듬해 대전에서 전시가 진행되는데, 동안현 사람인 석기종이 처음 발표한 합격자 방문에서 장원을 하였다가 이후 이등으로 되었다. 용의 영험함은 우연이 아니지 않는가? 지역의 부로들이 이르길,

"일찍이 노국공 증공량⁴²이 급제한 때에도 황룡계에서 용이 나타났

---

42 曾公亮(999~1078): 자는 明仲이며 福建路 泉州 晉江縣(현 복건성 泉州市 晉江市) 사람이다. 부친은 형부시랑을 지냈고, 증공량 자신도 知制誥·翰林學士, 鄭州· 開封府 지사, 給事中, 禮部·吏部侍郎, 參知政事·樞密使·同中書門下平章事 등 거의 모든 요직을 다 거쳤고 魯國公에 봉해졌으며 80세까지 장수를 누렸다. 왕안석의 변법을 적극 지지하여 신법 추진에 힘을 실어 주었고, 서하에 대한 외교적 대화를 강조하는 한편 최초의 관찬 군사서인『武經總要』를 편찬하기도 하였다.

이견정지【二】

었다."

　노국공은 전시에서 장원을 하였으나 발 하나를 조금 비스듬히 한 채 서 있다가 이등으로 내려갔다. 두 일화는 실로 대단히 유사하다고 할 수 있다.(위 두 가지 일화는 자가 백가인 녹하가 말한 것이다.)

鄉人董昌朝在京師同江東兩秀才自外學晚出遊, 方三月開溝, 亂石
欄道, 至坊曲轉街處, 其一人迷路相失. 兩人者元未嘗謁宿假, 不敢躡
尋, 遂歸. 經日始告于學官, 訪之於所失處, 無見也, 乃移文開封府. 府
以付賊曹竇鑑, 鑑到學, 詢此士姓名, 曰: "孫行中, 字强甫, 束帶著帽
而出." 鑑呼其隷, 使以物色究索.

衆謂江東士人多好遊蔡河岸妓家, 則倣其結束, 分往宿. 月旦之夕,
一隷在某妓館, 妓以五更起赴衙參, 約客使待己. 妓去, 客不復寐, 見
床內小板床上烏紗帽存, 取視之, 金書'强甫'兩字宛然. 客託故出門, 遍
告儕輩. 伏于外, 須妓歸, 并嫗收縛送府. 始自言: "向夕有孫秀才獨來
買酒款曲, 以其衣裘華絜而擧止生梗, 又無伴侶, 輒造意殺之, 投尸于
河. 斥賣其物皆盡, 只餘此帽, 不虞題誌之明白, 以速禍敗. 冤魄彰露,
何所逃死?" 遂母子同伏誅.(昌朝說.)

동향 사람 동창조는 도성에서 강동에서 온 두 사람의 수재와 함께
밤에 외학⁴³에서 밖으로 놀러 나왔다. 마침 3월에는 도랑을 파면서
캐낸 돌덩이가 난잡하게 길을 막기도 하였다. 이들은 한 거리에 이르
러 방향을 틀어 가다 보니 그중 한 사람이 길을 잃었는지 보이지 않
았다. 두 사람은 원래 외박을 신청하고 나온 것이 아니어서 더는 찾
을 수가 없어 마침내 돌아왔다. 하루가 지나 비로소 교수에게 보고하

---

43 外學: 학생의 증가로 기존의 태학 시설이 부족해지자 별도의 건물을 세워 학생을
수용하면서 이를 외학이라고 칭하였다. 哲宗 때 처음 만들어졌다.

고, 그를 잃어버린 곳에 가서 다시 찾았는데도 보이지 않아 공문을 개봉부에 보냈다. 개봉부에서는 이 사건을 법조참군사[44] 두감에게 보냈고, 두감은 태학에 와서 그 사인의 이름을 물었다. 학생들이 말하길,

"자는 강보이고 이름은 손행중입니다. 허리띠를 두르고 관을 쓰고 나갔었지요."

두감은 부하들을 부르더니 그들에게 단서를 찾아보라고 하였다. 강동에서 온 사인들은 채하[45] 양쪽에 있는 기방에서 노는 것을 좋아한다고 여러 학생들이 말해 주었기에, 곧 학생처럼 차려 입고 분산하여 기방에 가서 머무르게 하였다. 그달 초하룻날 밤에 포졸이 한 기방에 있었는데, 그곳의 기녀는 5경쯤에 아참[46]을 하러 가야 한다며 손님에게는 자기를 기다리라고 하였다.

기녀가 나간 뒤 손님으로 있던 포졸은 다시 잠을 자지 않고 있다가 침상 안에 있는 작은 나무 선반 위에 검은 비단으로 된 모자가 있는 것을 발견했다. 가져다 살펴보니 금색으로 '강보' 두 글자가 완연하게

---

44 賊曹: 개봉부에서 불법행위에 대한 조사와 재판 등을 담당한 관리는 開封府法曹參軍事이다. 전기에는 정7품하였고 원우 연간 이후로는 정8품이었다. 약칭은 法曹·法曹參軍이며 賊曹는 속칭으로 보인다.

45 蔡河: 개봉부 서쪽의 新鄭縣(현 하남성 鄭州市 新鄭市)에서 남쪽의 尉氏縣(현 하남성 開封市 尉氏縣)을 지나 동북쪽으로 올라가 개봉에 이른 뒤 다시 동남으로 흘러 陳州(현 하남성 商丘市 睢陽縣)로 연결되는 운하인 惠民河는 개봉을 중심으로 그 이동 구간은 蔡河, 이서 구간은 閔河라고 구분하였는데, 북송 후기에는 둘을 합해 혜민하라고 불렀다.

46 衙參: 관리들이 상사의 관아에 가서 부서별로 줄을 서서 인사를 하고 공무를 보고하는 것을 뜻한다. 본문의 기녀는 본래 官妓에 속하였기에 아침에 아참에 참여해야 했던 것으로 보인다.

쓰여 있었다. 그는 일을 핑계로 문을 열고 나와 모든 동료에게 알렸다. 그리고 밖에서 잠복하고 있다가 기녀가 돌아올 때, 그 어미와 함께 묶어서 개봉부로 보냈다. 드디어 그들이 자백하길,

"전날 밤 손수재가 혼자 와서 술을 마시며 즐겁게 노는데, 그가 입고 있는 옷이 화려하고 좋아 보였으나 행동거지는 매우 부자연스러웠다. 또 같이 온 친구도 없었기에 갑자기 다른 뜻이 생겨 그를 죽였다. 사체는 채하에 던졌고, 그의 물건은 모두 팔아 버렸는데 단지 이 모자만을 남겨 두었다. 그의 것이라는 표시가 이렇게 명백하게 있을 줄 생각지 못해서 이렇게 빨리 화가 닥치게 된 것이다. 원통한 영혼이 이처럼 명백하게 증거를 드러냈으니 죽음을 피할 곳이 어디에 있겠는가?"

마침내 모녀가 함께 자복하고 죽임을 당했다.(이 일화는 동창조가 말한 것이다.)

靜江府軍資庫溝, 積爲物所窒, 水不行. 而金帛數失去, 蹤跡其原,
殊不測所以來處. 主藏吏迭以賠償爲苦. 庫官白府帥, 撤而修之. 當溝
之中道有兩尸以首相値, 仰臥其間, 旣槁矣. 旁有束絹存, 亦斷壞不可
拾. 甚後聞他偸兒言:"向來每穿竇, 皆由溝外以入. 竇甚窄, 僅能容身,
必以頭先之, 而足作勢乃可進. 此蓋一人出, 未竟, 別一人不知而入之,
邂逅相遇, 進退皆不可, 故卒於死云." 時外舅張公爲帥.

　　정강부[47]의 군수물자 보관 창고 근처 도랑은 이것저것 쌓인 것 때
문에 막혀서 물이 통하지 않고 있었다. 그런데 창고의 금과 비단이
여러 차례 없어져서 그 원인을 찾으려 해도 도적이 들어온 곳을 도무
지 찾을 수 없었다. 창고를 담당하는 서리는 연거푸 배상해야 하는
고초를 겪었다. 창고를 담당하는 관원이 정강부의 안무사사에게 보
고하여 창고를 철거하고 개수하기로 하였다. 그러던 중 도랑의 가운
데 통로에서 두 개의 시신이 머리를 서로 맞대고 그 사이에서 누워
있는 것을 발견하였는데, 시신은 이미 다 말라 있었다. 옆에 비단이
놓여 있었지만 역시 다 해지고 상해서 수습할 수 없었다. 한참 뒤 다
른 어린 도둑이 말한 것을 들었는데,

47　靜江府: 廣南西路의 치소로 고종의 潛藩라서 紹興 3년(1133)에 靜江府로 승격되
　　었다. 치소는 臨桂縣(현 광서자치구 桂林市 臨桂區)이고, 관할 현은 12개, 州格은
　　節度州이다. 현 광서자치구 북동부에 해당한다.

"예전에 매번 도랑에서 통로를 뚫을 때마다 모두 도랑 밖에서 안으로 들어갔는데, 통로가 너무 좁아서 겨우 한 사람 몸만 들어갈 수 있었다. 반드시 머리를 먼저 넣고 발은 오므려야 겨우 앞으로 갈 수 있었다. 지금 이 상황은 대체로 한 사람이 나오고 있는데, 미처 다 나오지 못한 상태에서 다른 한 사람이 모르고 들어갔다가 서로 부딪혀 나가지도 들어가지도 못해 결국 그곳에서 죽은 것입니다."

당시 나의 장인어른 장공[48]께서 광남서로 안무사로 계셨다.

---

48 張淵道: 홍매의 장인으로 建炎 3년(1129)에 太常博士가 되었고, 紹興 10년(1140)에 提擧秦司茶馬가 되었다. 후에 福州지사, 桂州 지사 겸 광남서로 안무사, 兵部侍郎 등을 역임하였다.

　紹興初, 四方盜寇未定, 汴人王從事挈妻妾來臨安調官, 止抱劍營邸中. 顧左右皆娼家, 不爲便, 乃出外僦民居. 歸語妻曰: "我已得某巷某家, 甚寬潔, 明當先護籠篋行, 卻倚轎取汝." 明日遂行. 移時而轎至, 妻亦往. 久之, 王復回舊邸訪覓, 邸翁曰: "君去不數刻, 遣車來, 君夫人登時去, 妾隨之矣, 得非失路耶?" 王驚痛而反, 竟失妻, 不復可尋.

　後五年, 爲衢州敎授, 赴西安宰宴集, 羞鼈甚美, 坐客皆大嚼, 王食一臠, 停箸悲涕. 宰問故, 曰: "憶亡妻在時, 最能饌此, 每治鼈裙, 去黑皮必盡, 切臠必方正. 今一何似也, 所以泣." 因具言始末. 宰亦悵然, 託更衣入宅. 旣出, 卽罷酒, 曰: "一人向隅而泣, 滿堂爲之不樂. 敎授旣爾, 吾曹何心樂飮哉?" 客皆去.

　宰揖王入堂上, 喚一婦人出, 乃其妻也. 相顧大慟欲絶. 蓋昔年將徙舍之夕, 姦人竊聞之, 遂詐興至女儈家而貨於宰, 得錢三十萬. 宰以爲側室, 尋常初不使治庖廚, 是日偶然耳. 便呼車送諸王氏. 王拜而謝, 願盡償元直. 宰曰: "以同官妻爲妾, 不能審詳, 其過大矣. 幸無男女于此, 尚敢言錢乎?" 卒歸之. 予頃聞錢塘兪倞話此, 能道其姓名鄕里, 今皆忘之. 如西安宰之賢, 不傳於世, 尤可惜也.

　소흥 연간(1131~1162) 초, 사방의 도적들이 미처 다 평정되지 못하였을 때이다. 변경[49] 사람인 종사랑 왕씨가 임안부로 전보되자 처첩

---

[49] 汴京: 북송 멸망 직후 금조는 개봉을 汴京(현 하남성 開封市)으로 개칭하였고, 貞元 1년(1153)에 남경 개봉부로 바꿨다. 별칭은 汴河에 위치한 데서 유래한 汴州·汴都이다.

을 데리고 부임하여 포검영에 있는 관사에서 살게 되었다. 좌우를 돌아보니 모두 사창가여서 불편하기에 바깥에 있는 민가에 세를 얻었다. 왕씨는 집에 돌아와 아내에게 말하길,

"내가 이미 어느 골목의 한 집을 얻어 놓았소. 매우 넓고 깨끗합니다. 내일 내가 먼저 짐 상자를 옮기고 다시 가마를 가져와 당신을 데려가겠소."

다음 날 곧 이사하였다. 잠시 후 가마가 왔기에 아내 또한 타고 갔다. 한참 후 왕씨가 다시 살던 곳으로 돌아와 아내를 찾으니, 관사를 지키던 노인이 말하길,

"공께서 출발한 뒤 얼마 되지 않아 보내 주신 가마가 왔고, 군부인[50]께서 즉시 출발하셨습니다. 첩도 따라갔고요. 길을 잃어버린 것은 아니겠지요?"

왕씨가 깜짝 놀라 급히 돌아가 봤지만, 결국 아내를 잃어버렸고, 더는 찾을 방법이 없었다. 5년 후 구주[51] 주학교수가 되어 서안현[52] 지사가 마련한 연회에 참석하게 되었는데,

아주 맛있는 자라 요리가 올라와 앉아 있던 손님들이 모두 잘 먹고

---

50 君夫人: 본래 夫人은 춘추전국시대에 제후의 正妻에 대한 칭호였으나 唐代에는 1품관의 모친과 정처에게 國夫人, 3품관 이상에게는 郡夫人 등의 호칭을 하사하면서 점차 부인에 대한 존칭으로 널리 쓰이기 시작하였다. 송대에도 國夫人·郡夫人·郡君·縣君을 두었는데, 政和 2년부터 郡君은 淑人·碩人·令人·恭人으로, 縣君은 宜人·安人·孺人으로 나누었다.

51 衢州: 兩浙路 소속으로 치소는 西安縣(현 절강성 衢州市 柯城區)이고 관할 현은 5개, 州格은 軍事州이다. 강서·복건·안휘와의 접경으로 현 절강성 중서부에 해당한다.

52 西安縣: 兩浙路 衢州의 치소이며 현 절강성 중서부 衢州市의 城區인 柯城區에 해당한다.

있었다. 왕씨도 한 입 먹었는데 젓가락을 놓고 구슬피 눈물을 흘렸다. 지사가 그 까닭을 묻자 대답하길,

"잃어버린 아내가 있을 때가 생각나서 그럽니다. 제 아내가 가장 잘하는 요리가 바로 자라 요리였습니다. 매번 자라 껍질을 다룰 때 검은 껍질을 다 제거하고 한 조각씩 썰 때 네모반듯하게 썰었지요. 지금 이 요리와 얼마나 똑같은지, 그래서 눈물이 났습니다."

이에 아내를 잃게 된 자초지종을 모두 얘기하였다. 지사 역시 망연자실하며 옷을 갈아입는다고 하고는 방으로 들어갔다. 다시 나온 뒤 지사는 곧 연회를 파하고 말하길,

"한 사람이 구석을 보며 울고 있는데, 앉아 있는 손님들 역시 즐거울 수 있겠습니까. 교수께서 이미 그러하니 우리 역시 무슨 마음으로 술을 즐기겠소?"

손님들이 모두 가자 지사는 왕씨를 집 대청으로 데리고 갔다. 한 부인을 나오라고 불렀는데, 그녀는 바로 왕씨의 아내였다. 두 사람은 서로 보고 대성통곡하다 자칫 혼절할 뻔하였다. 예전에 이사하려고 한 그날 밤, 간악한 자들이 몰래 그들의 말을 듣고 거짓으로 가마를 보내 여자를 파는 중개인에게 넘겼고 돈 30만 전을 받고 지금의 지사에게 팔았던 것이다. 지사는 그녀를 측실로 삼아 평소에는 당초 그에게 부엌일을 하게 하지 않았는데, 이날은 정말 우연히 요리를 하였던 것이다. 곧 수레를 불러 왕씨에게 데려다주게 하자, 왕씨는 절을 하며 감사를 표하고 원금을 모두 돌려주고자 했다. 지사가 말하길,

"같은 관원의 아내를 첩으로 삼았으니 자세히 알아보지 못했던 것은 나의 큰 잘못이오. 다행히 지금까지 남녀의 일은 없었으나 어찌 감히 돈을 이야기하겠소?"

왕씨는 마침내 아내와 함께 돌아갔다. 내가 예전에 항주 전당현[53] 사람 유경이 이 이야기를 하는 것을 들었는데, 그 이름과 사는 곳을 다 말해 주었다. 하지만 지금 모두 잊어버렸다. 서안현 지사의 현명함이 세상에 전해지지 않는다면 얼마나 애석한 일이겠는가.

---

53 錢塘縣: 仁和縣과 함께 兩浙路 杭州의 치소이다. 현 절강성 항주시 城區인 上城區에 해당한다.

予叔父家養羊數百頭, 放諸山上, 多爲狼所食. 嘗遣表姪沈仲迹尋
之, 値夜, 未畢事, 方獨行, 忽逢家所使劉行者在前, 戲呼其姓名. 仲雖
怒, 而暗中喜得侶, 卽相應答. 劉曰: "此路甚險惡, 宜隨我來." 乃踵以
前.
　　才數十步, 遂墜落崖中, 臂幾折, 忍痛大叫. 屠牛者居山下, 識其聲,
急張燈攜梯, 掖之以上, 扶還家. 左臂穿穴透骨, 猶能道所見, 而劉行
蓋未嘗出, 始知鬼也.

　필자의 숙부 댁에서 양 수백 마리를 키웠는데, 양을 산 위에 풀어
놓았다가 늑대에게 여러 마리가 잡아먹혔다. 일찍이 조카 심중을 보
내 가서 늑대를 찾아보라고 하였다. 밤이 될 때까지 찾지 못하고 혼
자 돌아오는데 갑자기 집에서 일하는 유행이 앞에 있는 것을 보았다.
그가 자기 이름을 장난삼아 부르기에 심중은 화가 났지만 그래도 어
두운 밤에 함께 할 사람을 만나서 기뻤다. 곧 서로 아는 체하였다. 유
행이 말하길,

　"이 길은 매우 험악해서 나를 잘 따라와야 합니다."

　유행이 바로 앞에서 갔는데, 겨우 수십 보를 걸었을 무렵 심중은
곧 절벽 아래로 굴러떨어져 팔이 거의 부러지게 되었다. 그는 통증을
참으며 크게 소리쳤다. 산 아래 살고 있던 소를 잡는 백정이 그 소리
를 듣고 급히 등을 켜고 사다리를 가져와 그를 옆에 끼고 위로 올린
다음 집까지 부축하여 데려다주었다. 왼쪽 팔은 살이 다 찢어져 뼈가

드러나 보였다.

　그래도 심중은 자신이 봤던 것을 얘기할 수 있을 정도의 정신은 있
었다. 하지만 유행은 그곳을 간 적이 없었다. 그제야 비로소 귀신이
한 짓임을 알았다.

沈緯甫, 溫州瑞安人. 久遊太學, 不成名, 罷歸鄕里, 頗以交結邑官
顧貰謝爲業. 然遇科詔下亦赴試, 每不利, 必仰而詬人曰: "緯甫潦倒無
成, 爲鄕曲笑, 五內分裂, 天亦知我乎?" 乾道六年, 邑尉黃君遭民訟,
使者遣官按究, 得實矣. 尉甚恐, 載酒食訪沈, 日夜謀所以脫免計. 一
日, 挾兩妓, 挐舟邀沈泛湖. 將近其所居, 使妓捧杯夾之曰: "可唱'平地
一聲雷'之詞, 爲沈學士壽." 沈謝曰: "得如此, 五內不分裂矣." 卽跪受
之. 飮未釂, 雲霧斗合, 風雨驟至, 舟力挽不可前.

時二月八日, 雷始發聲, 俄有霹靂震沈氏之堂. 一柱飛揚如屑, 屋脊
穿透無全瓦. 寢室文書盡焚, 帷帳碎折, 屛榻若受萬斧, 而四隅略無纖
隙. 莫知雷所自來. 明日, 邑人相率焚香告語曰: "惡事不可爲. 沈氏之
雷, 其得不監? 彼好言'五內分裂', 斯其應乎!" 堂門有天篆數行, 外人
莫得見. 黃尉驚悸得心疾, 兩月小愈, 出詣沈. 沈猶擧手加額曰: "先生
所謂'一聲雷'也." 了不省悟. 黃後三年亦亡. (瑞安主簿陳處俊說.)

온주 서안현 사람 심위보는 오랫동안 태학에서 공부하였지만, 과
거에 급제하지 못하자 학업을 포기하고 고향으로 돌아와 있었다. 종
종 현의 관원과 결탁하여 일을 봐 주고 사례를 받아서 먹고살았다.
하지만 과거가 있다는 조서가 내려올 때마다 시험을 보러 갔다. 그리
고 매번 낙방할 때마다 사람들에게 욕하며 하늘을 우러러보고 말하
길,

"저 위보는 항상 곤고하고 아무것도 이루지 못해 마을 사람들의 웃
음거리가 되어 오장이 갈가리 찢기는데 하늘은 이런 저를 알고나 계

십니까?"

건도 6년(1170), 주민이 현위 황씨를 상대로 소송을 하자 양절로 감
사는 관원을 보내 조사하게 하였다. 실상이 알려지자 현위는 몹시 두
려워하며 술과 음식을 가지고 심위보를 찾아와 밤낮으로 벗어날 방
안을 상의하였다. 하루는 두 기녀를 데리고 배를 끌고 와서 심위보를
불러 호수에 배를 띄웠다. 그가 사는 곳 가까이 이르자 황씨는 기녀
에게 술잔을 들어 올리고 심위보를 껴안게 한 뒤 말하길,

"'평지에 울리는 한 번의 천둥소리'[54]라는 사詞를 불러 보거라. 심학
사의 행운을 위해!"

심위보가 감사하며 이르길,

"만약 그럴 수만 있다면 나의 오장도 갈가리 찢기지 않을 텐데!"

그는 즉시 몸을 구부려 술잔을 받았다. 아직 다 마시지도 않았는
데, 갑자기 구름과 안개가 몰려오더니 비바람이 일고 배는 아무리 힘
써 밀어도 앞으로 나아가지 않았다. 그때가 2월 8일이었는데, 천둥소
리가 처음 나고 잠시 후에 벼락이 심위보의 집을 때렸다. 기둥 하나
가 가루처럼 날아갔고, 집의 용마루를 부러져 온전한 기와가 하나도
남지 않았다. 침실의 책들이 모두 불태워졌고, 커튼과 장막이 찢겨졌
다. 병풍과 평상은 도끼로 만 번을 내리찍은 것 같았고, 사방에 조금
도 성한 곳이 없었다. 천둥이 어떻게 치게 되었는지 아는 이가 없었
다. 다음 날 현성 사람들 모두 앞다투어 향을 피우며 서로 말하기를,

"나쁜 일을 해서는 안 된다. 심위보 집에 내리친 천둥을 보고 어찌

---

54 '平地一聲雷': 갑자기 발생하는 중대한 변동 또는 명성이나 지위가 갑자기 올라간
   다는 뜻이다.

거울삼지 않을 수 있는가? 심위보는 늘 '오장이 갈가리 찢긴다'라고 말하였는데, 이는 그 말이 실제 이루어진 것이 아닌가!"

심위보의 대청 문에는 전서篆書로 여러 줄 쓰여 있는데 바깥사람들은 볼 수가 없었다. 현위 황씨는 놀라 심장병을 얻었으나 두 달이 지난 후 조금씩 나았고, 마침내 외출하여 심위보를 찾아갔다. 심위보가 여전히 손을 들어 이마를 덮으며 말하길,

"선생이 말한 대로 '한 번의 천둥소리'였습니다."

황씨는 무슨 말인지 깨닫지 못했다. 황씨는 그 뒤로 3년을 더 살고 죽었다.(서안현 주부 진처준이 말한 것이다.)

　　吳興士子六人入京師赴省試, 共買紗一百匹, 一僕負之. 晚行汴堤
上, 逢黥卒, 蓬首鼃面, 婉婉然出於榛中. 見衆至, 有喜色, 左顧而嘯.
俄數人相繼出, 挾槊持刀, 氣貌兇悍. 皆知其賊也, 雖懼而不可脫. 同
行霍秀才者, 長大勇健, 能角觝技撃, 鄕里目爲霍將軍. 與諸人約勿走,
使列立于後, 獨操所策短棒奮而前.
　　羣賊輕笑, 視如几上肉. 霍連奮擊, 輒中其膝, 皆迎杖仆地不能興.
然後得去. 前行十餘里, 過巡檢營, 入告之. 巡檢大喜曰: "此輩出沒近
地, 殺人至多. 官立賞名, 捕不可獲, 何意一旦成擒!" 邀諸客小駐, 自
率衆馳而東. 儼然在地, 宛轉反側, 凡七八輩. 盡執縛以歸, 護送府而
厚謝客. 五士謂霍: "非與君偕來, 已落賊手矣." 霍曰: "吾若獨行, 亦必
不免. 諸君雖不施力, 然立衛吾後, 無反顧憂, 此所以能勝也."(嚴康朝
說.)

　　오흥[55]의 사인 여섯 명이 도성에 가서 성시를 응시하게 되었다. 이
들은 사견 100필을 공동으로 구매한 뒤 한 노복에게 사견을 지고 가
게 하였다. 저녁에 변하 제방 위에서 거니는데 얼굴에 문신한 병졸과
마주쳤다. 헝클어진 머리에 검은 얼굴이었고 무성한 숲에서 나온 모
습이 완연하였다. 사인들이 오는 것을 보더니 기뻐하는 표정이었고,

55　吳興: 兩浙路 湖州의 별칭이다. 東吳 寶鼎 1년(266), '吳國興盛'을 기원하며 吳興郡
　　을 설치한 데서 유래하였다. 湖州가 행정지명이 된 것은 隋 仁壽 2년(602)이라서
　　吳興이 더 널리 쓰였다.

왼쪽을 돌아보더니 휘파람 소리를 냈다.

잠시 후 여러 사람이 계속해서 나왔는데, 창과 칼을 들고 있었고 기세와 모습이 매우 흉악스럽고 강해 보였다. 사인들은 그들이 도적 떼임을 모두 알아차렸고, 무서웠지만 피할 수 없었다. 동행하던 사인 가운데 곽수재라고 있었는데 키와 몸집이 큰데다 매우 용맹하고 건장했다. 씨름을 잘했고 주먹도 세서 마을 사람들은 그를 '곽장군'이라 불렀다.

곽수재는 동행한 사람들에게 달아나지 말라고 단속한 뒤 자기 뒤에 서 있으라고 하였고, 홀로 지팡이로 삼았던 짧은 몽둥이를 휘두르며 앞으로 나아갔다. 도적들은 모두 콧방귀를 뀌며 우습게 무시하며 곽수재를 도마 위의 고깃덩어리로 보았다. 곽수재는 연이어 공격하였고 번번이 그들 무릎을 적중시켰다. 모두 곽수재의 몽둥이에 맞고 땅에 엎어져 일어날 수가 없게 만든 뒤 사인들은 빠져나올 수 있었다. 앞으로 10여 리쯤 갔을 때 순검영을 지나게 되자 들어가 이를 알렸다. 순검사는 크게 기뻐하며 말하길,

"이놈들이 이 근처에서 출몰하며 많은 사람을 죽였다. 관에서는 현상금을 걸었는데도 잡을 수 없었는데, 어찌 하루아침에 잡을 수 있을 거라고 생각이나 했겠는가!"

여러 사인을 맞아 잠시 머무르게 하고, 자신은 포졸들을 데리고 동쪽으로 달려갔다. 정말로 땅에 쓰러져 몸을 비틀며 꿈틀거리고 있었다. 모두 7~8명이었다. 모두 줄로 묶어서 데리고 돌아와 개봉부로 압송하였고 사인들에게 후하게 사의를 표하였다. 다섯 명의 수재들은 곽수재에게 말하길,

"자네와 함께 오지 않았다면 우리는 이미 도적떼 손에 들어갔을 것

이오."

곽수재가 말하길,

"내가 만약 혼자였다면 나 또한 피할 수 없었을 것이요. 여러분이 비록 직접 싸우지는 않았지만 모두 나의 뒤에 서서 지켜 주었기 때문에 뒤에서의 공격을 걱정하지 않을 수 있었고, 그것이 이길 수 있었던 요인이지요."(이 일화는 엄강조가 말한 것이다.)

이견정지

夷堅丁志
卷 12

上饒龔丕顯, 紹興十七年得鄉貢. 明年省試後, 夢入大官局, 立廷下, 與其徒數百人皆著白袍居西邊. 王者坐于上, 吏一一呼名訖, 引居東. 其宗人滂亦預選, 丕顯隨呼且東矣. 判官趨升殿, 有所白, 旋下, 入東廊, 抱文書巨杳而上, 揭以示王. 王繙閱移時, 連頷首. 判官復下, 卻挽使西. 慍而竊, 憮然不樂. 是年下第, 滂獨登科. 丕顯知夢已驗, 但不曉坐何事嬰罰.

自是無進取意, 蹭蹬恰一紀, 用免擧到省, 乃獲正奏名. 既廷試, 喜曰: "事畢矣." 尚以唱名係念. 又夢適曠野, 徘徊竚立, 望神人冉冉由雲端下, 顧己曰: "汝欲見及第勑乎?" 出袖中小軸展示之, 乃黃牒也. 其前大書'龔丕顯'三字, 又細書曰: "爲不合爭論昏姻事, 展十二年." 驚起, 具語所親曰: "不善事不可爲. 頃時, 鄉里有失行婦人與惡子通者, 吾之甥聞而訐之. 惡子懼, 與婦人約, 急納幣結昏, 吾甥亦强委禽焉. 惡子不能平, 訟於官. 甥謁吾求援, 吾與爲道地, 竟得妻. 一時良以爲得策, 不謂陰譴分明乃如是, 悔之何及也?" 丕顯爲餘干尉, 竟不達而卒.

상요[1] 사람 공비현은 소흥 17년(1137) 향시에 합격하여 이듬해 성시를 보았다. 시험을 마치고 꿈속에서 고관들이 있는 부서에 들어가 뜰 아래 서 있었다. 모두 백색 도포를 입은 수백 명의 사람들과 함께 서쪽에 머물러 있었다. 왕으로 보이는 자가 그 위에 앉아 있었고, 서

1　上饒: : 江南東路 饒州의 별칭으로 관내의 上饒江(현 信江)에서 유래하였다. 현 강서성 동북부 上饒市에 해당한다.

리가 하나하나 호명을 마치자 이들을 이끌고 동쪽으로 간 뒤 머물라 하였다. 같은 집안사람인 공방 역시 향시에 합격하여 성시를 보았는데 공비현은 즉시 그를 부르며 동쪽으로 오게 하였다. 판관[2]이 급히 대전에 올라가 무언가 말을 하는 듯했고, 돌아 내려와 동쪽 행랑채로 들어갔다가 문서를 잔뜩 들고 올라가 왕에게 펼쳐 보였다. 왕은 서둘러 보고 나더니 잠시 후 연이어 머리를 끄덕였다. 판관이 다시 내려와 공비현을 끌고 서쪽으로 가게 했다.

공비현은 화를 내며 깨어났는데 실의에 빠져 우울했다. 공방만 혼자 급제하였을 뿐 공비현은 이해에 과거에 낙방했다. 공비현은 꿈이 매우 영험하다는 것을 깨달았지만, 어떤 일로 벌을 받은 것인지 알 수 없었다. 이때부터 정진하여 과거에 합격하려는 뜻도 없이 어영부영하며 꼬박 12년을 허송세월하였다. 그러다가 향시를 면제받고 성시를 본 결과 바로 정식으로 과거에 급제하였다.[3] 전시를 보고 나서 기뻐하며, "모든 일이 끝났다."[4]고 말하면서도 공비현은 여전히 자신의 이름이 불리기를 염원했다.[5]

2　判官: 唐代 採訪使 · 節度使 · 觀察使 · 經略使 등 使職官에게 1~2명씩 배정한 고위 보좌관으로 시작하여 五代에는 막료 직을 포괄하는 용어로 사용되어 송대로 이어졌다. 송조의 三司 · 開封府 · 宣撫使司 · 經略安撫使司 · 市舶司 등에 모두 설치되었다. 推官의 상위직이다.

3　正奏名: 상서성 예부에서 주관하는 省試에 합격한 모든 응시생을 가리키는 말로서 特奏名의 상대어이다.

4　성시에 합격한 수험생을 대상으로 황제가 직접 시험을 주관하는 殿試는 합격 여부를 결정짓는 것이 아니라 등수만 결정하는 것으로 바뀌었기 때문에 '모든 일이 끝났다'고 말할 수 있었을 것이다. 전시는 御試 · 廷試 · 廷對라고도 한다.

5　龔不顯은 단순히 과거에 급제할 뿐 아니라 자신의 성적이 앞에 있기를 희망하였다는 뜻이다.

또 꿈을 꾸었는데 마침 넓은 들에 나가 있었고, 배회하다 우두커니 서 있었다. 멀리 신이 구름 속에서 나와 천천히 내려오는 것을 보았다. 신은 공비현을 보고 묻길,

"너는 장원급제자 명단이 적힌 칙서를 보길 원하느냐?"

그는 소매에서 작은 두루마리를 꺼내 펼쳐 그에게 보여 주었다. 누런색 문서였다. 그 앞에 크게 공비현 세 글자가 쓰어 있었다. 또한 작은 글씨로 쓰어 있기를,

"부당하게 남의 혼사에 끼어들어 논쟁하였기에 12년을 늦춘다."

그는 놀라 일어났다. 그리고 친한 이에게 상세히 말하길,

"좋지 않은 일은 행해서는 안 되네. 옛날에 향리에서 행실이 좋지 않은 여자와 나쁜 남자가 사통하였고 나의 조카가 이 사실을 알고 고소를 했네. 그 나쁜 남자는 두려워 떨다가 그 여자와 혼약을 맺어 급히 납폐하고 결혼을 진행했는데, 나의 조카가 다시 여자에게 납폐[6]를 받으라고 강제했어. 그 남자는 억울해하며 관에 소송을 했고, 조카가 나에게 와서 도움을 청하기에 내가 가서 그의 편에서 말해 주었고, 마침내 조카는 그 여자를 아내로 얻었다네. 당시에는 내가 좋은 계책을 썼다고 생각했는데, 명계의 견책이 이처럼 분명할 줄은 생각도 못했다네. 후회한들 무슨 소용 있겠는가?"

공비현은 요주 여간현[7]의 현위가 되었지만 결국 부임하기도 전에 죽었다.

---

6 禽: 고대 혼례에서 결혼을 약속하는 예물로 새를 사용한 데서 후에 聘禮를 뜻하는 말로 쓰였다.
7 餘干縣: 江南東路 饒州 소속으로 현 강서성 동북부 上饒市 서단의 서남쪽 餘干縣에 해당한다.

李似之侍郞爲臨川守, 以父少師公忌日往疎山設僧供, 與長老行滿
共飯. 滿年八十餘矣, 飯且竟, 熟睨李曰: "公乃遜老乎?" 李不應, 左右
皆愕. 俄又曰: "此老僧同門兄也, 名上下二字皆與公同. 自聞公出守,
固已疑之. 今日察公言笑動作·精采容貌, 了不見少異, 公其後身復何
疑?" 李扣其以何年終, 則元祐戊辰, 正李初生之歲也. 李亦感異, 還家,
揭燕寢曰小雲堂, 而賦詩曰: "老子何因一念差? 肯將簪紱換袈裟. 同
參尙有滿兄在, 異世猶將遜老誇. 結習未忘能作舞, 因緣那得見拈花?
卻修淨業尋來路, 澹泊如今居士家." 李初命名時固得於夢兆, 甲志載
之矣.

　　자가 사지이며 호부시랑을 지낸 이미손[8]이 무주 임천현 지사로 있
을 때, 소사로 추증된 아버지 이찬공[9]의 기일이라 소산[10]으로 가서 스
님들께 공양을 드리고 절의 장로 행만과 함께 식사했다. 행만은 나이

8　李彌遜(1085~1153): 자는 似之이며 兩浙路 蘇州 吳縣(현 강소성 蘇州市 吳中區·
　　相城區) 사람이다. 휘종 때 起居郞과 冀州 지사를 지냈고 고종 때에는 饒州·吉州
　　지사, 試中書舍人을 거쳐 試戶部侍郞이 되었다. 대금 강경파 李綱과 가까웠던 이
　　미손은 秦檜의 주화론에 반대하다 밀려났다.
9　李撰(1043~1109): 자는 子約이며 兩浙路 蘇州 吳縣(현 강소성 蘇州市 吳中區·相
　　城區) 사람이다. 유능하고 소신 있는 관리였지만 조정에서 근무하지 못하고 莫
　　州·袁州 통판 등 지방관으로 지냈다. 사후에 少卿으로 추증되었으므로 본문의
　　少師는 誤記로 보인다.
10　疎山: 江南西路 撫州 金溪縣 서쪽에 있는 산인데 당대에 창건한 名刹 疎山寺가 있
　　다. 본문의 내용으로 볼 때 疎山은 疎山寺를 가리킬 가능성이 크다.

가 80여 세였는데 식사가 거의 끝날 무렵 이미손을 자세히 보더니 묻길,

"공은 손장로가 아니시오?"

이미손은 아무런 대답도 하지 않았고 좌우 사람들은 무슨 소리를 하는 것인지 몰라 깜짝 놀랐다. 행만은 잠시 후 다시 말하길,

"손장로는 노승의 사형입니다. 이름의 위아래 두 글자가 모두 그대와 같지요. 그대가 임천현 지사로 왔다는 이야기를 들은 후부터 분명 그일 거라고 생각했었습니다. 오늘 그대의 말투와 웃음소리, 행동거지와 잘생긴 용모를 자세히 보니 조금도 다르지 않습니다. 공이 그의 후생임을 어찌 다시 의심할 수 있겠습니까?"

이미손은 그가 어느 해에 돌아가셨는지 묻자, 행만은 원우 무신년 (3년, 1088)이라고 대답했다. 바로 그해가 이미손이 태어난 해였다. 이미손 역시 기이하다고 여기고 집으로 돌아가 '소운당'이라고 부르는 그의 사랑채로 가서 시를 지었다.

그대는 어떤 인연으로 다른 길을 생각하였는가?
어찌 능히 관복을[11] 벗고 승복을 입었는가?

법회에 참가해 보니 행만 사형은 여전히 계시니,
다른 세상에서 여전히 손장로와 만나 즐겁게 이야기를 나누네.

배움을 잘 맺어 잊지 않으며 능히 서로 고무할 수 있으리니,

---

11 簪紱: 簪은 관리의 관모에 꼽는 동곳이고, 紱은 官印 끈을 매단 예복이다. 고위 관리의 복장으로서 관직에 나가 현달함을 뜻한다.

인연 닿는 그 어느 곳에서 염화미소를 짓고 계시는가?

수양하고 공부하여 앞으로 나갈 길을 찾으니,
지금처럼 담박하게 사인의 집에 머무르려네.

이미손은 처음 이름을 지을 때도 진실로 꿈의 징조가 있었으니,『갑
지』에 그것을 기록해 두었다.[12]

12 이미손의 이름에 관하여는『이견갑지』, 권6-3, 「이미손」 참조.

　　九江人王寓, 政和間爲洪州進賢主簿. 將受代[13] ….

　　福州人疾目, 兩瞼間赤溼流淚, 或通或癢, 晝不能視物, 夜不可近燈
光, 兀兀癡坐. 其友趙子春語之曰: "是爲爛緣血風, 我有一藥正治此,
名曰'二百味草花膏.'" 病者驚曰: "用藥品如是, 世上方書所未有, 豈易
遽辦? 君直相戲耳." 趙曰: "我適有見藥, 當以與君." 明日, 攜一錢匕
至, 堅凝成膏, 使以匙抄少許入口. 一日淚止, 二日腫消, 三日痛定, 豁
然而愈. 乃往謁趙致謝, 且扣其名物, 笑曰: "只是用一羖羊膽, 去其皮
脂, 而滿塡好蜜, 拌勻, 勻之候乾, 則入鉢研細爲膏. 以蜂採百花, 羊食
百草, 故隱其名以眩人云." 或云亦有它方證載云.

　　구강 사람 왕우는 정화 연간(1111~1118)에 홍주 진현현[14]의 주부가
되어 전임자가 임기를 마치길 기다리고 있는데 ….

　　복주 사람이 눈병을 앓고 있었다. 두 눈꺼풀 사이가 붉게 젖어 눈
물을 흘리며 어떨 때는 아프고 어떨 때는 간지러웠다. 낮에는 물건을
볼 수 없었고 밤에는 불빛 가까이 갈 수가 없었다. 마음이 불안하여
바보처럼 앉아 있었다. 친구인 조자춘이 그에게 와서 말하길,

　　"이것은 혈풍으로 문드러져 그런 것이야. 내가 약을 가지고 있는데
마침 이를 치료하는 것이지. 약의 이름은 '이백미초화고'야."

13　송대 판본은 이 뒤의 1엽이 결락되었다.

14　進賢縣: 江南西路 洪州 소속으로 현 강서성 북중부 南昌市 城區의 남동쪽인 進賢
縣에 해당한다.

병자가 놀라 말하길,

"이런 약재를 쓰는 것을 세상의 방서에는 적혀 있지 않을 터인데 자네는 어찌 이리 쉽고 빠르게 알아낼 수 있었단 말인가? 그대는 나를 놀리는 것인가?"

조자춘이 말하길,

"내가 마침 이 약을 가지고 있으니 자네에게 주는 것이야."

다음 날 1전 크기의 약숟가락에 약을 담아 와서 단단하게 빚어서 연고로 만들어 그에게 한 숟가락 떠 주며 조금씩 입으로 넣어 주었다. 하루가 지나자 눈물이 멈추었고 이틀이 지나자 붓기가 사라졌으며 사흘이 지나자 통증이 멈추었다. 눈앞이 밝아지며 다 나았다. 이에 조자춘에게 가서 감사를 표하고 그 명약이 무엇인지 물어보았다. 조자춘이 웃으며 답하길,

"이는 다만 거세한 양의 쓸개를 이용한 것으로 그 껍질과 지방을 벗긴 후 좋은 꿀로 채워 고르게 반죽한 후 조금씩 떠서 마르기를 기다렸다가 사발에 넣고 곱게 갈아서 고약으로 만든 것이야. 벌에게서 백 가지 꽃을 따오게 하고 양이 백 가지 풀을 먹였다며 '200가지 맛의 풀과 꽃으로 만든 고약(이백미초화고)'라고 이름을 지어 사실을 숨기고 그 이름으로 사람을 현혹시킨 것뿐이지."

혹자는 이르길 다른 방서에 그 효험을 적은 것이 있을 것이라고 한다.

저주로 응보를 받은 정주의 백성

汀州民聶氏與某氏爲詛, 久之, 兩家數十口相繼死. 唯聶氏子慶獨存, 從長老法海住南巖寺. 三年, 海遷天寧, 慶與之俱, 中塗遇瘴疾, 死而復甦, 語海曰: "似夢中見五人來相逮甚遽, 云: '追汝久矣. 汝在南巖, 吾不敢進, 今須汝往圓案也.' 驅逐疾行. 慶皇懼, 念佛乞哀救. 至麻潭渡遇白衣□主于道, 五人俯伏屛息. 巖主告之曰: '不必慶15 ….'"

　　정주의 주민 섭씨는 어떤 사람과 서로 저주를 내리는 일을 하였다. 한참 후 두 집안의 식구 수십 명이 잇달아 죽었다. 오직 섭씨의 아들 섭경만 홀로 살아남았는데, 그는 법해 장로를 따라 남암사에서 살고 있었다. 3년이 지나 법해가 천녕사로 옮기는데 섭경은 그와 함께 갔다. 섭경은 도중에 장독[16]에 걸려 죽다가 다시 살아난 뒤 법해에게 말하길,

　　"꿈에 다섯 사람이 와서 저를 다급하게 데려가려고 하면서 말하길, '너를 데려가기 위해 오래 기다렸다. 네가 남암사에 있어서 우리가 감히 다가갈 수가 없었는데, 지금 너는 가서 사건을 해결해야 한다.'

---

15 송대 판본은 이 뒤가 결락되었다. 중화서국본 목차에는 결락된 「鄭安子孫」의 제목만 수록되어 있다.

16 瘴疾: 송대 문헌에 '瘴·瘴氣·瘴疾·瘴病·瘴毒·炎瘴' 등으로 기록된 이 병은 절강성을 제외한 장강 이남 전 지역에서 발생하는 일종의 풍토병의 개념이며 그중에서도 광동과 광서를 가장 심각한 지역으로 간주하였다. 병인으로는 고온다습한 기후를 들고 있다.

라고 하였습니다. 그들은 저를 마구 몰아 급히 데려갔고, 저는 황급하고 두려워 불경을 외우며 구해 달라고 간절히 빌었습니다. 마담 나루[17]에 이르렀을 때, 길에서 흰옷을 입은 □□ 주인을 만나자 다섯 사람은 고개를 숙이고 엎드려 숨을 죽이고 있었습니다. 암자의 주인이 그에게 고하여 이르길, '반드시 섭경을 ….'"

---

17 麻潭渡: 현 복건성 남서부 龍岩市 남쪽의 永定縣에 있는 麻潭渡를 가리키는 것으로 보인다.

이견정지【二】

　나무를 팔아 버린 온대^{溫大賣木}

乾道九年, 贛州瑞金縣市橋壞, 邑宰孫紹發錢授狗脚寨巡檢翟珪買
木繕治. 縣民溫大家有杉木, 其巨者一本, 圍五尺. 前二年其母伐以爲
終身之用, 未暇鋸斲也. 子無狀, 不與母議, 徑詣里正胡璋・劉宗仙售
之. 得錢萬三千, 悉掩爲己資. 母悲泣曰: "吾年八十五, 且暮入地矣,
百物無用, 送死者唯此木爾. 汝爲我子, 何忍見奪耶?" 翟珪遣軍校張
有部役夫方欲牽挽, 木從山自衰下, 其末斷折丈許, 見者異焉. 四月初,
溫在田蒔稻, 忽大風雨作, 雷擊仆于地. 其身由鼻準中分, 右畔如火所
蒸, 煙色鬱鬱然, 左畔半體仍舊而不死. 今母子皆存.(翟珪說.)

　건도 9년(1173), 감주 서금현¹⁸ 시장의 교량이 무너졌다. 현지사 손
소가 돈을 내고 구각채의 순검사 적규에게 목재를 사서 수리하라고
하였다. 서금현 주민 온대의 집에 삼목이 있는데 그 가운데 큰 것은
둘레가 5척이나 되었다. 2년 전부터 온대의 어머니는 나무를 베어 관
을 만들려고 하였는데 미처 벨 틈이 없었다. 그 아들은 경우가 없어
어머니와 상의도 없이 곧바로 이정인 호장과 유종주에게 나무를 팔
아 버렸다. 그렇게 해선 번 돈 13,000전을 모두 자기가 가지고 어머
니에게는 그 사실을 숨겼다. 어머니가 슬피 울며 말하길,

　"내 나이가 85세로 곧 죽을 텐데 백 가지 물건이 소용없고 그저 죽

18　瑞金縣: 江南西路 贛州 소속으로 현 강서성 남부 贛州市 서쪽의 瑞金市에 해당한
　다.

음을 함께해 줄 것은 오직 이 나무밖에 없다. 너는 내 아들인데 어찌 차마 나무를 빼앗아 갈 수 있단 말이냐?"

　적규는 장교인 장유를 보내 인부들을 데리고 가서 나무를 가져오라고 할 생각이었다. 그런데 나무가 산에서 저절로 굴러 내려오더니 그 끝에서 1장 정도 잘려져 나가 보는 이들이 모두 기이하게 여겼다. 4월 초, 온대는 논에서 모내기를 하고 있는데 갑자기 큰 비바람이 몰아치더니 벼락이 그를 때려 땅에 엎어졌다. 그의 몸은 코를 기준으로 중간에서 나누어졌는데, 오른쪽은 불에 탄 듯 그을린 흉터가 분명하게 남았고, 왼쪽은 전과 같은 모양으로 죽지 않고 살았다. 온대 모자는 모두 살아 있다.(이 일화는 적규가 말한 것이다.)

　진십사 부자陳十四父子

贛州興國縣村民陳十四, 事母極不孝, 嘗因鄰人忿爭, 密與妻謀, 牽其母使出鬪. 母久病瞽, 且老, 不能堪, 捽拽顚仆至於死. 遂告于縣, 誣云: "爲鄰所毆殺." 里巷及其妹共證爲不然. 縣執陳繫獄, 未及正刑而斃, 時乾道六年也. 後三年, 陳妻度溪視女, 遭震雷, 擊死於水中. 厥子聞之, 奔至溪旁, 采長藤入水纏母尸, 挽而上之. 岸上人勸以身負, 不肯聽. 雷復震一聲, 亦擊死, 其家遂絶.(知縣穆淮說.)

감주 홍국현[19]의 촌민인 진십사는 어머니를 모시는 데 극도로 불효하였다. 일찍이 이웃과 분쟁이 생기자 몰래 그 아내와 모의하여 그 어머니를 끌어들여 나가서 싸우게 하였다. 어머니는 오랫동안 앞이 보이지 않는 병을 앓고 있었고 늙어 몸을 지탱할 수가 없는데 서로 잡아끌며 다투다 굴러 넘어져 죽게 되었다. 그러자 진십사는 곧 현에 무고하기를,

"이웃에게 맞아서 죽은 것입니다."

하지만 마을 사람들과 그 여동생이 모두 그렇지 않다고 증언하였다. 현에서는 진십사를 잡아다 감옥에 가두었는데 정식 형벌을 받기도 전에 죽었다. 때는 건도 6년(1170)이었다.

3년 후 진씨의 아내가 딸을 보러 가려고 시내를 건너는데 마침 천

19　興國縣: 江南西路 贛州 소속으로 현 강서성 남부 贛州市 중북쪽의 興國縣에 해당한다.

둥과 번개가 쳐서 이를 맞고 시내 한가운데서 죽었다. 아들이 그 소
식을 듣고 물가로 달려 나와 긴 등나무를 가져와 강물에 넣고 그 어
머니의 시신을 감아 끌어서 올렸다. 강가에 있던 사람들이 시신을 등
에 메고 가라고 권하였지만 들으려 하지 않았다. 천둥이 다시 한번
크게 치더니 그 아들 역시 벼락에 맞아 죽었다. 진씨 집안은 대가 끊
어졌다.(이 일화는 홍국현 지사 목회가 말한 것이다.)

葉少蘊左丞初登第, 調潤州丹徒尉. 郡守器重之, 俾檢察征稅之出
入. 務亭在西津上, 葉嘗以休日往, 與監官並欄干立, 望江中有彩舫,
儼亭而南, 滿載皆婦女, 嬉笑自若. 謂爲貴富家人, 方趨避之, 舫已泊
岸. 十許輩袨服而登, 徑詣亭上, 問小史曰:"葉學士安在? 幸爲入白."
葉不得已出見之, 皆再拜致詞曰:"學士雋聲滿江表, 妾輩乃眞州妓也,
常願一侍尊俎, 愜平生心, 而身隸樂籍, 儀眞過客如雲, 無時不開宴,
望頃刻之適不可得. 今日太守私忌, 郡官皆不會集, 故相約絶江此來,
殆天與其幸也."

葉慰謝, 命之坐. 同官謀取酒與飮, 則又起言:"不度鄙賤, 輒草具殽
醴自隨, 敢以一杯爲公壽. 願得公妙語持歸, 誇示淮人, 爲無窮光榮,
志願足矣." 顧從奴挈楏而上, 饌品皆精潔, 迭起歌舞. 酒數行, 其魁捧
花牋以請, 葉命筆立成, 不加點竄, 即今所傳「賀新郎」詞也. 其詞曰:
"睡起聞鶯語. 點蒼苔·簾櫳畫掩, 亂紅無數. 吹盡殘花無人見, 唯有垂
楊自舞. 漸暖靄·初回輕暑. 寶扇重尋明月影, 暗塵侵尙有乘鸞女. 驚
舊恨, 鎭如許. 江南夢斷橫江渚. 浪黏天·蒲陶漲淥, 半空煙雨. 無限
樓前滄波意, 誰采蘋花寄取? 但悵望·蘭舟容與. 萬里雲帆何時到? 送
孤鴻目斷千山阻. 重爲我, 唱金縷."

卒章蓋紀實也. 此詞膾炙人口, 配坡公'乳燕華屋'之作, 而葉公自以
爲非其絶唱, 人亦罕知其事云.(葉晦叔說.)

자가 소온이 상서좌승 엽몽득[20]이 처음 과거에 급제한 후 윤주[21] 단

20　葉夢得(1077~1148): 자는 少蘊이며 兩浙路 蘇州 吳縣(현 강소성 蘇州市 吳中區 ·

도현[22]의 현위로 임명되었다. 윤주 지사는 엽몽득을 매우 중시하며 그에게 징세의 수입과 지출을 감독하는 일을 맡겼다. 업무를 보는 정자가 서쪽 나루터 위에 있었는데, 엽몽득은 일찍이 휴일에 나가서 감관[23]과 더불어 난간에 서 있었다.

멀리 강 위에 화려하게 꾸민 놀이배가 떠 있는 것이 보였고, 정자를 향해 남쪽으로 내려오고 있었다. 배에는 모두 여인들이 타고 있었는데, 웃고 즐기며 거침이 없어 보였다. 부잣집 사람들이려니 생각하고 급히 그 배를 피하려고 하는데 배는 이미 강가에 정박하였다. 예쁜 나들이옷을 입은 십여 명의 여인이 강가로 올라와 곧바로 정자 위로 향하였다. 소사에게 말하길,

"엽학사께서는 어디 계시지요? 들어가 말씀을 전해 주십시오."

엽몽득은 부득이 나와서 그들을 보았는데 모두 재배하고 인사를 건네며 말하길,

相城區) 사람이다. 翰林學士를 거쳐 汝州・蔡州・杭州 지사를 지냈는데 建炎 1년(1127)에 陳通의 반란을 초래하여 낙직되었다. 하지만 紹興 1년에 戶部尙書・尙書左丞으로 중용되었고 江東安撫大使 겸 建康府 자사・宣撫使 등으로 금군에 맞서 싸웠다. 강직하고 박학다식하였으며 石林居士로 널리 알려진 詞의 대가였다. 『石林燕語』・『石林詞』・『石林詩話』 등 많은 저작을 남겼다.

21 潤州: 兩浙路 소속으로 政和 3년(1113)에 鎭江府로 승격되었다. 치소는 丹徒縣(현 강소성 鎭江市 丹徒區)이고 관할 현은 3개, 州格은 節度州이다. 현 강소성 남서부 장강 남단의 鎭江市에 해당한다.
22 丹徒縣: 兩浙路 潤州의 치소이며 현 강소성 장강 남단에 있는 鎭江市 남쪽의 丹陽市에 해당한다.
23 監官: 곡물 창고의 출납 및 보관을 관장하는 관직으로 監倉官의 약칭이다. 衛州 黎陽倉, 潭州 永豐倉 등 주요 곡물 집산지는 물론 각 州・府・軍・監마다 설치한 각종 창고마다 임명하였다. 재정 관련 관리인 監當官의 일원이며, 대부분 選人으로 충당하였지만 京朝官이 파견되기도 하였다. 별칭은 物務・總幹・監局이다.

"학사의 뛰어난 명성이 강표[24]에 자자합니다. 저희는 진주[25]의 기녀로서 항상 학사를 한번 잔치에 모시고 평생의 소원을 이루고 싶었습니다. 그러나 몸이 기녀의 적[26]에 매여 있고, 의진[27]은 지나는 손님이 구름처럼 많아 연회가 없는 날이 없습니다. 잠깐이라도 뵙고 싶었지만 이룰 수 없었습니다. 오늘 지사께서 기일을 맞으셨기에 주의 모든 관청에서는 연회를 가질 수 없어 서로 약속하고 강을 건너 이곳에 왔습니다. 오늘은 하늘이 행운을 내려 준 날입니다."

엽몽득은 그녀들을 위로하며 감사를 전하고 앉으라고 권하였다. 동료 관원 한 명이 술과 안주를 가져오려고 하자 다시 일어나 말하기를,

"비천하다고 여기시지만 않는다면 잠시 가져온 술과 안주를 내오고 감히 한 잔 술을 올려 공의 장수를 빌겠습니다. 바라건대 공께서 사를 하나 써서 저희에게 주시면 가지고 가서 회남 사람들에게 보이며 무궁한 영광으로 여기겠고 그것으로 우리의 바람은 이룬 것입니다."

데려온 노복을 보고 찬합을 가져와 올리라고 하였다. 음식은 모두 정갈하였으며 교대로 일어나 노래와 춤을 더하였다. 술잔이 몇 차례

---

24 江表: 장강이남 지역을 가리키는 말이다. 중원을 기준으로 볼 때 장강의 밖, 즉 표면에 있기 때문에 취한 명칭이다.

25 眞州: 淮南東路 소속으로 치소는 揚子縣(현 강소성 揚州市 儀征縣)이고 관할 현은 2개, 州格은 軍事州이다. 장강의 주요 나루터로 현 강소성 중부 揚州市의 남단에 해당한다.

26 樂籍: 官妓가 樂部에 속한 데서 유래한 호적제도로 樂籍은 唐代에, 伎籍・娟籍・倡籍・花籍 등은 송대에 출현한 명칭이다.

27 儀眞: 淮南東路 眞州의 별칭이다. 본래 建安軍이었는데 眞宗의 명에 따라 조성한 송의 遠祖 金像의 儀容이 진짜 모습과 같아서 주로 승격시켜 준 데서 유래하였다.

돌자 그중 가장 지위가 높은 기녀가 화전[28]을 가져와 사를 청하였다. 엽몽득은 붓을 가져오라 명하고 곧바로 한 수의 사를 완성했고 자구를 고치지도 않았으니 이것이 곧 지금 전해지는 「하신랑」이라는 작품이다. 그 내용은 다음과 같다.

잠에서 깨어 보니 앵무새 소리가 들려오네.
푸른 이끼를 만지며 난간에 발을 내려 해를 가리니 붉은빛 어지러워 헤아릴 수 없구나.
떨어진 꽃잎이 바람에 날리어도 이를 보는 이 없는데, 오직 늘어진 버드나무만이 홀로 춤을 추네.
점점 따사해지는 아지랑이, 막 초여름으로 접어드네.
아름다운 부채가 밝은 달의 그림자를 다시금 찾는데, 어둠 속 먼지가 이는 가운데 오히려 난새에 올라탄 여인이 보이네.
오랜 바람에 놀라워하며 그 원하는 바를 채워 주네.
강남에서의 꿈[29]은 강가를 가로지르네.
물결은 하늘에 달라붙은 듯, 창포물 담은 그릇이 차고 흘러넘치는 듯, 마치 하늘에서 연기가 내리고 비가 오는 것 같구나.
가없는 누각 앞의 푸른 물결의 뜻, 그 누가 빈초 꽃을 꺾어 가지고 가는가?
그저 한탄하며 멀리 바라보니 난 꽃을 실은 배가 함께하여 주네.
만리 밖 구름을 실은 돛단배는 언제쯤 이를 것인가?
외로운 기러기를 떠나보내는데, 눈길은 수없이 많은 저 산에 막히네.
다시 나를 생각하며 금루를 지어 부르네.[30]

---

28 花牋: 편지나 시를 쓰는 데 사용하는 용지로 고아한 수준을 드러내기 위해 각종 문양 등을 넣어 특별히 제작한 것을 말한다.
29 江南夢: 강과 호수, 교량과 정자, 온화한 날씨와 화초 등 아름다운 강남의 환경 속에서 전개되는 낭만적인 사연과 정서를 말한다.
30 金縷: 본래 금실로 엮어 만든 옷으로 부귀영화를 뜻하나 본문의 '금루'는 唐代에

마지막 장은 대개 사실을 읊은 것이다. 이 사는 인구에 회자되었고, 소동파[31]의 「유연화옥」[32]과 짝을 이룰 수 있는 작품이라 하였으나 엽몽득은 스스로 소동파의 절창과는 비할 수 있다고 여기지 않았다. 사람들은 역시 이 일화에 대해서는 거의 모른다.(이 일화는 엽회숙이 말한 것이다.)

유행한 歌詞인 「金縷衣」를 가리킨다. 본문의 사를 가리켜 「하신랑」이라고도 하지만 마지막 구절의 '金縷'로 인해 이 사를 가리켜 「金縷曲」 또는 「金縷衣」라고도 한다. 「하신랑」은 『東坡樂府』에 처음 수록되었다.

31 蘇軾(1037~1101): 자는 子瞻이고 호는 東坡이며 成都府路 眉州 眉山縣(현 사천성 眉山市 東坡區) 사람이다. 부친 蘇洵, 동생 蘇轍과 함께 당송팔대가에 속하는 탁월한 문인으로 문학과 서예 등에서 절찬을 받았다. 22세에 과거에 급제하였으나, 왕안석과 정견이 달랐고, 자유분방한 성격에 필화사건까지 있어 정치적으로 자신의 뜻을 펴지는 못하였다. 杭州·密州·徐州·湖州 지사와 翰林學士·禮部尙書를 역임하였으나 말년에는 신법당의 공격을 받아 광동성 惠州와 해남성 儋州 등지에 유배되었다. 유배에서 풀려 돌아오던 중 常州에서 병사하였다.

32 「乳燕華屋」: 한가한 여름철 오후 꽃처럼 아름다운 여인이 목욕을 하고 시원한 바람결에 잠이 들었다가 바람에 흔들리는 대나무 소리에 잠에서 깨어나 꽃을 감상하며 그리운 이를 생각하며 눈물을 흘린다는 내용이다.

岳州平江令吉撝之, 唐州湖陽人. 初娶王氏, 樞密倫女弟也. 旣亡,
復娶同郡張氏, 居于長沙. 張氏生女數日得危疾, 醫不能治. 其母深憂
之, 邀巫嫗測視, 云: "王氏立於前, 作祟甚劇." 命設位禱解, 許以醮懺,
不肯去. 巫語撝之曰: "必得長官效人間夫婦決絶寫離書與之, 乃可
脫." 撝之不忍從. 張日加困篤. 不得已, 灑淚握筆, 書以授巫. 卽雜紙
錢焚付之, 巫曰: "婦人執書展讀竟, 慟哭而出矣." 張果愈. 生人休死
妻, 古未聞也. 張與予室爲同堂姊妹, 今尙存.

　　악주[33] 평강현[34] 지사 길위지는 당주[35] 호양현[36] 사람으로 처음에
왕씨와 혼인하였는데, 왕씨는 추밀사 왕윤[37]의 여동생이다. 그녀가

33　岳州: 荊湖北路 소속으로 치소는 巴陵縣(현 호남성 岳陽市 岳陽樓區)이고 관할 현
　　은 5개이며 州格은 刺史州이다. 洞庭湖를 안고 있으며 현 호남성 북동부에 해당한
　　다.

34　平江縣: 荊湖北路 岳州 소속으로 현 호남성 동북부 岳陽市 남쪽의 平江縣에 해당
　　한다.

35　唐州: 京西南路 소속으로 치소는 泌陽縣(현 하남성 南陽市 唐河縣)이고 관할 현은
　　5개이며 州格은 團練使州이다. 현 하남성 남서부 南陽市의 동쪽과 駐馬店市의 서
　　쪽에 해당한다.

36　湖陽縣: 京西南路 唐州 소속으로 현 하남성 남서부 南陽市 남동쪽의 唐河縣에 해
　　당한다.

37　王倫(1081~1144): 자는 正道이며 河北東路 大名府 莘縣(현 산동성 聊城市 莘縣)
　　사람이다. 빈곤한 가정에서 태어나 범법행위를 일삼던 건달이었으나, 북송 멸망
　　의 혼란을 틈타 금에 파견하는 사절이 되어 휘종과 흠종에게 고종의 즉위 사실을
　　알렸고, 귀국 후 금의 사정을 자세히 보고하여 右文殿修撰이 되었다. 휘종 사후 迎
　　奉梓宮使로 파견되는 등 4회 금과 교섭한 공으로 簽書樞密院事가 되었다. 결국 금

죽고 길위지는 다시 같은 주의 장씨와 재혼하여 장사에 살고 있었다. 장씨는 딸을 낳은 지 며칠 되지 않아 병에 걸려 위독하였는데 의사도 치료하질 못하였다. 친정어머니가 몹시 걱정하면서 무녀를 불러 살펴보게 하니, 무녀가 말하길,

"왕씨가 앞에 서 있으면서 앙화를 만드는데, 매우 심한 형국입니다."

어머니는 신위를 만들어 주고 기도를 올려 원망을 풀어 주고 참회하는 재를 올려 주라고 하였다. 그런데도 왕씨는 가려고 하지 않았다. 무녀가 길위지에게 말하길,

"반드시 지사께서 이승의 부부가 이혼할 때 쓰는 합의서[38]를 써서 그녀에게 주어야 벗어날 수 있을 것입니다."

길위지는 차마 따를 수 없었다. 장씨의 병환이 더욱 위독해졌다. 길위지는 부득이 눈물을 흘리며 붓을 들고 이혼 합의서를 써서 무녀에게 주었고, 무녀는 즉시 지전과 함께 그것을 태워 전해 주었다. 무녀가 말하길,

"부인께서는 이혼 합의서를 받아 펼쳐 읽어 보더니 통곡을 하시며 떠났습니다."

장씨는 과연 병이 나았다. 살아 있는 사람이 죽은 아내와 이혼하는 일은 예부터 들어 본 적이 없다. 장씨와 나의 아내는 사촌 자매로 지금도 살아 있다.

에 억류되고 금의 관직 수여를 거부하고 자살하였다. 그가 河間府에서 죽을 때 지진과 우박이 사흘간 계속되어 민심이 크게 흔들렸다.
38 離書: 이혼 합의서로서 休書라고도 한다.

> 尉氏縣富家子胡生, 再娶張氏女, 頗妬. 胡嬖一尼, 畜于外甚久. 張
> 知之, 呼其夫歸, 責怒捽挽, 至欲以爐灰眯其目. 胡脫手走, 曰: "寧痛
> 箠我, 此豈得然?" 張益忿, 自投于庭, 展轉咆攊. 時有娠越八月矣, 困
> 劇間在地昏睡, 夢胡之前妻來曰: "彼乃我夫, 汝安得輒據? 吾今殺汝
> 兒." 卽擧拳築其腹. 悸而寤, 始道所見, 扶痛入室, 已不可堪. 所居去
> 縣四十里, 亟呼乳醫, 醫未至, 胞墮地而死.

　　개봉부 위씨현³⁹의 부잣집 아들 호씨는 장씨의 딸과 재혼했는데, 장씨는 자못 투기가 심하였다. 호씨가 한 비구니와 정을 나누었고, 그를 데려다 밖에서 생활한 지 오래되었다. 장씨가 그것을 알고 남편을 불러 돌아오게 한 뒤 화를 내고 책망하며 그를 휘어잡고 화로의 재를 그 눈에 뿌려 눈을 멀게 하려고 하였다. 호씨는 그녀의 손에서 벗어나 도망가며 말하길,

　　"차라리 나를 세게 때리지, 어찌 눈을 멀게 하려 한단 말이오?"

　　장씨는 더욱 화가 나 스스로 뜰에 몸을 던져 구르며 소리 지르고 물건을 던졌다. 당시 임신 8개월이 넘었을 때였다. 괴롭고 극한 상황에서 바닥에서 기절한 듯 잠이 들었는데, 꿈에 호씨의 전처가 나타나 말하길,

---

39　尉氏縣: 東京 開封府 소속으로 현 하남성 중동부 開封市 城區 남서쪽의 尉氏縣에 해당한다.

"저 사람은 내 남편인데 네 어찌 그를 계속 붙잡고 있는가? 내가 오늘 너의 아이를 죽여 버릴 것이다."

그러더니 곧 주먹으로 그 배를 쳤다. 두려워 떨며 깨어나 비로소 자신이 본 것을 이야기하였고, 통증을 참으며 방으로 들어갔는데, 이미 막을 수 없는 상황이었다. 사는 곳은 현성에서 40리 떨어진 곳인데 급히 조산의를 불렀으나 의사가 도착하기도 전에 유산을 하여 죽었다.

謝眼者, 贛州寧都人, 一目眇, 而有妖術. 嘗與客坐村店, 遙望數婦
人著新衣出遊, 戲謂客曰: "彼方袨服, 吾必使之跣行." 袖手良久, 諸人
果裵回窘撓, 皆脫履襪, 牽衣而過. 旣至前, 問其故, 曰: "沮洳被徑, 殊
爲妨人." 謝笑命反顧, 則坦途自若也.
　一小兒負餠餌兩畚隨其母歸外家, 謝就求之, 兒不可. 卽取靑竹�
一條, 密置後畚. 兒覺擔頗重, 行稍遲, 母屢待之. 俄而偏重不能擧, 怪
而發冪, 但見小靑蛇滿其中, 大懼, 悉棄之. 又有民挈猪頭以過者, 謝
曰: "吾能得此以侑觴." 默誦呪數十言. 民行至山下, 訝血臭, 視之, 已
變爲人首矣, 怖而走. 謝徐取以歸, 與客煮食. 每入酒家飮, 無敢不致
敬. 或待遇小不愜, 則抛擲葦杖而出, 便有蛇出地上, 酒徒皆避席. 由
是鄕里畏事之. 後年老貧悴以死, 其後亦絶.(陳煕說.)

　　감주 영도현 사람인 사안이라는 자는 한쪽 눈이 보이지 않았으나
요술을 부릴 줄 알았다. 일찍이 손님과 함께 마을의 가게에 앉아 있
었는데 멀리 여러 명의 여인이 새 옷을 입고 나들이 나온 것을 보고,
손님에게 장난삼아 말하길,

　　"저들은 좋은 외출복을 입었는데, 내가 반드시 저들로 하여금 맨발
로 걷게 할 것이오."

　　소매에 손을 넣은 뒤 한참을 지나자 여인들은 과연 어찌할 바를 모
르고 배회하면서 모두 신발과 버선을 벗고 옷을 잡아끌며 지나갔다.
여인들이 앞에 이르렀을 때 그 이유를 물어보자 말하길,

"길이 물에 젖어 있어 우리를 불편하게 하네요."

사안은 웃으며 뒤로 돌아보라고 하자 길은 평소처럼 아무렇지도 않았다.

한 어린아이가 전병을 담은 두 개의 삼태기를 메고 어머니를 따라 외가로 가고 있었는데 사안이 그에게 가까이 가 떡을 좀 달라고 하자 어린아이가 안 된다고 하였다. 사안은 곧 푸른 대나무 껍질 하나를 가져다 몰래 삼태기 뒤에 넣었다. 아이는 메고 있는 것이 제법 무거워진 것을 느꼈고 걸음이 점점 느려지자 어머니가 여러 차례 그를 기다렸다. 잠시 후 너무 무거워져 들 수 없게 되자 이를 괴이하게 여기고 헝겊 보를 열어 보니 작은 청색 뱀이 그 안에 가득한 것을 보고 크게 놀라 그것을 다 버렸다.

또 돼지머리를 손에 들고 지나가는 한 주민이 있었는데, 사안이 말하길,

"우리가 저것을 얻어서 술안주로 삼을 수 있겠구나."

주문 수십 마디를 조용히 외웠다. 그 사람은 산 아래까지 갔다가 피 냄새가 나는 것이 의아해서 자세히 들여다보자 이미 돼지머리는 사람 머리로 바뀌어 있었다. 그는 돼지머리를 버리고 무서워 달아났다. 사안이 천천히 가서 그것을 가지고 돌아와 손님들과 삶아 먹었다.

매번 주점에 들어가 술을 마실 때마다 감히 경의를 표하지 않은 자가 없었고, 혹 대우가 조금이라도 만족스럽지 않으면 갈대로 엮은 채찍을 버리고 나갔는데,[40] 그러면 곧 뱀이 바닥에 나타나 술 마시던 무리가 모두 자리를 떴다. 그래서 마을 사람들은 그를 두려워하고 잘 모셨다. 후에 나이가 들어서는 가난하고 초췌해져 죽었다. 자식도 없

어 대가 끊어졌다.(이 일화는 진희가 말한 것이다.)

薛士隆家既遭九聖之異, 其後稱神物降其居者尙連年不絶. 乾道癸
巳歲, 自吳興守解印歸永嘉, 得痔疾, 爲庸醫以毒藥攻之, 遂熏炙至斃.
死之數日, 其子沄病中聞若有誦禪氏所謂偈者, 其語云:"議著卽差, 擬
著卽錯. 挑起杖頭, 將錯就錯. 魚鳥飛沉, 各由至樂. 要知樂處, 無夢無
覺." 吁, 亦異矣. 士隆學無所不通, 見地尤高明淵粹, 剛正而有識, 方
向用於時, 年財四十而至此極. 善類咸嗟惜焉. 官止通直郎, 待常州闕,
不及赴.

자가 사융인 설계선[41] 집안은 '구성'의 괴이함[42]에 봉착하였고, 그
뒤로 신령이라고 자칭하는 무엇인가가 사는 곳에 매년 끊이지 않고
나타났다. 건도 계사년(9년, 1165), 호주 오홍현 지사 임기를 마치고
온주 영가현으로 돌아오는데 치질에 걸렸다. 돌팔이 의사가 독약으
로 그것을 치료해야 한다고 하여 마침내 독약을 태워 훈증했는데 그
만 죽음에 이르게 되었다. 죽기 며칠 전 비록 병중에 있었지만, 선사
의 게송 같은 것을 외우는 것을 들었다고 아들 설운이 말하였다. 그
게송은 다음과 같은 것이었다.

---

41 薛季宣(1134~1173): 자는 士隆이며 兩浙路 溫州 永嘉縣(현 절강성 溫州市 永嘉
縣) 사람이다. 大理寺 主簿 · 大理正 · 湖州 지사를 지냈으며 조세 · 兵法 · 지리 ·
水利 등 다양한 분야의 연구에 주력하였다. 鄭伯熊 · 陳傳良 등과 함께 經世的 학
문을 중시하는 永嘉學派 창시자로 꼽힌다.

42 구성의 괴이함과 관련하여 『이견병지』, 권 1-1, 「구성의 기이한 귀신」 참조.

의논하면 모자라고 의심하면 잘못이다.

뛰어오른들 지팡이 머리이고 잘못한다면 곧 잘못이다.

물고기와 새가 날아오르고 물에 빠지니 각각 지극한 즐거움 때문이라.

만약 즐거운 곳을 안다면 꿈도 없고 깨어남도 없으리니.

아, 역시 기이하다. 자가 사융인 설계선은 학식이 넓어 통하지 않는 것이 없었고 식견이 특히 고명하며 깊고 순수하였으며 강직하고 유식하였다. 막 세상에 쓰이려고 할 때의 나이가 겨우 40세였는데, 이렇게 수명을 다하였다. 착한 사람이라면 모두 탄식하고 애석해할 일이 아닐 수 없다. 그의 관직은 통직랑[43]에 그쳤고, 상주 지사 자리가 비기를 기다리던 중이었는데 부임하지도 못한 것이다.

---

43 通直郎: 문관 寄祿官 29개 품계 중 17위이며 종6품下이었으나 원풍개혁 후 30개 품계 중 25위, 정8품으로 바뀌었다. 정8품부터 升朝官에 속한다.

이견정지【二】

謝巽與權, 乾道七年十一月, 自澧州守受代, 與其孥陸行抵巴陵, 舍于岳陽樓. 凡輜重之屬悉置兩大舟, 又空一舟, 規以自載. 涉重湖, 後三日乃至岳. 是日, 岳守王習爲具招之, 宴郡齋. 舟方西來, 司法呂棐官舍在樓側, 當冬至節假, 乘間率妻妾登坡上, 縱目遙望湖心, 有黑物甚長, 乍出乍沒, 尾三舟而下. 初以爲龍, 土人曰:"是名走沙, 江湖中雖有之而不常見也."

良久抵岸, 謝亦還, 遂乘舟去. 呂復觀焉, 黑物隨之如初. 既行三十里, 至九龍浦, 欲赴道人磯宿泊. 沙忽猛漲成圍, 漸束及舡半. 篙師大恐, 入白謝, 請急出避. 遽呼家人, 由沙上跳登岸. 少頃, 一巨鼉升舟, 其身長闊丈餘, 以首幷足盡力壓舟頂. 重載者皆平沉入水, 獨所乘輕者無恙. 其生之具幷衾幬裘褐盡沒. 暮寒方厲, 遣信假衣衾於王守. 王令道人磯巡檢募兵卒善沒者下拯之. 水深不可測, 檣竿高數丈猶不見表. 知無可奈何, 乃止. 一家亦僅脫死, 危矣哉!(呂棐說.)

자가 여권인 사손은 건도 7년(1171) 11월, 예주[44] 지사 직을 후임에게 넘기고 처자식을 데리고 육로로 파릉[45]에 도착해 악양루[46]에서 묵

---

44 澧州: 荊湖北路 소속으로 치소는 澧陽縣(현 호남성 常德市 澧縣)이고 관할 현은 4개, 軍額은 軍事州이다. 본래 '五溪蠻'이 장악하던 羈縻州였는데 熙寧 5년(1072)에 진압하고 직접 관장하였다. 현 호남성 북중부 常德市의 북쪽에 해당한다.

45 巴陵: 荊湖北路 岳州의 별칭이다. 전설 속에서 后羿가 巴蛇라는 거대한 뱀을 죽였는데, 그 뼈가 구릉이 되었다는 데서 유래하였다. 현 호남성 북동부의 岳陽市에 해당한다.

46 岳陽樓: 호남성 악양시 성곽 西門에 있는 누각으로 동정호를 내려다보는 자리에

었다. 옮기기에 무거운 짐들은 모두 두 척의 큰 배에 실었고, 비어 있는 배 한 척은 그들이 타려고 준비하였는데, 이들 세척의 배는 중호[47]를 건너 사흘이 지나 악주에 도착하였다. 이날 악양 지사 왕습은 그들을 모두 초대하여 주의 관저에서 연회를 베풀었다. 배들도 막 서쪽에서 도착하였다. 악주 사법참군[48]인 여비의 관사는 악양루 옆에 있었는데, 동지 휴가[49]를 맞아 처첩을 데리고 언덕 위에 올라 눈이 가는 대로 호수를 바라보고 있었는데, 검고 대단히 긴 무엇인가가 출몰하는 것을 보았고 꼬리가 세 척의 배 아래 있는 것을 보았다. 처음에는 용인 줄 알았으나 사인들이 말하길,

"이것은 주사, 즉 움직이는 모래라고 부르는데 비록 강이나 호수에 살고 있긴 하나 자주 나타나지 않습니다."

한참 후 강가에 이르러 사손 역시 돌아가고자 배를 타고 출발하였다. 여비가 다시 보니, 검은 그것이 처음처럼 그 배들을 따라왔다. 이미 30리를 가서 구룡포에 다다랐다. 이들은 도인기[50]에 가서 배를 세

있다. 建安 20년(215)에 처음 건설되었으며, 강서성 南昌의 滕王閣, 호북성 무한의 黃鶴樓와 함께 강남 3대 누각으로 꼽힌다. 악양루는 慶曆 6년(1046)에 중수 기념으로 초대된 范仲淹이 남긴「岳陽樓記」로 인해 성가를 더하였다.

47 重湖: 洞庭湖의 별칭으로 호수의 남쪽이 靑草湖와 연결된 데서 유래하였다.
48 司法參軍: 형사 문제를 담당한 州의 속관으로 崇寧 2년(1103)에는 將仕郎, 政和 6년(1116)에는 迪功郎으로 개칭하였다. 원풍개혁 이후 품계는 주의 크기에 따라 종8품~종9품이었다. 司理參軍이 소송과 심문 등 검찰 역을 맡은 데 비해 司法參軍은 법률 판단에 따라 판결하는 판사 역을 맡았다. 약칭은 司法 · 法曹 · 法掾이다.
49 節假: 당대와 마찬가지로 송대도 10일마다 하루 쉬는 '旬休'를 기본으로 하되 새해 · 한식 · 동지 · 天慶節 · 上元節은 7일 휴가, 夏至 · 先天節 · 中元節 · 下元節 · 降聖節은 3일 휴가, 立春 · 立夏 · 端午 · 七夕 · 中秋에 하루의 휴가를 주었다.
50 道人磯: 호남성 岳陽市 臨湘市 서쪽의 장강 강변에 있다. 강변에 10여 丈 높이의 바위가 있는데 그 모습이 마치 도인과 같다고 하여 붙여진 지명이다.

이견지지【二】

우고 하루 묵고자 하였다. 그런데 검은색 주사가 갑자기 맹렬하게 일더니 배 주위를 감쌌고, 배의 가운데를 점점 조여 왔다.

배를 모는 사공은 크게 두려워하며 배 안으로 들어가 사손에게 말하고 서둘러 나와 피할 것을 청하였다. 급히 가솔을 불러 모래밭으로 해서 언덕으로 올라가라고 했다. 잠시 후 커다란 자라가 배에 올랐는데, 그 몸의 길이는 1장이 조금 넘었다. 머리와 발로 힘을 다해 뱃머리를 눌렀다. 물건을 실은 배는 그대로 가라앉았다. 오직 가벼운 것만 실은 배는 별일이 없었다. 여러 가지 생활 도구를 비롯해 이불이며 휘장, 갓옷과 베옷 등은 모두 가라앉았다. 저녁이 되자 추위가 더욱 심해지자 편지를 보내 왕지사에게 옷과 이불을 빌려 달라고 하였다. 왕지사는 도인기의 순검사에게 잠수를 잘하는 병졸을 모아 물에 들어가 물건을 건져 보라고 하였지만 물이 깊어 알 수가 없었다. 길이가 몇 장이나 되는 돛대로도 역시 바닥을 짚지 못했으니 방법이 없다는 것을 알고 곧 중단하였다. 한 가족 모두가 겨우 죽음을 면할 수 있었으니 실로 위험한 상황이었다!(이 일화는 어비가 말한 것이다.)

紹興三十一年, 浦城葉榮良貴爲淮陰邑令. 士人有死三日而活者, 云: "被追入冥, 至官府, 追者引從東廂過, 見儀仗列屋, 皆萬乘所用. 異之, 不敢問. 旣立廷下, 主者曰: '汝未合死, 宜亟還.' 遂由西廂出, 所見如初. 方扣其人: '此何用?' 答曰: '府君將迎新天子, 故排比乘輿法物耳.' 及門而寤." 他日, 以告葉, 葉戒使勿敢言. 明年, 皇上登極, 乃印其事.

소흥 31년(1161), 건령군 포성현[51] 사람 엽영량은 승진하여 초주 회음현[52] 지사가 되었다. 죽었다가 사흘 만에 다시 살아 돌아온 한 사인이 있어서 말하길,

"명계로 잡혀 들어가 관아에 이르렀습니다. 저를 체포한 자가 저를 데리고 동쪽 행랑채를 지났습니다. 관청에서 의장행렬이 진행되는 것을 보았는데 모두 만 대의 수레가 쓰이고 있었습니다. 기이하게 여기면서도 감히 묻지를 못했지요. 뜰 아래 서 있는데 주관 관원이 말하길, '너는 죽어야 할 자가 아니다. 어서 급히 돌아가거라.' 마침내 서쪽 행랑채를 통해 나왔습니다. 왔을 때와 같은 것을 보았고 그제야 주위 사람에게 물어보았습니다. '이 의장대는 무엇을 하는 것이지

51　浦城縣: 福建路 建州 소속으로 현 복건성 북부 南平市 최북단의 浦城縣에 해당한다.
52　淮陰縣: 淮南東路 楚州 소속으로 현 강소성 중부 淮安市 淮陰區에 해당한다.

요?' 그자가 답하길, '태산부군[53]께서 장차 새로운 천자를 맞으려고
하여 수레와 가마 및 법물 등을 진열한 것입니다.'[54] 문에 도착했을
때 깨어났습니다."

　다른 날 이를 엽영량에게 말하자 엽영량이 경계하며 그에게 감히
그런 말은 하지 말라고 했다. 이듬해 황상께서 새로 등극하였으니 그
일이 모두 증명된 것이다.

53　泰山府君: 불교의 영향을 받아 사람이 죽으면 그 영혼이 어디로 가는지, 저승이 있
　　다면 그 입구가 어딘지라는 질문에 대한 답으로 東漢 때 처음 등장한 신이다. 사람
　　이 죽으면 태산을 통해 저승으로 가고 태산을 관장하는 신인 태산부군이 저승의
　　지옥을 관장하며, 염라대왕도 태산부군의 관할 하에 있다는 등의 논리가 위진 시
　　기 만들어졌다.
54　황제가 출궁할 때 사용하는 수레는 의장 규모에 따라 大駕 · 法駕 · 小駕로 구분한
　　다. 『後漢書』 「興服上」에 따르면 "하늘에 대한 제사나 교사에는 法駕로 하고, 地
　　神이나 明堂에 대한 제사에는 그 규모를 法駕의 3/10을 줄이고, 종묘에 대한 제사
　　에는 더욱 줄여 小駕로 한다." 大駕는 규모가 가장 커서 황제의 수레는 물론 皇帝
　　를 대신하는 용어로도 쓴다. 『唐六典』에 따르면 大駕는 正車 5輛, 副車 5輛, 屬車
　　12輛으로 구성되었다. 正車 5량은 玉車 · 金車 · 象車 · 革車 · 木車로 구성되어 있
　　고, 副車 역시 마찬가지로 구성되었지만 正車는 6마리, 副車는 4마리의 말이 끄는
　　점이 다르다. 屬車 12량은 指南車 · 記里鼓車 · 白鷺車 · 鸞旗車 · 辟惡車 · 皮軒
　　車 · 耕根車 · 安玉車 · 四望車 · 羊車 · 黃鉞車 · 豹尾車가 있다. 法駕에는 副車가
　　없으며, 屬車에는 백로거 · 벽악거 · 안거 · 사망거가 없다.

淮陰小民喪其女, 經寒食節, 欲作佛事薦嚴而無以爲資. 母截髮鬻之, 得六百錢. 出街, 將尋僧, 値五人過門, 迎揖作禮告其故. 皆轉相推避. 良久, 一僧始留, 曰:"今日不攜經文行, 能自往假借否?"婦人遍訪諸鄰, 得『金光明經』一部以授僧. 方展卷啓白, 婦人涕淚如雨. 僧惻然曰:"不謂汝悲痛若此, 吾當就市澡浴以來, 爲汝盡心." 旣至, 潔誠持誦, 具疏回向畢, 乃受錢歸. 遇向同行四人者於茶肆, 扣其所得, 邀與共買酒. 已就坐, 未及擧杯, 聞窗外女子呼聲, 獨經僧起應之. 泣曰:"我乃彼家亡女也, 淪滯冥路久, 適蒙師課經精專之功, 遂得超脫. 閻王已勑令受生, 文符悉具, 但未用印耳. 師若飮酒破齋, 則前功盡廢, 實爲可惜. 能忍俟明日乎?"僧大感懼, 以語衆, 皆悚然而退. 亦紹興末年事也.

　　초주 회음현의 평범한 촌민의 집에서 딸의 장례를 치르고, 한식이 되자 불사를 행하여 딸을 좋은 세상으로 갈 수 있도록 하려고 했지만, 돈이 없었다. 어머니는 머리카락을 잘라 시장에 팔아 600전을 얻을 수 있었다. 거리에 나가 승려를 찾으려 했는데, 마침 문 앞을 지나가던 다섯 명의 승려를 만나자 가까이 가 읍을 하고 예를 갖추어 인사한 후 그 자초지종을 이야기하였다. 하지만 모두 서로 미루며 피하였다. 한참 후 한 승려가 비로소 남기로 하고 말하길,

　　"오늘은 불경을 가지고 나오지 않았으니 가서 잠시 빌려 오실 수 있겠소?"

부인은 사방의 이웃에게 가서 불경을 찾았고 마침내 『금광명경』한 부를 얻어 승려에게 주었다. 바야흐로 경전을 펴고 읽으려 하는데 어머니는 비가 오듯 눈물을 흘렸다. 승려가 측은하여 말하길,

"부인께서 이렇게까지 비통해하실 줄은 생각하지 못했소. 내가 마땅히 시장에 가서 목욕재계하고 돌아와 부인을 위해 진심으로 재를 올리겠습니다."

다시 와서 깨끗하게 정성으로 암송을 시작했고, 소원을 비는 글을 준비해 회향을 마친 후 돈을 받고 돌아갔다. 잠시 전에 동행했던 네 명을 찻집에서 만났고 그들은 얼마를 얻었냐고 물었으며 그 돈으로 함께 술을 마시자고 하였다. 자리에 앉았고 술잔을 돌리려는데 창밖에서 한 여자가 소리치는 것을 들었다. 오직 경을 외웠던 그 승려만 일어나 아는 체하였다. 그 여자가 울면서 말하길,

"저는 저 집의 죽은 딸입니다. 명계로 가는 길에서 빠지고 막히어 한참을 지나다가 마침 스님의 정성어린 독경에 힘입어 겨우 초탈할 수 있게 되었습니다. 염라대왕께서 이미 칙령을 내리어 다시 태어날 수 있게 되었습니다. 문서가 모두 갖추어졌고 오직 인장을 찍기만 기다리고 있습니다. 스님께서 만약 술을 마시고 계를 어기면 곧 앞의 공덕이 모두 없어지니 실로 안타까울 뿐입니다. 내일까지만 참고 기다려 주실 수 있겠습니까?"

승려는 몹시 두려움을 느꼈고, 이를 동료들에게 말해 주었다. 모두 모골이 송연해져 돌아갔다. 이는 소흥 말년(1162)의 일이다.

世人飮啄之物各有冥籍, 傳記所載, 及丙志所書材乂弟婦猪肉, 皆是
也. 泉南爲海錯崇觀之地, 杯盤之間, 非醋不可擧箸. 李氏一婦獨不能
飮涓滴, 其弟因夢入冥對事, 臨放還, 過廊廡諸曹局, 見門上榜曰'食料
案', 就視之, 正得泉州一簿, 白吏借檢視. 於女兄之下, 每日所食, 纖細
悉具, 但無'醋'字, 乃取筆書'醋半升'三字. 及寤而病瘳. 女兄自是日遂
啖醋如常人.

　　세상 사람들의 마시고 먹은 물건은 각각 명적[55]에 기록되어 그 수
록된 것이 전해진다고 한다. 『이견병지』에 실린 재예의 제수가 돼지
고기를 먹은 일과 관련한 일화가 모두 그러한 예이다.[56] 천주의 해산
물은 장관을 이루었는데, 잔칫상에서 식초가 빠지면 사람들은 젓가
락을 들지 않을 정도였다.

　　이씨 집의 한 부인은 홀로 식초를 한 방울도 먹지 못했는데 그 동
생이 꿈에 명계에 가서 대질 심문을 마치고 풀려나 돌아올 때 행랑채
에 있는 여러 부서를 지나게 되었다. 그는 문 위에 '식료안'[57]이라는
방이 적힌 곳을 보고 들어가 보았는데, 마침 천주의 장부 하나를 보

55　冥籍: 세상 사람들에 대한 음계에서의 호적을 가리키는 말이다.
56　材乂의 제수 일화에 관하여는 『이견병지』, 권9-2, 「풍도궁사」 참조.
57　案: 실무 부서를 가리키는 용어이다. 戶部의 경우 戶口案·稅賦案·農田案 등의
　　말단 행정부서가 설치되어 있었다.

게 되었고, 서리에게 말하여 잠시 빌려 볼 수 있게 되었다. 누나의 이름 아래를 보니 매일 먹은 것이 세세하게 모두 적혀 있었는데, 다만 '식초'라는 글자가 없었다. 이에 붓을 들고 '식초 반되'라고 적었다. 깨어나 병이 나으니, 누나가 이때부터 마침내 다른 사람들처럼 식초를 먹게 되었다.

이견정지

夷堅丁志
卷 13

邢舜擧者, 大觀間由武擧入官, 爲虢州巡檢. 平生耽好道術, 凡以一
技至, 必與之友. 嘗獨行郊外, 逢婦人竹冠道服前揖曰: "君非邢良輔
乎?"曰: "然.""一生何所好?"曰: "好修養術, 然學之頗久, 了未睹其
妙."曰: "君雖酷好, 奈俗情未斷何. 吾與君一藥, 用新水服之, 非唯延
齡, 又能斷衆疾, 亦修眞之一端也."邢喜謝曰: "幸甚."固未暇卽服, 又
探袖中取一方, 目曰: "還少丹", 授之曰: "餌此當有益."

稍疑其異人, 試問休咎, 曰: "前程難立談, 君中年將困厄, 晚始見佳
處耳."復扣其姓氏居止, 笑曰: "與君相從久, 何問爲? 獨不憶壁間畫卷
乎? 乃我也. 今日故告君, 必敬必戒, 毋忘斯言."忽不見. 邢亟還舍, 審
厥象, 蓋所事何仙姑, 道貌與適婦人無少異. 怏怏自失, 取水吞藥, 且
如方治丹, 謹服之, 覺精力益壯, 顔色潤好.

暨南渡, 出入岳少保之門, 歷福建路鈐轄, 坐岳事貶竄. 不數年, 倂
失三子. 家道淪替幾二十年, 方得隨州鈐轄知郢州, 後致仕居襄陽. 逮
乾道癸巳, 春秋八十九矣, 略無病苦, 目光如童兒, 髮不白, 猶能上馬
馳騁, 人指爲還丹之驗. 後三年方病, 病起三月, 又大瀉. 腹中出一物
如升, 堅滑有光, 無穢氣. 邢慘然語旁人曰: "藥丹旣下, 吾無生理矣."
明日而卒. 予弟景裴官襄陽, 及見之.

형순거라는 사람은 대관 연간(1107~1110)에 무거를 통해 관직에 올
라 괵주¹의 순검사가 되었다. 평생 도술에 심취하여 조금이라도 재주

1　虢州: 永興軍路 소속으로 치소는 虢略縣(현 하남성 三門峽市 靈寶市)이고 관할 현
　　은 4개이며 州格은 刺史州이다. 하남과 섬서를 연결하는 요충지이며 하남성 서북

가 있는 자를 만나면 반드시 그와 친구가 되었다. 일찍이 혼자 교외를 걷고 있는데, 죽관을 쓰고 도복을 입은 여자가 그의 앞으로 다가와 읍을 하고 말하길,

"그대는 형량보가 아니십니까?"[2]

대답하길,

"그렇습니다."

"사는 동안 무엇을 가장 좋아하셨습니까?"

형순거가 대답하길,

"양생술을 수행하길 좋아합니다. 그러나 배운 지는 제법 오래되었으나 아직 그 신묘함을 보지는 못했습니다."

그녀가 말하길,

"그대가 도술을 매우 좋아한다고 하지만 속세의 정을 끊지 않고 어찌 그것을 이루시겠습니까? 제가 그대에게 약을 한 알 주겠습니다. 막 새로 뜬 물 한 잔과 함께 그것을 드세요. 수명을 연장해 줄 뿐만 아니라 또 많은 병을 낫게 해 줄 것이며 또한 도인이 되는 수행의 시작이 될 것입니다."

형순거가 기뻐하며 감사 인사를 올리며 말하길,

"정말 다행입니다!"

조금의 망설임도 없이 즉시 먹으려던 참인데, 그 여자는 다시 소매에서 '환소단'이라 쓰여 있는 약방문 하나를 찾아 꺼내 주며 이르길,

---

부 三門峽市의 서남쪽에 해당한다.

2　良輔: 본래 좋은 참모나 조수를 뜻하는 말이다. 순검사의 역할이 현지사나 현위를 보필하여 치안을 유지하고 전매품 밀매 등을 방지하는 일을 담당한 데서 유래한 것으로 보인다.

　　이견정지【二】

"이대로 해서 드시면 분명히 좋을 것입니다."

형순거는 비로소 그녀가 범상한 인물이 아님을 알고 시험 삼아 앞날의 운수에 관하여 물어보았다. 그녀가 답하길,

"앞날의 일은 바로 이야기해 드리기는 어렵습니다. 그대는 중년에는 고생과 재앙을 겪겠지만 만년에는 비로소 좋은 날이 있을 것입니다."

그녀에게 이름과 사는 곳을 거듭 물었지만, 그저 웃으며 답하길,

"그대와 함께한 지 참 오래되었는데, 어찌 그것을 물으시오? 어찌 벽에 그려진 그림을 기억하지 못한단 말이오? 그가 곧 나오. 오늘 그대에게 특별히 당부하니 반드시 몸을 삼가고 조심하길 바라오, 내 말을 잊지 마시오."

그녀는 갑자기 사라졌다. 형순거는 급히 집으로 돌아가 벽화의 인물상을 자세히 살폈는데, 그가 모시는 하선고[3]가 그려져 있는 벽화로서, 도인으로서의 면모가 조금 전 만났던 그 부인과 조금도 다르지 않았다. 잠깐 만났던 것이 섭섭하고 안타까워 맥이 빠지기도 했다 형순거는 물을 가져와 약을 먹었고, 처방에 따라 단약을 만들어서 잘 먹으니 정력이 더욱 좋아지고 안색에 윤기가 나는 것을 느낄 수 있었다.

조정이 남쪽으로 옮겨간 뒤 형순거는 소보에 제수된 악비[4]의 군대

---

3 何仙姑: 도교의 8仙 가운데 하나이며 유일한 여성신이다. 남북송 교체기의 유명한 도사로서 8仙 가운데 하나였던 徐神翁을 대체하였다. 손에 연꽃을 들고 있는 형상으로 상징되어 '荷仙姑'로도 칭한다.

4 岳飛(1103~1142): 자는 鵬擧이며 河北西路 相州 湯陰縣(현 하남성 安陽市 湯陰縣) 사람이다. 남송 건국기 韓世忠·劉光世·張俊과 함께 中興四將으로 손꼽힌다. 1140년 북벌을 단행하여 鄭州와 洛陽을 수복하고 개봉 근처까지 진격하였지만 고종과 진회가 12차례나 철군을 요구하는 金字牌를 보내 부득이 철수하였다.

에 출입하며 복건로⁵ 도검할⁶을 지냈으나 악비의 일에 연좌되어 폄적되자 도망을 다녔다. 몇 년 사이에 세 아들을 모두 잃었다. 가세가 기울어진 지 거의 20년이 지나서야 비로소 수주 검할과 영주⁷ 지사직을 얻을 수 있었다. 후에 사임한 후 양주에서 살았다.

건도 계사년(9년, 1173)에 이르러 나이가 89세였지만 별다른 병이나 아픈 곳이 없었고, 눈빛은 어린아이처럼 맑았으며, 머리카락도 세지 않았다. 게다가 여전히 말을 타고 달릴 수 있어 사람들은 단약의 효험이라고 하였다. 3년 후 비로소 병이 났는데 석 달이 될 무렵 크게 설사하였다. 뱃속에서 한 되 정도 되는 무언가가 나왔는데, 딱딱하고 미끄러우며 광택이 있었으나 악취는 나지 않았다. 형순거는 참담한 심정으로 주위 사람들에게 말하길,

"단약이 이미 몸을 빠져나왔으니 나는 더 살 수가 없을 것이다."

다음 날 바로 죽었다. 자가 경배인 필자의 동생이 양주에서 관리로 있으면서 그를 보았다.

송금 화의가 진행되는 와중에 모반의 누명을 쓰고 살해되었다. 사후 효종에 의해 명예를 회복했고, 계속된 외세의 침략 속에서 점차 최대의 영웅으로 부상하여 공자와 함께 문무묘에 안치되었다. 악비는 楊么의 반란을 진압한 공으로 檢校少保에 제수되었고 후에 다시 少保가 되었다.

5 福建路: 開寶 8년(975)에 兩浙西南路로 시작해 雍熙 2년(984)에 福建路로 바꿨다. 치소는 福州(현 복건성 福州市)이고 관할 주는 6개, 軍은 2개, 縣은 47개이다. 현 복건성에 해당한다.

6 鈐轄: 兵馬鈐轄이라고도 칭한다. 북송 초에는 임시 파견직이었으나 후에 상근 파견직으로 바뀌었다. 관직 고하에 따라 都鈐轄·副都鈐轄·鈐轄·副鈐轄로 나뉘며, 관할 지역도 1州·1路, 혹은 2~3개 路 등 다양하였다. 路의 都鈐轄은 轉運使의 아래지만 고관에게 부여하였다. 兵鈐이라고도 한다.

7 郢州: 京西南路 소속으로 치소는 長水縣(현 호북성 荊門市 鍾祥市)이고 관할 현은 2개이며 州格은 防禦使州이다. 현 호북성 중앙에 있는 荊門市의 가운데에 해당한다.

紹興二十四年, 保義郎李琦監和州東關鎭稅, 家頗豐贍. 有高指使者, 赴官舒州, 與其妻來謁, 願貸錢五萬爲行裝, 約終任償倍息. 李如其數假之. 高旣滿任, 欲如約, 妻曰:"百千不易辦, 幸相去遠, 彼未必來索, 姑俟他日可也." 高然其計, 歸塗過和州, 不見李. 後三年, 李爲黃州巡轄官, 方晝倦臥, 見高妻披髦皮來, 拜堂上云:"負公家錢久, 今來奉償." 未及答, 徑趨馬廐. 李驚覺, 廐卒報馬生牝髦, 往視之, 正臥母旁, 未能動. 李咨歎良久, 與語曰:"高大夫借錢, 我固不介意, 那至此? 若果縣君也, 盍起行." 應聲跳躍, 行數步, 李大驚異, 遣書扣高生, 其妻正用是日死. 李飼養此髦, 不忍乘, 外人或欲見, 則徐徐牽以出, 但呼爲'高縣君'云.

소흥 24년(1154), 보의랑 이기는 화주의 동관진[8]에서 징세를 감독하는 일을 맡았는데 제법 돈이 많았다. 아랫사람[9] 가운데 성이 고씨인 자가 있었는데 서주[10]로 부임하게 되어 그의 아내와 함께 찾아와 이사 경비로 쓸 돈 5만 전을 빌려 달라고 했다. 그는 임기를 마치면 원금의 두 배의 이자로 갚겠다고 약속했고 이기는 그가 말한 액수만

8　東關鎭: 淮南西路 和州 含山縣(현 안휘성 馬鞍山市 含山縣) 관할이다.
9　指使: '부리는 사람'이란 말로서 使喚부터 단순한 부하까지 그 대상이 매우 다양하다.
10　舒州: 淮南西路 소속으로 慶元 1년(1195)에 寧宗의 潛邸여서 安慶府로 승격되었다. 치소는 懷寧縣(현 안휘성 安慶市 潛山市)이고 관할 현은 5개, 監은 1개이며 州格은 節度州이다. 현 안휘성 남서부로 장강 북단에 해당한다.

큼 빌려 주었다. 고씨가 임기가 다 됐을 때 약속한 대로 갚으려고 했지만, 고씨의 아내가 말하길,

"100관의 돈을 만들기가 쉽지 않고, 또 다행히도 그가 우리와 멀리 떨어져 있으니 반드시 와서 달라고 하지는 않을 거예요. 잠시 기다렸다가 훗날 갚아도 되지 않아요."

고씨는 아내의 생각이 그럴듯하다고 여기고 돌아오는 길에 화주를 지났지만 이기를 만나지 않았다. 3년 후 이기가 황주 순할관[11]으로 있을 때 마침 낮에 피곤하여 누워 있는데, 고씨의 아내가 노새 가죽을 걸치고 와서 대청 위에서 배알하며 이르길,

"공의 댁에서 돈을 빌린 지 오래되었는데 지금에야 와서 갚게 되었습니다."

이기가 미처 뭐라고 답하기도 전에 그녀는 곧바로 마구간으로 달려갔다. 이기가 놀라 깨어났는데 마구간의 병졸이 와서 키우던 말이 암컷 노새를 낳았다고 알려 왔다. 가서 보니 마침 어미 옆에 누워서 움직이지 못하였다. 이기는 한참을 탄식하다가 새끼에게 말하길,

"고 대부가 돈을 빌려 갔으나 나는 실로 개의치 않았는데 어찌 이 지경에 이르렀단 말인가? 만약 진짜 현군 부인이 맞는다면 일어나 걸어 보거라."

노새는 시키는 대로 벌떡 일어나 여러 걸음을 걸었다. 이기가 몹시 놀라며 기이하게 여겨 편지를 넣어 고씨에게 물어보니 자기의 아내

---

11 巡割官: 역참의 관리와 공문의 전달 등을 관할하는 직책으로 북송 초에는 驛遣使·巡驛使臣라고 하였고, 진종 때 巡轄馬遞鋪官으로 직칭을 변경하였다. 8~9품 무관으로 임명하였으며 순할관 외에도 巡鋪官·巡割遞鋪·巡割使臣·巡鋪使臣·走馬奉使 등 다양한 별칭 및 약칭이 있다.

가 마침 그날 죽었다고 했다. 이기는 이 노새를 잘 먹여 길렀는데 차마 타지는 못했고, 혹 바깥사람들이 와서 보려고 하면 천천히 끌고 나와 보여 주었으나 그저 부를 때도 '현군[12] 고씨'라 하였다.

---

12 縣君: 封地를 縣級으로 한 內命婦의 封號로서 宗室女와 관리의 부인에게 부여하였다.

無爲君指使李遇迎新郡守於城西, 旣行十餘里, 聞尙遠, 遂還家. 忽
百許小兒從路旁出, 皆始四五歲, 大呼而前, 合圍擊之. 李初不懼, 與
相毆, 每奮拳必十數輩仆地. 然才仆卽起, 已散復合, 如是數四. 有躍
而登肩取巾搊髮者. 李益窘, 走不可脫, 且擊且前. 一老叟, 布袍草屨,
不知自何來, 厲聲咄曰: "此官人常持『法華經』, 若損他, 豈不累我?"
叱令退. 小兒遂散, 老人亦不見. 李回及門, 不能行, 門卒扶以歸, 至家
悟不醒. 諸子揭衣視, 但靑痕遍體, 卽就其處招魂, 呼僧誦經. 涉半年
餘, 始策杖能出. 老人疑爲土地神云. 時紹興二十八年也.

무위군 지사[13]의 서리인 이우는 성의 서쪽에서 신임 주 지사를 맞
이하기 위해 10여 리 정도를 갔는데, 아직 도착하려면 멀었다는 말을
듣고 집으로 돌아가는 참이었다. 그런데 갑자기 4~5세 정도 되어 보
이는 백여 명의 어린아이들이 길옆에서 나오더니 모두 크게 소리 지
르며 그 앞으로 달려와 그를 포위하고 때렸다. 이우는 처음에는 무서
워하지 않고 서로 치고받으며 싸웠는데 매번 주먹을 휘두를 때마다
십수 명의 아이들이 바닥으로 엎어졌다. 그러나 넘어지면 일어나고
흩어졌다 다시 모이기를 네 차례나 거듭하였다. 어떤 아이는 뛰어서

13　無爲軍 지사를 가리키는 것으로 보인다. 無爲軍은 淮南西路 소속으로 치소는 無
　　爲縣(현 안휘성 蕪湖市 無爲縣)이고 관할 현은 3개이다. 현 안휘성 중남부 蕪湖市
　　의 장강 이북 지역과 合肥市 남단에 해당한다.

그의 어깨에 올라 두건을 빼앗고 머리카락을 잡아 뽑았다. 이우는 난처해져 달아나려고 해도 달아날 수가 없었다. 그는 주먹으로 치며 앞으로 나아가는데 갑자기 베옷을 입고 짚신을 신은 한 노인이 어디선가 나타나 엄한 목소리로 그들을 꾸짖었는데,

"이 관원께서는 항시 『법화경』을 가지고 다니시는데 그를 해친다면 어찌 내가 무사하겠는가?"

그가 어린아이들을 꾸짖으며 물러나라고 하자 어린아이들은 마침내 흩어졌고, 노인도 어디론가 사라졌다. 이우는 집으로 돌아와 집의 대문에 이르자 더는 걸을 수 없었고 문지기가 부축하여 겨우 돌아올 수 있었지만, 집에 들어와 혼절하여 깨어나지 못했다. 아들들이 그의 옷을 벗겨 보니 온몸에 푸른 멍이 들어 있었다. 그들은 곧 아까 그 일이 일어났던 장소로 가서 원혼을 부르고 승려를 불러 경을 암송하게 하였다. 반년이 넘게 흐른 후에야 이우는 비로소 지팡이를 짚고 나올 수 있었다. 그 노인은 토지신이 아닌가 싶다. 소흥 28년(1158)의 일이다.

漢陽學士潘秀才, 晚醉出學前, 臨荷池, 欲采蓮而不可得. 見婦人從
水濱來, 行甚急, 問潘曰: "日已暮, 何爲立此?" 潘曰: "汝爲誰?" 曰: "東
家張氏女也. 今夕父母並出, 心相慕甚久, 良時難失, 故來就君." 潘大
喜, 攜手同入. 自是旦去暮來, 未兩月, 積以羸悴. 同舍生扣其由, 祕不
肯答. 學正張罃苦詰之, 乃具以告. 張曰: "子將死矣! 彼果良家女, 焉
得每夜可出, 又入宿學中? 此非鬼卽妖. 若欲存性命, 當爲驗治." 潘懼
而求敎. 張取針串紅線付之, 使密施諸衣裾上. 是夕用其策. 明日, 一
學人分道遍訪僧坊祠室, 或於桃花廟壁上見繪捧香盤仙女, 紅線綴裙
間, 卽以刀刮去, 且碎其壁. 怪遂不復至.

　　한양군¹⁴의 사인인 수재 반씨는 늦은 시간 술에 취해 학교 앞에 나
와 있다가 연지에 이르러 연꽃을 꺾으려 하였지만 꺾지 못하고 있었
다. 한 여인이 물가에서 걸어오는 것을 보았는데 걸음이 매우 급하
였다.

　　그녀가 수재 반씨에게 묻길,

　　"날이 이미 저물었는데 어찌 여기에 계십니까?"

　　수재 반씨가 되묻길,

　　"댁은 누구시오?"

---

14 漢陽軍: 荊湖北路 소속으로 치소는 漢陽縣(현 호북성 武漢市 漢陽區)이고 관할 현
은 2개이다. 현 호북성 동부 武漢市 성구의 서남쪽에 해당한다.

그녀가 답하길,

"동쪽 장씨 집의 딸입니다. 오늘 저녁 부모님께서 모두 출타하시었습니다. 속으로 그대를 사모한 지 매우 오래되어 오늘같이 좋은 기회를 놓치기가 싫어 당신에게로 왔습니다."

수재 반씨는 매우 기뻐하였고, 그녀의 손을 잡고 함께 숙사로 들어왔다. 이때부터 그녀는 새벽에는 돌아가고 저녁에는 다시 왔다. 두달도 되지 않아 반씨는 점점 초췌해지고 파리해져 갔다. 같은 숙사의 학생들이 그 이유를 물었지만, 비밀로 하고 말해 주지 않았다. 학정[15]인 장관이 심하게 그를 몰아세우자 그제야 모든 일을 다 말하였다. 장관이 말하길,

"너는 곧 죽을 것이다. 그 여자가 정말 양가의 딸이라면 어찌 매일 밤 나와 학교의 숙사에 들어올 수 있단 말이냐? 이는 귀신이 아니면 요괴이다. 만약 네가 생명을 부지하려면 그를 다스려야 한다."

반씨는 두려워하며 방법을 가르쳐 달라고 했다. 장관은 바늘에 홍색 실을 꿰어 그에게 주며 몰래 이것을 그녀의 옷자락에 꿰매 두라고 하였다. 반씨는 이날 밤 그 방법을 썼다. 그다음 날 학생들이 모두 나서 나누어 절과 사당을 두루 찾았는데 어떤 학생이 도화묘[16] 벽화에

---

15 學正: 관학에서 학칙을 집행하고 학생을 평가 · 지도하는 직책이다. 도성의 太學 · 武學 · 律學 학정은 정9품관으로서 각기 태학정 · 무학정 · 율학정이라 칭하였다.

16 桃花廟: 춘추시대 陳宣公은 동맹 체결을 위해 두 공주를 蔡와 息 두 나라에 시집보냈다. 楚는 蔡의 왕을 설득하여 동서 간의 의리를 버리고 息을 배신하게 하고 식을 멸망시켰다. 息이 멸망한 뒤 식의 국왕과 왕비는 포로가 되어 楚에 잡혀갔다. 후에 탈출한 왕은 복숭아꽃을 들고 다니며 '복숭아 꽃이여 돌아와주오'라며 외치고 다녔다. 息의 왕비가 복숭아꽃처럼 아름답다고 하여 '桃花부인'이라고 불렸기 때

서 향로를 들고 있는 선녀가 그려진 그림을 보았다. 홍색 실이 그녀의 치마에 꿰매져 있었다. 곧 칼로 그림을 도려내고 그 벽을 부수었다. 마침내 다시는 요괴가 오지 않았다.

문인데, 이 소문을 듣게 된 왕비가 연락해서 부부가 다시 만나게 되었다는 고사가 있다. 桃花廟는 도화부인 息嬀를 모신 사당이다.

潁昌舞陽縣石柱村, 去縣十餘里, 路中素有怪. 村民李順者, 入縣酣
醉, 抵暮跨驢歸. 出門未遠, 或自後呼其姓名曰: "我乃汝比鄰周三郎,
適往縣市幹事回, 脚氣忽發, 步履絶艱苦. 汝能與我共載還家, 當作主
人以報." 順雖醉, 尙亦記此地物怪, 不敢應, 亦不反顧. 其人怒曰: "相
與鄰里, 無人情如此, 吾必與汝同此驢." 語畢, 已坐於鞍橋後. 順甚窘,
密解所服絛, 轉手幷繫之, 加鞭亟行. 漸近家, 遽連聲欲下, 曰: "須奏
厠." 順復不對. 又曰: "汝且回頭看我." 言至再三, 順佯若不聞. 到家,
寂寂無聲, 呼其子就視, 乃朽棺板也. 斧而焚之, 路怪由是遂絶.

영창부17 무양현18 석주촌은 현성에서 10여 리 떨어진 곳인데 그곳
으로 가는 길에서는 본래 괴이한 일이 자주 일어났다. 촌민 중에 이
순이라는 자는 현성에 가서 술을 마시고 취해서 저녁 무렵 나귀를 타
고 돌아오는 중이었다. 출발한 지 얼마 되지 않았을 때, 어떤 사람이
뒤에서 자기의 이름을 부르며 말하길,

"나는 너의 이웃인 주삼랑인데, 마침 현성의 시장에 가서 일을 보
고 돌아가는 길이다. 각기병이 갑자기 도져 걸을 수 없이 몹시 아프

17 潁昌府: 京西北路 소속 許州가 元豊 3년(1080)에 승격된 것이며 崇寧 4년(1105)에
개봉봉를 京畿路로 승격시키며 南輔가 되었다. 치소는 長社縣(현 하남성 許昌市
城區)이고 관할 현은 7개, 州格은 節度州이다. 현 하남성 중부 許昌市·漯河市에
해당한다.
18 舞陽縣: 京西北路 潁昌府 소속으로 현 하남성 중부 漯河市 서남쪽의 舞陽縣에 해
당한다.

다. 네가 나를 나귀에 태워 함께 집으로 돌아가 준다면 내가 너의 주인이 되어 반드시 보답하겠다."

이순은 비록 취하였지만, 이곳에 요괴가 많다는 것을 똑똑히 기억하고 있었기에 감히 대답하지 않았고, 뒤돌아보지도 않았다. 주삼랑이 화를 내며 말하길,

"서로 이웃으로 살고 있는데 이처럼 인정머리가 없다니, 나는 반드시 너와 함께 이 나귀를 타고 가야겠다."

말을 마치자마자 이미 안장 뒤에 올라탔다. 이순은 더욱 어찌할 수 없었지만 몰래 옷의 띠를 풀고 손을 옮겨 그를 묶었고, 더욱 채찍질하며 급히 달렸다. 점차 집이 가까워지자 주삼랑은 급히 내려달라며 연거푸 소리질렀다. 또 당부하길,

"꼭 변소로 달려가 주시오."

이순은 또 대답하지 않았다. 그자가 다시 말하길,

"고개를 돌려 나를 좀 봐!"

여러 차례 말하였지만, 이순은 듣지 못한 것처럼 행동했다. 집에 당도했을 때 조용해지며 아무 소리도 들리지 않게 되었다. 아들을 불러 살펴보게 하니 그것은 곧 썩은 관 조각이었다. 도끼로 부수고 태워 버리자 그 길에 있던 요괴가 그때부터 없어졌다.

紹興初, 漢陽軍有寡婦事姑甚謹. 姑無疾而卒, 鄰家誣婦置毒, 訴於官. 婦不勝考掠, 服其辜. 臨出獄, 獄卒以石榴花一枝簪其髻. 行及市曹, 顧行刑者曰:"爲我取此花插坡上石縫中." 旣而祝曰:"我實不殺姑, 天若監之, 願使花成樹, 我若有罪, 則花卽日萎死." 聞者皆憐之, 乃就刑. 明日, 花已生新葉, 遂成樹, 高三尺許, 至今每歲結實.

소흥 연간(1131~1162) 초, 한양군에 한 과부가 있었는데 시어머니를 매우 정성스럽게 모셨다. 그런데 시어머니가 전혀 아프지 않았는데 갑자기 죽게 되자 이웃집에서 과부가 시어머니를 독살했다고 관에 무고했다. 과부는 고문을 이기지 못해 그 죄를 거짓 자복하였다. 형을 집행하기 위해 감옥에서 나올 때 옥졸이 석류꽃 한 가지를 그녀의 머리에 꽂아 주었다. 저잣거리 형장에 다다랐을 때 형을 집행하는 자에게 말하길,

"나를 위해 이 꽃을 언덕 위 바위 사이에 꽂아 주시오."

그녀는 곧 기도를 올리며 말하길,

"나는 실제로 시어머니를 죽이지 않았습니다. 하늘이 만약 이를 아신다면 이 꽃이 나무가 되도록 해 주시고, 내가 만약 죄가 있다면 이 꽃을 오늘 당장 시들어 죽게 해 주십시오."

듣는 자들 모두 그녀를 불쌍히 여겼다. 형은 곧 집행되었다. 다음 날 꽃은 이미 새로운 잎을 피워 냈고 마침내 나무가 되어 높이가 3척이 넘게 자랐다. 지금까지 매년 열매를 맺고 있다.

武昌村民共設昭惠齋, 一牧童得饅頭二隻, 以木葉包其一, 置腰間魚
挈中. 將還家, 天忽冥晦, 雷電以風, 童仆地, 少頃復起行. 見者問其
故, 童曰:"初不聞雷聲, 但見神人數百疾驅至, 頗相逼. 有老人握我手
曰:'汝何敢以齋食置魚挈中?' 我答曰:'欲歸遺母.' 老人喜, 卽揮衆使
退."

악주 무창현¹⁹의 촌민들은 함께 소혜재를 지내고 있었는데, 한 목
동이 만두 두 개를 가져다 그 하나를 나뭇잎으로 싸서 허리춤에 매단
통발에 넣어 두었다. 장차 집으로 돌아가려는데, 하늘이 갑자기 어두
워지더니 천둥과 번개가 바람과 함께 몰아쳤고 목동은 바닥에 엎어
졌다. 하지만 잠시 후 다시 일어나 걸었다. 그를 본 자가 그에게 어떻
게 된 일이냐고 물었더니 목동이 말하길,

"처음에는 천둥소리를 듣지 못했습니다. 다만 신령 수백 명이 빠르
게 달려와 서로 밀쳤는데, 한 노인이 나의 손을 잡더니 '너는 어찌 감
히 재에 쓸 음식을 물고기 통발에 넣었느냐?'라고 묻기에 제가 '돌아
가 어머니에게 드리려고 하였습니다'라고 답하였습니다. 그러자 노
인은 흐뭇해하며 즉시 신인들에게 돌아가라고 하였습니다."

---

19 武昌縣: 荊湖北路 鄂州의 치소여서 武昌은 무창현을 지칭함과 동시에 鄂州의 별칭
이기도 하다. 현 호북성 동부 武漢市의 城區인 武昌區에 해당한다.

孔思文, 長沙人, 居鄂州. 少時曾遇張天師授法, 幷能治傳尸病, 故人呼爲'孔勞蟲'. 荊南劉五客者, 往來江湖, 妻頓氏與二子在家, 夜坐, 聞窗外人問: "劉五郎在否?" 頓氏左右顧, 不見人, 甚懼, 不敢應. 復言曰: "歸時倩爲我傳語, 我去也." 劉歸, 妻道其事, 議欲徙居. 忽又有言曰: "五郎在路不易."

劉叱曰: "何物怪鬼, 頻來我家? 我元不畏汝!" 笑曰: "吾卽五通神, 非怪也. 今將有求於君, 苟能祀我, 當使君畢世鉅富, 無用長年賈販, 汩沒風波間. 獲利幾何, 而蹈性命不可測之險? 二者君宜詳思, 可否在君, 何必怒?" 遂去, 不復交談. 劉固天資嗜利, 頗然其說, 遂於屋側建小祠. 卽有高車駿馬, 傳呼而來, 曰: "郎君奉謁." 劉出迎, 客黃衫烏帽, 容狀華楚, 才入坐, 盤飧酒漿絡繹精腆.

自是日一來, 無間朝暮, 博弈嬉笑, 四鄰莫測何人. 金銀錢帛, 贈餉不知數. 如是一年, 劉絶意客游, 家人大以爲無望之福. 他夕, 因弈棋爭先, 忿劉不假借, 推局而起. 明日, 劉訪篋中, 所畜無一存, 不勝悔怒, 謀召道士治之. 適孔生在焉, 具以告. 孔遣劉先還, 繼詣祠所, 炷香白曰: "吾聞此家有祟, 豈汝乎?" 空中大笑曰: "然. 知劉五命君治我, 君欲何爲? 不過效書符小技. 吾正神也, 何懼朱砂爲?" 孔曰: "聞神至靈, 故修敬審實, 何治之云?" 問答良久, 孔誚之曰: "吾來見神, 是客也, 獨不能設茶相待耶?" 指顧間, 茶已在桌上.

孔曰: "果不與劉宅作祟, 盍供狀授我." 初頗作難, 旣而言: "供與不妨." 少頃, 滿桌皆細字, 如炭煤所書, 不甚明了. 孔謝去, 慰以好語曰: "今日定知爲正神, 劉五妄訴, 勿恤也. 適過相觸突, 敢請罪." 旣退, 以語劉, 料其夕當至, 作法隱身, 仗劍伏門左. 夜未半, 黃衣過來, 冠服如初, 徑入戶. 孔擧劍揮之, 大叫而沒, 但見血中墮黃鼠半體. 旦而迹諸祠, 正得上體於偶人下, 蓋一大鼠也. 毁廟碎像, 怪訖息.

장사 사람 공사문은 악주[20]에 살고 있었다. 어렸을 때 일찍이 장천 사를 만나 법을 물려받은 바 있으며 전시병을 잘 치료하여 사람들은 그를 '공로충'이라 불렀다.[21] 형남[22]의 객상 유오는 강호를 왕래하며 장사하였고 아내 돈씨와 두 아들은 집에 있었다. 돈씨가 밤에 가만히 앉아 있는데 창밖에서 어떤 사람이 묻는 소리가 들리길,

"유오랑은 집에 있습니까?"

돈씨는 좌우를 살펴보았지만, 사람이 보이지 않아 매우 두려웠고 감히 대답하지 못했다. 다시 말하는 소리가 들리길,

"돌아오면 저를 위해 그에게 말 좀 전해 주세요. 저는 갑니다."

유오가 돌아왔을 때 아내는 그 일을 이야기했고 이사하려고 논의하였다. 그런데 갑자기 또 목소리가 들리길,

"오랑께서는 길에서 오가는 일이 쉽지 않을 것입니다."

유오가 꾸짖으며 말하길,

"어떤 요물이기에 우리 집에 이렇게 자주 나타나느냐? 나는 원래 너 같은 것을 무서워하지 않는다!"

그러자 웃으며 대답하길,

---

20 鄂州: 荊湖北路 소속으로 치소는 江夏縣(현 호북성 武漢市 江夏區)이고 관할 현은 6개이며 州格은 節度州이다. 현 호북성 동쪽에 해당한다.

21 傳屍: 병이 퍼지면 온 가족이 시신이 된다는 뜻의 용어로서 폐결핵을 가리킨다. 내장에 있는 勞蟲이 일으키는 질병이라고 생각하여 위진 이후 勞疾·勞瘵·瘵疾·肺癆 등을 거쳐 폐결핵으로 바뀌었다.

22 荊南(924~963): 오대십국의 하나로서 도성은 荊州(현 호북성 荊州市 江陵縣)였고 歸州·陜州·荊州 3개 주만 지배한 소수 정권이었다. 後梁 때는 주로 형남, 後唐 이후로는 주로 南平, 또는 北楚라고 칭하였다. 현 호북성 중남부 荊州市의 서쪽에 해당한다.

이견정지 【二】

"나는 요괴가 아니라 오통신[23]이다. 앞으로 그대에게 청할 것이 있으니 나를 정성껏 제사 지내 주면 내가 그대를 평생 큰 부자로 살게 해 주겠다. 평생 장사할 필요도 없고 거친 풍랑 사이를 표류할 필요도 없을 것이다. 얼마나 번다고 죽을지 살지도 예측할 수도 없는 위험한 길을 가느냐? 두 가지 길에 대해 그대는 면밀하게 생각해 보라. 가부의 결정은 그대가 하면 된다. 그렇게 화낼 필요가 어디 있느냐?"

마침내 가 버렸고 다시 와서 이야기하지 않았다. 유오는 타고난 기질이 재물을 아주 좋아하여 그의 말에 귀가 솔깃하였다. 급히 집 옆에 작은 사당을 지었다. 곧 높은 수레와 준마가 나타났고 누군가 와서 알리며 말하길,

"낭군께서 배알하고자 하십니다."

유오는 나가서 그를 맞았는데 손님은 누런 적삼에 검은 모자를 쓰고 있었으며 용모와 단장이 화려하며 잘 꾸민 모습이었다. 들어와 앉자 요리와 안주며 술과 음료를 연이어 내왔고 모두 정성스럽게 준비하였으며 풍성했다. 이때부터 매일 한 번씩 왔는데, 아침저녁으로 가릴 것 없이 바둑을 두며 즐겁게 보냈다. 사방의 이웃들은 어떤 사람이 오가는지 알 수 없었다. 금과 은, 그리고 돈과 비단이 쌓이는 것이 그 수를 헤아릴 수 없을 정도였다.

이렇게 1년이 흐르자 유오는 객상으로 돌아다닐 생각을 그만뒀고 가족들은 모두 더 바랄 것 없는 복이라고 여겼다. 어느 날 저녁 오통

---

23 五通神: 五郞神이라고도 하며 다섯 명이 함께 무리지어 나쁜 일을 저지르는 악귀로 알려졌다. 따라서 이들의 해코지로부터 화를 입지 않기 위해 이들을 정성스럽게 모실 필요가 있고, 한편으로 부자가 되기 위해서는 어느 정도 사악한 신의 도움이 필요하다는 생각도 반영되어 淫祠의 일종이지만 성행하였다.

신과 바둑을 두다가 승부를 놓고 다투다가 화난 유오는 가차 없이 바둑판을 밀치고 일어났다. 다음 날 유오가 궤짝 안을 보니 넣어 두었던 물건들이 하나도 남김없이 사라졌다. 후회와 분노를 이기지 못한 유오는 도사를 불러 오통신을 다스리려고 하였다. 마침 공사문이 그곳에 있었기에 그는 공사문에게 모든 것을 다 말했다. 공사문은 유오를 먼저 가라며 돌려보내고 이어 사당에 도착하여 향을 피우고 말하길,

"내가 이 집에 요물이 나타났다는 소식을 들었는데 왜 하필이면 너인 것이냐?"

그러자 공중에서 크게 웃으며 말하길,

"그렇다. 나다. 유오가 그대에게 명하여 나를 다스리라 한 모양인데 그대가 무엇을 할 수 있겠느냐? 그저 배운 대로 부적을 쓰는 하찮은 기술밖에 없겠지. 나는 곧 정신正神으로 어찌 붉은색 글씨 따위를 두려워하겠는가?"

공사문이 답하길,

"신께서 매우 영험하다고 들었기에 공경하며 사실을 살피고자 함이니 어찌 다스린다고 말할 수 있겠습니까?"

문답이 오랫동안 이어지자 공사문이 그를 꾸짖으며 말하길,

"내가 와서 신을 배알하니 나는 손님인데, 어찌 차도 내지 않고 접대를 한다고 하십니까?"

지적하고 돌아보는 사이 차는 이미 상 위에 갖추어졌다. 공사문이 말하길,

"만약 유오의 집에 재앙을 주려는 게 아니라면 왜 중서를 써서 나에게 보여 주지 않으시오."

처음에는 자못 난색을 표하더니 곧 말하길,

"증서를 써줘도 무방하지."

잠시 후 책상 가득 작은 글씨가 나타났다. 목탄으로 쓴 것 같았고, 분명하지 않았다. 공사문은 감사를 표하고 돌아가며 좋은 말로 위로하길,

"오늘 정확히 정신正神인 것을 분명히 알았습니다. 유오가 망령되이 호소한 것이니 개의치 마시길 바랍니다. 그리고 지난번 서로 충돌한 것에는 감히 죄를 청합니다."

물러 나와 이를 유오에게 말하였고, 그날 밤 그가 꼭 올 것이라고 예상하고 법술을 써서 몸을 숨기고 있다가 칼을 가지고 문 왼쪽에 숨어 있겠다고 하였다. 밤이 아직 깊어지기 전에 누런색 옷을 입은 그가 왔고 의관은 처음과 같았다. 곧바로 문으로 들어오자 공사문은 칼을 들어 휘둘렀고, 그는 크게 소리 지르며 사라졌다. 다만 홍건한 피 가운데 황색 쥐의 반 토막만 남아 있었다. 아침에 여러 사당으로 흔적을 찾으니 사람 형상으로 빚은 소조상 아래서 나머지 상체를 찾을 수 있었다. 대략 한 마리 큰 쥐였던 것이다. 사당을 무너뜨리고 소조상을 깨어 부수니 괴이한 현상은 멈추었다.

악주 선봉군 통제 양흥^{梁統制}

鄂州選鋒軍統制梁興, 嘗以廳前水斛竭, 呼舍中卒訶問. 卒謝罪, 已
而復然. 梁大怒, 欲加筭. 卒曰: "每日滿貯水, 其敢慢? 有如公弗信, 願
至晚一臨視, 可知矣." 乃釋之, 但命輦水滿斛, 然後退. 明日復空, 頗
訝其異, 戒使謹伺之. 才二更, 一大蟒從屋背垂首下飮, 頃刻而盡, 遽
入白. 梁遣小校迹其所往, 歷歷見過江, 至大別山下直入深窟中. 居人
咸言: "此物穴居有年, 未嘗爲人害, 人亦莫敢近也."

明旦, 梁呼帳下趙諄, 領數十壯卒, 操勁弓 · 傅毒矢渡江, 又令一人
登山吹笛. 少焉蟒出, 立射殺之. 數夕後, 梁夢婦人來, 作色言曰: "我
何罪於君, 枉見殺? 今相從索命!" 趨而前, 欲搏梁. 梁大窘, 卽與之鬪.
婦人不勝, 曰: "姑以大郎君爲代." 未幾, 長子果卒, 諸兵死者數輩, 餘
亦大病. 趙諄懼, 晝夜焚香禱謝, 僅得免. 越四歲, 梁亡. 漢陽人謂蟒爲
山神, 故能報仇如是. 然生不能庇其軀, 捨江水不飮而遠戀斛中以自取
禍, 何也?

악주의 선봉군 통제 양흥은 대청 앞의 물 항아리가 마른 것을 보고 관사의 병졸들을 불러 꾸짖으며 어떻게 된 일이냐고 물었다. 병졸들은 사죄하고 물을 채웠는데 얼마 후 또 그러했다. 양흥은 크게 화가 나 매질을 하려고 하였다. 병졸들이 말하길,

"매일 물을 가득 길어 넣고 있습니다. 어찌 감히 태만할 수 있겠습니까? 공께서 믿지 못하시겠다면 원컨대 저녁에 와서 한번 보십시오. 바로 알게 될 것입니다."

이에 그들을 풀어 주었다. 다만 수레로 물을 날라서 항아리를 가득

채우라고 명하고 물러났다. 다음 날 다시 항아리가 텅 비어 있는 것을 보고 그 기이함에 갸웃거리며 병졸들에게 주의하고 잘 지켜보라고 하였다. 2경이 되었을 때, 한 마리 큰 이무기가 집 뒤쪽에서 머리를 늘어뜨려 물을 마셨고 잠깐 사이에 다 사라져 버렸다. 병졸들은 급히 들어가 이를 알렸다. 양홍은 병졸들을 보내 이무기가 어디로 가는지 따라가 보라고 하였다. 병졸들은 이무기가 분명 강을 건너는 것을 보고 대별산[24]에 이르렀을 때 곧바로 깊은 동굴로 들어갔다. 그 지역 사람들이 모두 말하길,

"이 이무기는 동굴에서 여러 해 살았고 사람에게 해를 입히지 않았으며 사람들도 그에게 감히 가까이 가지 못했습니다."

다음 날 아침 양홍은 막료 조순을 불러 수십 명의 건장한 병졸을 데리고 강궁과 독약을 바른 화살촉을 가지고 강을 건너게 하였고, 또 한 사람에게 명해 산에 올라 피리를 불게 하였다. 잠시 후 이무기가 동굴에서 나오자 곧바로 화살을 쏘아 죽였다. 여러 밤이 지난 후 양홍은 꿈에 한 여인을 만났는데, 그녀는 화난 표정으로 말하길,

"내가 당신에게 무슨 죄를 지었다고 무고한 나를 죽였습니까? 지금 내가 당신의 목숨을 가져가야겠소!"

그녀는 급히 앞으로 다가와 양홍을 때리고자 하였다. 양홍이 아주 입장이 곤란했고, 즉시 그녀와 더불어 몸싸움을 했다. 그녀는 자신이 이길 수 없자 말하길,

"우선 너의 큰아들로 대신해야겠다."

---

24 大別山: 악주시와 장강을 사이에 두고 마주 보고 있는 산으로 장강과 회하의 분수령을 이룬다.

얼마 지나지 않아 과연 큰아들이 죽었다. 여러 병졸 중 죽은 자가 몇 명이나 되었고, 살아남은 나머지 병졸도 크게 병들었다. 조순은 두려웠고, 밤낮으로 향을 피우며 기도를 올려 사죄를 하여 겨우 목숨을 건졌다. 4년이 흘렀을 때 양홍도 죽었다. 한양군 사람들은 이무기가 산신이었기에 이렇게 복수할 수 있었다고 생각했다. 그러나 어찌 살아 있었을 때 그 자신을 지킬 수 없었는지 또 왜 강물을 마시지 않고 멀리 가 항아리의 물을 마셔서 스스로 화를 입은 것인지 알 수 없었다.

乾道五年八月, 衡湘間寓居趙生妻李氏, 苦頭風痛不可忍, 呻呼十餘日. 婢妾侍疾, 忽聞咆哮聲甚厲, 驚視之, 首已化爲虎. 急報趙, 至問其由, 已不能言. 兒女圍繞拊之, 但含淚捫幼子, 若憐惜狀. 與飮食, 略不經目, 與生肉, 則攫取而食. 六七日後, 稍搦在旁兒女, 如欲啖食, 自是人莫敢近. 趙昇置空室, 扃其戶, 日飼以生肉數斤. 邀其友樊三官來, 告之故, 欲除之. 樊曰: "不可. 李爲人無狀, 衆所共知, 上天以此示警. 若輒去之, 殃咎必至. 盍與之焚章告天, 使得業盡而死, 亦善事也." 趙如其言, 命道士作'靈寶度人醮'數筵. 李方絶命. 生時凶戾很妬, 不孝翁姑, 暴其親鄰, 趙生不敢校. 及是, 無人憐之者. (右十事皆梅師忠說.)

　　건도 5년(1165) 8월, 형산과 상강[25] 사이에 살던 조씨의 아내 이씨는 참을 수 없을 정도로 매우 심한 두통에 시달리며 열흘 넘게 신음하였다. 첩과 여종들이 옆에서 간호하는데 갑자기 사납게 포효하는 소리가 들려 놀라 그녀를 보니 머리가 이미 호랑이로 변해 있었다. 급히 조씨에게 이 사실을 알렸고 남편이 와서 어쩐 일이냐고 그 연유를 물었으나 아내 이씨는 이미 말을 할 수가 없었다. 아들과 딸들이 이씨를 둘러싸고 어루만지고 있었는데, 그저 눈물을 머금으며 가장 어린 아들을 붙잡고 있었다. 불쌍하고 애석해하는 모습이었다.

25　衡湘間: 호남성의 衡山과 湘水 사이를 가리키는 말이다. 韓愈의 「柳子厚墓誌銘」에서 유래하였다.

그녀에게 음식을 주자 대개 쳐다보지도 않기에 생고기를 주었더니 움켜쥐고 먹었다. 6~7일 후 옆에 있던 어린 아들딸을 잡아채듯 하더니 잡아먹으려고 하는 듯했다. 이때부터 사람들은 감히 가까이 가지 못했다. 조씨는 아내를 빈방으로 떼메고 가서 문을 걸어 잠근 뒤 매일 생고기 여러 근을 넣어 주었다. 조씨는 친구인 번삼관을 불러오게 한 뒤 그에게 자초지종을 얘기하고 이씨를 죽이려고 하였다. 번삼관이 말하길,

"안 되네. 이씨가 사람됨이 변변치 못했다는 것은 많은 사람이 다 아는 사실이네. 하늘이 이를 통해 경고를 보여 주는 것이라네. 만약 급히 그를 죽이면 재앙이 반드시 이를 것이네. 차라리 그녀를 위해 부적을 태워 하늘에 고하고 이씨가 업보를 다 받고 죽게 놔두게. 이 또한 선업을 쌓는 것이네."

조씨는 그의 말대로 하였다. 도사를 불러 영보도인초[26]를 여러 차례 지내 주자 이씨는 마침내 목숨을 다하였다.

살아 있을 때 사납고 질투가 많았으며 시부모께 효도하지 않았고 이웃들에게 교만하게 굴었다. 조씨도 아내를 어찌할 수 없었다. 그녀가 죽었을 때 아무도 불쌍히 여기지 않았다.(위의 열 가지 일화 모두 매사충이 말한 것이다.)

---

26 '靈寶度人醮': 정통 道藏의 서론에 해당하는 『靈寶度人經』에 근거한 재초를 뜻한다. 東晉 말에 만들어진 경전으로 보이나 후세 도교에서는 경전의 근원처럼 중시되었다. 신령의 고귀함을 뜻하는 靈寶는 도교의 3淸 가운데 하나인 원시천존을 뜻한다.

張克公尙書夫人劉氏生三子, 皆不育. 其狀甚異, 一無舌, 一陰囊有
腎十枚. 張公竟無子. 劉夫人御婢妾少恩, 每瞋恚輒閉諸空室不與食.
晚年不能飮啖, 十日共食米一升, 銷瘦骨立乃卒. 人以爲業報云. 劉氏,
予外姑之姊也.

상서²⁷ 장극공²⁸의 부인 유씨는 아들을 셋 낳았는데 모두 제대로 성장하지 못했다. 그 모습이 매우 기이하였는데, 하나는 혀가 없었고, 하나는 음낭에 고환이 열 개나 되었다. 장극공은 끝내 후사가 없었다. 유씨 부인은 첩과 여종을 부릴 때 조금도 봐주는 법이 없었다. 매번 화가 날 때마다 눈을 부릅뜨고 그녀들을 빈방에 가두고 먹을 것을 주지 않았다. 유씨는 만년에 음식을 먹질 못해 열흘에 겨우 쌀 한 되밖에 먹질 못하였다. 쇠하고 여위어 뼈만 앙상하게 남은 채 죽었다. 사람들은 모두 업보라고 여겼다. 유씨는 나의 처이모다.

27　尙書: 상서성 소속 6부의 장관, 즉 吏部・戶部・禮部・兵部・刑部・工部尙書를 가리킨다. 황제 옆에서 문서 수발을 담당하는 관직에서 유래한 관명으로서 元豐 관제 개혁 이후 종2품의 職事官이 되었다. 元祐 연간부터 정2품이 되었으나 남송 때 다시 종2품이 되었다.

28　張克公: 자는 介仲이며 京西北路 穎昌府 陽翟縣(현 하남성 허창시 禹州市) 사람이다. 大觀 4년(1110), 혜성이 나타나자 감찰어사로 있던 장극공은 채경이 8년간 재상으로 있으면서 국정을 농단했다고 비판하여 실각시켰다. 그 뒤 起居舍人・中書舍人・右諫議大夫를 지냈다.

方城縣鄕民闔四老, 得疾已亟, 忽語其子曰: "我且爲驢, 試視我打
驟." 卽翹足仰身, 翻覆作勢, 其狀眞與驢等. 又曰: "可剉細草和蒸豆
來, 我欲飽食而死." 家人泣而進之. 據盆大嚼, 略無遺餘. 食畢復臥,
少頃氣絕. 闔平生蓋在鄕里作牙儈者.

당주 방성현²⁹의 촌민인 노인 염사는 병에 걸려 매우 위독한 상태
였다. 갑자기 그 아들에게 말하길,

"나는 당나귀가 되려고 한다. 내가 구르는 것을 한번 보거라."

그는 곧 다리를 들고 몸을 위로하더니 반복해서 그 동작을 했다.
그 모습이 진짜 나귀와 똑같았다. 또 말하길,

"가늘게 썬 풀과 찐 콩을 가지고 와라. 나는 배불리 먹고 난 뒤 죽
고 싶구나."

가족들은 울면서 그것을 가져다주었다. 그릇을 잡고 크게 입을 벌
리고 먹었는데 남김없이 모두 먹어 치웠다. 다 먹고 나더니 다시 자
리에 누웠고, 잠시 후 기가 끊어졌다. 염사는 평생 향리에서 중개인
노릇을 했던 이다.

---

29 方城縣: 京西南路 唐州 소속으로 현 하남성 서남부 南陽市 동북쪽의 方城縣에 해
당한다.

壽昌葉克己, 年十歲時從其父大夫居揚州, 病赤目, 繼以血利, 久之,
大小便皆結塞. 遇一僧曰:"是服藥茹毒, 元藏已壞, 今當取而下之."卽
出外, 旋到治藥十兩許, 攜入, 漬以酒使服, 預戒其家具浴盆以俟. 少
焉, 腸胃痛徹, 亟踞盆, 有物墜於內, 乃腐腸也, 長丈許. 如是者再, 氣
息僅屬, 父兄謂必死. 至晚, 忽呻呼索粥, 旦而履地, 一家驚異之.

俄大疽發於陰尻間, 穿七竅, 糞溺自其中出, 臭污不堪聞. 僧曰:"此
非俗人家所能供視, 當隨吾以歸."旣而不勝其煩, 復以還葉氏. 蓋又十
年, 從其兄行己寓蘭溪, 有道人過而語之曰:"汝抱疾甚異, 吾能識之.
但飲我酒, 明日爲汝治, 一錢不汝索也."卽取酒二升與飲. 喜曰:"良醞
也, 所釀幾何?"曰:"五斗."戒使悉留之, 乃去.

明日果來, 燒通赤火箸刲入尾閭六七寸, 晏然如不覺. 繼以冷箸塗藥,
隨傅之, 數反. 又燒鐵□烙疽上, 皮皆焦落, 然後摻藥塡六竅而存其一,
曰:"不可窒此, 窒則死."兄在旁不忍視, 掩袂而起. 財兩夕, 瘡痂盡脫,
所烙處肉已平, 六竅皆盈實, 腹內別生小腸. 自是與常人亡異, 飲啖倍
於他日, 而所下糞全似雞. 遂娶妻生子. 年過五十, 疽復發於臍下, 洞
腹乃死. 凡無腸而活者四十二年, 世間無此病也. 二醫疑皆異人云.

엄주 수창현³⁰의 엽극기는 열 살 때 대부인 아버지를 따라 양주에
서 살았는데 눈이 빨갛게 충혈되는 병을 앓았고, 이어 피가 섞인 설
사를 계속하였다. 한참 지나 대소변이 모두 막혔다. 우연히 만난 한

---

30 壽昌縣: 兩浙路 嚴州 소속으로 현 절강성 북서부 杭州市 남동쪽의 建德市에 해당
　　한다.

스님이 말하길,

"이는 약을 먹다가 중독이 된 것으로 오장이 이미 손상되어 지금 마땅히 그것을 아래로 내보내야 합니다."

그는 곧 나가더니 두루 다니며 약재로 쓸 것들은 10냥 정도를 베어 가지고 들어와 술에 담근 뒤 엽극기에게 먹게 하였다. 그리고 가족들에게 미리 목욕통을 가지고 와 기다리라고 시켰다. 잠시 후 엽극기는 위와 장이 몹시 아프기 시작했고 급히 목욕통에 걸터앉아 안에서 무언가를 쏟아내었는데, 곧 썩은 창자였다. 길이가 1장 정도 되었다. 이러길 거듭하자 기력이 쇠해 겨우 숨만 쉴 수 있을 뿐이었다.

아버지와 형은 그가 죽을 것이라 여겼다. 그런데 저녁이 되자 갑자기 신음하며 죽을 찾더니 다음 날 아침에 걸을 수 있게 되자 집안 식구들은 놀라 기이하게 여겼다. 잠시 후 커다란 종기가 생식기와 엉덩이 사이에 나더니 7개의 구멍이 뚫렸고, 똥오줌이 그 사이로 나왔다. 악취가 참을 수 없을 정도로 났다. 스님이 말하길,

"이는 속인들의 집에서 능히 보살 필 수 있는 정도가 아닌 듯합니다. 마땅히 내가 데리고 가야 할 것 같습니다."

얼마 후 스님은 번거로움을 이기지 못하고 다시 엽씨네 집으로 데리고 왔다. 그렇게 10년이 흘렀다. 엽극기는 형 엽행기[31]를 따라 무주 난계현[32]에 잠시 살고 있었는데, 한 도인이 지나며 그에게 말하길,

"네가 앓고 있는 병은 심히 기이하긴 하나 내가 아는 병이다. 다만

---

31 葉行己: 자는 孝恭이며 廬陵縣·吉州 지사, 강남서로 提點刑獄使와 夔州路 전운사를 지냈다.

32 蘭溪縣: 兩浙路 婺州 소속으로 현 절강성 중앙 金華市 서북쪽의 蘭溪市에 해당한다.

나에게 술을 한잔 내주면 내일 너를 치료해 주마. 일전 한 푼도 달라고 하지 않겠다."

곧 술 2되를 가져와 그에게 마시라며 주었다. 그는 기뻐하며 말하길,

"잘 익은 술이구나. 빚은 술이 얼마나 되는고?"

대답하길,

"5말입니다."

그는 엽극기에게 술을 모두 잘 남겨 두라고 당부하며 가 버렸다. 다음 날 정말로 돌아왔는데, 불에 달구어 붉게 된 젓가락을 꼬리뼈에 6~7촌 정도 꽂아 넣었는데, 엽극기는 통증을 느끼지 못하는 듯 편안한 모양이었다. 곧이어 차가운 젓가락에 약을 발라 그곳을 덮기를 여러 차례 되풀이했다. 또 뜨거운 철침으로 악창 위에 지지니 피부가 모두 그을려 떨어졌다. 그런 뒤에 여섯 개의 구멍에 약을 발라서 다 메워 넣고 한 개만 남겼다. 말하길,

"이것을 막으면 안 된다. 막으면 죽는다."

형은 옆에서 차마 볼 수가 없어 소매로 가리며 일어났다. 겨우 이틀 밤이 지나자 종기의 상처가 모두 떨어져 나갔고, 지진 곳의 피부는 이미 평평해졌으며 여섯 개의 구멍도 모두 메워졌고, 배 안에는 따로 작은 창자가 생겨났다. 이때부터 보통 사람들과 조금도 다르지 않았고, 지난 날에 비해 배로 먹고 마실 수 있었으나 배설하는 똥은 모두 닭똥 같았다. 곧 아내를 얻고 아들도 낳았다. 쉰 살을 넘기자 다시 종기가 배꼽 아래에서 생겨나더니 배를 뚫고 들어가 결국 죽고 말았다. 무릇 창자 없이 42년을 살았으니, 세간에서 이런 병은 들어 본 바 없다. 앞의 두 치료한 이들은 모두 기인이 아닌가 한다.

臨安民, 因病傷寒而舌出過寸, 無能治者. 但以筆管通粥飮入口, 每日坐於門. 某道人見之, 咨嗟曰: "吾能療此, 頃刻間事耳, 奈藥材不可得何?" 民家人聞而請曰: "苟有錢可得, 當竭力訪之." 不肯告而去. 明日, 又言之, 會中貴人罷直歸, 下馬觀病者, 道人適至, 其言如初. 中貴固問所須, 乃'梅花片腦'也. 笑曰: "此不難致." 卽遣僕馳取以付之. 道人屑爲末, 摻舌上, 隨手而縮, 凡用二錢, 病立愈.(右二事葉行己孝恭說.)

임안부의 한 주민은 상한병에 걸려 혀를 1촌 넘게 늘어뜨리고 있었는데 고칠 수 있는 자가 없었다. 그저 붓대를 이용해 입에 죽을 넣어 먹여 주었다. 그는 매일 문 앞에 앉아 있었는데, 어떤 도인이 이를 보고 탄식하며 말하길,

"내가 이 병을 고칠 수 있다. 잠시면 되는 일인데 다만 약재를 찾지 못하면 어떡하나?"

병자의 가족들이 이를 듣고 간청하며 이르길,

"만약 돈으로 살 수 있다면 마땅히 힘을 다하여 그것을 찾아야지요."

도인은 말해 주지 않고 가 버렸다. 다음 날 또 와서 같은 말을 하였다. 마침 환관[33] 한 사람이 숙직을 마치고 돌아가는 길에 말에서 내려 병자를 보고 있었다. 이때 마침 도인이 왔고, 처음과 같은 말을 하였다. 환관은 필요한 바를 간곡하게 물었더니 약재는 바로 '매화편뇌'[34]

였다. 환관이 웃으며 말하길,

"이는 구하기 어렵지 않다네."

곧 노복을 보내 달려가서 그것을 구해 오라고 한 뒤 그것을 전해주었다.

도인은 매화편뇌를 잘게 부수어 가루로 만들고 혀 위에 발랐다. 바르자마자 혀가 줄어들기 시작하였다. 무릇 2전을 정도를 바르니 병이 곧 나았다.(위 두 일화는 자가 효공인 엽행기가 한 이야기다.)

---

33 中貴: 힘 있는 환관, 또는 황제의 총애를 받는 측근을 가리키는 말이다.
34 梅花片腦: 용뇌향 나무의 일종인 梅片樹에서 나온 수지를 가공한 것으로 정신을 맑게 하고 열을 내리며 통증을 완화시키는 데 쓴다. 龍腦처럼 희고 얇은 조각이나 가루 형태이다.

徐吉卿侍郎居衢州之北三十里. 乾道六年間, 白晝有物立於牆下,
人身雞頭, 長可一丈. 侍妾出見之, 驚仆卽死. 健僕或持瓦石揮擊, 若
無所覺, 良久乃沒. 徐之次子官於秀州, 數日後聞其訃, 正此怪見之日.
而徐公壽考康寧, 固未艾, 怪不能爲之祟也.(徐公宗人說.)

자가 길경인 이부시랑 서철[35]은 구주에서 북쪽으로 30리 되는 곳에
살고 있었다. 건도 6년(1170) 대낮에 어떤 것이 담장 아래 서 있는 것
을 보았는데, 사람의 몸에 닭의 머리를 하고 있었고, 길이가 1장 정도
되어 보였다.

시첩이 나와서 보더니 놀라 엎어져 죽었다. 건장한 노복들이 기왓
조각과 돌을 휘두르며 공격하였지만, 아무것도 느낄 수 없는 것 같았
고 한참 후 사라졌다. 서철의 둘째 아들은 수주에서 관리로 있었는데
며칠 후 그의 부고가 전해 왔다. 죽은 날은 바로 그 기이한 것이 나타
났던 날이었다.

서철은 오래 강녕하게 살았는데,[36] 진실로 조금도 쇠함이 없었으니

---

35 徐嘉: 자는 吉卿이며 兩浙路 衢州 西安縣(현 절강성 衢州市 衢江區) 사람이다. 소
　홍 연간에 금군 館伴使로 금의 강압적 태도에 의연하게 대처했고, 소홍 24년에 左
　朝散郎·江陰軍 지사가 되었고, 監察御史·侍御史·吏部侍郎을 지냈는데 秦檜와
　가까운 사이였다. 효종 隆興 2년에 敷文閣待制로서 소홍부 지사를 지냈으며 吏部
　尚書로 관직을 마쳤다.
36 『洞庭西山堂里徐氏家譜』에 따르면 徐嘉은 淳熙 6년(1179)에 사망하였으나 출생

요괴도 그에게 해를 끼칠 수는 없었다.(이 일화는 서철의 집안사람이 한 이야기다.)

연도는 기재되지 않았다. 다만 같은 衢州 사람으로 六壬占으로 유명한 점술가 邵
彦和가 남긴 점괘 기록인 『大六壬斷案』에 따르면 紹聖 3년(1096) 생이니 84세를
산 셈이다.

이견정지 夷堅丁志 卷14

武眞人, 名元照, 會稽蕭山民女也. 方在孩抱, 母或茹葷, 輒終日不乳, 及菜食, 則如初. 母甚異之. 年稍長, 議以妻邑之富人, 旣受幣, 照軮軮不樂. 訓以女工, 坐而假寐. 母笞怒之, 謝曰: "非敢怠也. 昨夢金甲神告以后土見召, 與之偕往, 入雲霄間廣殿下, 見高眞坐殿上, 玉女列侍, 招我升殿, 戒曰: '汝本玉女, 頃坐累暫謫塵境, 三紀復來, 汝歸休粮, 遂棄人間事.' 及覺, 欲不食, 而母見强. 又夢神怒曰: '命汝勿食, 違吾戒何也?' 剖腹取腸胃滌諸玉盆, 復納于腹而緘之, 因授靈寶大洞法及大洞大法師回風混合眞人印, 俾度世之有疾者."

母聞言驚悟曰: "兒, 異人也, 予爲兒絶姻事, 俾遂迺志." 自是獨居淨室, 間以符水療人疾, 遠近奔奏求符. 或邀過家視病, 則命二僕肩輿以行, 不裹糧. 至中塗, 從者餒, 但市桃兩顆, 呵氣授之, 人食一桃往數十里不飢.

侍御史陳某居錢塘, 以天心法治人疾. 舍旁別圃建層樓, 圃人告, 有騎而行其上者, 陳叱去曰: "焉有是?" 薄暮, 携劍印宿于下, 亦聞馬聲. 未幾, 家人扣門趣之歸, 曰: "幼女係空中, 如物覊縻狀." 視之信然. 女昏不知人累日. 陳詣樓設醮厭之, 火起壁間, 倉卒奔下, 火亦止. 又召道士攝治, 及門, 亡其巾. 家人益恐, 致書招元照. 照衣冠造之, 陳女起迎門, 笑語若初無疾者. 照携之宿樓上, 越三晝夜無所睹, 女亦泰然.

韓子庞太尉官廨下, 嘗自書章, 擬奏于天, 迷遭遇太上興運事, 人無知者. 邀照奏之, 俯伏良久乃起. 誦章中語, 無一非是, 且曰: "上帝嘉公恬靖, 無覬幸. 批答云: '謹守千二日辨曹賞厥功.'" 後皆應如照言. 韓自幼患足疾, 每作, 至不得屈申. 照爲按摩, 覺腰間如火熱, 又摩其髀亦熱, 拂拂有氣從足指中出, 登時履地, 厥疾遂瘳. 韓僕宿於廬側隙舍, 夜夢鬼物壓其身, 叫呼而出. 值照至, 不告之故, 與縱步至其處. 照及戶而返, 曰: "室有自縊者, 蓬首出舌, 見吾求度." 即書符, 命僕焚之.

夜夢人謝過曰: "吾得眞官符超生, 不復來矣." 啓關而出. 韓氏設榻留
照寢, 不聞喘息, 徐見靑雲起鼻端, 一嬰兒長三寸許, 色如碧流離, 光
射一榻, 盤旋腹上, 頃之不見.

　張循王家婢有娠, 過期不産, 請照往. 諸婢雜立, 照獨視孕者, 咨嗟
曰: "爾宿生爲樵夫, 嘗擊殺大蛇, 今故讎汝, 在腹食爾五藏, 盡乃已."
急白王出之, 書二符授婢. 婢如戒焚符, 以水飮訖, 産一大蛇. 王聞之
大駭, 敬禮之, 欲贈以金繒, 不受. 復如韓氏, 留歲餘欲歸, 止之不可,
涕泣而別, 言: "予不再至矣." 衆疑其將羽化也. 旦日, 拏舟歸蕭山, 至
家無疾而卒. 先是, 邑中十餘家俱見照衣道服各詣其家聚話, 移時乃
去. 數日, 或詣照家訪之, 家人云: "死矣." 邑子數輩先後至者, 同曰:
"昨方至吾家, 何遽爾?" 驗其訪諸人日, 乃尸解日云. 時紹興十一年
也.(韓俣廷碩說.)

이름이 원조인 진인 무씨는 회계[1] 소산현[2] 한 촌민의 딸이었다. 일
찍이 품에 안고 키우던 어릴 때부터, 어머니가 훈채를 먹으면 번번이
종일 젖을 먹지 않았고 채소를 먹은 날은 젖을 잘 먹었다. 그 어머니
는 매우 기이하게 여겼다. 어느 정도 나이를 먹자 소산현의 부자에게
시집보내려고 혼담이 오갔고 폐백을 받았는데 무원조는 오히려 불만
족하며 즐거워하지 않았다. 여자가 하는 일인 바느질 등을 가르칠 때

1　會稽: 북송 兩浙路 越州, 남송 浙東路 紹興府(현 절강성 紹興市)의 별칭으로 인근
　 會稽山에서 유래한 지명이다. 禹가 제후를 모아 회의한 곳이라는 전설이 있을 정
　 도로 오래된 지명이어서 행정명의 변화와 무관하게 소흥의 별칭으로 지금까지 사
　 용되고 있다.
2　蕭山縣: 兩浙路 越州 소속으로 현 절강성 북부 杭州市 동남쪽의 蕭山區에 해당
　 한다.

는 앉아서 졸았다. 어머니가 회초리를 때리며 화를 내자 그녀는 잘못했다고 빌며 말하길,

"저는 감히 게으름을 피운 게 아니에요. 어젯밤 꿈에 금으로 된 갑옷을 입은 신이 와서 이르길 후토신[3]께서 저를 보잔다고 하시어 그와 함께 갔었습니다. 구름 사이로 들어가 넓은 대전 아래 이르렀는데, 높은 신선께서 대전 위에 앉아 계셨고, 선녀[4]들이 옆에 나열하여 있었으며 저를 대전으로 올라오라고 불렀습니다. 저에게 당부하며 이르길, '너는 본래 선녀이다. 일찍이 죄를 지어 잠시 속세에 내려갔고, 3기 즉 36년 후에는 다시 돌아올 것이다. 너는 돌아가 곡물을 끊고 세속의 일은 포기하거라.' 저는 깨어났고 곡물을 먹지 않으려 하였는데 어머니께서 강제로 먹이셨습니다. 다시 꿈에 신께서 노하여 이르길, '너에게 곡물을 먹지 말라고 하였는데 나의 명을 어기면 어찌하느냐?' 저의 배를 갈라 장과 위를 꺼내 옥으로 된 그릇에 담아 씻고 다시 뱃속으로 넣어 배를 닫았습니다. '영보대동법靈寶大洞法'을 전수해 주시고, 또 '대동대법사회풍혼합진인大洞大法師回風混合眞人'의 인장을 주

---

3 后土: 천신에 대응하는 토지신으로서 수확과 출산의 신이다. 천신이 남성으로 인격화된 것처럼 후토는 여성으로 인격화되어 민간에서는 통상 后土娘娘이라고 칭하였다. 漢代부터 송대까지 황제가 후토사를 찾아 제사 지낸 횟수가 총 24회에 이를 정도로 국가 祠廟로 중시되었다. 漢代 郊祠에 황후가 한 차례 참여한 전례를 들어 則天武后가 郊祠에 참여하면서 황후가 후토 제사를 주관하기 시작하였다. 송 眞宗이 태산에서 封祭를 지낼 때 황후는 후토사에서 禪祭를 지내면서 각국 사신을 불러 모으는 등 천신과 대등하게 대하였다. 그러나 황후의 정치적 발언권에 축소되면서 후토의 위상도 점차 약화되어 후대에는 蠶業의 신으로 격하되었고, 제사도 북경의 天壇에 합사되었다.
4 玉女: 수도 중인 어린 소년 소녀를 말한다. 도교에서는 신선이 사는 모든 洞天福地마다 이들이 시중을 들고 있다고 한다.

신 후 저에게 속세로 가서 병이 있는 자들을 구해 주라 하셨습니다."

어머니가 이를 듣고 놀라면서도 깨달음이 있어 말하길,

"우리 딸이 범상한 사람이 아니구나. 내가 너를 위해 혼사를 그만 두겠다. 너는 뜻을 이루도록 해라."

이때부터 홀로 깨끗한 방에서 거하였고, 부적을 태운 물로 사람들의 병을 치료해 주자 원근 각지에서 와서 부적을 구했다. 어떤 자는 병을 치료해 달라며 그녀를 집으로 불렀다. 그러면 두 명의 노복에게 견여를 메고 가게 하였다. 양식은 따로 싸지 않았는데, 도중에 노복들이 배가 고프면 시장에서 복숭아 두 개를 사서 '후' 하고 입김을 불어 준 다음 이를 먹게 하면 그들은 한 개만 먹어도 수십 리를 가더라도 배가 고프지 않았다.

시어사[5] 진모가 전당에 살고 있었는데, 천심법으로 사람들의 병을 치료하고 있었다. 집 옆에 채마밭이 있었고, 그 안에 누각을 세워 두었다. 채마밭에서 일하는 사람이 와서 '누군가 말을 타고 누각 지붕 위를 걷고 있다'고 말하자 진모는 그를 꾸짖으며 말하길,

"어찌 그런 황당한 일이 있을 수 있단 말이냐?"

날이 어두워지자 검과 법인을 가지고 누각 아래에서 지키고 있었다. 역시 말 울음소리가 들렸다. 얼마 후 집안사람들이 문을 두드리며 급히 그를 불러 집으로 가 보라고 하며 말하길,

"어린 딸이 공중에 떠 있는데 어떤 물건에 묶여 있는 듯합니다."

가서 보니 과연 그랬다. 딸은 정신을 잃고 혼미하여 여러 날 동안

---

5 侍御史: 어사대 소속의 공무 처리와 관원의 인사 등에 대한 비판업무를 맡았다. 송 초에는 종6품하였고, 원풍 관제개혁 이후에는 종6품이었다.

이견정지 【二】

사람을 알아보지 못하였다. 시어사 진씨는 누각으로 가서 제사를 올리며 사기邪氣를 제압하려 하였지만, 벽 사이로 불길이 일어나 다급하게 아래로 내려가자 불길이 곧 멈추었다. 또 도사를 불러 다스리려고 하였는데 도사가 대문에 이르렀을 때 그의 두건이 사라졌다. 가족들은 더욱 두려웠고, 이에 편지를 보내 무원조를 불렀다. 무원조가 의관을 갖추고 집에 이르자 진씨의 딸이 일어나 문을 열어 주었고, 웃으며 말하는 것이 예전부터 병이 없었던 것 같았다. 무원조는 그녀를 데리고 누각 위에서 머물렀는데, 3일 밤낮을 지내도 달리 보이는 것이 없었고 딸도 편안해 보였다.

자가 자의이며 태위로 추증된 한공예[6]는 황제[7]를 모시면서 일찍이 스스로 글을 써서 하늘에 상주하고자 생각하였다. 글에는 자신이 태상황[8]을 만나 운세가 흥성한 것에 대해 적었는데, 사람들 가운데 아는 이가 없었다. 무원조를 불러 그것을 하늘에 아뢰라고 하니 한참 동안 고개를 숙이고 엎드려 있다가 비로소 일어났다. 무원조가 상주문의 내용을 모두 암송하였는데 틀린 것이 하나도 없었다. 또한 말하길,

---

6 韓公裔: 자는 子展이며, 東京 開封府(현 하남성 開封市) 사람이다. 康王府에서 內知客 등으로 있으면서 정강의 변 때 충실하게 호종하여 고종의 신임을 얻었다. 黃潛善·秦檜 등 주화파와 대립하여 일시 좌천되기도 했으나 廣州관찰사·岳陽軍절도사 등의 명예직을 수여 받았고, 사후에 태위에 추증되었다. 겸손한 처신 등으로 평판이 좋았다.

7 輦下: 황제의 어가를 뜻하는 '輦轂'의 아래라는 뜻이다. '황제의 어가 부근'이란 뜻에서 파생하여 황제 또는 도성의 代稱으로 쓰인다.

8 太上: 황제가 생전에 양위하면 太上皇이라고 칭하고, 약칭은 上皇이다. 송의 태상황은 휘종과 고종인데 고종은 소흥 32년(1162)에 海陵王의 침공을 막아낸 뒤 효종에게 양위하고 淳熙 14년(1187)까지 25년이란 긴 기간을 태상황으로 지냈다. 한공예는 고종을 藩王 때부터 30년간 모셔서 각별한 신임과 은총을 받았다.

"상제께서는 공의 안정되고 여유로운 마음을 칭찬하셨고, 요행을 바라지 않는 것도 치하하셨습니다.[9] 비답을 내려 이르길, '삼가 천이 일 동안 관아의 일을 맡게 하여 그 공에 대하여 상을 줄 것이다'라고 하였습니다."

후에 모든 것이 무원조의 말대로 모두 이루어졌다. 한공예는 어렸을 때부터 발에 병이 있었는데, 매번 발작할 때마다 굽히거나 펼 수가 없었다. 무원조가 그를 위해 발을 안마해 주자 한공예는 허리 사이에서 불난 것처럼 뜨거운 열기가 느껴졌다. 또 넓적다리를 안마하니 역시 뜨거운 열기가 느껴졌고, 발가락 가운데서 센 기가 솟구쳐서 즉시 바닥을 밟을 수 있었다. 그의 발병이 다 나았다. 한공예의 노복이 초가집 옆 작은 방에서 묵고 있었는데, 한밤 꿈에 요괴가 자기 몸을 누르는 것이 느껴져 소리를 지르며 밖으로 나왔다. 곧바로 무원조에게로 갔지만, 사정을 말하지 않았는데 그녀는 노복과 함께 그 방까지 걸어왔다. 무원조가 문에 이르렀을 때 돌아보며 말하길,

"이 방에는 스스로 목을 맨 자가 있어 머리를 산발하고 혀를 늘어뜨린 채 있습니다. 나를 보더니 천도할 수 있도록 도와 달라고 하는군요."

그녀는 곧 부적을 써 주었고 노복에게 그것을 태워 주라고 명하였다. 꿈에 그자가 다시 와서 잘못을 사과하며 말하길,

"저는 진관의 부적을 얻어 내생으로 갈 수 있게 되었습니다. 이제

---

9 무원조가 전했다는 상제의 평가는 『송사』 열전에서의 평가와 대동소이하다. 『송사』에서는 한공예가 처신함에 있어서 삼갔으며, 자기 세력을 키우려 하지 않았고, 황제의 은혜를 팔지 않았으며, 감히 黃潛善 · 秦檜에게 이견을 제기하였다고 매우 긍정적으로 평가하였다.

이견정지【二】

다시는 오지 않겠습니다."

그자는 문을 열고 나갔다. 한공예는 침상을 준비하여 무원조를 잡으며 자고 가라고 하였다. 그녀는 듣지 않고 숨을 헐떡이며 내쉬니 코끝에서 푸른 구름이 천천히 일어나는 것이 보였다. 크기가 3촌쯤되는 갓난아이가 푸른빛을 띠며 떠돌더니 침상에 빛을 한 번 쏴 주고는 그녀의 배 위로 돌며 움직이다 잠시 후 사라졌다.

순왕 장준[10] 집안의 여종이 임신하였는데, 예정일이 지나도 출산하지 못해 무원조를 불렀다. 여러 여종이 뒤섞여 서 있는데 무원조는 유독 임신한 여종을 보더니 탄식하며 이르길,

"너는 전생에 나무꾼이었는데 일찍이 큰 뱀을 때려죽인 일이 있어지금 그것이 너에게 보복하고 있다. 뱃속에서 너의 오장을 먹고 있는데 다 먹어야 비로소 끝이 날 것이다."

급히 순왕에게 고하여 여종을 내보내게 하고, 두 개의 부적을 써서 여종에게 주었다. 여종은 무원조가 가르쳐 준 대로 부적을 태우고 그 재를 물과 함께 마셨다. 그제야 큰 뱀을 낳았다. 순왕이 이를 듣고 깜짝 놀라서 무원조에게 경의를 표하며 예를 다하였다. 금과 비단으로 사례를 표하려 했지만 받지 않았다. 그는 다시 한공예에게 가서 1년 조금 넘게 머문 후 돌아가려고 했다. 그녀를 붙잡았지만 어쩔 수 없

---

10 張俊(1086~1154): 자는 伯英이며 秦鳳路 鳳翔府(현 감숙성 天水市) 사람이다. 어려서부터 군에 들어가 많은 공을 세웠으며 특히 남송 건국기에 岳飛·韓世忠·劉光世와 함께 中興四將으로 손꼽힌다. 海陵王의 공격을 차단하였고 李成과 大齊의 공세를 격파하였다. 금에 대한 강경론을 주장하다 살해된 岳飛, 실각된 韓世忠과 달리 장준은 적극적으로 고종의 뜻에 부합하여 부귀영화를 독차지하였다. 정치적 노선과 지나친 축재 등으로 부정적 평가도 적지 않다.

어서 눈물을 흘리며 이별하는데 그녀가 말하길,

"나는 다시 오지 못할 것입니다."

사람들은 그녀가 곧 신선이 될 것이라 짐작하였다. 다음 날 그녀는 배를 타고 월주 소산현의 집으로 돌아왔고 도착하자마자 아무런 병도 없이 죽었다. 이에 앞서 현의 십여 집의 사람들 모두 무원조가 도복을 입고 자신들의 집에 와서 모여 이야기하고 잠시 후 사라지는 것을 보았다고 말하였다. 며칠 후 어떤 사람이 무원조의 집에 와 그를 찾자 집안사람들이 말하길,

"죽었습니다."

현의 여러 사람이 연이어 찾아와서 모두 말하길,

"어제 막 우리 집에 왔었는데, 어찌 이리 급히 돌아가셨는가?"

그녀가 여러 집을 돌아다닌 날짜를 살펴보니 바로 신선이 되었던[11] 날이었다. 때는 소흥 11년(1142)의 일이다.(이 일화는 자가 정석인 한우[12]가 말한 것이다.)

---

11 尸解: 도교에서는 득도하면 자기의 육체를 버리고 신선이 되며 때로는 시신 대신 특정한 물건만 남기고 승천한다고 한다. 이를 가리켜 尸解라고 하며 통상 도사의 사망을 분식하는 말로 쓰인다.

12 韓俁: 紹興 30년에 武翼郎으로 送伴使를 맡았다가 업무 추진 잘못으로 2官을 폄관당한 일이 있었다. 또 『吳郡志』 권7에 따르면 淳熙 3년(1176)에 武節大夫 · 高州刺史로 紹興府 지사로 부임하였고 이후 廬州 지사로 전보되었다.

존심재^{存心齋}

> 趙善璉與其弟居衢州, 肄業城內一寺, 牓小室曰'亦樂齋'. 是歲獲解,
> 而紕於春官. 或爲言: "'樂'與'落'同音, 士子所深諱, 而以名其居, 宜不
> 利矣, 乃改爲'居易齋'". 久之, 夢老翁高冠雪顏來相訪, 指而言曰: "子
> 所以易此者, 正以樂字爲不美, 獨不思居易者, 唐白樂天之名乎? 白樂
> 之稱, 尤爲未韙." 璉謝曰: "然則何爲而可?" 曰: "當命爲存心齋可矣."
> 覺而更之, 遂以乾道五年登第, 調章貢幕官爲予言.

　　조선련과 그의 동생은 구주에서 살고 있었다. 성안의 한 절에서 공
부하고 있었는데, '역락재^{亦樂齋}'라는 편액이 걸린 작은 방이었다. 이
해에 향시에는 합격하였으나 예부의 성시[13]에서는 낙방하였다. 어떤
이가 말하길, '락^樂'자는 '락^落'자와 발음이 비슷해서 사인들이 깊이 꺼
리는 글자이니 '락'자로 머무는 곳의 이름을 짓는 것은 좋지 않을 것
같다고 하였다. 그래서 당호를 '거이재'로 바꿨다. 한참 후 꿈에 높은
관을 쓰고 하얀 구레나룻의 한 노인이 찾아와 편액을 가리키며 말하
길,

　　"그대가 이렇게 당호를 바꾼 것은 바로 '락'자의 발음이 좋지 않아
서인데, '거이'는 당대 백거이[14]의 자가 낙천임을 어찌 생각하지 못했

---

[13] 春宮: 省試를 주관하는 禮部의 별칭이다. 『周禮』의 天官・地官・春官・夏官・秋
官・冬官이 후에 상서성의 6부, 즉 吏部・戶部・禮部・兵部・刑部・工部와 같기
때문이다.

는가? '백 번을 낙방한다는 백락'이라는 칭호는 더더욱 좋지 않을 것
이네."

조선련이 감사히 여기며 묻길,

"그러면 어떤 것으로 해야 좋을까요?"

"응당 '존심재'라고 하면 좋을 것이다."

그는 깨어나 바로 그렇게 고쳤다. 마침내 건도 5년(1170) 과거에 급
제하였고, 장공[15]의 막료가 되어 필자에게 말해 준 것이다.

---

14 白居易(772~846): 자는 樂天, 호는 香山居士이고 太原(현 산서성 太原市) 사람이
     다. 하급 관리 집안에서 태어나 과거에 급제하여 관직에 나아갔으며 翰林學士 ·
     左拾遺 · 左贊善大夫가 되었으나 권력투쟁을 피해 忠州 · 杭州 · 蘇州 자사로 나갔
     다. 항주 지사 시절 서호에 白堤를 쌓았고, 浙東觀察使로 있던 元稹과 함께 '新樂
     府'를 널리 알렸다. 이후 秘書監과 河南尹을 지냈으며 刑部尙書로 사임하였다. 35
     세에 지은 「長恨歌」는 세상에 그의 文名을 널리 알렸으며 45세에 지은 「琵琶行」
     은 그를 唐代 최고의 시인이란 명성을 얻게 하였다. 총 3,800수의 시를 남겼다.
15 章貢: 贛州 남쪽에 자리한 贛江의 상류인 章水와 貢水를 합하여 부르는 말이다.

明州城外五十里小溪村有富家翁造巨宅，　凡門廊廳級皆如大官舍．
或諫其爲非民居所宜，怒不聽．財成而翁死，其子不能守．先是，魏南
夫丞相寓城中，無宅可居，及罷相來歸，空橐中得千萬買之．家人時時
見老翁往來容歎，如有恨者，共以白丞相．爲立小室，塑以爲土地，自
是不復出．(徐閱說．)

　　명주 성 밖 50리 되는 곳에 소계촌[16]이 있는데 한 부자 노인이 그
곳에 큰 집을 지었다. 무릇 문과 복도, 대청과 계단 모두 큰 관청처럼
지었다. 혹자는 그에게 일반 백성이 거주하기에 적절하지 않다고 간
언해 주었지만, 그 노인은 화를 내며 듣지 않았다. 겨우 완성될 무렵
노인은 죽었고, 그 아들은 집을 유지할 수 없었다. 이보다 앞서 자가
남부인 승상 위기[17]가 명주 성에서 잠시 머물고 있었는데 지낼 만한
집이 없었기에 재상직에서 물러나 돌아오면서 가지고 있던 주머니의
천만 전을 털어 그 집을 샀다. 위기의 집안사람들은 때때로 어떤 노

16　小溪村: 兩浙路 明州 鄞縣 小溪鎮의 碧溪(현 절강성 寧波市 海曙區 洞橋鎭 石臼廟
　　村)이다.

17　魏杞(1120~1183): 자는 南夫이고 淮南西路 壽州 壽春縣(현 안휘성 揚州市 壽縣)
　　사람이다. 현 지사‧太府寺 主簿‧太府寺丞‧工部員外郎‧宗正少卿을 역임하였
　　다. 隆興 3년(1165)에 금의 通問使로 소흥화의의 불리한 내용을 크게 개선한 隆興
　　和議 체결에 성공하여 給事中으로 승진하였고 이어서 同知樞密院事 겸 參知政事
　　가 되었고 다시 尙書右僕射‧同中書門下平章事 겸 추밀사가 되었다. 모친상을 마
　　치고 平江府 지사에 제수되었으나 부임 도중 奪職되어 小溪鎭에 은거하였다.

인이 와서 탄식하는 것을 보았는데 그는 한이 맺힌 듯했다. 이를 승상 위기에게 말해 주니 위기는 곧 작은 집을 짓고 흙으로 조각상을 빚어 그를 토지신으로 삼아 주었다. 이때부터 노인은 다시 나타나지 않았다.(이 일화는 서항[18]이 말한 것이다.)

---

18 徐閎: 福建路 建州 建安縣(현 복건성 南平市 建甌市) 사람으로 과거에 급제하였으며 桂陽軍 지사를 지냈다.

新安郡士人, 夢雞數百千隻飛翔庭中. 時方應擧, 疑非沖騰之物, 以告所善者. 或曰: "世謂雞爲五德, 今若是其多者, 千得萬得也, 可爲君賀." 果登科.(羅頡說.)

신안군¹⁹의 한 사인은 꿈에 수백 수천 마리의 닭이 뜰 안에서 날아오르는 꿈을 꾸었다. 당시 마침 과거에 응시하던 중이었는데, 닭이 높이 날아오르는 동물이 아니라는 생각에 해몽을 잘하는 이에게 가서 물었다. 그자가 말하길,

"세상 사람들은 닭이 다섯 가지 덕²⁰을 갖추었다고 하지요. 지금 꿈이 그렇다면 오덕이 많다는 것이니, 천을 얻고 만을 얻을 것입니다. 그대에게 축하를 드려야겠소."

과연 그는 과거에 급제하였다.(이 일화는 나힐이 말한 것이다.)

19　新安郡: 江南東路 徽州의 郡號이자 별칭이다. 신안군은 西晉 太康 1년(280)에 처음 설치된 지명이고, 徽州는 宣和 3년(1121)에 비로소 등장한 지명이라서 신안이 휘주의 代稱으로 널리 쓰였다.

20　五德: 예로부터 닭은 文·武·勇·仁·信의 다섯 가지 덕을 갖추었다고 하였다.

武唐公者, 本閬州僧官, 嗜酒亡賴. 嘗夜半出扣酒家求沽, 怒酒僕啓
戶遲, 奮拳摋其胸, 立死. 踰城亡命, 迤邐至台州國淸寺, 自稱武道人.
素精醫技, 凡所拯療用藥皆非常法, 又必痛飮斗餘, 大醉跌宕, 方肯診
視, 然疾者輒瘥.

後浪游衢州江山縣, 豪族顔忠訓之妻毛氏, 孕二十四月未育. 武乘
醉欲入視, 顔曰: "道人醉矣, 須明旦可乎?" 武曰: "吾自醉爾, 病人不醉
也." 遂入, 又呼酒數升, 乃言曰: "賢室非妊娠, 所感甚異, 幸其物未出,
設更半月, 殆矣. 吾請言其證: 平生好食雞, 每食必遣婢縛生雞於前,
徐觀其死, 天明一飽食, 終日不復再飯. 審如是乎?" 顔生驚曰: "誠然."

武與約, 索錢至二十萬, 始留藥一服, 戒家人預備巨鉢及利刃, 曰:
"卽餌藥, 中夕腹痛, 當喚我." 如期, 果大痛, 急邀之入. 入則毛氏正産
一物, 武持刃斷爲兩, 覆以鉢, 命婢掖孕者起, 繞房行. 明旦, 啓鉢視
之, 蓋大鼈也. 首足皆成全形, 目亦開, 特爲膜所絡, 動轉未快, 故不能
殺人. 顔生敬謝, 欲償元約, 且以所主酒坊與之. 皆笑不取, 曰: "吾特
戲君耳." 建炎中卒於國淸, 年八十餘歲. 國淸僧道益從其學醫, 話此
事.

무당공이라는 자는 본래 낭주²¹의 승관²²이었지만, 실은 술을 좋아

---

21 閬州: 利州路 소속으로 치소는 閬中縣(현 사천성 南充市 閬中市)이고 관할 현은 9
개, 州格은 節度州이다. 현 사천성 동북부의 南充市 북쪽에 해당한다.
22 僧官: 송조는 승려를 관리하기 위해 중앙·주·사찰 3단계의 엄격한 승관제도를
운영하였다. 중앙의 僧錄司에서 총괄하고, 路급 승관은 없었으나 州에는 僧正 1인
을 두고 그 아래에 副僧正·僧判 등을 두어 보좌하게 하였다.

하는 무뢰배였다. 일찍이 한밤에 절에서 나와 술집 문을 두드리며 술을 달라고 하였는데, 술집 노복이 빨리 문을 열지 않는다고 홧김에 주먹을 휘둘러 가슴을 때렸는데 노복은 그 자리에서 죽었다. 성을 빠져나와 도망을 다녔고, 이리저리 돌아다니다가 태주 국청사[23]에 머무르며 무도인이라 자칭하였다.

무당공은 본래 의술에 뛰어났는데 병자를 치료해 주며 쓰는 약은 모두 일반 약과 달랐고, 반드시 한 말쯤 흠뻑 마시고 크게 취하여 홍취가 나야 바야흐로 진료를 보았다. 그런데도 치료한 자들은 번번이 나았다. 후에 구주 강산현[24]을 떠도는데 그 지역의 유지인 안충훈의 아내 모씨가 임신한 지 24개월이 지났는데도 출산을 하지 못하고 있었다.

무당공은 취기에 들어가 보려고 하였지만 안충훈이 말하길,

"도인께서는 이미 취하셨으니 내일 아침 진료를 보시는 게 어떻겠습니까?"

하지만 무당공은 말하길,

"내가 취했지, 환자가 취하진 않았잖소."

그는 마침내 들어가더니 또 몇 되의 술을 가져오라며 말하길,

"현부인께서는 임신한 것이 아닙니다. 느껴지는 바가 매우 기이한

---

23 國淸寺: 수 開皇 18년(598)에 개창한 사찰로 본래 명칭은 天台寺이고 天台宗의 발원지로 유명하다. 隋煬帝가 즉위 전에 후원하며 국청사로 이름을 바꾸었다. 현 절강성 台州市 天台縣 城關鎭에 있다.
24 江山縣: 兩浙路 衢州 소속이며 禮賢縣으로 바뀌었다가(1267) 다시 강산현으로 바뀌었다(1276). 복건 · 강서와의 접경 산지이며 현 절강성 중서부 衢州市 남쪽의 江山市에 해당한다.

데 다행히 그 물건이 아직 나오지 않았지만, 다시 보름이 지나면 위태롭습니다. 내가 알게 된 것을 말해 보겠소. 부인께서는 평생 닭을 즐겨 먹었는데, 매번 먹을 때마다 반드시 여종을 보내 생닭을 그 앞에서 잡아 닭이 죽는 것을 천천히 지켜보고 다음 날 날이 밝으면 배불리 먹고 종일 달리 밥을 먹지는 않았습니다. 참으로 그렇지 않았습니까?"

안충훈은 놀라 말하길,

"실로 그러했습니다."

무당공은 안충훈에게 부인을 치료해 주는 대가로 20만 전을 달라고 요구하고 약속을 받은 뒤 비로소 약을 처방하여 먹게 하였다. 집안사람들에게는 큰 사발과 날카로운 칼을 미리 준비하라고 당부하고 말하길,

"곧 약을 드시면 저녁에 배가 아플 것이고 그러면 저를 부르십시오."

말한 시간이 되자 과연 배가 크게 아팠고, 급히 무당공을 불러 들어오게 하였다. 무당공이 들어가자 모씨는 막 한 덩어리를 낳고 있었는데, 무당공은 칼을 가지고 그것을 두 개로 잘라 사발로 덮었다. 여종에게 부인을 부축하여 일으켜 세운 뒤 방을 빙 둘러 걷게 하였다.

다음 날 새벽 사발을 열어 보니 커다란 자라였다. 머리와 발이 모두 형태를 온전하게 갖추고 있었고 눈도 뜨고 있었다. 다만 막으로 둘러싸여 움직이고 구르는 것이 빠르지 않았기에 사람을 죽일 수는 없었다. 안충훈이 경의와 감사를 표했고 원래 약속한 대로 사례하고자 하였으며 가지고 있던 양조장을 그에게 주려고 하였다. 하지만 무당공은 웃으며 모두 받지 않았고 다만 말하길,

"그저 그대를 놀린 것일 뿐이오."

무당공은 건염 연간(1127~1130)에 국청사에서 죽었는데, 나이는 80세였다. 국청사의 승려와 도사 모두 그를 따라 의술을 배웠다. 이 일화는 그들이 말한 것이다.

饒州獄卒孔都, 素與酒家婦人游. 一日過其門, 用他故爭鬧, 郡牙校
夏生適見之. 明晨, 婦人訴於郡, 夏生頗左右之. 孔受杖, 心銜其事. 後
數日出, 至永平監之東, 欲買酒, 而夏生又先在彼, 望見孔入, 從後戶
佚去. 孔徑回, 抵瞻軍庫, 以私醞告官. 官亟追賣酒人, 幷比鄰送獄. 獄
成, 釀者坐徒刑, 且籍産拆屋, 四鄰皆均賞錢. 夏生亦被罪.

釀者當出賞百餘千, 無以償, 至於鬻其女. 不勝怨, 率鄰人共詣東嶽
行宮, 具訴孔夏私隙遷怒破其家, 祈神爲主. 是日, 孔在家, 忽震恐不
自持, 呼妻子及里人聚坐, 過夜半, 乃言:"遭十餘人見捕, 賴此間黨盛,
今舍去矣." 天未曉, 索衫著出, 曰:"當往獄官廳." 是晚不還家. 歷五
日, 或言有溺死於澹津湖者, 孔妻驚疑必其夫, 及廂官撈出尸, 果也.
蓋孔挾一時之忿, 致諸家撓壞如此, 故神殛之云. 淳熙元年四月也.

요주[25]의 옥졸 공도는 본래 술집의 한 여자와 잘 지냈다. 하루는 그
녀의 집 문을 지나면서 다른 이유로 그녀와 다투었고, 주의 아교[26]인
하씨가 마침 그것을 보았다. 다음 날 새벽, 여자가 요주 관아에 공도
를 고소하였고, 하씨는 그 일을 좌지우지하며 공도에게 장형 처분을
받게 하였다. 공도는 그 일을 마음에 품고 있었다.

---

25 饒州: 江南東路 소속으로 치소는 鄱陽縣(현 강서성 上饒市 鄱陽縣)이고 관할 현은
  6개, 州格은 刺史州이다. 현 강서성 동북부에 해당한다.
26 牙校: 牙軍의 군졸을 지휘하는 하급 무관이다. 오대에는 아군이 私兵의 성격을 지
  닌 친위대였으나 송대에는 관아의 경비 업무를 담당하였다.

며칠이 지나 감옥에서 나온 공도는 영평감²⁷의 동쪽에 가서 술을 사려고 하였다. 그런데 하씨가 먼저 그 가게에 있었는데 멀리서 공도가 들어오는 것을 보고 후문으로 몰래 빠져나갔다. 공도는 곧바로 돌아와 섬군고²⁸로 가서 사람들이 사사로이 술을 빚었다고 관에 고소하였다. 관이 급히 술을 판 사람을 붙잡으라 하였고 아울러 그 이웃들도 감옥으로 보냈다. 옥사가 이루어지고 술을 빚은 자들은 도형²⁹에 처했고 재산을 몰수당하고³⁰ 집은 헐렸으며, 사방의 이웃들은 모두 고루 상금을 받았다. 하씨 역시 처벌되었다.

술을 빚은 자들은 벌금을 100관 넘게 내야 했고, 돈이 없어 못 내는 사람들은 딸까지 팔아야만 했다. 원망을 이기지 못해 이웃들은 모두 함께 동악행궁으로 가서 공도와 하씨의 사감으로 인한 원한이 화가 되어 자신들 집안을 파산시켰다고 상세히 호소하였다. 그리고 신께서 이에 관한 처분을 주관해 주기를 기도했다. 이날 공도가 집에 있는데 갑자기 두려워지며 스스로 평정심을 지킬 수 없었고 아내와 아들, 그리고 마을 사람들을 불러 함께 앉아 밤을 지새우며 말하길,

"십여 명의 사람이 나를 잡으러 왔다가 이곳에 사람이 많은 것을 보고 오늘은 포기하고 가 버렸다."

---

27 永平監: 연간 7천 관의 동전을 주조하던 곳으로 요주 성 우측에 있었다.
28 瞻軍庫: 송대에는 상서성 병부 庫部司 아래 다양한 물품 관리 창고를 운영하였다. 그 가운데 가장 대표적인 것이 公使庫이고 瞻軍庫·激賞庫 등도 있었다. 섬군고는 戶部·路·州 마다 별도로 운영되었으며 반드시 군수물자만 보관한 것은 아니다.
29 徒刑: 죄인을 구금한 뒤 강제노동에 처하게 하는 처벌을 말한다. 형기는 1~3년이었다.
30 籍産: 범죄자의 재산을 몰수하는 것을 말한다.

날이 아직 밝지 않았는데 공도는 적삼을 찾아 입고 나가며 말하길,

"나는 옥관獄官들이 일하는 관서로 가야만 한다."

공도는 이날 늦게까지 집으로 돌아오지 않았다. 닷새가 지나 어떤 사람이 섬진호[31]에 물에 빠져 죽은 자가 있다고 알려 왔는데 공도의 아내는 분명 자기의 남편일 것 같아 걱정하였다. 상관[32]이 시체를 꺼내 보이는데 과연 그러하였다. 대개 공도는 한때의 울분으로 여러 집을 이처럼 무너뜨리고 흔드니 이에 신이 그를 데려간 것이다. 순희 1년(1174) 4월의 일이다.

---

31 澹津湖: 요주 성의 중앙에 있는 호수여서 市心湖, 또 주의 治所 앞에 있어서 治湖라고도 칭하였다.

32 厢官: 성내의 행정 단위인 厢을 관리하는 관리이다. 厢 아래 坊에는 坊正을 두었다.

　　　　　　　　　　　　　　　　　　　이견정지【二】

梓潼射洪縣白崖陸使君祠, 舊傳云姓陸名弼, 終於梁瀘州刺史, 今廟
食盆盛. 政和八年十月七日, 蜀人迪功郎郭時自昌州歸臨卭, 過宿瀨川
驛, 夢爲二吏所召. 行數里, 至官府, 極宏麗, 廳事對設二錦茵, 庭下侍
衛肅然. 頃之, 朱紫吏十輩擁一神人, 紫袍金帶, 引時對立. 時瞠眙未
及言, 神顧曰: "且易服." 乃退如西廡. 吏云: "王自言與君有同年家契,
當受君拜, 曷爲不言? 王甚不樂." 時曰: "王爲誰?" 曰: "射洪顯惠廟神,
昔年瀘南安撫使英州刺史王公也. 其子雲, 今爲簡州守." 時始悟與雲
實同年進士, 甚懼, 曰: "然則欲謝不敏, 且致拜, 可乎?" 吏曰: "可."

再揖至茵次, 通欵委曲, 因再拜. 神喜, 跪受勞問, 如世間禮, 遂就
坐. 神曰: "吾入蜀蹟二紀矣, 曩過陸使君廟, 留詩曰: '瀘洲刺史非遷
謫, 合是龍歸舊洞來.' 一時傳誦, 指爲讖策, 暨以言事得罪, 棄官謝世,
獲居於此, 獨恨王氏族人無知者. 藉子之簡州, 告吾兒." 時敬諾. 寢後
六日, 至簡池, 謁太守弗獲, 不得告. 明年, 過資州, 復夢神召見, 責其
食言, 時愧謝, 神曰: "是行必爲我言之, 吾近數有功於民, 不久亦稍增
秩禮命矣." 時旣覺, 兼程至簡, 以手書達所夢. 太守感泣, 訪手澤於家
而得其詩.

王公名獻可, 字補之, 自文階易武, 仕至諸司使英州刺史知瀘南而
卒. 豈非代陸公爲白崖神乎? 龍歸洞之事, 見於廟記. 宣和七年, 宇文
虛中與雲同在河北宣撫幕府, 爲作記云.

재동[33] 사홍현[34]의 백애산[35]이라는 곳에 육사군사[36]가 있는데, 예부

---

33 梓潼: 利州路 梓州를 잘못 쓴 것으로 보인다. 梓潼縣은 劍州 소속이고 射洪縣은 梓

터 전해 오기로 육사군의 성은 육이고 이름은 필이라고 한다. 육필은 남조 양梁의 노주³⁷ 자사를 끝으로 세상을 떴는데 지금 사묘의 제사³⁸가 나날이 성하다. 정화 8년(1118) 10월 7일, 사천 사람인 적공랑 곽치가 창주³⁹에서 공주 임공현⁴⁰으로 돌아가는 길에 뇌천역에서 묵게 되었는데, 그날 밤 꿈에 두 서리가 그를 불렀다. 그들을 따라 몇 리를 지나 관아에 이르렀는데, 관아가 매우 크고 화려했다. 청사에는 두 개의 비단 돗자리를 깔아 놓았고, 뜰 아래에 서 있는 시위대는 자못 엄숙하였다. 얼마 후 자주색 옷을 입은 서리 십여 명이 한 신을 호위하였는데 그 신은 자주색 도포에 금색 요대를 하였다. 곽치를 불러 마주 서게 하였지만, 곽치는 깜짝 놀라서 미처 말을 하지 못하자 신

<hr />

州 소속이다.

34 射洪縣: 利州路 梓州 소속으로 등급은 緊이다. 현 사천성 중동부 遂寧市 서북쪽의 射洪縣에 해당한다.

35 白崖山: 利州路 梓州 射洪縣 남쪽 15리 지점에 있으며 지명은 백설처럼 흰 절벽에서 유래하였다. 崖山·懸巖山·玉屛山 등의 별칭이 있다.

36 陸使君祠: 陸使君의 본명은 陸弼이며 남북조 때 梁의 瀘州 자사로 부임하였다가 임지에서 사망하였다. 가족들이 고향으로 운구하던 중 泗洪縣 白崖山에 이르러 배가 더 이상 움직이질 않아 산 아래에 묻었다. 지역 주민들이 사당을 만들었고, 후에 顯惠王에 봉해졌으며, 소흥 13년(1153)에 射洪神으로 승격되었다. 二郎神·梓潼神과 함께 사천의 3대 신으로 간주되며, 남송 이후 장강 중하류 지역에서 상당히 영향력 있는 사묘가 되었다.

37 瀘州: 남조 梁 大同 연간(535~546)에 처음 설치되었다. 송대에는 梓州路 瀘州 合江縣(현 사천성 瀘州市)에 해당한다.

38 廟食: 공로가 큰 사람이 죽은 뒤 사묘를 세우고 모셔져 사람들로부터 제사를 받는 것을 말한다.

39 昌州: 梓州路 소속으로 치소는 大足縣(현 중경시 大足區)이고 관할 현은 3개, 州格은 軍事州이다. 현 중경시 서쪽의 大足區·榮昌區·永川區에 해당한다.

40 臨邛縣: 成都府路 邛州 소속으로 현 사천성 중부 成都市 서남쪽의 邛崍市에 해당한다. 본문의 '邛'은 '邛'의 訛字이다.

이견정지【二】

이 그를 돌아보더니 이르길,

"옷을 바꾸어 입히거라."

그리고 곧 서쪽 곁채로 물러 나왔다. 서리가 말하길,

"왕께서 말씀하시길 집안에 그대와 동기생이 있어 서로 오가는 사이이므로 응당 그대의 배알을 받아야 한다고 하셨습니다. 어찌 그에 관해 말이 없으십니까? 왕께서는 매우 불쾌해하십니다."

곽치가 묻길,

"왕이 뉘시지요?"

서리가 대답하길,

"사홍 현혜왕묘의 신이시죠. 예전에 노남 안무사[41]와 영주[42] 자사를 지내신 왕공이십니다. 그 아들 왕운[43]은 지금 간주[44] 지사를 맡고

---

41 安撫使: 唐代 전기에 전란이나 재난 지역을 안정시키기 위해 대신을 임시 파견하면서 나온 관명이다. 송조 역시 처음에는 임시직이었지만 陝西·河東·河北·兩廣 등 국경 지역에는 상설직으로 임명하였다. 각 路의 민정과 군정을 장악하고 '便宜行事'할 권한을 갖고 있어 실제로는 路의 장관과 마찬가지였으므로 각 路에서 가장 중요한 府·州의 지사를 겸직하였다. 안무사는 太中大夫 이상이나 侍從官 역임자만 맡을 수 있고, 2品 이상의 관리에게는 '安撫大使', 이하에게는 '主管某路 安撫司公事'나 '管勾安撫司事'라고 칭하여 엄격하게 구분하였다. 南宋 초에는 路마다 安撫使司를 설치하되 廣南東路·廣南西路만 '經略安撫使司'라고 하였다. 寧宗 이후 각 路의 민정과 군정을 都統制司 등과 나누어 관장하게 하면서 점차 한직이 되었다.

42 英州: 廣南東路 소속으로 치소는 眞陽縣(현 광동성 淸遠市 英德市)이고 관할 현은 2개이며 州格은 刺史州이다. 현 광동성 중북부 淸遠市의 동북쪽에 해당한다.

43 王雲(?~1126): 자는 利應이며 成都府路 果州 西充縣(사천성 南充市 西充縣) 사람이다. 校書郞·簡州 지사·섬서로 轉運副使·起居舍人·中書舍人을 거쳐 선화 연간 말에 給事中이 되었다. 금군의 개봉 공격 때와 태원부 함락 후 금군에 사신으로 다녀와 刑部尙書가 되었다. 靖康 1년(1126)에 資政殿 학사로 금국에 사신으로 가다가 磁州에서 간신으로 몰려 주민에게 살해당하였다. 젊어서 고려에 사신으로 다녀간 뒤 『鷄林志』를 편찬하였다.

있지요."

곽치는 비로소 왕운과 자신이 실제 같은 해 진사에 합격한 사이임을 깨닫고 심히 두려워하며 말하길,

"그렇다면 저의 불민함을 사죄드리고자 가서 배알을 드리고 싶은데 가능합니까?"

서리가 답하길,

"가능합니다."

곽치는 두 번 읍례를 올리고 자리로 가서 소상하게 다 말한 후 다시 두 번 절을 올렸다. 신이 기뻐하며 무릎을 굽혀 곽치의 인사를 받았는데, 세간의 예법과 같았다. 마침내 함께 앉았다. 신이 말하길,

"내가 사천으로 들어온 지 이미 24년이다. 이전에 육사군묘를 지날 때 다음과 같은 시를 남겼었다.

노주 자사는 폄적되어 가는 것이 아니며,
이는 마땅히 용이 옛 동굴로 돌아오는 것이라네.

이 구절은 한때 사람들에게 널리 전해져 외웠는데, 깨우침을 주려는 것이 목적이었지. 예전에 나는 바른 말을 한 죄로 관직을 버리고 세상을 등지고 이곳에 신으로 머물렀는데, 오직 우리 왕씨 집안 사람들 가운데 이를 아는 자가 없는 것이 한스러웠다네. 자네에게 부탁하네만 간주로 가서 내 아들에게 전해 주게나."

---

44 簡州: 成都府路 소속으로 치소는 陽安縣(현 사천성 成都市 簡陽市)이고 관할 현은 2개이며 州格은 刺史州이다. 현 사천성 동남부 資陽市의 서북쪽에 해당한다.

곽치는 공손히 승낙하였다. 깨어난 후 엿새가 되었을 때 간지[45]에 이르러 지사를 찾아갔지만 만날 수 없어 이야기를 전하지 못했다.

이듬해 자주[46]를 지날 때 다시 꿈에서 신이 불러 가 보니 그가 약속을 지키지 않은 것을 책망하였고 곽치는 사죄하였다. 신이 말하길,

"이번에 가면 반드시 나를 위해 말해 주거라. 내가 근래 여러 차례 백성들에게 공덕을 베푼 일이 있었으니 오래지 않아 관직을 조금 높인다는 명령이 있을 것이다."

곽치는 잠에서 깨어나 평소보다 빠른 속도로 간주에 서둘러 갔다. 친히 꿈에서 본 것을 직접 편지를 써서 지사에게 전달하였다. 간주 지사는 감격의 눈물을 흘렸고, 집에서 유품을 찾아보니 그 시를 찾을 수 있었다. 왕공은 이름이 헌가이며 자는 보지이다.[47] 문관에서 무관으로 자리를 옮겼고 그 관직이 제사사[48]·영주자사로 노주남부연변

---

45 簡池: 成都府路 簡州의 별칭이다. 간주는 관내 賴簡池에서 유래한 지명이다.

46 資州: 梓州路 소속으로 치소는 盤石縣(현 사천성 內江市 資中縣)이고 관할 현은 4개, 州格은 軍事州이다. 현 사천성 동남부에 해당한다.

47 王獻可: 자는 補之이며 河東路 澤州(현 산서성 晉城市) 사람이다. 元祐 7년에 麟州 지사로서 서하와의 전투에서 임의로 병력을 이끌고 공세를 폈다가 정직 처분을 받았다. 紹聖 연간에 英州 刺史 신분으로 盧州 지사가 되어 인근 涪州로 폄적된 黃庭堅과 돈독한 우정을 쌓았다. 元符 1년에 左騏驥使·權發遣梓夔路鈐轄·管勾瀘南沿邊安撫使公事가 되었으나 이듬해 元祐 연간에 올렸던 상소문으로 인해 파직되고 崇寧 연간에는 元祐黨籍碑에 이름이 올라갔다.

48 諸司使: 본래 내시에 대한 명예직으로 수여하던 관직으로 제사사는 별칭이고 정식 명칭은 斑官이다. 반관에는 延福宮使(종5품), 景福殿使(종5품), 宣慶使(정6품), 宣政使(정6품), 昭宣使(정6품)이 있다. 정화 2년(1112)부터 무관에게도 적용하면서 연복궁사를 正侍大夫, 경복전사를 中侍大夫, 선경사를 中亮大夫, 昭宣使를 拱衛大夫로 바꾸었다.

안무사공사에 이르러 죽었다. 어찌 육필공을 대신하여 백애산의 신이라 하지 않을 수 있겠는가? 용이 동굴로 돌아간다는 일은 사당의 기록에도 보인다. 선화 7년(1125) 우문허중[49]이 왕운과 함께 하북선무사 막부에 있다가 묘기를 썼다고 한다.

---

49 宇文虛中(1079~1146): 자는 叔通이며, 成都府路 廣都縣(현 사천성 成都市 雙流區) 사람이다. 본명은 宇文黃中인데, 도교를 숭상하던 휘종이 虛中이란 이름을 하사하였다. 童貫의 참모로 출세하여 起居舍人 · 中書舍人을 지냈으며 금군의 전면 공세를 맞아 휘종에게 자책의 조서를 내릴 것을 강력하게 권하였다. 또 洛陽 등 서쪽 전선의 방어 임무를 잘 수행하였으며 种師道 기용을 제안하였다. 靖康 연간에 簽書樞密院事로 금과 화의를 추진하였다. 북송 멸망 후 광동으로 유배되었고 남송 초에 금에 사신으로 갔다가 억류된 뒤 금에서 예부상서가 되었으나 모반사건에 연루되어 멸족되었다.

이견정지 【二】

大觀中, 湖州人邵宗益買蚌於市, 烹而剖之. 其一有珠, 宛然成羅漢像, 偏袒右肩, 矯首左顧, 衣紋畢具. 觀者敬駭, 遂奉以歸慈感寺. 寺僧櫝藏, 客至必出示. 葉少蘊作詩云:"九淵幽怪舞垂涎, 游戲那知我獨尊? 應跡不辭從異類, 藏身何意戀窮源. 歸來自說龍宮化, 久住方驚鷲嶺存. 此話須逢老摩詰, 圓通無礙本無門."

一時名流屬和甚衆. 曾公袞云:"不知一殼幾由旬? 能納須彌不動尊? 疑是吳興淸雪水, 直通方廣古靈源. 月沉濁水圓明在, 蓮出汚泥實性存. 隱現去來初一致, 莫將虛幻點空門."此寺臨溪流, 建炎間, 兩浙提刑楊應誠與客傳玩, 不覺越檻躍入水中. 四坐失色, 亟禱佛, 求之於煙波杳茫之間, 一索而獲.(葛常之立方說.)

대관 연간(1107~1110)에 호주 사람 소종익은 시장에서 조개⁵⁰를 사다가 삶아서 껍질을 갈랐다. 마침 그 안에서 진주 하나가 나왔는데, 모양이 완연한 나한상이었다. 오른쪽 한쪽 어깨를 드러내고 머리를 들고 왼쪽을 보고 있었으며, 옷의 문양까지 모두 갖추고 있었다. 그것을 보는 자들이 모두 경이롭고 놀라워했다. 마침내 그것을 자감사⁵¹에 바쳤다. 자감사의 스님들이 이를 함에 보관하면서 손님들이 오면 반드시 꺼내서 보여 주었다. 엽몽득은 이를 두고 시를 지어 말

50　蚌蛤: 蚌은 길쭉한 조개, 蛤은 둥근 조개로서 조개의 통칭이다.
51　慈感寺: 당 乾元 연간(758~760)에 호주성 서북쪽에 창건된 사찰이다. 建元 3년(1129)에 潮音渡 동쪽으로 이전하였다.

하길,

깊은 연못 그윽하고 괴이한데 춤사위가 드리워져 있으니,
이 유희를 어찌 알겠나? 나만 홀로 감상하네!

흔적을 쫓는 데 멈추지 않으니 실로 기이한 모양을 따랐네,
몸을 숨기는 것은 무슨 뜻인가? 어디서 온 것인지 끝내 찾고자 하네.

돌아와 스스로 말하니 용궁에서 태어났다고 하네.
오랫동안 머물러 놀랍기만 한데, 절에서 살게 되었네.[52]

이 이야기는 필시 유마거사[53]에게 전해져야 하네.
원만히 통하여 장애가 없으니 이는 실로 원래 문이 없는 것이라네.

갑자기 시를 짓는 사람들 사이에서 이 시에 화답하는 이들이 매우
많았다. 일찍이 증공곤[54]도 이르길,

조개 한 개가 어디에서 왔는가?
능히 수미산에 들어갈 수 있으니 부동존보살일 것이네.[55]

---

52 鷲嶺: 석가모니가 『법화경』과 『무량수경』을 강의하던 靈鷲山의 약칭이 鷲山이고,
鷲山의 별칭이 鷲嶺이다. 사찰을 뜻하기도 한다.
53 摩詰: 『維摩詰經』의 주인공으로 석가모니와 동시대 인물이며 문병을 온 문수보살
과의 대화를 통해 중생과 동심일체가 된 보살의 경지를 밝혔다고 전해진다.
54 曾公袞: 江南西路 贛州 寧都縣(현 강서성 贛州市 寧都縣) 사람이다. 從事郞으로
淸江縣 司理參軍과 江寧府 監稅官을 지냈다.
55 不動尊菩薩: 보리심이 견고하여 흔들림이 없다고 하여 '不動尊' 또는 '無動尊'으로
번역한다.

이견정지 【二】

오흥의 맑고 빛나는 물에서 온 것인가,
곧바로 드넓은 곳으로 통하니 오래되고 신령스러운 곳에서 왔네.

달빛이 흐린 물에 비쳐도 둥글고 환함은 그대로이며,
연꽃이 진흙에서 나와도 그 귀한 모습은 그대로이듯.

숨고 나타나며 가고 오는 것은 본래 하나인 것을,
조용히 공허와 환상으로 들어가 텅 빈 문을 두드리네.

자감사는 계곡을 끼고 있었는데, 건염 연간(1127-1130) 양절제점형
옥공사 양응성[56]이 손님과 함께 그것을 감상하고 있었을 때 자기도
모르게 난간을 넘어 진주를 강물 속으로 빠뜨렸다. 사방에 앉은 사람
들은 놀라 급히 부처님께 기도하며 안개가 가득하고 물결이 아득한
곳에서 그것을 찾으려 하였는데, 단번에 찾을 수 있었다.(이 일화는 자
가 상지인 갈입방[57]이 말한 것이다.)

---

56 楊應誠: 婺州 지사 권한대행, 浙東路馬步軍都總管, 河北河東宣撫使, 刑部尙書 등
　　을 역임하였다. 建炎 2년(1128) 國信使로 고려에 사신으로 다녀오기도 했다.
57 葛立方(?~1164): 자는 常之이며 兩浙路 常州 江陰縣(현 강소성 無錫市 江陰市) 사
　　람이다. 校書郎・考功員外郎・吏部侍郎을 지냈는데 秦檜에게 거슬려 袁州・宣州
　　지사로 나갔다. 박학다식하고 뛰어난 문장력으로 유명하였다.

蔡待制之子某, 建炎間自金州□陽令解官, 避地入蜀. 久之, 得監大
寧監鹽井, 挈家之任. 妻生男五歲, 女三歲矣, 同處一舟. 而蔡私挾外
舍婦人, 別乘一小艇, 日往焉. 常相距數里, 至暮或相失, 妻密知之. 平
旦, 遣童持合至蔡所, 曰: "孺人送點心來." 啓之, 則二兒首也. 蔡驚痛
如癡, 止棹以須其至, 至已自刎矣. 蔡竟與嬖人之官, 持身復不謹, 爲
郡守王君所按. 其家多貲, 悉傾倒以獻, 僅得免, 未幾亦卒.

郝師莊者, 嘗爲忠州墊江令, 後寓夔府僧寺. 妻先亡, 一妾有子, 專
家政. 郝生招同寺人飮酒, 或指牆而笑曰: "此處獨無瓦, 又光潔, 得非
僧徒夜踰垣至君內乎?" 郝信以爲然, 日夕訶責其妾, 疑忌百端, 雖小故
不捨. 妾不勝寃忿, 伺郝曉出, 卽刃厥子, 且藏刀衣下. 郝聞變走還, 及
門欲入, 適別婢擁篲在前, 瞬目使去. 凶妾知不可奈, 亦自戕. 婦人天
資鷙忍, 故殺子隕身而不憚, 傳記中所載或有之.

대제 채씨의 아들 채모는 건염 연간(1127-1130)에 금주 순양현⁵⁸ 지
사에서 물러난 뒤 전란을 피해 사천으로 가서 지냈다. 한참 뒤 대녕
감⁵⁹ 지사가 되어 염정을 감독하는 일을 맡게 되자 가족들을 데리고

---

58 洵陽縣: 金州 관할 현은 西城縣·石泉縣·洵陽縣·平利縣·漢陰縣이므로 본문의
'□陽'은 洵陽縣(현 섬서성 安康市 洵陽縣)으로 보인다. 금주는 본래 京西南路에
속하였으나 建炎 4년(1130)에 利州路로, 紹興 13년(1143)에 利州東路로 소속이 변
경되었다. 현 섬서성 남동부 安康市의 동쪽에 해당한다.

59 大寧監: 夔州路 소속으로 치소 겸 관할 현은 大昌縣(현 중경시 巫山縣)이다. 현 중
경시 동북쪽 巫山縣 북쪽과 巫溪縣 동쪽에 해당한다.

부임지로 갔다. 아내와의 사이에서 다섯 살짜리 아들과 세 살 된 딸이 있어 모두 같은 배에 타고 있었다. 그런데 채씨는 몰래 바깥에 두었던 여자를 데리고 다른 작은 배를 타고 오게 한 뒤 매일 그곳을 드나들었다. 보통 그 배와 몇 리쯤 떨어져 오고 있었는데, 저녁 무렵 남편이 보이지 않자 아내는 몰래 어찌된 일인지 알아보았다. 날이 밝자[60] 어린 소사에게 상자를 주며 남편에게 갖다주라고 하였다. 소사가 전하길,

"부인[61]께서 마음을 조금 담아 보내신다고 하셨습니다."[62]

상자를 그것을 열어서 보니 두 어린 자식의 머리가 들어 있었다. 남편은 깜짝 놀라고 고통스러워 마치 미친 사람같이 되었다. 배를 멈추고 가족이 탄 배가 오기를 기다렸다가 배가 도착하여 가 보니 이미 아내는 자진하였다. 채씨는 마침내 그 몰래 만난 여자와 부임지로 갔고, 가서도 재차 행동을 삼가지 않아 지사 왕씨에게 탄핵을 받게 되었다. 채씨는 집안에 재산이 많아서 재산을 모두 헌납한 후 겨우 죄를 면할 수 있었고 그 역시 오래지 않아 죽었다.

학사장이라는 자는 충주[63] 점강현[64]의 지사였는데, 후에 기주[65]의

60　平旦: 해가 지평선에 다다른 이른 아침을 말한다. 해가 뜨기 직전인 丑時(01시~03시)인 鷄鳴의 다음 시간에 해당한다.

61　孺人: 고대에는 大夫의 정처, 당대에는 왕의 妾에 대한 封號였다. 원풍 3년(1080) 관제 개혁 이후 升朝官인 정8품 通直郞의 어머니와 부인에 대한 봉호였고, 政和 2년(1112)에는 7품관 부인의 봉호로 쓰였다. 하지만 이런 규정과 달리 부인에 대한 존칭으로도 쓰였다.

62　點心: 본래 東晉 때 전선에서 용감하게 싸우는 병사를 격려하기 위해 먹을 것을 보내며 '點點心意(마음과 뜻을 조금이나마 표현한다)'라고 한데서 유래하였다. 본래 茶食은 주로 북방에서, 점심은 남방에서 사용한 용어로서 서로 다른 것이었지만 후대로 오면서 같은 의미로 쓰였다.

한 절에서 잠시 살고 있었다. 아내는 먼저 죽었고, 첩이 아들을 낳고
집안 일을 관장하고 있었다. 학사장이 같은 절의 사람을 불러 술을
마시고 있는데, 어떤 사람이 담장을 가리켜 웃으며 말하길,

"이곳에만 유독 기와가 없고 광택이 나며 깨끗하네요. 승려들이 밤
마다 담을 넘어 그대가 머무는 곳 내실로 들어오는 것이 아닐까요?"

학사장은 그렇다고 믿고 매일 저녁 첩을 꾸짖고 책망했다. 온갖 일
에 의심하고 시기하며 아주 작은 일도 그냥 넘어가는 법이 없었다.
첩은 원통함과 분함을 참을 수가 없어 학사장이 새벽에 나가길 기다
렸다가 전처가 낳은 아들을 칼로 찔러 죽이고 칼을 옷 속에 숨기고
있었다. 학사장이 변고를 듣고 달려왔는데 문에서 들어오려고 하던
차에 마침 다른 여종이 빗자루를 가지고 그 앞으로 오더니 일순간에
그에게 저리 비키라고 하였다. 흉포한 첩은 어찌할 수 없다는 것을
알고 자신을 찔러 자살하였다. 여인들은 천성이 이렇듯 사납고 잔인
하여 아들을 죽이고 자신을 죽이는 데 거리낌이 없다. 전기에 기록된
것을 보면 유사한 일이 적지 않다.

---

63 忠州: 夔州路 소속으로 咸淳 1년(1265)에 咸淳府로 승격하였다. 주의 치소는 臨江
縣(현 중경시 忠縣)이고 관할 현은 3개, 州格은 軍事州이며 羈縻기구인 南賓尉司
가 있다. 長江의 만곡부에 자리하였으며 현 중경시의 중앙에 해당한다.

64 墊江縣: 夔州路 忠州 소속으로 현 중경시 중서부 墊江縣에 해당한다.

65 夔州: 夔州路 의 치소로서 치소는 奉節縣(현 중경시 奉節縣)이고 관할 현은 2개,
州格은 節度州이다. 장강 3협이 있는 현 중경시 동북부 奉節縣에 해당한다.

政和末, 陝西提刑郭允迪招提擧木筏葉大夫飮酒, 出家伎侑席. 一
姬失寵於主人, 解逢迎客意. 葉乘醉謔之曰: "吾從主公求汝, 必可得.
當卜日遣車相迎." 姬大喜滿望, 信爲誠說, 窮日夜望之, 眠食盡廢, 遂
綿綿得疾不能興. 傍人往視病, 輒曰: "葉提擧車馬來未?" 明年元夕, 忽
自力新粧易衣, 告人曰: "向正約今日, 而肩輿果來, 我卽去." 才擧步,
奄然而隕. 蓋葉君酒間戲言, 旋踵不記憶, 此姬乃用迷著以致死. 二司
皆在河中府, 時外舅爲學官云.

정화 연간(1111~1118) 말, 섬서제점형옥공사 곽윤적⁶⁶은 뗏목을 관
리하는 제거관인 대부 엽씨를 초대하여 술을 마시고 있었는데, 집안
의 기녀들을 불러 함께 자리하여 흥을 돕게 하였다. 곽윤적에게 총애
를 잃은 한 기녀가 연회에 나와 손님의 뜻을 맞추기 위해 애썼다. 엽
대부는 취기를 틈타 그녀를 희롱하며 말하길,

"내가 주인 어른에게 너를 달라고 하면 반드시 줄 것이다. 좋은 날
수레를 보내 너를 데려올 것이다."

기녀는 크게 기뻐하고 기대하며 진심으로 그가 한 말을 믿었다. 매
일 밤낮없이 그를 기다리며 잠자는 것도 식사하는 것도 모두 그만두
었다. 계속 그렇게 하더니 마침내 병을 얻어 일어나지 못했다. 옆의

66　郭允迪: 永興軍路와 陝西 제점형옥공사를 지냈고, 寶文閣 직학사로 潁昌府 지사를
　　맡았다가 금에 항복하였다.

사람들이 가서 병문안하면 그때마다 묻길,

"제거관 엽씨의 수레가 왔습니까?"

이듬해 정월 대보름 밤에 갑자기 자기 힘으로 새롭게 단장하고 옷을 바꾸어 입으며 다른 사람에게 말하길,

"일전에 마침 오늘로 약속하였는데 견여가 정말로 왔네요. 저는 이만 갑니다."

겨우 몇 걸음 걷더니 돌연 죽었다. 아마도 엽대부가 술에 취해 허언한 것이며 돌아선 후 까먹었다. 그런데도 기녀는 그 말에 과도하게 집착하여 결국 죽음에 이르렀다. 형옥공사와 제거사 모두 하중부에 있었는데, 당시 장인어른께서 하중부 부학의 학관으로 계셔서 이 일화를 들었다고 하셨다.

樂平耕民植稻歸, 爲人呼出, 見數輩在外, 形貌怪惡, 叱令負擔. 經由數村瞳, 歷洪源・石村・何衝諸里. 每一村必先詣社神所, 言欲行疫, 皆拒却不聽. 怪黨自云: "然則獨有劉村劉十九郎家可往爾." 遂往, 徑入趨廡下客房宿, 略無飮食枕席之具.

明旦, 劉氏子出, 怪魁告其徒曰: "擊此人右足." 杖纔下, 子卽仆地. 繼老嫗過之, 令擊左足, 嫗仆如前, 連害三人矣. 然但守一房, 不浪出. 有偵者密白: "一虎從前躍而來, 甚可畏." 魁色不動, 遣兩鬼持杖待之, 曰: "至則雙擊其兩足." 俄報虎斃於杖下. 經兩日, 偵者急報北方火作. 斯須間燄勢已及房, 山水又大至. 怪相視窘愯, 不暇取行李, 單身亟奔.

怒耕民不致力, 推墮田坎中. 蹶然起, 則身乃在牀臥, 妻子環哭已三日. 鄕人訪其事於劉氏, 云: "二子一婢, 同時疫困." 呼巫治之, 及門而死. 復邀致他巫, 巫懲前事, 欲掩鬼不備, 乃從後門施法, 持刀吹角, 誦水火輪呪而入, 病者卽日皆安. 予於乙志書石田王十五爲瘟鬼驅至宣城事, 頗相類.

요주 낙평현[67]의 한 농민은 벼를 심고 돌아가는데 누군가가 자기를 부르기에 보니 여러 명이 바깥에 있었는데 형체와 모습이 괴이하고 흉악스러웠다. 그들은 농민에게 소리치며 짐을 메라고 하였다. 홍원리, 석촌리, 하충리 등 여러 촌락을 지났는데, 매번 촌락에 이를 때마

67　樂平縣: 江南東路 饒州 소속으로 현 강서성 북동부 景德鎭市 남쪽의 樂平市에 해당한다.

다 반드시 먼저 토지신을 모시는 곳에 들러 전염병을 퍼뜨리겠노라고 말했다. 하지만 토지신마다 그들의 요구를 거절하고 들어주지 않았다. 그 요괴들이 스스로 말하길,

"그렇다면 남은 것은 유촌의 유십구랑 집인데, 그 집이라면 가 볼 만하겠지."

마침내 그곳에 도착해 곧바로 행랑채 아래 사랑방으로 급히 들어갔는데 별다른 음식이나 침구가 없었다. 다음 날 아침 유씨의 아들이 나오자 두목 요괴가 부하들에게 말하길,

"이 자의 오른발을 때려라!"

몽둥이로 그를 내려치자 아들이 곧 바닥으로 쓰러졌다. 이어서 한 노파가 지나가자 왼발을 때리라고 하였다. 왼발을 때리니 노파도 앞서와 마찬가지로 쓰러졌다. 연이어 세 사람에게 해를 가하였다. 그리고 곧 방 하나를 지키며 아무도 함부로 나가지 않았다. 정탐하는 요괴가 몰래 말하기를,

"호랑이 한 마리가 앞에서 뛰어오는데 매우 무섭습니다."

하지만 두목의 안색은 흔들리지 않았고, 두 요귀를 보내 몽둥이로 호랑이를 대처하라면서 말하길,

"이곳에 오면 두 개의 몽둥이로 두 발을 쳐라."

잠시 후 호랑이가 몽둥이에 맞아 죽었다고 보고했다. 이틀이 지나 정탐하던 요괴는 북쪽에서 불이 났다고 급히 일렀다. 순식간에 화염이 방까지 덮치고 산에서 큰물이 또 밀려왔다. 요괴들은 서로 쳐다보며 어찌할 바를 모르며 두려워했고, 짐을 챙길 여유도 없이 몸만 빠져나와 급히 달아났다. 그들은 이 농민이 온 힘을 다해 뛰지 않는다고 화를 내며 밭두렁에서 안으로 밀어 넘어뜨렸다.

농민이 거꾸러졌다가 일어나 보니 몸은 침상에 누워 있고, 처자식들이 둘러앉아 곡을 한 것이 이미 사흘이나 되었다고 했다. 마을 사람들이 유씨에게 꿈에서 본 일에 대해 알아보자 유씨가 말하길,

"두 아들과 한 여종이 동시에 역병에 걸려 앓고 있다."

무당을 불러 치료하게 했지만, 문에 도착하자마자 무당이 죽고 말았다. 다시 다른 무당을 부르니 그 무당이 앞의 일을 거울삼아 귀신이 미처 준비하지 못한 틈을 타서 덮치기 위해 뒷문에서부터 법술을 펼쳐 칼을 쥐고 호각을 불면서 수화윤주水火輪呪의 주문을 외우며 들어가니 병자 모두 그날로 편안해졌다.

내가 『이견을지』에 석전촌의 왕십오가 역귀가 되어 선성宣城에 이르렀다는 일화를 적었는데,[68] 이 일화와 매우 흡사하다.

---

68 왕십오의 일화에 관하여는 『이견을지』, 권17-5, 「선주의 맹랑중」 참조.

벼락 맞은 개雷震犬

淳熙元年六月十五日, 饒州大雷雨. 市店有客携獵犬來數日矣, 是日正午, 臥於茶桌下, 忽濃雲蔽屋, 店中漸暗. 客妻出呼犬, 爲一靑面長人掣其手使去. 少頃開晴, 犬已死, 毛皆焦灼直上, 屋瓦碎者甚多. 犬之罪無由可知, 然雷威亦褻矣.

　순희 1년(1174) 6월 15일, 요주에 천둥이 요란하게 치고 큰비가 내렸다. 시장의 한 가게에 어떤 손님이 사냥개를 데리고 와 며칠을 묵었다. 이날 정오 개가 다탁 아래 누워 있는데 갑자기 진한 먹구름이 집을 가리더니 가게기 점점 어두워졌다. 손님의 아내가 방에서 나와 그 개를 부르자 검푸른 얼굴에 키가 큰 사람이 그녀의 손을 붙잡더니 다른 곳으로 가라 하였다. 잠시 후 맑게 개었는데 개는 이미 죽어 있었다. 털이 모두 탄 채로 곧장 지붕 위로 올라가 있었고, 지붕의 기와는 깨진 것이 매우 많았다. 개의 죄가 무엇인지 알 수는 없지만 벼락의 위엄 역시 무람하지는 않았다.

이견정지 夷堅丁志 卷15

담씨와 이씨 두 의사^{譚李二醫}1

冀州士人徐蟠, 因墜馬傷折手足, 痛甚, 命醫者治之. 其方用一活龜,
旣得之矣, 夜夢龜言曰: "吾惟整痛, 不能整骨, 有奇方奉告, 幸勿相害
也." 蟠扣之, 云: "取生地黃一斤, 生姜四兩, 搗研細, 入糟一斤, 同炒
勻, 乘熱以布裹罨傷處, 冷卽易之. 先能止痛, 後整骨, 大有神效." 蟠
用其法, 果驗.

기주²의 사인 서반은 말에서 떨어져 손과 발이 부러지고 상처가 났
는데 통증이 매우 심하여 의사를 불러 치료하게 하였다. 의사의 처방
은 살아 있는 거북이 한 마리를 사용하는 것이어서 서반은 이미 거북
이를 잡아다 놓았다. 그날 밤 꿈에 거북이가 나타나 말하길,

"저는 통증은 치료할 수 있어도 뼈는 치료할 수는 없습니다. 기묘
한 처방을 말씀드릴 테니 제발 나를 죽이지 마세요."

서반이 처방에 관하여 묻자, 거북이가 말하길,

"생지황 1근, 생강 4냥을 빻아서 곱게 갈고 술지게미 1근을 넣고
같이 고르게 버무려 볶은 뒤 뜨거울 때 상처가 난 곳에 펴 바르고 식
으면 다시 바꾸고 하세요. 먼저 통증이 가라앉을 것이고 그다음 뼈가
붙을 것이니 신비한 효과를 크게 볼 것입니다."

서반이 그 처방대로 했더니 과연 효험이 있었다.

2　冀州: 河北東路 소속으로 치소는 信都縣(현 하북성 衡水市 冀州區)이고 관할 현은
6개, 州格은 節度州이다. 현 하북성 남중부 衡水市 서남쪽에 해당한다.

淄州人田轂女, 嫁攸縣劉郎中之子. 劉下世數年, 田氏病, 遣僕至衡山招表姪張敏中, 欲託以後事, 未克往而田不起. 初, 田有兄娶衡山廖氏女. 女死, 又取其妹. 兄亦亡, 獨後嫂在, 乃與敏中同往弔, 寓于張故居沒山閣, 時隆興甲午冬也. 是夕, 廖嫂暴心痛, 醫療小愈, 過夜半, 欻起坐, 語言不倫. 張往省候, 則其姊憑焉, 咄咄責妹曰:"何處無昏姻, 必欲與我共一壻? 死又不設位祀我, 使我歲時無所依. 非相率同歸不可!"張諫曉之曰:"此自田叔所爲, 非今孀過. 既一家姊妹, 寧忍如此?"

少頃, 忽拱手曰:"叔翁萬福."又曰:"慶孫, 汝可上床坐."叔翁者, 田三之季父轂, 慶孫者, 其稚子也, 皆亡矣. 蓋羣鬼滿室, 左右盡悚. 俄開目變貌, 作田氏音聲, 顧張曰:"知縣其爲姑來, 姑生前有欲言者, 今當具以告."邀使稍前, 歷道始死時, 夫兄侵牟及婢妾竊攘事, 主名物色, 的的不差. 且囑立所養次子爲劉氏後, 復切切屛語, 似不欲他人預聞. 良久, 洒淚曰:"我無大罪惡, 不墮地獄道中, 但受生有程, 未能便超脫耳."嗚咽而去.

方附著時, 廖氏眼頰笑渦, 及十指纖長, 全如田姑在生容貌. 如是繼日來, 訖于廖歸. 明年春, 將祔于劉塋, 張與廖送葬, 宿其冢次. 方寒雨淒零, 松風答響, 皆起怖悸意. 廖復爲所憑, 張譙之曰:"必山鬼野怪假託, 若眞田三姑, 何爲容色不與去冬等?"隨聲而變, 宛然不少異, 申言曩事, 丁寧委曲然後已. 迨廖氏還家, 又來倩有禱於張, 旁人曰:"張知縣居不遠, 盍徑往白之."曰:"宅龍遮我, 雖欲入, 不見容, 我不免爲是."後一年, 廖卒, 始絶. 鬼附生人多矣, 獨能使形狀如之, 爲可怪也.

치주³ 사람 전곡의 딸은 낭중⁴인 담주 유현⁵의 유씨 아들에게 시집갔다. 유씨가 죽고 몇 년이 지나서 전씨도 병이 들자 노복을 형주 형산현으로 보내 사촌의 아들인 장민중을 불러 후사를 부탁하려고 하였다. 하지만 장민중이 가기도 전에 전씨는 세상을 떴다. 이보다 앞서 전씨에게는 사촌오빠가 있었고, 오빠는 형산현 요씨의 딸과 결혼하였다. 그는 아내가 죽은 후 다시 처제와 재혼하였는데, 그 오빠 역시 죽어서 오직 올케만 있었다. 그래서 사촌 올케와 장민중이 함께 와서 상을 치르고 장민중이 살던 몰산각에 잠시 머물렀다. 이때가 융흥 갑신년(2년, 1164) 겨울이었다.

이날 저녁, 요씨는 갑자기 가슴에 통증이 와 의사를 불러 치료하였고 조금 나아졌는데 한밤을 지나면서 문득 일어나 앉아 이치에 맞지 않는 말을 하였다. 장민중이 가서 살펴보니 바로 요씨의 죽은 언니가 빙의된 것이었다. 언니는 기세등등하여 여동생을 나무라길,

"어디 결혼할 곳이 없어서 그렇게 나와 한 남편을 맞아야 했니? 내가 죽고도 나를 위해 제사를 지내지도 않아 내가 해를 넘길 때마다 의탁할 곳도 없다. 반드시 너를 데리고 함께 돌아갈 것이다!"

장민중이 그녀를 이해시키며 말하길,

"이 일은 숙부가 한 일이지 숙모의 잘못이 아닙니다. 이미 한 집의

---

3 淄州: 京東東路 소속으로 치소는 淄川縣(현 산동성 淄博市 淄川區)이고, 관할 현은 4개, 州格은 軍事州이다. 춘추시대 齊의 수도 臨淄였으며, 현 산서성 중부에 해당한다.

4 郞中: 상서성 6부에 설치한 24司의 책임자로 주지사 경력이 있으면 郞中, 없으면 員外郞을 제수하였다. 원외랑과 구분하여 正郞이라고 칭하기도 하였다. 元豊 3년(1080)의 관제 개혁 이후 정6품의 職事官이 되었다.

5 攸縣: 荊湖南路 潭州 소속으로 현 호남성 동중부 株洲市의 중동쪽 攸縣에 해당한다.

이견정지 【二】

자매로 태어났는데 어찌 이처럼 잔인하십니까?"

잠시 후 갑자기 두 손을 모으며 말하길,

"숙부님 복 많이 받으세요."

또 말하길,

"경손아, 너는 침상 위로 올라와 앉거라."

숙부라는 이는 빙의해 나타난 셋째 고모의 막내 삼촌인 전곡이고, 경손은 전곡의 어린 아들로서 모두 죽은 이들이다. 여러 귀신이 방 안에 가득했던 것이어서 좌우의 사람들 모두 떨고 있었다. 잠시 후 눈을 뜨고 다른 사람으로 바뀌었는데, 바로 죽은 전씨의 음성으로 장민중을 돌아보며 말하길,

"현지사께서 이 고모를 위해 왔군요. 고모는 생전에 말하려고 한 것이 있었는데, 지금 다 말하려고 하오."

전씨는 장민중에게 조금 앞으로 가까이 오라고 한 후 비로소 죽었을 때를 하나하나 다 말하였다. 시숙이 재산을 빼앗아 간 일과 첩과 여종이 훔치고 가로챈 일 등 사람 이름과 물건의 종류까지 하나도 틀린 것이 없었다. 또 자신이 키운 둘째 아들을 유씨의 양자로 세워서 대를 잇게 해 달라고 부탁하고 나서 다시 조용히 그러나 절절하게 귓속말을 했는데 마치 다른 사람이 간섭하지 못하게 하려는 것 같았다. 한참 후 눈물을 흘리며 말하길,

"나는 큰 죄를 짓지 않아 지옥으로 가는 길에 떨어지지는 않겠지만 다시 태어나려면 나름의 여정을 거쳐야 하며 곧바로 다시 태어날 수는 없을 것 같구나."

그녀는 목메어 울며 갔다. 막 빙의가 되었을 때는 요씨의 눈과 뺨에 미소와 보조개가 있었으며 열 개의 손가락은 가늘고 길어 모두 전

씨 고모의 살아생전의 모습과 똑같았다. 이렇게 여러 날 나타나더니 요씨가 돌아갈 때까지 그랬다.

이듬해 봄 전씨 고모를 남편 유씨 무덤에 합장하면서 장민중과 요씨는 장례를 치르기 위해 그 무덤 근처에서 묵었다. 바야흐로 차가운 비가 처량하게 내리고 있었고, 소나무 사이 바람 소리가 들려서 모두 무서운 생각이 들었다. 요씨에 다시 빙의하자, 장민중은 그 혼귀를 꾸짖으며 말하길,

"이는 분명 떠돌이 잡귀가 장난치는 것이리라. 만약 진짜 셋째 고모라면 어찌 용모가 작년 겨울과 다르단 말이냐?"

그러자 말이 끝나기가 무섭게 즉시 변하였는데, 본래의 모습과 조금도 다르지 않음이 분명하였다. 지난 일을 다시 얘기하며 훗날의 일을 거듭 당부하였다. 요씨가 집으로 돌아가려 하자 그 기회를 틈타 다시 찾아와서 장중민에게 요구할 것이 있다며 전해 달라고 부탁하였다. 옆의 사람이 말하길,

"장지사는 여기서 먼 곳에 있지도 않은데 왜 바로 그에게 가서 말하지 않으시오."

그러자 대답하길,

"그 집의 용이 나를 막고 있어서 들어가려고 해도 들어갈 수가 없어 이렇게 할 수밖에 없소이다."

일 년 뒤 요씨가 죽자 빙의하는 일도 그제야 멈추었다. 귀신이 살아 있는 사람에게 빙의하는 것은 자주 있는 일이지만, 유독 모습까지도 그 본래 모습과 비슷해지는 것은 참으로 괴이한 일이다.

番陽人汪澄, 家頗富, 獨好以漁弋罝罘爲樂. 年財三十, 以乾道九年
五月死. 其妻, 里中余氏女也, 稍取其敖戲之具與人, 或毁棄之. 明年,
七月旦初夜, 妻在床未睡, 覺四體悚淅, 驚惴呼告其乳媼, 媼亦然. 俄
頃, 作澄語罵其妻曰: "賤人來! 吾死能幾時, 汝已萌改適他人意. 二子
皆十許歲, 家貲殊不薄, 豈不能守以終喪? 吾甚愛鸚鵡·彫籠及雙角
弓, 何得便與三十五舅?"

三十五舅者, 妻之兄仲滔也, 所居正比鄰, 密覰壁間. 澄厲聲曰: "何
不入視我而顧竊聽?" 滔懼, 卽舍去. 又使招其仲兄, 辭以疾. 則歎息
曰: "生時不相睦, 固知其不肯來. 吾父可得見否?" 父老且病, 扶杖哭而
入. 澄拱手而揖, 爲恭敬聽命之狀. 父曰: "兒旣不幸早世, 得不墮惡趣,
寬吾悲心. 無爲見怪於家, 怖妻子也." 澄亦泣曰: "大人有言, 澄當去."
媼逡厥然而默. 如兩食頃, 復附語呼其子曰: "我將出, 而土地見阻, 汝
宜辦小祭, 善爲我辭." 子遂殺雞取酒, 詣祠禱解, 媼乃蘇.(□氏□客□
□說.)

요주 파양현[6] 사람 왕징은 집이 매우 부유했는데 유독 그물질하고
주살을 던져 물고기를 잡고 사냥하는 것을 즐거움으로 삼았다. 나이
가 막 서른이 되던 건도 9년(1173) 5월에 죽었다. 왕징의 아내는 마을
에 사는 여씨의 딸이었는데, 얼마 지나지 않아 남편이 가지고 놀던

6　番陽縣: '番陽縣'은 建武 1년(25) 이전의 지명이므로 '鄱陽縣'으로 써야 맞다. 江南
　　東路 饒州 소속으로 현 강서성 동북부 上饒市 서단의 중서쪽인 鄱陽縣에 해당한
　　다.

도구를 다른 사람에게 주었고 어떤 것은 부수고 버렸다. 이듬해 7월 초하루 밤이 되어 아내 여씨가 침상에 누워 아직 잠들기 전인데 갑자기 사지가 오싹하고 떨리는 것을 느꼈다. 놀랍고 두려워서 유모에게 말하니 유모 역시 그랬다. 조금 후 유모는 왕징의 말투로 아내 여씨에게 욕하며 말하길,

"천박한 것 같으니, 이리 좀 와 봐! 내가 죽은 지 얼마나 되었다고 너는 다른 사람에게 재가할 생각을 하느냐! 두 아들 다 겨우 열 살을 조금 넘었고, 집안의 재산도 없지 않은데 어찌 복상이 끝날 때까지도 기다리지 못한단 말이냐? 내가 특히 좋아했던 앵무새, 조각한 화살통과 뿔로 만든 활 한 쌍 등을 어찌 삼십오 처남에게 줄 수 있다는 말인가?"

삼십오 처남은 아내의 둘째 오빠인 여도인데 사는 곳이 바로 이웃해 있기에 몰래 벽 사이로 이를 엿보고 있었다. 왕징이 거친 목소리로 말하길,

"어찌 들어와서 나를 보지 않고 몰래 듣고만 있는가?"

여도는 무서워 떨며 곧 밖으로 나갔다. 왕징은 다시 가운데 형을 불렀으나 형은 병을 핑계로 사양했다. 왕징은 탄식하며 말하길,

"살아 있을 때도 화목하게 지내지 못했으니 그가 오지 않을 걸 진작 알았다. 아버지를 한 번 뵐 수 있을지 모르겠구나?"

아버지는 늙고 병들어 지팡이에 기대어 울며 들어왔다. 왕징은 손을 모아 읍하고 공손하게 아버지 말씀을 들으려고 하는 자세를 취하였다. 아버지가 말하길,

"불행하게도 아들이 이렇게 세상을 일찍 여의었으나 마땅히 지옥[7]으로 떨어지지는 않게 되어야 나의 슬픈 마음을 조금이라도 덜 수 있

을 텐데. 집에서 괴이한 일을 저질러 처자식이 두려워 떨게 하진 말 거라."

왕징 역시 울며 말하길,

"아버지께서 말씀하시니 저는 마땅히 물러나겠습니다."

유모는 무엇인가 아쉬워하면서도 곧 아무런 말도 하지 않았다. 두 식경이 지났을 때 다시 빙의되어 아들을 부르며 말하길,

"내가 나가려고 하는데 토지신이 나를 막고 있다. 너는 토지신을 위해 작은 제사상을 차려 주고 아비를 위해 잘 좀 말해 다오."

아들은 급히 닭을 잡고 술을 가져와 토지신 사당에 가서 기도하여 해결해 주자 유모가 마침내 깨어났다.(이 일화는 □씨 □객이 말한 것이다.)

---

7 惡趣: 불교 용어로서 악행의 업보에 따라서 가야만 하는 지옥 · 아귀 · 축생을 3惡趣, 반대로 선업에 따라서 가는 아수라 · 사람 · 天을 3善趣라고 한다.

北京人聶進, 家世奉道, 不茹犬雁鼈蒜之屬, 唯進獨喜食. 父常戒之, 輒曰: "將止矣." 他日又如初. 年二十二歲時, 病傷寒, 困頓, 見靑衣人來喚, 遂隨以行. 踰山涉水, 乃抵大城門. 門吏問: "此何人?" 靑衣曰: "聶進也." 吏曰: "來矣, 可速行." 已而到一宮闕門下, 復有吏, 衣裾甚偉, 亦抗聲問曰: "何人?" 靑衣復曰: "聶進也." 吏亦曰: "來矣, 官人相候久, 可速入." 進殊驚悸. 引立廡下, 或呼令升階. 進密擧首, 見三人皆王者服, 據案坐, 諭進曰: "汝嗜食厭物, 雖父兄戒飭不敬聽, 是何理耶? 此等物亦有何好?" 進伏地告曰: "茲蒙嚴旨, 自此決當斷食." 王曰: "果能爾, 當放還." 進曰: "苟復念此, 罪死不赦." 王命吏送歸. 冥行不知所之, 及家, 望孥累聚泣. 吏推之, 身投榻上, 血汗從鼻出, 約兩斗許, 移時漸甦. 進後由北方歸正得官, 淳熙元年, 年四十九矣, 爲秉義郞, 添監撫州酒稅, 自言其事.

북경[8] 사람 섭진의 집안은 대대로 도교를 믿었고 개와 기러기, 자라와 마늘 등은 먹질 않았다. 그런데 오직 섭진만 유독 이것들을 즐겨 먹었다. 아버지는 평소 그에게 매번 주의를 주며 말하길,

"앞으로는 먹지 말아라."

그러나 훗날 또 예전처럼 먹곤 했다. 22세가 되었을 때 상한병에

8　北京: 慶曆 2년(1042), 河北東路의 치소인 大名府가 陪都인 北京으로 승격되었다. 치소는 元城縣·大名縣(현 하북성 邯鄲市 大名縣)이고 관할 현은 12개이다. 금대 이후 황하의 범람으로 매몰되면서 퇴락하였다. 현 하북성 邯鄲市와 인접하며 산동성 일부에 해당한다.

걸려 쇠약해져 쓰러졌는데, 검푸른색 옷을 입은 사람이 와서 부르기
에 마침내 따라나섰다. 산을 오르고 강을 건너 곧 큰 성문 앞에 다다
랐다. 문지기가 묻길,

"이 자는 누구냐?"

검푸른 옷을 입은 자가 대답하길,

"섭진입니다."

문지기가 말하길,

"드디어 왔구나, 빨리 들어가거라."

곧 한 궁궐 문 아래 이르자 또 다른 서리가 있었는데, 옷 가장자리
가 매우 위품 있어 보였다. 또한 큰 목소리로 묻길,

"누구냐?"

검푸른 옷을 입은 자가 다시 답하길,

"섭진입니다."

서리가 다시 말하길,

"데리고 왔구나. 관인께서 기다린 지 오래되셨다. 빨리 들어가라."

섭진은 매우 놀라고 무서웠다. 섭진을 데리고 곁채 아래 서 있으라
한 뒤 누군가가 불러 계단으로 오르라고 하였다. 섭진이 몰래 머리를
들어 보니 왕 같은 차림을 한 세 사람이 책상에 의지해 앉아 있었으
며 섭진을 타이르며 말하길,

"너는 혐오스러운 것을 먹기 좋아하여 아버지와 형이 주의를 주었
어도 삼가 듣지 않았다. 왜 그랬느냐? 이것들이 또한 무엇이 좋다
고?"

섭진은 땅에 엎드려 고하기를,

"원컨대 엄한 뜻을 받들어 오늘부터는 절대 이것들을 먹지 않겠습

니다."

왕이 답하길,

"과연 그렇게 할 수 있다면 마땅히 돌려보내 주어라."

섭진이 말하길,

"진실로 다시 먹고 싶다고 생각한다면 그 죄가 죽음을 면치 못할 것입니다."

왕이 서리에게 명령해 돌려보내라고 하였다. 명계에서 돌아오는 길은 어디로 가야 할지 알 수 없었지만, 집에 도착하자 온 처자식이 모여서 울고 있는 모습이 보였다. 서리가 그를 밀쳤고, 몸이 침상 위로 굴렀다. 콧구멍에서 피가 흘러나왔는데 대략 두 말쯤 나왔다. 잠시 후 조금씩 정신이 들었다. 섭진은 이후 북쪽 금에 있다가 송에 귀순해 관직을 얻었고,[9] 그의 나이 49세가 되던 순희 1년(1174)에 병의랑이 되어 무주에서 주세 징수를 감독하는 감세로 첨차[10]되었다. 이 일화는 섭진 자신이 말한 것이다.

---

9 歸正: 거란·금에서 살다가 송조로 온 사람을 가리켜 통상 歸正人·歸明人이라고 칭하고, 관리는 歸朝官이라고 하였다.

10 添監: 添差된 監稅라는 말이다. 정원 내의 관원을 발령할 경우는 '差遣', 정원 외 관원을 추가로 발령할 경우는 '添差'로 구분하였고, 선발·고과·전임 등 첨차에 관한 제도가 엄밀하게 갖춰져 있었다. 하지만 남송 초에는 피난·귀순 관리의 생활 안정을 위해 순환 파견의 원칙을 버리고 添差를 대폭 늘려서 고종·효종 때는 그 수가 정원의 1/4에 달했다.

邵武軍北大乾山廣祐王廟, 攷圖記, 乃唐末歐陽使君之神. 距縣二
十里, 對路立屋數楹, 以館祠客. 有王道人者居其旁, 躬洒掃事, 頗謹
樸戇直. 乾道四年秋, 夢車騎滿野, 羽儀輿蓋如迎方伯連率而又過之,
皆自廟中出. 趨問何所往, 一吏曰: "遠接新廣祐王." 曰: "敢問王何人?
今居何地?" 曰: "在浦城縣, 故臨江丞陳公也." 覺而記其語. 明日, 徑
走其處詢訪之, 果有陳丞, 以進士登第, 平生廉正, 爲鄕里所稱, 死方
五日. 道人驗夢可信, 喜而歸, 稍以告人, 今猶處祠側.

소무군의 북쪽 대건산¹¹에는 광우왕묘가 있는데 지방지 기록을 자
세히 보면 당대 말에 지사를 지낸 구양공의 사묘이다. 군성에서 20리
떨어진 곳인데, 길가에 집들이 몇 채 있어 사당에 배향하러 오는 손
님들이 묵었다. 도인 왕씨라는 이가 사당 옆에서 살며 사당을 청소하
는 일을 몸소 하였는데, 다소 순박하고 어리석어 보이지만 근면하고
곧은 성품을 지닌 사람이었다.

건도 4년(1168) 가을, 그는 꿈에서 수레와 말이 들을 가득 메우며
깃발을 앞세운 의장대와 수레 및 일산이 늘어서 있는 것을 보았다.
마치 제후나 태수를 맞이하듯 했으며 또 무언가가 지나갔는데, 이들
모두 광우왕묘에서 나왔다. 도사가 급히 가서 어디로 가는 것이냐 물

11　大乾山: 『方輿勝覽』과 『輿地紀勝』에서는 昭武軍 관아로부터 서쪽으로 50리 떨어
진 곳에 있다고 하였다. 현 복건성 南平市 邵武市에 있다.

으니, 한 서리가 답하길,

"멀리 새로 오시는 광우왕을 맞으러 가오."

도사가 말하길,

"그 왕이 누구인지 감히 여쭤봐도 되겠습니까? 지금 어디에 사시는 지요?"

서리가 알려 주길,

"포성현에 사는 옛날 충주 임강현¹² 현승¹³을 지낸 진공입니다."

꿈에서 깨어나 그 말을 기록했다. 다음 날 곧바로 그곳으로 가서 물어보니 과연 진 현승이 있었고, 진사로 급제하여 평생을 청렴하고 정직하게 살아서 향리에서 칭찬이 자자했으며 죽은 지 막 닷새가 지났다고 했다. 도인은 꿈에서 본 것이 충분히 믿을 수 있는 것임을 알고 기뻐하며 돌아왔고 조금씩 사람들에게 말해 주었다. 그는 지금도 여전히 사당 옆에 살고 있다.

---

12 臨江縣: 夔州路 忠州 소속으로 현 중경시 중부의 忠縣에 해당한다.

13 縣丞: 현에서 지사의 뒤를 잇는 2인자로서 현의 업무 전반에 대해 관할하였다. 天聖 4년(1026)에 처음 임명하기 시작하여 崇寧 연간(1102~1106)에는 전국의 모든 현에 다 임명하였다. 紹興 28년(1158)부터 1만 호 이상의 큰 현에만 임명하였고, 작은 현에서는 主簿가 겸직하였다. 품계는 현의 크기에 따라 정8품에서 정9품이었다.

撫州南門黃柏路居民詹六・詹七, 以接鬻縑帛爲生, 其季曰小哥, 嘗
賭博負錢, 畏兄箠責, 徑竄逸他處, 久而不反. 母思之益切, 而夢寐占
卜皆不祥, 直以爲死矣. 會中元盂蘭盆齋前一夕, 詹氏羅紙錢以待享.
薄暮, 若有幽歎于外者, 母曰: "小哥眞亡矣, 今來告我." 取一緍錢祝
曰: "果爲吾兒, 能掣此錢出, 則信可驗, 當求冥助於汝." 少焉, 陰風肅
肅, 類人探而出之. 母兄失聲哭, 亟呼僧誦經拔度, 無復望其歸. 後數
月, 忽從外來, 伯兄曰: "鬼也!" 取刀將逐之. 仲遽抱止, 曰: "未可." 稍
前諦視, 問其死生, 弟曰: "本懼杖而竄, 故詣宜黃受傭, 未嘗死也." 乃
知前事爲鬼所詐云.

　　무주 남문 황백로에 사는 주민 첨육과 첨칠은 비단을 팔아 생계를
유지하고 있었는데, 소가라 불리는 막내가 있었다. 소가는 일찍이 도
박을 좋아하여 빚을 지고 있었고 형들이 매질하고 꾸지람할 것을 걱
정해 곧바로 다른 곳에 도망가 숨어 지내며 한참 동안 돌아오지 않았
다. 어머니는 갈수록 막내아들이 걱정되었는데, 꿈에서도 그렇고 점
을 쳐도 그렇고 모두 좋지 않아 결국 그가 죽었다고 생각했다. 중원
절[14]이자 우란분재[15]의 하루 전날인 7월 14일 밤, 첨씨는 명전을 진열

14　中元節: 죽은 조상을 위해 제사를 지내는 도교의 명절로 본래는 음력 7월 14일이
　　었다. 제사와 함께 冥錢을 태우고 강에 등불을 켠 배를 띄워 망자의 혼령을 달래며
　　토지신에 대한 제사도 함께 지낸다. 『주역』에서 7은 변화와 재생을 뜻하며 陽氣
　　가 끊어진 뒤 7일을 지나면 양기가 되살아난다고 여겨 7월 7일에서 7일이 지난 7

하며 제사를 준비했다. 저물녘이 되자 문밖에서 조용히 탄식하는 소리가 들리자 어머니가 말하길,

"소가가 진짜로 죽었다면 오늘 나에게 와서 알릴 것이다."

명전 한 묶음을 손에 들고 기도를 올리며 말하길,

"정말로 내 아들이라면 이 돈을 밖으로 가지고 갈 수 있을 것이다. 그러면 그것을 증거로 믿겠으며 마땅히 너를 위해 명계의 도움을 구할 것이다."

잠시 후 음산한 바람이 쏴 하고 일더니 사람이 손을 뻗어 가져가듯 사라졌다. 어머니와 형들은 목놓아 울었고, 급히 스님을 불러 경전을 암송하고 천도제를 지냈다. 그 후 다시는 그가 돌아올 것을 기대하지 않았다. 몇 개월이 지났을 때 갑자기 첨소가가 밖에서 들어오자 큰형이 말하길,

"귀신이다!"

칼을 들고 와 그를 내쫓으려 하였다. 둘째 형이 급히 그를 껴안고 제지하며 말하길,

"이러지 마세요!"

월 14일이 죽은 조상을 제사 지내기에 가장 적합한 날이라고 여겼다. 하지만 불교의 영향으로 주로 7월 15일인 우란분절에 맞춰 제사를 지내면서 중원절과 우란분절이 동일시되었다.

15 盂蘭盆齋: 죄업으로 인해 사후에 저승의 餓鬼道에서 거꾸로 매달려 굶주림에 시달리는 조상을 구하기 위해 후손들이 승려를 공양하는 복을 쌓는 데서 유래하였다. 우란분재는 흔히 백중이라 부르는 음력 7월 15일 우란분재에 사찰에서 거행하는 공양 행사를 가리킨다. 유가가 강조하는 효도에 대응하기 위해 불교 교단에서 각별하게 강조하였으며, 도가의 중원절과 날짜와 내용이 같아지면서 점차 구분이 없어졌다.

이견정지【二】

조금 앞으로 나아가 자세히 보고 그가 죽은 자인지 산 자인지 물었다. 동생 소가가 답하길,

"예전에 맞을까 봐 무서워서 숨으려고 의황현에 갔다가 이르러 다른 사람 집에 고용되어 일했습니다. 아직 죽지 않았어요."

이에 비로소 앞에서 일어난 일들이 귀신의 장난임을 알게 되었다.

晁端揆居京師, 悅里中少婦, 流眄寄情, 未能諧偶. 婦忽乘夜來, 挽
衣求共被. 晁大喜. 未明索去, 留之不可, 曰: "如是, 得無畏家人知乎?"
旣去, 蓐褥間餘血浣迹, 亦莫知所以然. 越三日, 過其間, 聞哭聲, 扣鄰
人, 曰: "少婦因産而死, 今三日矣." 晁掩涕而歸.

　　조단규는 도성에 살고 있었는데, 마을의 젊은 부인을 좋아하여 곁
눈질하며 마음을 전했는데 함께 만날 수는 없었다. 그런데 어느 날
갑자기 밤에 그녀가 오더니, 옷깃을 잡아당기며 함께 밤을 보내자고
하였다. 조단규는 크게 기뻤다. 날이 밝기 전에 그녀가 돌아가려고
하자 조단규는 그녀를 붙잡으며 가지 말라고 하였다. 그녀가 말하길,

　　"만약 그렇게 하면 가족들이 알게 될 텐데요. 겁나지 않으세요?"

　　그녀가 가고 나서 보니 이부자리에 핏자국이 남아 있었으나 그 이
유를 몰랐다. 사흘 뒤 그 집을 지나는데 통곡하는 소리가 들려 이웃
사람들에게 물어보니, 알려 주길,

　　"젊은 부인이 난산으로 죽었답니다. 오늘로 사흘이 되었지요."

　　조단규는 눈물을 흘리며 돌아왔다.

政和間, 京西路提點刑獄周君以威風陰直震郡縣. 嘗乘舟按部還, 遙
見水上若婦人, 長尺餘, 衣袂蹁躚, 迎舟而下. 泊相近, 容色悽慘, 類有
所愬. 及相去只尺, 迷不知所在, 疑爲偶然也. 次日所見復如之, 其色
益悲. 周謂必寃魄伸吐, 遂停棹, 卽近縣追一倡, 須語言稍警惠者. 衆
莫測何爲. 旣至, 衣冠焚香, 祝之曰:"汝果抱寃, 當憑此倡以言, 吾爲
汝直."須臾, 倡凜凜改容, 哀且泣, 音聲如他州人, 云:"妾某州某縣某
氏, 爲某人謀財見殺, 事不聞於官, 無由自白, 敢以遺恨告."周隨錄其
語, 密檄下彼郡捕得凶民, 一問具伏, 遂置諸法. 周表卿尙書爲宜黃丞
時, 爲疎山長老了如說, 而忘其名, 或云卽茂振樞密父也.

정화 연간(1111~1118) 경서로 제점형옥사인 주씨는 그 위엄 있는
풍채와 엄격하고 강직한 품성으로 인근 주현에 소문이 났다. 일찍이
배를 타고 관할 구역을 살피고 돌아오는데 멀리 물 위에서 여인처럼
보이는 무엇인가를 보았다. 키는 1척이 조금 넘었고, 옷소매가 춤을
추듯 흔들리면서 배를 향해 내려오고 있었다. 가까이 배를 댈 때 보
니 얼굴빛이 처량하고 슬퍼 보여 마치 무언가 하소연할 것이 있는 것
같았다. 서로의 거리가 지척에 이르렀을 때 흐릿해지며 사라졌기에
우연이었나 생각했다. 다음 날 다시 똑같은 것을 보았는데 그 얼굴색
은 더욱 슬퍼 보였다. 주씨는 필시 호소할 사연이 있는 원통한 혼백
으로 생각하였다. 그는 곧 배를 멈추게 하고 곧 가까운 현에 말을 전
하여 기민하고 총명하게 말을 잘하는 창기 한 사람을 데려오라고 하

였다. 주위의 사람들은 그가 무엇을 하려는지 예측하지 못했다. 창기가 이르자 의관을 갖추게 하고 향을 피우며 축원하여 말하길,

"네가 만약 원통함을 품고 있거든 마땅히 이 창기에게 빙의하여 말하거라. 내가 너를 위해 그 원통함을 풀어 주겠노라."

잠시 후 창기는 곧바로 엄숙하고 위엄 있는 표정이 바뀌더니 슬퍼하며 눈물을 흘렸다. 말투가 다른 주에서 온 사람인 듯했다. 그녀가 말하길,

"첩은 모주 모현의 모씨인데 어떤 사람이 재산을 노리고 저를 죽였습니다. 일이 관아에 알려지지 않아 스스로 얘기할 곳이 없어 여한이 남아 감히 아룁니다."

주씨는 들은 대로 말을 기록하였고, 몰래 그 주에 공문을 보내 흉악범을 잡아들이라고 하였다. 한번 추국하니 모두 자복하였고 마침내 법에 따라 벌주었다. 이부상서 주표경[16]이 의황현 현승으로 있을 때 소산사 장로에게 이 이야기를 해 주었는데, 주씨의 이름은 잊어버렸다. 혹자는 자가 무진인 추밀사 주인지[17]의 아버지라고도 했다.

---

16 周表卿: 宣和 6년(1124) 과거에 2등으로 급제하였고 吏部尚書를 지냈다.

17 周麟之(1118~1164): 자는 茂振이며 淮南東路 泰州 海陵縣(현 강소성 泰州市 海陵區) 사람이다. 소흥 15년(1145) 과거에 급제하였고, 博學宏詞科에도 급제하였다. 中書舍人·兵部侍郎 겸 給事中을 지냈으며 소흥 29년(1159)에 금에 哀謝使로 파견되었고 이듬해 同知樞密院事로 승진하였다. 금이 침공을 맞아 다시 사신으로 파견되었고, 금군에 대한 지구전을 주장하였다가 탄핵을 받고 실각하였다.

江吳之俗, 指傷寒疾爲疫癘, 病者氣才絶, 卽殮而寄諸四郊, 不敢時
刻留. 臨川民張珪死, 置柩于城西廣澤庵. 庵僧了燾夜聞撲索有聲, 起
而伺, 則張柩中也. 旣不敢發視之, 隔城數里, 無由得言, 但拱手而已.
良久聲息, 遲明奔告, 其家亦不問. 至秋, 將火葬, 剖柩見尸, 乃側臥掩
面, 衣服盡碎裂, 蓋曩夕復蘇而不獲伸也. 吁, 可傷哉! 番陽亦有小民,
以六月拜嶽帝祠, 觸熱悶絶, 亟柩厝于普通塔, 其事正同.

강오[18] 지역의 풍속에는 상한병을 전염병으로 여겨 병자가 기가 끊
어지면 바로 염을 하고 사방 교외로 관을 보냈다. 감히 관을 잠시라
도 집에 두게 하지 않았다. 무주 임천현 주민 장규가 죽었을 때, 관을
현성의 서쪽에 있는 광택암에 두었다.

암자의 승려 요도가 밤에 무엇인가 두드리며 찾는 소리가 들리기
에 일어나 살펴보니 장규의 관 안에서 나는 소리였다. 그렇다고 감히
관을 열어 볼 수 없었고, 암자는 현성에서 몇 리나 떨어져 있기에 가
족들에게 말을 전할 수도 없어서 그저 두 손을 모으고 가만히 있을
수밖에 없었다. 한참 후 소리는 멈추었다. 날이 밝기를 기다려 달려
가 말했으나 가족들도 어찌하려 하지 않았다.

가을이 되어 화장하려고 관을 열어 시신을 보니 옆으로 누워 얼굴

---

18 江吳: 춘추전국시대 吳의 영역이었던 장강 하류 삼각주 일대를 가리키는 말이다.
현 강소성 남부, 절강성 북부, 상해시에 해당한다.

을 가리고 있었고, 옷가지가 모두 찢겨져 있었다. 대체로 그날 밤 다시 깨어났으나 몸을 일으켜 나올 수가 없었던 것 같다. 아, 비참한 일이다! 요주 파양현의 한 주민이 6월에 동악대제묘를 배알하고 더위를 먹어 죽었는데 급히 관에 넣어 보통 탑에 가매장해 두었다. 그 일은 이 일화와 똑같은 이야기다.

餘干鄉民張客, 因行販入邑, 寓旅舍, 夢婦人鮮衣華飾求薦寢. 追夢覺, 宛然在旁, 到明始辭去. 次夕方闔戶, 燈猶未滅, 又立於前, 復共臥, 自述所從來曰: "我鄰家子也, 無多言." 經旬日, 張意頗忽忽. 主人疑焉, 告曰: "此地昔有縊死者, 得非爲所惑否?" 張祕不肯言. 須其來, 具以問之, 略無羞諱色, 曰: "是也."

張與之狎, 弗畏懼, 委曲扣其實, 曰: "我故倡女, 與客楊生素厚. 楊取我貲貨二百千, 約以禮昏我, 而三年不如盟. 我悒悒成瘵疾, 求生不能, 家人漸見厭, 不勝憤, 投繯而死. 家持所居售人, 今爲邸店, 此室實吾故棲, 尙眷戀不忍捨. 楊客與爾同鄉人, 亦識之否?" 張曰: "識之. 聞移饒州市門, 娶妻開邸, 生事絶如意." 婦人嗟唶良久, 曰: "我當以始終託子, 憶埋白金五十兩於床下, 人莫之知, 可取以助費."

張發地得金, 如言不誣. 婦人自是正晝亦出, 他日, 低語曰: "久留此無益, 幸能挈我歸乎?" 張曰: "諾." 令書一牌, 曰: "廿二娘位", 緘于篋, 遇所至, 啟緘微呼, 便出相見. 張悉從之, 結束告去. 邸人謂張鬼氣已深, 必殞於道路, 張殊不以爲疑. 日日經行, 無不共處, 旣到家, 徐於壁間開位牌. 妻謂其所事神, 方瞻仰次, 婦人遽出. 妻詰夫曰: "彼何人斯? 勿盜良家子累我." 張盡以實對. 妻貪所得, 亦不問. 同室凡五日, 又求往州中督債, 張許之. 達城南, 正度江, 婦人出曰: "甚愧謝爾, 奈相從不久何?" 張泣下, 莫曉所云. 入城門, 亦如常, 及就店, 呼之再三不可見. 乃亟訪楊客居, 則荒擾殊甚. 鄰人曰: "楊元無疾, 適七竅流血而死." 張駭怖遽歸, 竟無復遇. 臨川吳彦周舊就館於張鄉里, 能談其異, 但未暇質究也.

요주 여간현 향촌의 주민인 객상 장씨는 장사하기 위해 어느 읍성에 들어가 여관에 잠시 묵었다. 꿈에 고운 옷을 입고 화려하게 꾸민 여인이 와서 동침을 청하였다. 꿈에서 깨어났는데도 그 여인이 분명히 옆에 있었고 날이 밝자 비로소 인사하고 떠났다. 다음 날 밤 막 문을 닫고 등불을 끄려고 할 때 또다시 장씨 앞에 나타났고 다시 함께 잠을 잤다. 스스로 어디에서 왔는지 말하길,

"저는 이웃집 사람입니다. 다른 말은 더하지 않겠습니다."

열흘이 지나 장씨가 뭔지 다급하게 서두르자 여관 주인이 그를 의심하며 말하길,

"예전에 이곳에서 목을 매고 죽은 자가 있었습니다. 혹시 그에게 현혹된 것이 아닙니까?"

장씨는 비밀로 하고 말하려 하지 않았다. 그녀가 오기를 기다렸다가 모든 것을 그녀에게 물어보자 조금도 부끄러워하거나 꺼리는 기색 없이 대답하길,

"그렇습니다."

장씨는 그녀와 같이 즐기며 두려워하거나 무서워하지 않았고, 어떤 사정이 있었는지 자초지종을 물었다. 그녀가 답하길,

"저는 예전에 창녀였는데, 객상인 양씨과 본래 가깝게 지냈지요. 양씨는 나의 재산 200관을 가지고 간 후 예를 갖추어 저와 혼인하기로 약속했었습니다. 그런데 3년이 지나도록 약속을 지키지 않았습니다. 저는 애를 태우다 폐병에 걸렸고, 살고자 노력하였지만 힘들었습니다. 가족들도 점점 저에게 지쳐 갔지요. 저는 분을 이기지 못하고 줄을 묶어 자결하였습니다. 가족들은 살던 곳을 다른 이에게 팔았는데, 지금 이 여관이 바로 그 집이며 이 방은 실제로 제가 예전에 살던

곳입니다. 아직도 연연해하며 차마 버리지 못하고 있는 것이지요. 양씨는 당신과 동향 사람이라고 알고 있는데 그와 잘 아시는지요?"

장씨가 답하길,

"잘 안다오. 요주 시장 입구로 이사하여 아내를 맞이하고 여관을 열었다지요. 사업은 생각한 대로 아주 잘되는 모양입디다."

여인은 길게 한숨을 쉬더니 말하길,

"제가 마땅히 이 일을 당신에게 모두 맡기겠습니다. 제 기억으로은 50냥을 침상 아래 파묻어 두었습니다. 아무도 그 사실을 모릅니다. 그것을 가져가 비용에 보태 쓰세요."

장씨가 땅을 파 보니 은이 나왔고, 말한 대로 모두 사실이었다. 여자는 이때부터 대낮에도 나타났는데, 어느 날 낮은 소리로 말하길,

"여기에 오래 머물러 봐야 이로울 게 없습니다. 저를 데리고 돌아가 주시면 정말 좋겠어요."

장씨가 말하길,

"그럽시다."

그녀는 그에게 '이십이랑의 신위'라는 위패를 하나 만들게 한 뒤 이를 조그만 상자 안에 넣어 봉하게 하고 그가 가는 곳마다 봉인된 것을 열고 작은 소리로 부르면 곧 나타나 함께 만날 수 있다고 하였다. 장씨는 그녀가 시키는 대로 모두 따랐고, 짐을 정리해 떠나려고 하였다. 여관 주인이 장씨를 보고 귀신의 기운이 이미 가득하다며 반드시 길에서 죽을 것이라고 하였는데, 장은 특별히 그러리라 의심하지 않았다.

매일 길을 가면서 늘 함께하였고, 집에 도착했을 때 벽 사이에 편안한 자리를 만들어 위패를 모셨다. 아내는 그가 모시는 것이 신이라

여겼고, 막 우러러보고 있는데, 이십이랑이 나타났다. 아내는 남편을 책망하며 말하길,

"저 여자는 누구지요? 양가의 여자를 훔치는 데 나를 연루시키지 말아요."

장씨는 모두 사실대로 대답해 주었다. 장씨 아내는 남편이 얻은 은이 탐나서 역시 더는 묻지 않았다. 함께 지낸 지 무릇 닷새가 지났을 때 이십이랑은 다시 장씨에게 요주로 가서 빚을 독촉해 달라고 청하였고 장씨가 허락하였다. 요주성의 남쪽에 다다라 막 강을 건너려고 하는데 이십이랑이 나타나 말하길,

"당신에게 매우 부끄럽고 고마울 뿐입니다. 오래 함께할 수 없더라도 어찌하겠습니까?"

장씨도 눈물을 흘렸지만 그녀가 말하는 바가 무엇인지 알 수 없었다. 성으로 들어갔을 때는 평상시와 같았고, 여관에 도착해서 그녀를 여러 차례 불렀지만 다시는 볼 수 없었다. 급히 양씨가 사는 곳을 찾아가 보니 매우 황량하고 어지럽혀져 있었다. 이웃이 말하길,

"양씨는 본래 병이 없었는데 방금 몸의 일곱 개 구멍에서 피를 흘리며 죽었다."

장씨는 놀라서 떨며 급하게 집으로 돌아왔고 마침내 그녀를 다시 만나지 못했다. 무주 임천현 사람 오언주가 예전에 장씨의 마을 여관에 묵었었고, 그 기이한 이야기를 들어 알 수 있었는데, 시간이 없어 상황을 다 알아보지는 못했다고 한다.

12 오이의 효성에 대한 보응吳二孝感

臨川水東小民吳二, 事五通神甚靈, 凡財貨之出入虧贏必先陰告. 忽來見夢曰: "汝明日午時當爲雷擊死." 吳乞救護, 神曰: "此受命於天, 不可免也." 吳雖下俚人, 而養母至孝, 淩晨具饌以進, 白云: "將他適, 請暫詣姊家." 母不許. 俄黑雲起日中, 天地冥暗, 雷聲塡然. 吳益慮驚母, 趣使閉戶, 自出坐野田以待其罰. 頃之, 雲氣廓開, 吳幸免禍, 亟歸拊其母, 猶疑神言不必實, 未敢以告. 是夜復夢曰: "汝至孝感天, 已宥宿惡, 宜加敬事也." 母子至今如初.

요주 임천현 수동의 촌민 오이는 오통신을 섬겼는데 오통신은 매우 영험했다. 무릇 재화의 출입과 손익에 대해 반드시 은밀하게 먼저 알려 주었다. 어느 날 갑자기 오통신이 꿈에 나타나 말하길,

"너는 내일 오시에 분명 벼락에 맞아 죽을 것이다."

오이는 신에게 보호해 줄 것을 구하였지만, 신이 말하길,

"이것은 하늘에서 받은 명이라 피할 수 없다."

오이는 비록 속물이었지만 어머니를 모시는 데는 지극한 효성을 보였다. 새벽이 되자 음식을 차려 어머니께 드리고 말하길,

"제가 다른 곳으로 가게 될 것이니 잠시 누이의 집에 가 계세요."

어머니는 오이의 청을 받아들이지 않았다. 잠시 후 정오가 되자 먹구름이 일어 천지가 어두워졌고 천둥소리가 가득 찼다. 오이는 어머니가 놀랄 것에 더욱 걱정스러워 달려가 문을 닫고 스스로는 들에 있는 밭으로 가서 앉아 천벌을 기다렸다. 잠시 후 구름이 확 걷히더니

오이는 다행히 화를 면할 수 있었고, 급히 돌아가 그 어머니를 안았다. 여전히 신의 말씀이 사실과 꼭 같지 않았다는 것이 이상했지만 감히 뭐라 고하지 못했다. 이날 밤 신이 다시 꿈에 나타나 말하길,

"너의 지극한 효성에 하늘이 감동하여 오랜 죄를 사해 주었다. 마땅히 더욱 공경하며 모시거라."

모자는 지금까지도 예전과 같이 살고 있다고 한다.

和州士人杜默, 累歲不成名, 性英儻不羈, 因過烏江, 入謁項王廟,
時正被酒霑醉, 才炷香拜訖, 徑升偶坐, 據神頸捬其首而慟, 大聲語曰:
"大王, 有相虧者! 英雄如大王, 而不能得天下; 文章如杜默, 而進取不
得官, 好虧我." 語畢又慟, 淚如雨. 廟祝畏其必獲罪, 強扶掖下, 掖之
出, 猶回首長嘆, 不能自釋. 祝秉燭入, 檢視神像, 亦垂淚向未已.

　　화주의 사인 두묵은 여러 해 지나도록 과거에 급제하지 못하였다.
그는 재주가 뛰어나고 호방하였다. 오강[19]을 건너면서 항왕묘[20]에 들
러 배알하였다. 마침 술에 대취하여 향을 피우고 배알을 마친 후 곧
바로 항우 신상으로 올라가 옆에 앉았다. 항우 신상의 목에 기대고
그 머리를 안으며 통곡하였다. 큰 소리로 말하길,

　　"대왕이여, 당신과 비슷하게 뜻을 이루지 못한 자가 왔습니다! 대
왕과 같은 영웅도 천하를 얻을 수 없었네요. 저와 같은 문장가가 과
거에 급제하여 관직을 얻을 수 없으니 저를 버린 것이지요!"

19　烏江: 淮南西路 和州 烏江縣 동북쪽의 나루터인 烏江浦를 말한다. 예로부터 중요
　　한 나루터여서 秦漢 시대에도 亭長을 설치하여 관리하였지만, 항우가 자결한 곳으
　　로 더 유명하다. 현 안휘성 馬鞍山市 和縣 烏江鎭에 해당한다.

20　項王廟: 현 안휘성 馬鞍山市 和縣 烏江鎭 鳳凰山에 있는 項羽의 사묘이다. 項王
　　亭·楚廟·霸王祠 등의 별칭이 있다. 項羽가 和州 和縣 부근의 烏江 근처에서 자
　　결로 생을 마쳤다는 것에 대해서 학계에 이론이 있지만, 민간에서는 의심의 여지
　　가 없는 사실로 받아들였다. 화현에는 霸王廟 외에도 항우가 자결하였다는 곳에
　　세워진 烏江亭, 항우의 의관총인 霸王墓 등이 있다.

말을 마치자 또 울었는데, 눈물이 비 오듯 했다. 묘축[21]은 두묵이 반드시 죄를 짓고 벌을 받을 것이라고 걱정하여 강제로 부축하여 내려오게 한 뒤 그를 도와 나가게 하였다. 그는 여전히 머리를 돌려 길게 탄식했고, 스스로 멈추질 못했다. 묘축이 촛불을 들고 들어가 항우 신상을 자세히 살펴보았는데, 신상 역시 눈물을 흘리고 있었으며 여전히 멈추지 못하고 있었다.

---

21 廟祝: 사묘에서 금전이나 곡물을 관리하는 사람을 말한다.

이견정지【二】

王仲禮因作屋就隙地取土, 遂成窪池. 得黑石小塊, 才廣二寸許, 汲
水滌之, 上有白龜白鶴, 形模宛然. 鶴之尾・龜之背, 則純黑, 初謂前
人染成者, 稍刮磨之, 實然, 於是盛以磁器, 置之書案, 猶未覺其異. 他
日, 夕陽透窗, 正照鼎上, 二物皆浮起於水中. 取出諦視, 元在故處, 復
置諸水, 則亦如先所見, 始加珍秘. 時紹熙甲子歲也. 至于乙亥, 恰一
紀, 忽焉失之.

왕중례는 집을 짓기 위해 빈 땅에 가서 흙을 퍼담아 마침내 우묵한
웅덩이를 만들 수 있었다. 그러다 너비가 겨우 2촌 정도인 검은색 작
은 돌덩어리를 발견하였다. 물을 길어와 그것을 씻으니 위에 백색 거
북이와 학 모양의 무늬가 있었는데 형태가 실제와 완연하게 같았다.
학의 꼬리며 거북이 등이 모두 순흑색으로 되어 있었다. 처음에는 옛
사람이 색을 칠한 것이라 여기고 조금 깎고 갈아도 보았지만, 실물
그대로여서 그것을 자기에 담아 책상 위에 두었다. 하지만 여전히 그
기이함에 대해 알지 못했다.

다른 날 석양이 창을 비추는데, 마침 솥 위를 비추자 두 물건이 모
두 물 한가운데를 떠다니는 듯하였다. 그것을 꺼내어 자세히 보니 원
래 있던 곳에 그대로 있었다.

돌을 물에 띄우니 역시 앞서 본 바와 똑같아 비로소 진귀하고 신비
하게 느껴졌다.

때는 소희 갑자년[22]이었고, 딱 12년이 지난 을해년에 갑자기 사라졌다.

22 소희 연간(1190~1194)은 간지로는 庚戌 · 辛亥 · 壬子 · 癸丑 · 甲寅이어서 갑자년은 있을 수 없다. 단 본문에 따라 번역한다.

이견정지 【二】

이견정지

夷堅丁志
卷 16

淳熙二年, 鄉士張玘赴省試, 詣吳山□(廟)□□□試罷, 具酒炙約
同往.¹ 攜紙錢致謁, 願²□□(何不).³

순희 2년(1175), 향촌에 사는 사인 장기가 성시를 치르기 위해 도
성으로 가고 있는데 오산의 사묘에 이르러 … 시험이 끝나면 술과 안
주를 준비하여 함께 가기로 약속했다. … 지전을 가지고 배알을 하
며, 원컨대 … 어찌 … .

---

1 송대 판본은 이 아래 10개 글자가 결락되었다
2 송대 판본은 이 아래 11개 글자가 결락되었다.
3 송대 판본은 이 아래 14개 글자와 6항이 결락되었다.

□□(公訓)□□.⁴ □(其)後門人呂川作.⁵ 湖湘旱, 府帥張安國,⁶ 邦
人或曰: "東明石像觀音, 夙著顯應, □□□□說禱之果雨." 於是議飾
殿宇, 以備他日祈謁之地. 蔡欑適在殿後, 乃語其孫衛使徙之. 衛喜於
乘時得安厝, 卽卜地命役, 及啟棺改殮, 皮肉消□(枯)已盡, 獨心骨上
隱起一卍字, 高一分許, 如鐫□(刻)所就, 聞者異焉.(王師愈齊賢說.)

□□□□ … □ 그 후 문인 여천이 … 형호남로⁷ 일대에 가뭄이
들었는데, 자가 안국인 안무사 장효상⁸이 … 그 지역 사람 중 하나가
말하길,

"동명의 관음 석상이 새벽에 나타나 응답해 주셨는데, □□□□
기도를 올리니 과연 비가 왔습니다."

이에 전각을 보수할 것을 논의하며 다음에 기도를 드릴 곳을 준비

4　송대 판본은 이 아래 14개 글자가 결락되었다.
5　송대 판본은 이 아래 11개 글자가 결락되었다.
6　송대 판본은 이 아래 10개 글자가 결락되었다.
7　湖湘: 洞庭湖의 남쪽에 위치하였고, 경내를 관통하는 가장 큰 강이 湘江인데서 유
　래한 지명이다. 송대 荊湖南路에 해당하며, 현 호남성의 별칭이다.
8　張孝祥(1132~1170): 자는 安國이며 兩浙路 明州 鄞縣(현 절강성 寧波市 鄞州區)
　사람이다. 소흥 24년(1154) 과거에서 장원급제하였고, 악비의 억울한 죽음을 신원
　하는 글을 써서 秦檜의 압박을 받았다. 진회 사후 秘書郞·著作郞·中書舍人·建
　康府 留守·荊湖南路와 북로 安撫使 등을 역임하면서 상당한 치적을 거두었으나
　38세로 병사하였다.

하였다. 채경의 관[9]이 마침 전각 뒤에 있었는데,[10] 그 손자인 채위에게 이를 옮기라고 하였다. 채위는 이 기회를 빌려 관을 가매장이라도 할 수 있을까 기뻐하며 장지를 고르고 인부들에게 일을 시켰다. 관을 열고 다시 염을 하려고 하는데 그 피부와 살은 점점 썩어 이미 다 육탈肉脫되었고, 오직 심장 위 뼈에 은은히 만卍자가 도드라져 보였다. 높이는 1푼쯤 되어 보였다. 마치 새겨서 생긴 모양 같았다. 이 이야기를 들은 자들은 모두 기이하다고 여겼다.(자가 제현인 왕사유[11]가 한 이야기다.)

---

9 櫕: 장례를 치르기 전에 시신을 임시로 안치하는 草殯·草葬의 한 형식이다. 통상 관의 사방에 나무를 쌓아 관을 가리는 菆 또는 菆塗라는 방식을 취하는데, 櫕은 나무나 대나무에 시신을 묶어 관에 임시 보관하는 것을 말한다.

10 蔡京은 靖康 1년(1126)에 衡州로 유배되어 이동하던 중 潭州 崇教寺에서 병사하였다. 潭州 관아에서 사실을 확인하고 관에 넣어 숭교사에 임시 보관하게 하였다. 본문의 전각은 숭교사의 전각을 말한다.

11 王師愈(1122~1190): 자는 齊賢·與正이며 兩浙路 婺州 金華縣(현 절강성 金華市 婺城區) 사람이다. 楊時·呂祖謙과 깊이 교유하였으며 소흥 18년(1148)에 과거에 급제하여 嚴州·婺州·饒州 지사, 강남동로·복건로 轉運判官, 浙西提點刑獄을 역임하였으며 煥章閣 직학사로 치사하였다.

鄭毅夫內翰姪孫爛, 爲林才中大卿壻, 成親四年, 生一男一女, 伉儷
甚睦. 鄭因入京, 遇上元節, 先一日將游上淸宮, 偶故人留飯, 食牛脯
甚美, 暮方至宮. 才觀燈殿上, 忽覺神思敞冈, 亟歸, 已發狂妄語. 手指
其前, 若有所見曰: “吾前生曾毒¹²殺此人, 當時有男子在旁, 見用藥,
亦同爲蔽匿.¹³ 旁人乃今妻也.” 呼問林氏, 亦約略能記憶. 中毒者責罵
之頗峻, 林氏曰: “本非同謀意, 何爲及我?” 其人曰: “因何不言?” 自是
鄭生常如病風, 數毆詈厥妻, 無復平時歡意, 不能一朝居. 林卿命女佽
離歸家, 冤隨之不釋, 遂爲尼. 鄭訖爲廢人, 後出家, 著僧服, 死於無錫
縣寺.

　　자가 의부이며 한림학사¹⁴를 지낸 정해¹⁵의 조카 손자 정관은 대
경¹⁶ 임재중의 사위였는데 혼인한 지 4년이 되었고 일남 일녀를 두었

12　송대 판본은 이곳 5개 글자가 결락되었다. 지금 葉本에 근거하여 보충하였다.

13　송대 판본은 이곳 5개 글자가 결락되었다. 지금 葉本에 근거하여 보충하였다.

14　內翰: 황제의 조칙 초안을 작성하는 翰林學士의 별칭이다. 조칙은 황제의 명령을
　　직접 받아 작성하는 內制, 재상의 명을 받아 작성하는 外制로 구분하며 내제는 한
　　림학사가, 외제는 知制誥가 담당하였다. 內翰 외에도 翰林·翰墨·內相·內制·
　　學士·詞臣·鳳·坡 등 다양한 별칭이 있다.

15　鄭獬(1022~1072): 자는 毅夫이며 荊湖北路 安州 安陸縣(현 호북성 孝感市 安陸
　　市) 사람이다. 皇祐 5년(1053) 과거에 장원급제하여 著作郞·三司度支判官·荊南
　　府 지사·兵部員外郞·翰林學士知制誥·權發遣開封부 지사를 역임하였다. 왕안
　　석과 사이가 좋지 않아 杭州 지사로 나갔다. 호방하며 간결한 문장으로 명성을 떨
　　쳤다.

16　大卿: 太常寺·宗正寺·光祿寺·衛尉寺·鴻臚寺·大理寺·太僕寺·司農寺·太

으며, 부부 사이가 매우 화목하였다. 정관이 도성에 갔다가 상원절을 맞아 하루 전날 상청궁[17]을 구경하려고 하다가 우연히 옛 친구를 만났다. 그자가 정관을 붙들고 음식을 대접하였다. 육포를 먹었는데 매우 맛이 좋았다. 날이 저물어 비로소 상청궁에 도착했다. 그가 관등전 위를 막 오르고 있는데 갑자기 신기神氣가 그를 사로잡는 것 같아 급히 집으로 돌아갔는데 이미 발광하여 헛소리를 쏟아내고 있었다. 손으로 그 앞을 가리키며 마치 무언가 보이는 것이 있는 것처럼 말하길,

"내가 전생에 일찍이 독으로 이 사람을 죽였는데, 당시 한 남자가 옆에 있으면서 약을 쓰는 것을 보았다. 그런데 그 역시 그 사실을 숨기고 말하지 않았었다. 그 옆에 있던 자가 바로 지금의 아내다."

아내인 임씨를 불러서 물어보니 그녀도 대략은 기억하는 것 같았다. 그러자 독살당한 자는 매우 거칠게 욕하며 책망하였다. 그러자 임씨가 말하길,

"나는 원래 함께 일을 벌이고자 한 뜻은 없었는데, 어찌 나에게 그러시오?"

그 사람이 답하길,

"어찌하여 말하지 않았던 거요?"

이때부터 정관은 늘 미치광이처럼 행동하며 여러 차례 아내 임씨

府寺 등 9寺의 장관을 가리켜 9卿이라고 칭한다. 그리고 부장관인 少卿의 대칭어로 大卿이라고도 칭한다.
17 上淸宮: 도교 正一道의 도관이다. 上淸은 불교의 우주관인 三千大千世界 개념에 대응하기 위해 도교에서 설정한 천상계인 三淸境, 즉 玉淸·上淸·太淸의 하나다.

를 매질하며 꾸짖었고, 다시는 이전처럼 좋게 대해 주질 않았다. 결국 하루도 함께 살 수 없을 지경이 되었다. 임재중은 딸에게 이혼하고 친정으로 돌아오라고 하였다. 그러나 억울함을 풀지 못한 원혼은 그녀를 따라다니며 놓아주질 않았다. 결국 임씨는 비구니가 되었고, 정관도 폐인이 되어 후에 집을 나와 승복을 입게 되었으며 상주 무석현[18]의 한 절에서 죽었다고 한다.

---

[18] 無錫縣: 兩浙路 常州 소속으로 현 강소성 남중부 無錫市의 城區 동남쪽에 해당한다.

番陽士人黃安道, 治詩, 累試不第. 議欲罷擧爲商, 往來京洛關陜間,
小有所贏, 逐利之心遂固. 方自京齎貨且西, 適科詔下, 鄉人在都者交
責之曰: "君養親, 忍不自克而爲賈客乎?" 不得已, 同寓一寺. 夜夢人著
道服仙衣據案坐, 前有簿書, 呼語之曰: "此先輩牓." 黃意其神也, 再拜
哀禱, 求知姓名. 仙問: "汝誰氏子? 何許人?" 具以對. 乃啓簿累葉, 指
一'黃戛'示之, 曰: "君也." 對曰: "姓是名非, 恐必不然." 仙曰: "是矣."
至於再三. 黃始沉思曰: "然則當易名應之耳." 謝而且退. 仙又曰: "典
謨訓誥, 是汝及第時." 黃寤, 與鄉人語, 疑所治經復不同, 或勸使倂改
經, 遂名戛, 而以書應擧. 卽預薦, 到南省, 第二道義題, 問典謨‧訓
誥‧誓命之文, 果登第.

요주 파양현의 사인 황안도는 『시경』을 전문적으로 공부하였지만
여러 차례 과거에서 불합격하였다. 이에 과거를 포기한 뒤 상인이 되
려는 쪽으로 마음이 기울었다. 황안도는 도성과 낙양, 그리고 관섬¹⁹
사이를 오가면서 조금 돈을 벌어 보니 돈을 벌어야 한다는 마음이 마
침내 확고해졌다. 바야흐로 도성에서 물건을 가지고 서쪽으로 가려
는데 마침 과거를 실시하라는 조서가 내려왔다. 도성에 있는 고향 사
람들이 번갈아 가며 황안도를 책망하길,

---

19 關陜: 關中과 陜西라는 말인데 고대에는 관중이 곧 섬서였으나 후에 섬서의 범위
　가 넓어지면서 북쪽을 陜北, 남쪽을 陜南, 가운데를 關中으로 나누었다. 따라서 關
　陜은 관중을 중심으로 한 섬서를 가리키는 말로 봐도 무방하다.

"그대는 부모님도 모시고 있으면서 어찌 자신을 극복하지 못하고 상인이 되려 한단 말이오?"

이에 부득이 과거를 준비하기 위해 그들과 함께 한 절에 머물렀다. 어느 날 밤 꿈에 도인의 옷을 입은 한 신선이 나타나 책상에 기대어 앉아 있었다. 그 앞에는 장부가 하나 있었는데, 황안도를 불러 말하길,

"이는 선배들의 합격자 방문이다."

황안도는 그가 신일 것이라 여기고 재배하고 애절하게 기도하며 합격자의 이름을 알려 달라고 간청하였다. 신선이 묻길,

"너는 누구의 아들인고? 어디 사람이지?"

황안도는 묻는 말에 다 대답하였다. 신선은 장부를 열어 여러 장을 펼치더니 '황알'이라고 쓰인 곳을 가리키며 보여 주더니 말하길,

"바로 너다."

황안도가 대답하길,

"성은 맞는데 이름이 틀립니다. 아마도 아닐 것입니다."

신선이 말하길,

"맞다."

여러 차례 그렇게 답하였다. 황안도는 비로소 깊이 생각하고 말하길,

"그러면 응당 이름을 바꾸어 응시해야겠군요."

감사를 드리고 물러나려고 하는데 신선이 또 말하길,

"『상서』의 '전모훈고典謨訓誥'가[20] 네가 급제할 때의 문제이다."

황안도는 꿈에서 깨어나 동향 사람에게 말하고는 신이 말한 것이 지금 공부하고 있는 경전과 다르다고 생각하였다. 누군가는 황안도

에게 공부하는 경전을 모두 바꾸라고 권하였다. 마침내 이름을 '알'로
고치고 『상서』를 주 과목으로 바꿔 응시하였다. 곧 향시에 참여한
뒤[21] 성시를 보았는데[22] 두 번째 문제가 전모·훈고·서명의 글을 묻
는 것이었다. 과연 그해에 급제하였다.

20 典謨訓誥:『尚書』가운데 「堯典」·「大禹謨」·「伊訓」·「湯誥」등 편명을 말한다.
21 預薦: '사전에 추천받거나 발탁된다'는 뜻과 함께 '과거에 참여한다'는 뜻이 있다.
     본문에서는 '과거에 참여한다'로 번역한다.
22 南省: 상서성의 별칭이며 특히 과거를 주관하던 상서성 예부를 가리킨다. 당대 중
     서성·문하성·상서성 3성이 황궁의 남쪽에 있었고, 그 가운데서도 상서성이 중
     서성·문하성보다 더 남쪽에 있었던 데서 유래한 명칭이다. 따라서 '남성에 갔다'
     는 말은 성시에 참여하였다는 뜻이다.

吳中甲乙兩細民同以鬻鱔爲業, 日贏三百錢. 甲嘗得鱔未賣, 夢人
哀鳴曰:"念我有子." 言至再四, 驚而覺, 無所睹. 燃火照尋, 聲在桶內.
一鱔仰頭唫喁, 審聽之, 口中如云'念我有子'者. 甲遽悟曰:"賣爾求利,
本非善圖." 卽默發願改業. 明日, 又以常所贏錢與乙, 而倂買其所負者
放諸江. 鱔迎水引首隨之, 久而不去. 甲祝曰:"我坐貧故, 不念罪福.
今旣放爾, 而相逐不捨, 豈非尙有怨乎?" 應聲而沒.
　　旣空歸, 其妻以失累日所得, 訽之曰:"必以供飮博費." 窮詰不已.
始具告之, 殊弗信. 是夜, 別夢數十人言:"汝欲圖錢作經紀, 盡往某路
二十里間, 當可得." 旣寤, 憶所指非人常行處, 試往焉. 約二十里, 草
蔓邃密, 中似有物, 視之, 得舊開元通寶錢二萬, 如宿藏者. 欣然拜受,
負以還, 用爲本業, 家遂小康.

소주 오중²³에 사는 영세민인 갑과 을 두 사람은 함께 드렁허리를
잡아 파는 것을 업으로 삼고 있었다. 이들은 매일 300전을 벌었다.
하루는 갑이 일찌감치 드렁허리를 다 잡고 미처 팔기 전이었는데 꿈
에 한 사람이 나타나 슬피 울며 말하길,

"내가 자식이 있다는 것을 가엾게 여겨 주시오."

그 말을 거듭해서 네 번이나 하기에 놀라 깨어나 보니 아무것도 보
이지 않았다. 등을 켜고 비추어 찾아보니 그 소리는 어항에서 나는

---

23 吳中: 兩浙路 蘇州 소속 吳縣의 별칭이다. 춘추전국 시대 吳의 영역을 가리키는 말
이기도 하다. 현 강소성 蘇州市의 城區에 해당한다.

것이었다. 드렁허리 한 마리가 머리를 들고 입을 벌름거리고 있었다. 자세히 귀를 기울여 보니 입에서 '내가 자식이 있다는 것을 가엾게 여겨 주시오'처럼 말하는 것 같았다. 갑은 문득 깨닫는 바가 있어 말하길,

"너를 팔아 돈을 벌었으나, 이는 본래 선한 생각은 아니었다."

곧 조용히 생업을 바꾸기로 발원하였다. 다음 날 평소 모아 두었던 돈을 모두 을에게 주고, 또 그가 잡아 둔 물고기를 모두 사서 강에 방생했다. 그중 한 마리가 물에 뛰어들며 머리를 들고 그를 따라오고 있었고 한참 동안 가지 않았다. 갑이 축원하길,

"내가 가난 때문에 죄인지 복인지 생각하지도 않고 일을 했다. 지금 너희를 놓아주었는데 어찌 나를 따라오고 멀리 가지 않느냐? 설마 아직도 나에게 원망이 있는 것은 아니겠지?"

이 말을 듣더니 곧 사라졌다. 빈손으로 돌아오니 아내는 며칠 동안 잡은 것이 다 없어졌음을 알고 남편을 책망하길,

"분명히 술을 마시거나 도박하는 데 썼지요?"

아내가 캐묻고 책망하길 멈추지 않자 부득이 자초지종을 모두 말하였지만 아내는 전혀 믿지 않았다. 이날 밤 또 꿈을 꾸었는데 수십 명의 사람이 나타나 말하길,

"네가 돈을 벌기 위해 장사[24]를 하려 하는데 왜 모모 길에서 20리 떨어진 곳에 가지 않느냐. 거기 가면 얻는 것이 꼭 있을 것이다."

갑은 꿈에서 깨어난 뒤 기억을 더듬어 보니 꿈에서 말한 길은 사람

---

24 經紀: 본래 물자의 생산과 사용, 처리와 분배에 관한 모든 것을 포괄하는 총칭이다. 『管子』의 「版法」에서 유래하였다.

들이 늘 다니는 길이 아니었다. 하지만 시험 삼아 가 보기로 했다. 약 20리를 걸어가자 풀과 넝쿨이 깊고 무성했는데 그 가운데 무엇이 있는 것 같았다. 가서 보니 곧 오래된 개원통보[25] 2만 전이 있었다. 마치 누군가 그곳에 숨겨 둔 것 같았다. 기쁜 마음으로 절을 올리고 등에 메고 돌아왔다. 이를 밑천으로 삼아서 일을 시작하였더니 그런대로 먹고살 만하였다.

---

25 開元通寶: 당이 건국된 직후인 武德 4년(621)에 기존의 五銖錢 주조를 중단하고 '개원통보'라는 양질의 동전을 대량 생산하기 시작하였다. 중국 동전에 '通寶'라는 용어를 사용한 것도 이때가 처음이다. 玄宗 때의 연호인 開元과 같은 글자여서 개원 연간에 주조한 것으로 오해하는 경우가 많다. 吳縣이 속했던 吳越에서는 북송 초에도 개원통보를 주 화폐로 사용하였고, 淸源節度使 관할 구역인 복건 등 일부 지역에서는 북송 때에도 개원통보를 생산하여 해외무역에 사용하였다. 이렇게 널리 여전히 유통되었기 때문에 본문의 개원통보가 반드시 唐代 주조한 동전이라고 단정하기는 어렵다.

이견정지【二】

馬忠玉隨其父爲金陵幕官. 七月中, 家一女一婦同登舍後小樓, 天
色約未申間. 仰空寓目, 見一舟凌虛直上, 數道士環坐笑語, 須臾抵天
表, 天爲之開, 色正赤, 舟徑由開處入, 天卽合無際, 而開處尙赩赩如
霞. 忠玉聞而往觀, 但猶見一道赤色耳.

　마충옥은 그 아버지를 따라 금릉에 가서 막료로 지냈다. 7월 중에 가족 중 한 딸이 한 여성과 함께 집 뒤의 작은 누각에 올랐다. 당시 하늘색을 보니 대략 미시(13시~15시)와 신시(15시~17시) 사이였던 것 같았다. 머리를 들어 하늘을 한번 쳐다보니 한 척의 배가 허공을 타고 위로 곧장 오르고 있었다. 배에는 도사 여러 명이 둘러앉아 웃으며 이야기를 나누고 있었다. 금방 배가 하늘가에 이르렀고 하늘은 그들을 위해 문을 열어 주었다. 하늘빛은 순 빨간색이었고 배는 그 열린 곳으로 곧장 들어갔다. 그러자 하늘이 곧 닫혀 틈이 없었고, 다만 열렸던 곳은 여전히 붉게 물들어 노을이 지는 듯했다. 마충옥은 이를 듣고 가서 보았는데, 다만 겨우 한 가닥 붉은색만 볼 수 있었다.

吳智甫知撫州崇仁縣, 當七月下旬, 晚坐廳治事, 風雨忽作, 雷電總
至, 霹靂相繼數十聲, 庭中火塊进走, 有飛光大如燕, 自敕書樓過而南,
須臾稍息. 外報縣南村中民饒相家貯穀倉遭爇. 倉在田間故寺基上,
火至此而燃, 月餘方止, 倉及穀皆燒變如甃狀. 後數十日, 有商客類道
人過其處, 以石擊所燒倉. 倉中敗穀堅如石, 成五色, 或如蜂·蝶·
蚓·螳·龜·魚·鼈·蛾之類, 或猶是穀穗. 客取數品藏去, 焚香□
□(拜於)前, 及取碎末於盌內研細, 酌溪水調服之. 人問其故, 曰: "此
雷丹也, 凡有禍有病者, 此悉能治." 遂去. 邑人聞之, 持以療病崇, 輒
愈. 取之幾半, 饒氏方知愛惜, 設杙遮闌, 衆乃不至. 而自外至中心皆
成佛像, 侍衛羅漢儼然, 徙歸居室供事. 智甫遣吏往求, 但於裂罅中得
類物形者少許而已. 饒相官爲率府率.

오지보가 무주 숭인현[26] 지사로 있을 때의 일이다. 막 7월 하순이
었는데, 저녁에 청사에 앉아 업무를 처리하고 있었다. 갑자기 비바람
이 일더니 천둥과 번개가 함께 쳤고, 벼락이 연이어 수십 번 내리치
는데, 뜰 앞에서는 불덩어리가 터져 흩어지니 그 날아다니는 불덩이
가 마치 제비 크기와 같았다. 칙서루[27]에서 나와 남쪽을 향하고 있는

26　崇仁縣: 江南西路 撫州 소속으로 현 강서성 중동부 撫州市 서남쪽의 崇仁縣에 해
　　당한다.
27　敕書樓: 송 태조와 태종 때부터 각 지방에 문서 보관용 건물로 세워 중앙정부의 架
　　閣庫와 함께 조서와 각종 문서를 보관하였다. 통상 관아에서 가장 높은 대문 위에
　　설치하였으며 譙樓를 이용하기도 하였다. 手詔亭과 함께 세워 황제의 권위를 드
　　러내는 효과를 극대화하기도 하였다.

데 갑자기 사라졌다.

그때 현성 남쪽 촌락에 사는 주민 요상의 집 곡물 창고에서 불이 났다고 밖에서 알려 왔다. 창고는 밭 가운데 있던 옛 절터에 있었는 데 불꽃이 여기로 날아와 불길이 일었다고 했다. 불길은 무려 한 달 여를 지나서야 비로소 꺼졌다. 창고와 곡식은 모두 불에 타서 자기처 럼 단단하고 윤기 있게 변하였다.

이후 수십 일이 지났는데 도인처럼 보이는 객상이 그곳을 지나며 돌로 그 타 버린 창고를 부수었다. 창고의 타 버린 곡식들은 모두 돌 처럼 단단했고 오색을 띠고 있었다. 마치 벌·나비·지렁이·개미· 거북이·물고기·누에·나방 같은 모양을 하고 있었으며, 어떤 것은 여전히 이삭 모양을 하고 있었다. 그 객상은 여러 개를 가지고 가더 니 그 앞에서 분향하고 절한 뒤 부서진 조각과 가루를 그릇에 넣고 곱게 갈아 계곡의 물을 부어 저은 후 마셨다. 사람들은 그 이유를 물 었다. 그는 답하길,

"이것은 천둥으로 만든 단약인 '뇌단'입니다. 무릇 화를 당하거나 병을 앓고 있는 자 모두 이것으로 고칠 수 있습니다."

그는 마침내 떠났다. 현의 사람들이 이를 듣고 이것을 가져가 병이 나 요귀에 홀린 자를 치료하였더니 번번이 다 나았다. 사람들이 그것 을 반쯤 가져갔을 때 요씨는 비로소 그것이 매우 귀한 것임을 알았 고, 말뚝을 박고 난간으로 가로막아 사람들은 더 이상 갈 수 없었다. 밖에서 안쪽으로 갈수록 그 모양은 불상을 이루고 있었는데, 지키고 있는 나한의 모습도 너무나 분명했다. 그것을 살고 있는 집안으로 옮 겨와 모셨다. 지사 오지보는 서리를 보내 가서 구해 오라 하였는데, 다만 갈라 터진 것 가운데 비슷하게 생긴 것 조금만 얻을 수 있었다.

요상은 후에 관직이 솔부솔[28]에 이르렀다.

28 率府率: 태자의 동궁 의장대 및 시위대인 率府의 책임자로 종8품이다. 率府은 秦
    이 처음 설치하여 후대에 계승되었으며 唐代에는 10개의 率府를 운영하였다. 송
    대에는 군사 조직이라기보다는 태자의 속관 성격을 지닌 조직으로 운영하는 한편
    종실 자제의 녹봉을 지급해 주기 위한 명의상의 조직 성격도 지녀서 솔부솔을 상
    설직으로 두진 않았다.

齊州士曹席進孺招所親張彬秀才爲館客. 彬嗜酒, 每夜必置數升於
床隅, 遇其興發, 暗中一引而盡, 無此物則不能聊生. 一夕, 忘設焉, 夜
半大渴, 求之不可得, 忿悶呼躁, 俄頃嘔逆, 吐一物□(於)地. 旣乏燈可
照, 倦極就枕, 安眠達旦. 諸生畢□□彬未起, 往視之, 見床下塊肉如
肝, 而黃上□□□猶微動. 諸生曰:"先生不夙興索飮, 而困□□□□
□□出此蟲乎?"取酒沃之, 唧唧有聲. □□□□□□□彬起視試之,
亦然, 始悟平生.²⁹

제주³⁰의 사조참군³¹ 석진유는 친하게 지내는 수재 장빈을 불러 집
에서 아이들을 가르치게 하였다. 장빈은 술을 좋아하였는데, 밤마다
몇 되 분량의 술을 침상 맡에 두고 먹고 싶을 때마다 어둠 속에서도
마시는 데 한 번 마시면 남김없이 다 마시었다. 장빈은 술이 없으면
하루도 살 수 없을 정도였다.

　어느 날 밤, 술을 준비해 두는 것을 깜빡 잊었는데, 한밤중에 크게

29　송대 판본은 이 아래 1항이 결락되었다.
30　齊州: 京東東路 소속으로 政和 6년(1116)에 濟南府로 승격되었다. 치소는 歷城縣
　　(현 산동성 濟南市 歷城區)이고 관할 현은 5개, 軍은 1개, 州格은 節度州이다. 지
　　명으로 춘추전국시대 齊國에서 유래한 齊州, 濟水의 남쪽이란 데에서 취한 濟南이
　　함께 쓰였다. 현 산동성 중서부에 해당한다.
31　土曹參軍: 大觀 2년(1108), 曹官과 幕職官으로 구성된 주지사 보좌관 편제를 曹官
　　위주로 통일시키고 六曹參軍을 두었다. 개봉부에만 설치한 土曹參軍事와 구분된
　　다. 육조참군 가운데 사조참군은 土人의 혼인과 재산에 관한 소송을 담당하였다.

목이 말라서 술을 찾았지만 찾을 수 없자 화가 나고 답답하여 소리치며 소란스럽게 굴었다. 잠시 후 구역질이 나더니 어떤 물건을 바닥에 토하였다. 비추어 볼 등도 없었고 피곤이 밀려와 다시 잤는데 새벽까지 아주 편안하게 잤다. 여러 학생이 □□ 장빈이 일어나지 못하자 그를 살펴보러 갔다가 침상 아래에서 간처럼 보이는 고깃덩어리를 보았고, 누런 것 위에는 □□□ 여전히 조금씩 움직이고 있었다. 학생들이 말하길,

"선생님께서 일찍 일어나지도 못하시며 술만 찾고 마셔도 □□□ □□□ 다 이 벌레 때문이었나?"

술을 가져와 그것에 뿌리니 웅웅 소리를 냈다. □□□□□□□ 장빈이 일어나서 보고 자기도 시험 삼아 해보니 역시 그러했다. 비로소 평생 술을 찾은 이유를 깨달았다.

이견정지【二】

　　思州民張氏以屠牛致富. 一牛臨命,³² 跪膝若有請. 張不肯釋, 殺之.
將取其肝³³食, 血筒處忽水珠迸出, 色如水銀³⁴而圓, 小大不等. 張甚
驚, 尚疑是牛黃, 始置未³⁵食. 及烹肉就貨, 乃不能切, 皆有圓珠如³⁶石
滿其中, 皮肉胃藏盡然, 始知舍利也. 張卽日³⁷罷業, 裒從來所棄牛骨
幷舍利, 作一塔葬之.

　　사주[38]의 주민 장씨는 소를 잡는 백정으로 많은 돈을 벌었다. 어느
날 소 한 마리를 잡으려 하는데 소가 무릎을 꿇더니 마치 무엇인가를
청하는 것 같았다. 하지만 장씨는 살려 줄 생각이 없어 그 소를 잡았
다. 소의 간을 잘라서 먹으려 하는데 혈관에서 갑자기 민물진주가 터
지듯 나왔다. 그 색은 수은과 같았고 모양은 둥글었으며, 크기는 제
각기 달랐다. 장씨는 깜짝 놀라면서도 그것이 우황이려니 생각하고

32　송대 판본은 원래 이 위 14개 글자가 결락되었다. 지금 葉本에 근거하여 보충하였다.
33　송대 판본은 원래 이 위 11개 글자가 결락되었다. 지금 葉本에 근거하여 보충하였다.
34　송대 판본은 원래 이 위 7개 글자가 결락되었다. 지금 葉本에 근거하여 보충하였다.
35　송대 판본은 원래 이 위 6개 글자가 결락되었다. 지금 葉本에 근거하여 보충하였다.
36　송대 판본은 원래 이 위 3개 글자가 결락되었다. 지금 葉本에 근거하여 보충하였다.
37　송대 판본은 원래 이 위 3개 글자가 결락되었다. 지금 葉本에 근거하여 보충하였다.
38　思州: 夔州路 소속의 羈縻州로 치소는 務川縣(현 귀주성 遵義市 務川仡佬族苗族
　　自治縣)이고 관할 현은 3개이다. 政和 8년(1118)에 설치하였으나 4년 만에 철폐하
　　였고 紹興 2년(1132)에 다시 설치하였다. 현 귀주성 북부 遵義市 북동쪽에 해당
　　한다.

비로소 잘 보관하고 먹지는 않았다. 그리고 고기를 삶아 팔려고 칼로 자르려는데 영 잘리지 않아서 살펴보니 모든 고기 안에는 둥근 진주가 돌멩이처럼 가득 차 있었다. 껍데기며 고기며 위장까지 모두 그러하여 비로소 그것이 사리임을 알았다. 장씨는 그날부터 소 잡는 일을 그만두었고, 앞서 버렸던 소뼈와 사리를 다 모아 탑을 만든 후 그것을 묻었다.

10 꿈에 본 계란雞子夢

東平董瑛堅老之父知澤州凌川縣. 縣素荒寂, 市中唯有賣胡餠一家, 每以飮饌蕭索爲苦. 會將嫁妹, 郡官寄餉乾寥牙·雞子三十枚, 大以爲珍味, 食其七而留其餘, 挂於堂內梁上. 已而妹壻至, 庖妾請以供晨餐. 董夜夢二十三小兒自梁而下, 同詞乞命. 中一女著帬帔而跛足. 旦起頮面, 妾持叉取所挂物, 得二十三枚, 方憶昨夢, 乃捨之. 遍求牝雞於同官家分抱焉, 皆一一成雞, 唯一雌病脚. 董自是不殺生.(右八事皆董堅老相授, 云其先君少保所記也, 故皆遠年事.)

자가 견로인 동평부[39] 사람 동영의 아버지는 택주[40] 능천현[41] 지사이다. 능천현은 본래 황량하고 인구도 많지 않아 시장도 호병[42]을 파는 가게 하나가 전부라 매번 음식과 반찬이 소박하고 단조로운 것이 힘들었다. 마침 여동생을 시집보내게 되어 택주 관아에서 여뀌 싹 말린 것과 계란 30알을 보내 주었다. 매우 맛 나는 것이었기에 계란 일

39 東平府: 京東西路 소속의 鄆州였는데, 宣和 1년(1119)에 東平府로 승격되었다. 치소는 須城縣(현 산동성 泰安市 東平縣)이고 관할 현은 6개, 監은 1개, 州格은 節度州이다. 현 산동성 중서부 泰安市의 서남쪽에 해당한다.

40 澤州: 河東路 소속으로 치소는 晉城縣(현 산서성 晉城市 澤州縣)이고 관할 현은 6개, 州格은 軍事州이다. 현 산서성 남동부 晉城市의 남쪽에 해당한다.

41 凌川縣: 河東路 澤州 소속으로 현 산서성 남동부 晉城市 북동쪽의 陵川縣에 해당한다.

42 胡餠: 한대에 실크로드를 통해 깨와 호도 등이 처음 들어와 전병을 만드는 재료로 사용되기 시작하였다. 그래서 호도 등의 견과류를 넣어 만든 전병을 가리켜 胡餠이라 통칭하였다.

곱 알을 먹은 후 나머지는 남겨 두고 대청의 대들보 위에 걸어 두었다. 얼마 후 매제가 왔을 때 부엌일을 하고 있던 첩이 그것으로 아침을 대접하려고 하였다.

동영이 그날 밤 꿈을 꾸었는데 23명의 어린아이가 대들보에서 내려와 모두 다 함께 목숨을 살려 달라고 애원하였다. 그 가운데 한 여자아이는 치마를 입고 있었는데, 한쪽 발을 절고 있었다. 새벽에 일어나 세수하는데, 그 첩이 갈고리 막대를 가지고 기둥에 매달아 놓은 물건을 내리는데 계란 23개가 보였다. 그때 어젯밤을 꿈을 기억하고 그것을 먹지 않았다.

현 관원의 집에 수소문하여 암탉을 찾아 알을 품게 하였고 하나하나 모두 부화하여 병아리가 되었는데, 그중 암평아리 한 마리만 다리가 아파 보였다. 동영은 이때부터 살생하지 않았다.(위의 여덟 가지 일화 모두 자가 건로인 동영이 전해 준 것이다. 소보를 지낸 부친이 기록한 것이라고 말하였다. 그래서 모두 오래전의 일화이다.)

이견정지 【二】

司馬漢章, 紹興二十七年自浙西提擧常平罷. 其幹官張某夢人告曰: "司馬復得舊物矣." 旁又一人言: "乃其弟季思也." 張馳以白漢章, 且賀其擢序不久. 繼邸報至, 除國子監朱丞塡闕, 名字正同, 已歎其驗. 朱公卽福州相君也, 陛辭日, 留爲右正言, 而謝景思得之, 與季思名同. 鬼神善戲人如此.

자가 한장인 사마탁[43]은 소흥 27년(1157) 절서 제거상평사 주관관[44] 직을 마쳤다. 사마탁의 부하로 실무 관리인 장씨가 꿈을 꾸었는데, 꿈속에서 한 사람이 나타나 그에게 말하길,

"사마씨가 다시 옛날 자리를 얻을 것이다."

옆에 또 한 사람이 말하길,

"곧 그 막내 동생인 사가 담당할 것이다."

장씨가 뛰어가 사마탁에게 말하면서 그가 오래지 않아 발탁되어 관직을 받을 것이라며 축하하였다. 이어서 저보[45]가 도착하였는데,

---

43 司馬伋: 자는 漢章이며 司馬光의 후손으로 북송 멸망 후 사천으로 피난하였다. 右通直郎으로 浙西提擧常平茶鹽事로 부임하였다.

44 提擧常平: 提擧常平司 主管官의 약칭이다. 남송 건국 직후에는 제거상평사를 단독으로 설치하지 않고 提刑司·茶鹽司·經制使 등과 겸직으로 설치하였으나, 紹興 6년(1136)부터 점차 路에 제거상평사를 설치하였다. 책임자는 勾當公事라고 했는데, 紹興 3년(1133)에 고종의 이름을 피휘하여 幹辦公事로 바꿨고, 소흥 7년(1137)에 다시 主管官으로 바꿨다.

45 邸報: 西漢 건국 초 전국 군현마다 도성에 연락사무소인 邸를 설치하고 詔令과 疏

국자감승⁴⁶ 주씨를 제거상평주관관에 제수하여 결원을 메울 것이라고 하였는데, 주씨의 자와 이름이 사마탁과 같았다. 이에 꿈의 영험함에 감탄했다. 주공은 바로 훗날 재상 자리에 오른 복주 사람 주탁⁴⁷으로 황제에게 이임 인사를 하는 날⁴⁸ 황제는 그를 우정언⁴⁹으로 임명하여 조정에 남게 하였고,⁵⁰ 대신 자가 경사인 사급⁵¹을 보냈다. 사급의 자인 '경사'와 사마탁의 동생 사마사의 '사'자가 같았다. 귀신이 이처럼 사람을 잘 놀렸다.

章을 초록하여 보내도록 하던 것에서 발전하여 후대에 이어졌다. 저보의 가장 중요한 내용은 정부의 중요 정책과 관료들의 인사이동에 관한 것이었는데, 進奏院의 서리로부터 정보를 빼낸 사영업자가 발행하였는데, 내용은 엄격하게 통제하였지만 발행과 판매에 대해서는 규제하지 않았다. 邸抄·邸鈔·朝報라고도 하는데 邸報라는 용어가 가장 널리 사용되었다.

46 國子監丞: 국자감을 총괄하는 祭酒, 司業에 이어 제3위의 직책으로 원풍 관제개혁 이후 정8품이었다. 약칭은 國子丞·學省丞이다.

47 朱倬(1086~1163): 자는 漢章이며 복건로 福州 閩縣(현 복건성 福州市) 사람이다. 秦檜와 대립하여 10년간 은거하다 진회 사후 惠州 지사·右正言·侍御史·御史中丞·知貢擧를 거쳐 소흥 30년 參知政事가 되었다. 이듬해 尙書右僕射同平章事가 되어 海陵王의 침공에 친정을 주장하고 수행하였다. 고종의 양위에 반대하여 효종 즉위 후 사임하고 은거하였다.

48 陛辭: 경조관이 조정을 떠나기에 앞서 전각에 올라가 황제에게 고별의 인사를 한다는 말이다.

49 右正言: 門下省을 左省, 中書省을 右省이라고도 칭한다. 따라서 문하성과 중서성에는 각각 간관인 左·右諫議大夫, 左·右司諫, 左·右正言을 두었는데 이를 兩省官이라고 한다. 우정언은 원풍개혁 이후 從7품이었다.

50 『吳郡志』권7에도 朱倬에게 浙西提擧常平茶鹽事 직이 제수되었으나 부임하기 전에 右正言으로 임명하는 전보 조치가 있었다는 기록이 있다.

51 謝伋: 자는 景思이며 左朝奉郞으로 處州 지사로 있다가 소흥 27년 11월에 주탁을 대신하여 浙西提擧常平茶鹽事에 임명되었다.

宜春人胡邦寧爲江西劇盜, 出沒吉州之西平山, 官兵追捕不能獲, 積
爲民間巨害. 累歲乃就擒, 旣磔死於豫章. 本郡發夷其父冢, 尸已槁,
未盡壞, 當心有白蟻穴, 宛然如一劍, 但未脫鞘耳. 其子盜弄潢池兵,
宜伏斧鉞, 異哉!(二事皆漢章說.)

원주 의춘현⁵² 사람 호방녕은 강서의 포악한 도적으로 길주의 서평
산에서 출몰하였다. 관병들은 그를 붙잡으려 하였지만 잡지 못해 오
랫동안 주민들에게 커다란 해를 끼쳤다. 여러 해가 지나 겨우 잡아서
예장에서 거열형⁵³에 처하였다.

원주에서는 호방녕의 아버지 무덤을 파헤쳐 시신을 없애 버리라
는 명이 내려졌다. 무덤을 파 보니 시신은 이미 말랐지만 다 썩지는
않았다. 그 심장 한가운데 흰개미 굴이 나 있었는데, 개미 굴 모양이
완연하게 칼 모양을 하고 있었고, 아직 칼집에서 나오지 않은 형태
였다.

자식이 도적이 되어 반란을 일으켜 관군에 맞섰으니⁵⁴ 그 아비 역

---

52 宜春縣: 江南西路 袁州 소속으로 현 강서성 서북부 宜春市의 城區인 袁州區에 해
당한다.

53 磔: 본래 제수용 희생을 자르는 것을 뜻하였으나 후에 신체를 찢어 죽이는 형벌로
변하였다. 수레를 이용한다고 하여 車裂이라고도 한다. 하지만 五代 後唐 明宗이
실시한 磔刑도 淩遲刑이어서 '剮刑'이라는 속칭이 있을 정도로 후대에는 능지형과
구분이 없어졌다.

시 도끼의 형벌을 받음이 당연한 일이던 것이다. 기이하구나!(위의 두 가지 일화 모두 자가 한장인 사마탁이 말한 이야기이다.)

---

54 弄潢池兵: '좁은 연못에서 군대와 싸운다'는 말이다. 기근에 시달린 백성이 자신의 역량을 생각하지 못하고 관군에 맞서 싸운다는 말로서 농민반란을 멸시하는 용어로 사용되었다. 통상 '潢池弄兵'이라고 한다.

縉雲祝鑰, 乾道壬辰春就銓, 夢人來報, 已中第三等, 又有持二刀授
之者. 既榜出, 中選如夢. 迨注官, 射隆興之新建尉·建昌之廣昌·南
劍之劍浦主簿, 凡三闕, 竟得劍浦, 乃悟二刀之兆.

　처주 진운현 사람 축약은 건도 임신년(8년, 1172) 봄에 전시[55]에 참
여하였는데, 꿈에 어떤 사람이 와서 이미 3등으로 합격하였다고 알
려 주었다. 또 두 개의 칼을 가지고 와서 그에게 주었다. 방문이 붙은
뒤 보니 합격 성적이 꿈에서 들은 말과 똑같았다. 관직을 받는데 융
홍부[56] 신건현 현위, 건창군 광창현[57]과 남검주 검포현의 주부 등 세
자리가 비어 있어, 최종적으로 검포현 주부로 임명되었다. 그제야 두
개의 칼이 무슨 뜻인지 깨달았다.

55　銓選: 본래 관리 선발제도를 통칭하는 용어로서 문관은 吏部에서 무관은 兵部에서
　　총괄한다. 省試 합격자를 대상으로 진행하는 송대 殿試는 단지 순위만 결정하였
　　기 때문에 전시에 참여하는 것 자체가 이부의 인사 대상자가 됨을 뜻한다. 따라서
　　본문의 銓選은 전시에 참여하여 이부의 인사 발령을 받는 절차까지를 포함하는 의
　　미로 쓰였다.
56　隆興府: 江南西路의 치소로서 본래 洪州였는데, 孝宗의 潛藩이라서 隆興府로 승격
　　하였다. 치소는 南昌縣·新建縣(현 강서성 南昌市 南昌縣·新建區)이고 관할 현
　　은 8개, 州格은 節度州이다. 현 강서성 북중부에 해당한다.
57　廣昌縣: 江南西路 建昌軍 소속으로 紹興 8년(1138)에 신설되었다. 현 강서성 중동
　　부 撫州市의 동남쪽에 해당한다.

> 汪安行, 徽州績溪人. 旣改官, 調知廬州舒城縣闕. 到而代者再任,
> 汪欲走都下別謀之. 到郡, 見敎授林文潛, 同年生也, 勸之曰: "二年缺,
> 正自不易得, 何以易爲?" 汪卽有歸志. 夜夢人促其行云: "已得國子監
> 差遣矣." 寤而喜, 語其僕, 復決行計. 至都數日, 乃被敕差充國子監別
> 試所謄錄對讀官, 給本監講堂印一紐. 所謂差遣者乃如此, 孰謂小事非
> 前定乎?

왕안행은 휘주 적계현[58] 사람이다. 임기를 마치고 다른 관직으로
옮기는데 여주 서성현[59] 지사직이 비었으니 부임하라는 전보 명령을
받았다. 이에 서성현으로 갔더니 현임 지사[60]에게 재임 명령이 내려
와 왕안행은 도성으로 가서 다른 자리를 얻고자 하였다. 여주에 도착
했을 때 같은 해 진사 급제했던 주학 교수 임문잠이 그에게 권고하며
말하길,

"2년 뒤에 갈 수 있는 자리도 얻기 쉬운 자리는 아닌데, 어찌 바꾸
려 하는가?"

---

[58] 績溪縣: 江南西路 徽州 소속으로 현 안휘성 남동부 宣城市 남쪽의 績溪縣에 해당
한다.

[59] 舒城縣: 淮南西路 廬州 소속으로 현 안휘성 중서부 六安市 남동쪽의 舒城縣에 해
당한다.

[60] 代者: 縣의 관리로 있던 사람의 후임자를 가리키는 말인데, 본문에서는 직무 대리
를 말한다. 인사명령이 났으므로 후임자가 올 때까지 전임 현지사가 직무 대리를
맡게 된다.

그래서 왕안행은 곧 고향으로 돌아가려고 마음을 굳혔다. 그런데 꿈에 한 사람이 그에게 서둘러 도성으로 가라고 재촉하며 말하길,

"이미 국자감[61] 차견직을 얻었습니다."

깨어난 후 매우 기뻐하며 자기 노복에게 꿈꾼 것을 말해 주고 다시 길을 떠날 계획을 세웠다. 도성에 이른 지 며칠이 지났을 때 칙명을 받았는데 '국자감별시소 등록대독관[62]'에 충임한다는 내용이었고, 국자감직강[63]의 관인[64]을 받았다. 소위 국자감 자리라고 하는 것이 바로 이것이었다. 작은 일들은 신이 관여하지 않는다고 누가 말할 수 있겠는가?

---

61 國子監: 隋 大業 3년(607)에 처음 설치된 이래 최고 교육기관으로 계속 유지되었다, 송대 국자감은 교육과 서적 보급의 중심지였으며, 慶曆 3년(1043)에 太學·四門學·武學이 독립되었지만 여전히 국자감의 통제를 받았다. 또 國子監은 7품 이상의 京朝官 자제만 수용하고, 태학은 8품 이하 관리의 자제나 서민 자제를 대상으로 하였던 점도 다르다.

62 國子監別試所 謄錄對讀官: 국자감에 별도로 설치한 등록원의 업무를 관장하는 직책으로 통상 謄錄官이라 칭한다. 과거 답안지의 필적 또는 사전에 약속한 특정한 표시 등을 통해 채점의 부정행위가 발생하자 이를 방지하기 위해 당대 則天武后 이후 답안지에 적은 수험생의 이름을 가리는 방법, 즉 封彌가 출현하였고, 다시 답안지를 제3자가 옮겨 적어서 학생의 필적을 알아볼 수 없게 하는 謄錄이 景德 2년(1005)의 전시에 처음 도입되었다. 封彌官이 답안지 위 성명을 가리고 謄錄院으로 보내면 謄錄官은 서기를 시켜 답안지를 옮겨 적게 하였다.

63 監講: 國子監直講의 별칭이다. 국자감에서 경전 강의를 담당한 학관으로 경전 하나에 2명씩 임명하였다. 과거를 볼 때 시험관으로 파견되기도 했다. 본래 40세 이상의 국자감 학생 가운데 선발하였고, 選人으로 5년 후면 京官으로 승진할 수 있었다. 監講보다 直講·太學直講·國學直講 등으로 불렀다.

64 堂印: 본래 宰相府에서 사용하던 官印에서 유래하여 관인에 대한 美稱으로 쓰였다.

汪安行爲蘄州教授, 乾道辛卯秋, 校試廬州, 得一卷, 文理甚優, 可居前列, 而誤用一夔字.[65] 黃州教授時俠, 堅謂當[66]未有□(以)[67]三會也,[68] 旁僧解之曰:"此微事, 與[69]"二方勉爲書庭謝去, 遂覺, 乃驗.

　　왕안행이 기주 주학 교수로 있는데, 건도 신묘년(7년, 1171) 가을, 여주에서 향시를 감독하다가 한 답안지의 글이 매우 우수하여 높은 점수를 줄 수 있었는데, '기夔'자 하나를 잘못 사용하였다. … 황주 주학교수 시협은 확고하게 … 일찍이 … 삼회는 … 옆에 있던 승려가 이를 설명하며 말하길,

　　"이는 아주 작은 일로 …."

　　두 사람은 바야흐로 서재를 만드는 일에 힘쓰기로 하고 감사하며 돌아갔다. 곧 깨어났는데 모두 다 영험했다.

65　송대 판본은 이 아래 2개 글자가 결락되었다.
66　송대 판본은 이 아래 9개 글자가 결락되었다.
67　송대 판본은 이 아래 15개 글자와 6항이 결락되었다.
68　송대 판본은 이 아래 15개 글자가 결락되었다.
69　송대 판본은 이 아래 9개 글자가 결락되었다.

葉岳字子中, 信州玉山人. 自會稽渡錢塘, 至江岸, 同待渡二百人, 其七十人立墩上, 餘皆赴趨水濱. 値潮勢甚大, 水濱之人急回就岸, 已爲濤所溺. 潮將至墩, 衆惶惑相視, 無所逃命. 俄一船從西來, 有出舷邊促篙工急救墩上官人者, 岳卽登其舟, 隨而登者三十輩, 皆獲免. 半濟, 岳謝問姓名, 乃芮國器祭酒之子.⁷⁰ 何爲得得見救? 芮云: "衆⁷¹ 後數年, 岳侍兄⁷² 大江先已□(渡)⁷³ 亂危⁷⁴□(來)⁷⁵人皆倉卒.⁷⁶(事皆祝養直說.)

　자가 자중인 신주 옥산현⁷⁷ 사람 엽악은 회계에서 전당강을 건너던 중 강기슭에 이르렀을 때 강을 건너고자 대기하던 200여 명과 함께 배를 기다렸다. 그중 70여 명은 돈대 위에 서 있었고 나머지는 모두 물가에서 머뭇거리고 있었다. 마침내 밀려오는 강물의 파도가 매우 커서 물가에 있던 사람들이 급히 언덕으로 돌아오는데 이미 파도에

70　송대 판본은 이 아래 7개 글자가 결락되었다.
71　송대 판본은 이 아래 9개 글자가 결락되었다.
72　송대 판본은 이 아래 12개 글자가 결락되었다.
73　송대 판본은 이 아래 13개 글자가 결락되었다.
74　송대 판본은 이 아래 16개 글자가 결락되었다.
75　송대 판본은 이 아래 17개 글자가 결락되었다.
76　송대 판본은 이 아래 17개 글자가 결락되었다.
77　玉山縣: 江南東路 信州 소속으로 현 강서성 동북부 上饒市 동북쪽의 玉山縣에 해당한다.

휩쓸린 자가 있었다. 파도가 곧 돈대까지 덮치려 하자 사람들은 당혹
스러워하며 서로 바라보기만 하는데 살기 위해 피할 곳이 없었다. 잠
시 후 배 한 척이 가 서쪽에서 왔는데, 누군가 뱃전에서 사공들을 재
촉해서 돈대 위에 있는 관원을 급히 구하라고 하는 이가 있었다. 엽
악은 즉시 그 배에 올랐다. 이어서 함께 오른 자가 30명이 되었고 이
들은 모두 살아남을 수 있었다. 강을 반쯤 건넜을 때 엽악은 구해 준
사람의 이름을 물었다. 바로 국자감[78] 제주 예씨의 아들이었다.(이 일
화들은 모두 축양직이 말한 것이다.)

---

78 國器祭酒: 國器는 국가를 다스릴 수 있는 인재를 뜻한다. 본문에서는 國子監의 대
   칭으로 썼다. 祭酒는 국자감의 최고 책임자로서 唐代의 명칭인 大司成으로 칭하
   기도 한다. 원풍 관제 개혁 이후 종4품으로 관직 서열은 9卿의 바로 다음이었다.

高子勉世居荊渚, 多貲而喜客. 嘗損錢數十[79]萬買美妾, 置諸別圃, 作竹樓居之, 名曰'玉眞道人'. 日游其間, 有佳客至, 則呼之侑席, 無事輒終日閉關, 未嘗時節出嬉. 歷數歲, 當寒食拜掃, 子勉邀與家人同出, 辭不肯, 强之至再三, 則曰: "主公有命, 豈得終違? 我此出必凶, 是亦命也." 子勉怪其言, 但疑其不欲與妻相見. 竟使偕行, 玉眞乘轎雜於衆人間, 甫出郊, 上冢者紛紛, 適有獵師過前, 眞戰栗之聲已聞于外. 少頃, 雙鷹往來掠簾外, 雙犬卽轎中曳出之, 齧其喉, 立死. 子勉奔救, 已無及. 容質儼然如生, 將擧尸歸, 始見尾垂地, 蓋野狐云. 此事絶類唐鄭生也.(王齊賢說.)

자가 자면인 고하[80]는 대대로 형주의 호반에 살았는데, 돈이 많았고 손님과 어울리길 좋아했다. 일찍이 수십만 전을 들여 아름다운 첩을 한 명 샀고, 별도의 농장에서 지내게 한 뒤 대나무 누각을 지어 그곳에 살게 하였다. 그리고 그녀의 이름을 '옥진 도인'이라 불렀다. 고하는 매일 그곳에서 놀았고, 중요한 손님이 오면 그녀를 불러 배석하게 하였다. 하지만 그녀는 일이 없을 때면 종일 문을 걸어 닫고 있었고, 한 번도 철 따라 나와서 놀았던 적이 없었다. 여러 해가 지나 한

79　송대 판본은 이 위 7개 글자가 결락되었다. 지금 陸本에 근거하여 보충하였다.

80　高荷: 자는 子勉이며 형호남로 사람이다. 元祐 연간에 太學生이었고 黃庭堅으로부터 詩才를 인정받았다. 陝西轉運使 張永錫의 막료였고, 蘭州 通判을 역임하였다. 만년에는 童貫의 식객이었다.

식을 맞아 성묘하러 가는데, 고하는 그녀를 불러 가족들과 함께 가자고 하였다. 그녀는 사양하며 나서려고 하지 않았는데 여러 차례 강권하자 할 수 없이 말하길,

"주인께서 하라고 하시는데 어찌 끝내 어기겠습니까? 제가 이번에 나가면 반드시 흉한 일이 생길 것 같은데 이 역시 저의 운명이겠지요."

고하는 그 말이 이상하다고 여기면서도 그저 그녀가 자기 아내와 만나기를 꺼려서 그러리라 생각하였다. 마침내 모두 성묘에 나서게 되었다. 옥진은 가마를 타고 여러 사람 사이에 섞여서 비로소 교외로 나갔는데 성묘를 하러 온 자들이 분분했다. 마침 사냥꾼이 앞을 지나가자 옥진이 무서워서 벌벌 떠는 소리가 밖에까지 들렸다.

잠시 후 한 쌍의 매가 날아와 주렴 밖을 스쳐 지나갔고 두 마리의 개가 가마 안으로 들어가 그녀를 끌고 나와 목을 물었고 그녀는 즉사했다. 고하가 달려가 살리려 애썼지만 어쩔 수 없었다. 얼굴과 모습은 살아 있는 것과 다름없어 시신을 들고 돌아가려는데 비로소 꼬리가 땅까지 늘어진 것을 보았다. 대략 들판에 살던 여우였던 것 같았다. 이 일은 당나라 때 정씨의 이야기와 매우 유사하다.(이 일화는 왕제현이 말한 것이다.)

邛州李大夫之孫, 元夕觀燈, 惑一游女, 隨其後⁸¹不暫捨. 女時時回
首微笑, 若招令出郭. 及門外,⁸² 又一男子同途, 適素所善者, 以爲得
侶, 竊自喜. 徐行至江邊, 男子忽捨去, 女不從橋過, 而下臨水濱. 李心
猶了然, 頗怪訝, 亟往呼之. 女從水面掩冉而返, 逼李之身, 環繞數四,
遂迷不顧省, 乃攜手凌波而度, 徑入山寺中, 趨廊下曲室. 屋甚窄, 幾
壓其背, 不勝悶, 極聲大呼. 寺僧固知所謂, 秉炬來訪, 蓋誰家婦蔝堂,
李踞臥于上, 如欲入而未獲者. 僧識之, 曰: "此李中孚使君家人也." 急
扶掖詣方丈, 灌以藥, 到明稍甦, 送之歸. 凡病彌月始愈. 司馬漢章云,
乃其妻鮮于夫人之外弟也.

　　대부로서 공주[83] 지사에 임명된 이씨의 손자가 정월 보름날 등을
보러 나갔다가 등 구경을 나온 한 여인에게 현혹되어 그 뒤를 따라가
며 잠시도 놓치지 않았다. 여자도 수시로 머리를 돌려 미소를 지으
니, 마치 그를 불러 성 밖으로 나가자고 하는 듯했다. 성문 밖에 도착
했을 때 또 한 남자가 함께 걷기 시작했는데, 마침 평소에 잘 알고 지
내던 이여서 동행이 생겼다며 몰래 혼자 기뻐하였다. 천천히 걸어 강
변에 도착했을 때 남자가 홀연히 사라졌고 여인은 다리로 건너지 않

81　송대 판본은 이 위 3개 글자가 결락되었다. 지금 陸本에 근거하여 보충하였다.
82　송대 판본은 이 위 3개 글자가 결락되었다. 지금 陸本에 근거하여 보충하였다.
83　邛州: 成都府路 소속으로 치소는 臨邛縣(현 사천성 成都市 邛崍市)이고 관할 현은
　　6개, 監은 1개, 州格은 刺史州이다. 현 成都市 서남쪽에 해당한다.

고 물가로 내려가 걸었다.

그때까지 이씨는 여전히 정신이 명료하여 그녀가 자못 괴이하다 싶었다. 그래서 급히 가서 그녀를 불렀다. 여자가 물 위에서 바람에 나부끼듯 가볍게 돌아오더니 이씨의 몸에 밀착해서 네 번이나 돌았다. 그러자 미혹되어 돌아볼 겨를이 없는 사이 그 여인은 이씨의 손을 잡고 물 위를 가볍게 걸어 건너편으로 넘어갔다.

두 사람은 곧장 산사로 들어가 복도를 지나 그 아래 작은 방으로 들어갔다. 방은 매우 좁아서 등을 다 펼 수도 없는 지경이었다. 답답함을 이기지 못해 급히 큰 소리를 외쳤다. 이 절의 승려는 본래부터 누군가가 왜 소리치는지 잘 알고 있기에 횃불을 들고 가서 보니 그 방은 어느 집 여자의 관이 보관된 곳이었고, 이씨가 그 위에 기대고 누워 있었다. 마치 관 안으로 들어가려고 하였지만 그럴 수 없었던 모양이었다. 승려가 그를 알아보고, 말하길,

"이분은 지사[84]이신 이중부공의 가족입니다."

급히 그를 부축하여 주지 스님 처소[85]로 데려갔고 약을 먹이니 다음 날 조금씩 깨어나기에 그를 집으로 보내 주었다. 병은 한 달이 지나자 비로소 나아졌다. 자가 한장인 사마탁이 말하길, 이씨는 자기의 아내 선우부인의 이종 동생이라고 한다.

---

84 使君: 漢代에 太守·刺史에 대한 호칭으로 썼는데, 후에는 주지사에 대한 존칭, 또는 아내가 지방관인 남편을 이르는 말로도 쓰였다.

85 方丈: 인도의 승방 제도에서 유래한 것으로서 본래는 사방 1丈 크기의 방을 뜻한다. 그 뒤 주지의 거처라는 뜻으로 확대되어 方丈室·丈室·函丈·正堂·堂頭라고 하였고, 다시 사찰 내 모든 거주시설에 대한 통칭으로 쓰였다. 한편 방장은 禪체에서 가장 높은 스승을 일컫는 존칭이기도 하다.

> 樂平吳璞女嫁德興余寧一, 有子, 娶婺原張氏女爲婦. 余生死, 吳繼
> 改嫁, 後十年亦亡. 余家老婢晝夢人來, 謂己曰: "吳夫人具采舟在江
> 中, 遣我迎婦及汝." 婢夢中固拒, 不肯往. 婦獨命車, 隨其使登舟. 未
> 數月, 小病, 遽不起. 時淳熙元年也. 婢至今存.

요주 낙평현 사람 오박의 딸은 같은 주 덕흥현[86]에 사는 여녕일에
게 시집갔다. 후에 아들을 낳았고 아들을 휘주 무원현 장씨의 딸과
결혼시켰다. 후에 여녕일이 죽자 오씨는 개가하였고 이후 10년 뒤에
죽었다. 여씨 집안 늙은 여종이 대낮에 꿈을 꾸었는데 어떤 사람이
와서 이르길,

"오부인께서 화려하게 꾸민 배 한 척을 강에 준비하고 나를 보내
며느님과 당신을 데려오라고 하셨습니다."

여종은 꿈에서 한사코 거절하고 따라가지 않았으나 며느리는 혼자
수레를 가져오라 하고 그를 따라 배에 올랐다. 몇 개월이 지나 며느
리는 가벼운 병에 걸렸지만, 갑자기 세상을 떴다. 당시는 순희 1년
(1174)으로 여종은 지금까지 살아 있다.

86　德興縣: 江南東路 饒州 소속으로 현 강서성 동북부 上饒市 동단의 중서부 德興市
에 해당한다.

이견정지

夷堅丁志
卷 17

番陽鄉民甘棠, 病失一目, 十年矣. 淳熙三年六月一日夜, 夢僧持數
珠誦經, 珠色瑩黑, 光耀可愛, 試求之, 得一珠而覺. 後四日, 以事入
郡, 出城東, 於永平橋衆中見道人, 頎而長, 著黃布袍, 顧棠來, 徑前攬
其衣曰: "與我偕去." 棠疑且懼, 却之曰: "素昧平生, 適未嘗相犯, 何遽
爾?" 道人笑曰: "但來, 當示汝好事." 旣弗可脫, 不得已隨行.

百步至江岸, 岸先橫巨舟, 卽挽使登. 鷁首掛金書牌, 刻"敕賜職醫"
字, 左右侍女數人, 美容麗服, 向所未睹. 道人云: "汝失明久, 今夙緣
相值, 當爲汝醫." 棠謝曰: "眼壞十年, 瞳子已枯, 雖醫何益?" 道人不
聽, 強令仰臥, 使四女分執其手足, 取銅箸搜攪眶間, 痛不堪忍, 泣而
言: "感君恩意, 吾尙存一眼, 實不願醫." 乃掖之起坐, 一女傾瓶中湯半
杯與飮, 頗覺甘美.

正念少憩, 復拉臥如初, 棠知無可奈何, 委命而已. 箸再入眶, 覺腦
後如鉤出一物, 徐以片紙掩其上. 有頃去之, 持鏡使照, 則雙目瞭然,
了無痛楚. 棠驚喜, 起拜謝, 請暫還. 旣至邸, 爲人言所逢, 無不駭異.
好事者十餘輩亟隨之及舟處, 略無見矣. 棠時年三十八, 其所居爲崇德
鄉, 自初得疾, 家人日誦觀世音菩薩名, 香火供事甚謹, 茲殆佛力云.

요주 파양현 향촌의 주민 감당은 병으로 눈을 하나 잃은 지 10년이
되었다. 순희 3년(1176) 6월 1일 밤, 꿈에 한 승려가 여러 개의 구슬을
가지고 경을 외고 있었다. 구슬의 색깔은 검은색으로 빛났는데 빛깔
이 예뻐서 시험 삼아 그것을 달라고 청하여, 하나를 얻고 꿈에서 깨
어났다. 나흘 후 일을 보러 주성에 갔다가 동문으로 나와 영평교 쯤

에서 여러 사람 가운데 있는 도인 한 사람을 만났다. 풍채가 좋고 키가 컸으며 누런색 도포를 입고 있었다. 감당을 보며 다가오더니 그 앞으로 와서는 감당의 옷을 잡아당기며 말하길,

"나와 함께 갑시다."

감당은 의아하기도 하고 두렵기도 하여 그를 뿌리치고 말하길,

"한 번도 본 일이 없는 분이고 또 일찍이 죄를 지은 것도 없는데 어찌 이리 급하게 그러시오?"

도인은 웃으며 말하길,

"그저 따라오기만 하시오. 당신에게 좋은 일이 있을 것입니다."

결국 피할 수 없어 어쩔 수 없이 따라갔고, 백 보쯤 걸어 강가 언덕에 다다랐다. 강가에는 먼저 커다란 배가 정박해 있었고, 도사는 그를 데리고 배에 올랐다. 익조가 그려진 뱃머리[1]에는 금빛으로 쓴 편액이 있었는데, '뛰어난 의사에게 칙서를 하사한다'는 글자가 새겨져 있었다. 좌우에 심부름하는 시녀가 여러 명 있었는데 매우 아름다웠고 화려한 옷을 입고 있었으며, 그가 일찍이 본 적이 없는 사람들이었다. 도인이 말하길,

"당신은 실명한 지 꽤 오래되었소. 지금 오랜 바람이 이루어질 것인데 당신을 위해 눈을 고쳐 드리겠소."

감당은 감사하며 말하길,

"눈이 망가진 지 10년이며, 눈동자가 이미 말랐는데 치료해 본들 무슨 소용이 있겠습니까?"

---

1 鷁首: 鷁은 백로와 비슷한 새로서 바람을 잘 견디고 물귀신이 두려워한다고도 전해져 뱃머리나 돛대 끝에 그려 넣는다. 또 鷁首는 배를 뜻하기도 한다.

이견정지【二】

도인이 듣지 않고 강제로 그를 눕게 하였고 네 명의 여자들에게 나누어 그 손발을 잡으라고 했다. 동으로 된 젓가락을 집어 눈자위를 흔들고 어지럽게 했다. 아파서 참을 수가 없어 감당은 울면서 말하길,

"당신의 은혜는 감사하나 저는 여전히 눈 하나가 남아 있으니 실로 치료를 원하지 않습니다."

그를 부축하여 일어나 앉게 했고 한 여자가 병의 탕약을 반 잔 정도 따라 감당에게 먹였는데 맛이 제법 좋았다. 마침 조금 쉬고 싶다고 생각했는데 다시 처음처럼 그를 잡고 누였다. 감당은 어찌할 수 없다는 것을 알고 오로지 운명에 맡겼다. 젓가락이 다시 눈으로 들어갔고, 뇌 뒷부분에서 무언가를 긁어내는 것 같더니 천천히 종잇조각으로 그 위를 덮었다.

잠시 후 그것을 제거하고는 거울을 가져와 비추게 하니 두 개의 눈이 밝아졌고 조금도 아프지 않았다. 감당은 놀라 기뻐하며 일어나 절을 하며 사례하고 잠시 돌아가겠다고 청하였다. 집에 도착했을 때 사람들에게 자신이 겪은 일을 이야기하니 놀라고 기이하게 여기지 않는 사람이 없었다. 호기심이 많은 십여 명이 급히 그를 따라가 배가 있던 곳으로 가 보니 아무것도 없었다. 감당은 당시 서른여덟 살이었고, 그가 살고 있던 곳은 숭덕향이었다. 눈을 잃게 되었을 때부터 가족들은 매일 관세음보살 명호를 외웠고, 향을 피워 정성스레 모셨는데 이번 일은 아마도 부처의 도움일 것이다.

徽宗嘗以北流離膽瓶十, 付小璫, 使命匠範金托其裏. 璫持示苑匠,
皆束手曰:"置金於中, 當用鐵箆熨烙之乃妥貼, 而是器頸窄不能容, 又
脆薄不堪手觸, 必治之且破碎, 寧獲罪不敢爲也."璫知不可强, 漫貯篋
中. 他日行廛間, 見錫工釽陶器精甚, 試以一授之曰:"爲我托裏."

工不復擬議, 但約明旦來取. 至則已畢, 璫曰:"吾觀汝伎能, 絶出禁
苑諸人右, 顧屈居此, 得非以貧累乎?"因以實諗之. 答曰:"易事耳."
璫卽與俱入而奏其事, 上亦欲親閱視, 爲之幸後苑, 悉呼衆金工列庭
下, 一一詢之, 皆如昨說. 錫工者獨前, 取金鍛冶, 薄如紙, 擧而裹瓶
外. 衆咄曰:"若然, 誰不能? 固知汝俗工, 何足辦此?"其人笑不應, 俄
剝所裹者, 押于銀箸上, 插瓶中, 稍稍實以汞, 搖瓶口, 左右漘挏之. 良
久, 金附著滿中, 了無罅隙, 徐以爪甲刲其上而已. 衆始愕眙相視. 其
人奏言:"瑠璃爲器, 豈復容堅物捩觸? 獨水銀柔而重, 徐入而不傷, 雖
其性必蝕金, 然非目所睹處, 無害也."上大喜, 厚賚賜遣之. 予又記元
祐間, 中官宋用臣謫舒州, 郡新作大樂鼓甚華, 飾以金采. 旣登架旁,
鐶忽斷, 欲剖之, 重惜工費. 宋命別爲大環, 歧其股爲鎖鬚狀, 以鐵固
鼓腹之窾, 使極窄, 卽敲環入窾中, 纔入而鬚張, 遂不復脫. 是皆巧思
得之於心, 出人意表者.(前事劉子思說.)

휘종²은 일찍이 북쪽에서 온 유리 담병³ 10개가 있었는데, 어린 환

2　徽宗(1082~1135, 재위 1100~1126): 神宗의 11번째 아들로 태어나 형인 哲宗이 후
사가 없는 상태에서 사망하자 제8대 황제에 즉위하였다. 휘종은 新法 계승을 표방
하고 蔡京을 중용하였다. 휘종은 서예와 회화의 대가였으나 본인의 사치를 위해
강남의 기암괴석과 수목을 수탈하기 위한 花石綱을 운영하여 개봉에 艮岳이란 정

관에게[4] 주면서 장인들에게 명하여 틀을 만들어 그 안쪽을 금으로 덮으라고 하였다. 환관은 그것을 들고 후원작[5]의 장인에게 가서 보여주니 모두 속수무책이라며 말하길,

"병 가운데를 금으로 바르려면 쇠로 된 빗치개[6]로 다리고 지져야 병에 알맞게 붙을 텐데, 그러나 이 병은 목이 좁아서 빗치개가 들어갈 수 없고, 또 유리는 부드럽고 얇아 손의 누르는 힘을 견딜 수 없으니 작업을 하다 보면 반드시 깨지게 될 것입니다. 벌을 받을지언정 감히 이 일을 맡을 수 없습니다."

환관 역시 억지로 하게 할 수 없다는 것을 알고 잠시 상자에 유리병을 보관하고 있었다. 다른 날 저잣거리를 다니는데 주석을 다루는 장인이 도자기에 금테를 두르는 데 매우 정교하였다. 그래서 시험 삼

원을 조성하였다. 또 도교를 맹신하여 '敎主道君皇帝'라고 자처하며 각처에 도관을 세우고 道學제도를 도입하며 미신 풍조를 만연시켰다. 각종 수탈이 극에 달하자 宋江·方臘의 난이 일어나는 등 통치 위기가 심각해졌음에도 불구하고 휘종은 연운 16주를 차지하여 업적을 세우려는 과시욕에 불타 금조와 연합하여 거란을 협공하였다. 하지만 거듭된 오판으로 '靖康의 難'을 자초하여 아들 欽宗과 함께 포로로 끌려가 온갖 굴욕을 당하다 흑룡강성 哈爾濱市 依蘭縣에서 사망하였다. 사후에 부여된 廟號는 徽宗이며 陵號는 永祐이다.

3 膽瓶: 목이 가늘고 길며 배가 둥근 그릇으로 단아하고 우아한 형태를 가져 송대에 크게 유행하였다.

4 小璫: 璫은 본래 귀걸이인데, 漢代 환관의 모자에 달던 장식물이기도 해서 후에 젊은 환관을 가리키는 말로 쓰였다.

5 後苑作: 황궁의 생활용품 및 혼례용품을 전문적으로 제작하는 부서로서 內侍省 소속이다. 監官 3명, 서리 12명, 문지기 및 기술자 436명으로 이루어졌으며 총 81개 전문분야로 업무가 나누어졌다. 後苑作과 生活所를 咸平 3년(1000)에 통합했기 때문에 后苑·后苑作·后苑作生活所·后苑造作所 등의 별칭이 있다.

6 鐵篦: 빗치개는 머리 가르마를 타고 빗살 틈에 낀 때를 빼는 데 쓰는 도구로서 뿔·뼈·쇠 등으로 만든다. 한쪽 끝은 얇고 둥글게 만들어 손잡이로 쓰고, 다른 한쪽 끝은 가늘고 뾰족하게 만든다.

아 유리병 한 개를 그에게 주고 말하길,

"그 병 안쪽을 금으로 덮어 주실 수 있소?"

주석 장인은 주저하거나 다른 얘기는 없었고, 다만 이튿날 아침에 와서 찾아가라고 하였다. 다음 날 가 보았더니 이미 작업을 다 마친 상태였다. 환관이 말하길,

"내가 보기에 당신의 기술은 매우 뛰어나오. 궁정의 장인들 가운데 우수한 자들보다 훨씬 더 우수하외다. 그런데 어찌 이렇게 누추하게 지내며 가난에 찌들어 살고 있단 말이요?"

이에 사실대로 자신에게 방법을 알려 달라고 하였다. 주석 장인이 대답하길,

"이 일은 매우 쉬운 일입니다."

환관은 즉시 주석 장인을 데리고 함께 궁정으로 들어가 이 일을 황상에게 아뢰었다. 황상은 직접 보고 싶어 했고, 그것을 보기 위해 후원작에 행차하였다. 궁정의 뜰 아래 금속 장인들을 모두 불러 모았고 그들에게 할 수 있겠냐고 일일이 물어보니 대답은 지난번과 같았다. 시장에서 온 주석 장안만이 홀로 앞에 나와 금을 단련하여 종이처럼 얇게 편 후 이를 가지고 병 밖을 쌌다. 다른 장인들이 꾸짖으며 말하길,

"만약 저렇게 한다면 누가 못해? 저자는 그저 저잣거리 기술자일 뿐 어찌 이 일을 할 수 있겠나?"

주석 장인은 웃기만 할 뿐 대꾸하질 않았다. 잠시 후 쌌던 것을 벗겨 은 젓가락 위에 잘 말아서 병 안쪽으로 집어넣었고 조금씩 수은으로 병을 채우고 병의 입구를 막고 좌우로 수은이 움직이도록 흔들었다. 한참 뒤 금은 병 안을 꽉 채워 달라붙었는데, 조금도 빈틈이 없었

으며 천천히 손톱으로 그 위를 고르게 다듬었을 뿐이다. 다른 장인들 모두 비로소 놀라 눈을 크게 뜨고 서로를 바라보았다. 주석 장인이 아뢰길,

"유리로 된 기물에 어찌 딱딱한 물건을 대고 문지를 수 있겠습니까? 오직 수은이 부드럽지만 무거워 천천히 넣으면 깨지지 않습니다. 비록 수은이 금을 부식시키는 것은 피할 수 없지만, 그러나 그 부분은 안쪽이라 눈으로 볼 수 있는 곳이 아니니 괜찮습니다."

황제가 크게 기뻐하며 후한 상을 내리고 돌려보냈다.

그러고 보니 다시 원우 연간(1086~1094)의 일 하나가 기억난다. 환관 송용신이 서주로 폄적되었을 때의 일이다. 서주에서 새로 커다란 북을 만들고 있었는데 매우 화려하였고, 금으로 무늬를 넣어 장식하고 있었다. 다 만들어져 설치대의 가장자리에 올려놓았는데 고리가 갑자기 끊어져 그것을 부수자니 장인들의 노력과 비용이 많이 들게 생겼다. 송용신은 주위 사람들에게 별도의 고리를 더 크게 만들라고 한 뒤 그 가운데를 구부려 쇠사슬 고리 모양으로 만든 후 쇠로 북 가운데 부분에 구멍을 뚫어 고정하고, 구멍을 매우 좁게 한 후 고리를 조금씩 구멍 부분으로 넣게 하였다. 겨우 다 밀어 넣으니 고리가 펼쳐졌고, 마침내 다시 떨어지지 않았다. 이는 모두 기발한 생각이 마음에서 일어나 사람들의 행동으로 나타난 사례다.(위의 두 가지 일화 가운데 앞의 일화는 유자사가 말한 것이다.)

丹陽袁仲誠自右正言外補, 已而爲江東提刑. 夢人告曰: "直而不倨,
曲而不屈, 其義如何?" 夢中不能答. 明日以語館客范存誠, 存誠曰: "下
文蓋云: '命世亞聖之大才.' 眞吉夢也." 未旬日, 袁得風疾, 卒于官. 識
者始解之曰: "二句之上云: '有風人之託物, 二雅之正言.' 袁所歷官及
所得疾, 皆見於是矣." 何物點鬼司夢, 能戲弄人如此! 時乾道三年.

　　진강부 단양현 사람 원중성은 우정언에서 지방관으로 부임하게 되
었는데 얼마 뒤 강동[7] 제점형옥공사로 발령을 받았다. 어떤 사람이
꿈에 나타나 말하길,

　　"성품이 곧지만 거만하지 않고, 성품이 원만하지만 비굴하지 않다.
이 말의 뜻이 무엇인가?"

　　원중성은 꿈에서 대답하질 못했다. 다음 날 빈객으로 있는 범존성
에게 꿈에서의 일을 이야기하니, 범존성이 이르길,

　　"그다음 구절은 대개 '세상을 명하고 성인에 버금가는 큰 재원'이므
로 진짜 길몽입니다."

　　열흘이 지나지 않아 원중성은 풍질에 걸렸고, 결국 재직 중 사망하

7　江東: 통상 장강 하류 일대를 가리키며 협의의 강남지역을 뜻하기도 한다. 본문에
　　서는 江南東・西路를 뜻한다. 강남동로의 치소는 江寧府(현 강소성 南京市)이고,
　　7個州・2個軍으로 이루어졌다. 현 강소성과 안휘성의 장강 이남에 해당하는 지역
　　이다. 강남서로의 치소는 洪州(현 강서성 南昌市)이고 9개 州・4개 軍으로 이루어
　　졌다. 현 강서성에 해당하는 지역이다.

였다. 알 만한 이들은 비로소 그 꿈의 의미를 깨닫고 말하길,

"위 두 구절의 앞에는 '풍인[8]의 비유, 이아[9]의 정언'이라는 구절이 있는데, 원중성이 맡았던 관직과 걸릴 병이 모두 여기에 나타나 있다."[10]

어떤 영악한 귀신이기에 꿈에 나타나 사람을 이렇게 놀릴 수 있단 말인가? 때는 건도 3년(1167)이었다.

---

8 風人:『左傳』에는 季札이 魯나라를 방문하여 周의 음악에 관하여 묻자 「衛風」·「齊風」 등을 통해 정치의 득실을 논하는 장면이 나온다. 이들 '風'은 본래 관원에 대한 민심의 동향을 살피기 위해 채집한 민요나 풍속을 뜻한다. 민요는 借音을 이용한 간접적인 풍자가 많고, 이런 특성을 이용한 南朝의 민요가 당대 이후 詩體의 하나인 風人體로 자리를 잡기도 했다.

9 二雅:『詩經』의 「大雅」와 「小雅」를 뜻한다.

10 趙岐의『孟子題辭』에 맹자에 대해 "有風人之托物, 二雅之正言, 可謂直而不倨, 曲而不屈, 命世亞聖之大才者也."라고 설명한 구절이 나온다.

襄陽南漳人張腆, 居縣之鴈汊, 世工醫. 紹興十八年夏夜, 夢自所居
東行二里許過固城鋪北上, 久之, 入大城, 出北門, 登溪上高橋橋上,
水中人往來如織. 見其妻鄭氏亦涉水登岸, 欲前同途, 轉眄間已相失.
俄別至一城, 同行者莫知其數. 腆已入門, 回問戶者: "此何郡縣?" 曰:
"閻羅城也." 腆知身已死, 甚悲懼, 彷徨無計, 不覺又前進.

至階北, 見大門三楹, 與衆俱入, 過百許步復至一門, 五楹, 金碧照
耀. 頃之又過一門, 塗飾益華, 兩廡下對列司局, 正殿極高大, 垂黃簾.
腆且行且觀, 至東廡吏舍門內, 顧舍中人悉冠帶, 或朱或紫, 前揖之,
了不相應, 獨一緋衣者微作答. 腆立移時, 緋衣頗相憫, 以足撥一甒云:
"可坐此." 坐未定, 妻忽立於門外, 相顧皆漠然. 頃之, 一人自殿簾出,
著黃背子, 背拱手, 仰視屋栿, 移步甚緩, 若有所思, 久而復入. 腆問何
官, 緋衣搖手低語曰: "此閻羅天子也." 腆曰: "適觀狀貌, 與人間所畫
不同, 却與淸元眞君甚相似."

言未旣, 殿上卷簾, 呼押文字, 羣吏奔而往. 下列囚甚衆, 或送獄, 或
枷訊, 或卽放去, 度兩時許, 人去且盡. 腆在吏舍, 遙見其妻亦決杖二
十, 但驚痛垂涕而已. 須臾簾復垂, 吏還舍解衣, 半坐半臥. 緋衣指腆
謂同列曰: "此人無過, 何不令還?" 衆皆默然. 又言之, 乃曰: "公欲遣
去, 何必相問?" 其中一人云: "渠雖欲去, 三重門如何過得?" 緋衣戒腆
曰: "外面如有人相問, 但云: '司裏令喚獄子.'" 腆遜謝而出, 每及一門
必有問者, 如其言卽免.

復尋舊路急行, 將近屋東橋下, 跌水中而寤. 雞旣鳴矣, 呼其妻, 亦
蘧然驚覺, 語所夢, 無不同者. 妻罵曰: "我方受杖時, 君在旁略不顧我,
情如路人, 豈可復爲夫婦?" 遂各寢處. 才數日, 鄭氏腰下忽微瘇, 繼生
巨瘡, 痛不堪忍, 凡十日膿始潰, 又十日方瘥. 腆慨然棄家, 詣均州武
當山, 從孫先生者訪道, 越十七年乃亡. 穀城醫者王思明與腆相好, 景

양양 남장현[11] 사람 장전은 현의 안차향에 살고 있었는데, 집안이 대대로 의술에 능했다. 소흥 18년(1148) 여름밤, 꿈에 스스로 자신이 사는 곳에서 동쪽으로 2리쯤 가서 고성포를 지나 북쪽으로 한참을 가다 큰 성으로 들어갔다. 그리고 다시 북문으로 나와 개울에 놓인 높은 다리 위로 올랐다. 물 가운데서 매우 많은 사람이 오고 가는데, 자기의 아내 정씨도 물을 건너 언덕에 오르고 있었다. 그것을 보고 앞으로 나아가 함께 길을 가려고 하였으나 순식간에 사라졌다. 잠시 후 또 한 성에 다다랐는데 함께 가는 이들이 그 수를 헤아릴 수 없는 정도였다. 장전은 이미 성문에 들어선 상태에서 고개를 돌려 문지기에게 묻길,

"이곳은 어느 주와 현에 속하오?"

문지기가 알려 주길,

"염라성입니다."

장전은 비로소 자기가 죽었다는 것을 깨닫고 심히 슬프고 두려웠으며 어찌할 바를 몰라 방황하였다. 또 자신도 모르는 사이에 앞으로 걷고 있었다. 계단 북쪽에 다다랐을 때 세 개의 기둥을 세워 만든 대문을 보았고 사람들과 함께 들어갔다. 백여 보를 지나니 다시 대문이 하나 나왔고 그곳의 기둥은 다섯 개였으며 금색과 푸른색이 현란하

---

11 南漳縣: 京西南路 襄州 소속으로 현 호북성 북중부 襄陽市 남쪽의 南漳縣에 해당한다.

였다. 잠시 후 다시 하나의 대문을 지났는데 장식이 더욱 화려했다. 그 안으로 양쪽에 행랑채가 마주 보고 있었고 업무를 보는 방이 줄지어 있었다. 정전은 매우 크고 높았으며 황색 주렴이 드리워져 있었다.

장전은 가다가 보다가를 반복했는데 동쪽 행랑채의 관리들이 있는 방문 안에 이르렀다. 방 안의 사람들을 살펴보니 모두 관모를 쓰고 허리띠를 하고 있었고, 어떤 이는 붉은색을, 어떤 이는 자주색 관복을 입고 있었다. 장전은 앞으로 나아가 읍을 하니 모두 상대해 주지 않았고, 오직 붉게 누인 옷을 입은 한 관원만 미소를 지으며 답해 줄 뿐이었다. 장전이 잠시 서 있는데 붉게 누인 옷을 입은 관원이 자못 가엾게 여기며 발로 벽돌 하나를 밀어 주며 말하길,

"여기에 앉아도 되오."

아직 채 앉기도 전에 아내가 갑자기 문밖에 서 있었다. 서로 쳐다보았지만 모르는 사람처럼 대했다. 잠시 후 한 사람이 정전에서 주렴 밖으로 나왔는데, 누런색 배자를 입고 뒤로 뒷짐을 진 뒤 집의 서까래를 올려보다가 아주 천천히 걸음을 옮기는데 마치 무언가를 생각하고 있는 듯했다. 한참 있다가 다시 들어갔다. 장전이 어떤 관원이냐고 묻자, 붉게 누인 옷을 입은 관원이 손을 내저으며 낮은 목소리로 말하길,

"저분이 염라성의 천자요."

장전이 답하길,

"우연히 모습을 보았는데 세상에서 그린 그림에서의 모습과는 다릅니다. 오히려 청원진군[12]의 모습과 매우 비슷합니다."

말을 채 마치기도 전에 전각 위에서 주렴을 거두더니 장부에 적힌 대로 호명하니 서리들이 분주히 돌아다녔다. 뜰 아래 매우 많은 수의

　　　　　　　　　　　　　이견정지【二】

죄수들이 줄을 섰고 어떤 이는 감옥으로 보내졌고, 어떤 이는 형구가 씌워졌고, 어떤 이는 곧 풀려났다. 2시진[13] 정도 지나자 사람들이 모두 어디론가 가고 남지 않았다.

장전은 서리들의 방에 있다가 멀리서 아내가 스무 대의 곤장을 맞는 것이 보였다. 그저 놀라고 고통스러워 눈물이 날 뿐이었다. 잠시후 주렴이 다시 내려졌고, 서리들은 방으로 돌아와 옷을 갈아입은 뒤반은 앉고, 반은 누웠다. 붉게 누인 옷을 입은 관원이 장전을 가리키며 동료들에게 말하길,

"이 사람은 죄가 없는데 어찌 돌려보내지 않는가?"

관원들 모두 말이 없자 다시 물어보았다. 그랬더니 어떤 이가 말하길,

"그대가 보내려고 하면 보내면 되지 왜 우리에게 묻는가?"

그중 한 사람이 말하길,

"내가 비록 내보내려고 해도 삼중문을 어떻게 통과할 수 있단 말인가?"

붉게 누인 옷을 입은 이가 장전에게 주의를 주길,

"바깥에서 어떤 사람이 묻거든 '관청에서 옥졸을 불러오라고 한다'고만 말하면 된다."

---

12 淸元眞君: 二郎神의 속칭이다. 송대 국가 제사에서의 호칭은 郞君神이고 사묘의 명칭도 二郎祠라고 하였다. 하지만 속칭은 매우 많아 통상 二郎神이라고 칭하였지만 灌口神·灌口二郎·二郎眞君·二郎顯聖眞君·淸源神·淸源眞君·淸源妙道眞君·赤城王·昭惠顯聖仁佑王 등이 있다.

13 時: 하루 시간을 子時부터 亥時까지 12단위로 나누고 1단위를 1時辰이라고 하였다. 1시진은 지금의 2시간과 같다.

장전은 공손하게 감사를 표하고 나왔다. 매번 문에 다다를 때마다 묻는 이들이 있었지만, 시킨 대로 똑같이 말하니 곧 나가게 해 주었다. 다시 옛길을 찾아 급하게 걸어 집 근처 동쪽 다리 아래까지 왔을 때 넘어져 물에 빠진 뒤 깨어났다. 닭이 막 울었다. 아내를 부르자 아내 역시 놀라서 두리번거리며 깨어났다. 꿈속에서 본 이야기를 하니 서로 다른 것이 하나도 없었다. 아내가 욕하며 말하길,

"내가 막 곤장을 맞고 있을 때 당신은 옆에서 나를 돌아보려고도 하지 않는 것 같더군. 마치 길거리에서 만난 낯선 사람 대하듯 하였으니 어찌 다시 부부로 지낼 수 있겠어?"

그들은 마침내 각방을 썼다. 겨우 며칠 지났을 때 아내 정씨는 허리에 갑자기 작은 종기가 생기더니 연이어 큰 종기가 났고 통증이 견딜 수 없을 정도였다. 열흘이 지나 고름이 터졌고, 다시 열흘이 지나 겨우 나았다. 장전은 아무런 미련 없이 집을 버리고 균주¹⁴ 무당산¹⁵으로 들어갔으며 손 선생이라는 도인을 따라 도를 배우며 17년을 더 살다가 죽었다. 양주 곡성현¹⁶의 의사 왕사명은 장전과 잘 지내던 사이였는데 내 동생 홍경배가 양양에서 막료 생활을 할 때 왕사명에게서 들은 일화이다.

---

14 均州: 京西南路 소속으로 치소는 武當縣(현 호북성 十堰市 丹江口市)이고 관할 현은 2개, 州格은 節度州이다. 현 호북성 서북부 十堰市의 동북쪽에 해당한다.

15 武當山: 호북성 서북부 十堰市 丹江口市에 있는 산으로서 도교 72개 福地 가운데 9위에 해당하는 도교의 명산이자 무술의 본산으로 알려졌다.

16 穀城縣: 京西南路 襄州 소속으로 현 호북성 북중부 襄陽市 서북쪽의 谷城縣에 해당한다.

嚴州觀察判官王積, 京東人. 每與人燕會, 酒不濡脣, 同官皆疑爲挾
詐, 云:"得非陰伺吾曹醉中過失, 售諸長官, 以資進身計乎?" 益久, 稍
以'獨醒'侵之. 積長歎移時, 愀然曰:"久欲祕此事, 諸君旣相疑, 敢不盡
言?" 卽袒衣示之.

背兩瘢相對, 如嘗受徒刑者, 徐而言曰:"三年前疽發於背甚惡, 一日
瘡劇, 冥冥不知人. 或呼使出外, 到官府中, 有據案見詰曰:'汝曾爲某
州幕職乎?' 對曰:'然.' 曰:'某時某事某人不應坐某罪, 汝何得輒斷之?'
對曰:'此郡守之意. 積持之連日, 嘗入議狀爭辨, 至遭叱怒, 訖不能回.
公牘始末具存, 恨無由取至爾.' 王者命左右云云, 一卒趨而出, 俄頃已
持文案來. 主者反覆閱視, 喜曰:'汝果無罪, 幾誤殺汝, 今遣汝歸.' 呼
元追吏護送. 吏頗賢, 沿路款語, 力戒曰:'回世間, 切勿飲酒.' 問其故,
不肯言. 及寤, 腥血交流, 瘡已潰, 卽日遂瘳. 性本好飲, 思冥吏之戒,
不忍再速死也." 聞者皆慘懼自悔云.

경동로¹⁷ 사람인 엄주 관찰 판관¹⁸인 왕진은 사람들과 연회를 할 때
마다 술을 입에 대지도 않았다. 함께 근무하던 동료들은 그가 무엇인

---

17 京東路: 開寶 1년(968), 수도인 東京 開封府의 동쪽에 처음 설치되어 熙寧 5년
(1072)에 동로와 서로로 분리되었다. 治所는 본래 廣濟軍이었으나, 景德 2년
(1005) 이후 靑州와 鄆州로 옮겼다. 현 산동성·하남성 동부·강소성 북부에 해당
하는 지역이다.

18 觀察判官: 幕職官인 觀察使判官의 약칭이다. 元豐 관제 개혁 이후 정9품이었으나
元祐 연간 이후 종8품이 되었다. 같은 종8품 막직관 가운데 서열은 節度判官에 이
어 2위이다.

가 자신들을 속이고 있다고 의심하며 수군대길,

"우리가 술에 취해 실수라도 저지르면 몰래 지켜보고 있다가 상관에게 일러바쳐 본인이 승진하는 데 유리하게 써먹으려는 것이 아니고 뭐겠어?"

더욱 시간이 흐르자 점차 '홀로 술에서 깨어 있는 자'라며 그를 비꼬았다. 왕진이 한참을 길게 탄식하다가 처연하게 말하길,

"오랫동안 이 일을 비밀로 하고 싶었지만, 여러분이 이미 나를 의심하니 어찌 다 말씀드리지 않을 수 있겠소?"

곧 옷을 벗고 자기 몸을 사람들에게 보여 주었다. 등에는 두 개의 흉터가 마주 보고 있었다. 일찍이 도형을 받은 것 같았다. 왕진이 천천히 이야기하기를,

"3년 전 등에 악창이 매우 심하게 났는데, 하루는 통증이 너무 심해 혼미해지고 사람을 알아보지 못할 지경이 되었다오. 어떤 사람이 나를 불러 밖으로 나오라고 하기에 그를 따라서 어떤 관아에 이르렀는데, 또 한 사람이 책상에 기대어 나를 보고 힐책하길,

'너는 과거에 모주의 막직관으로 있지 않았느냐?'

내가 대답하길,

'그렇습니다.'

그가 다시 묻길,

'모시에 어떤 일과 관련하여 한 사람이 부당하게 어떤 죄에 연루되었지 않았느냐? 너는 어찌 함부로 그를 처벌하였느냐?'

내가 대답하길,

'이는 주지사의 뜻이었습니다. 저는 그 사안을 여러 날 보류하다가 한번은 들어가서 공소장에 대해 논쟁하며 판별하였지만 욕만 얻어먹

고 꾸짖음을 당하여 결국 돌이킬 수 없었습니다. 공문에 전후 과정이 모두 상세히 적혀 있습니다. 그것을 여기에 가져오지 못한 것이 안타깝습니다.'

왕이 좌우에 명하여 말을 전했고 한 옥졸이 급히 나갔다가 금방 그 문서를 가지고 돌아왔습니다. 주관하던 왕이 반복하여 살펴보더니 기뻐하며 말하길,

'너는 죄가 없구나. 자칫 잘못하여 너를 죽일 뻔했구나. 지금 너를 돌려보내 주마.'

그리고 원래 나를 잡아 왔던 서리를 불러 나를 호송하게 했습니다. 그는 자못 현명한 이여서 돌아오는 길에 나에게 좋은 말을 많이 해 주었고 힘써 권고하길,

'세상으로 돌아가면 절대 술을 마시지 마시오.'

술을 먹어서는 안 되는 까닭을 물었으나 대답하려 하지 않았다오. 깨어났을 때 피비린내가 진동했고 악창은 이미 터져 그날 바로 나았다오. 나는 원래 술을 좋아했는데 명계의 서리가 훈계한 것을 생각할 때 차마 다시 죽음을 재촉할 수는 없었다오."

듣는 자들이 모두 착참해하고 두려워하며 스스로 후회했다고 한다.

순안현 주민淳安民

嚴州淳安縣富家翁誤毆一村民至死, 其家不能訴. 民有弟爲大姓方
氏僕, 方氏激之曰: "汝兄爲人所殺而不能訴, 何以名爲人?" 弟卽具牒,
將詣縣. 方君固與富翁善, 諷使來祈已, 而答曰: "此我家僕, 何敢然?
當諭使止之, 彼不過薄有所覬耳." 爲喚僕面責, 且導以利. 僕敬聽, 謝
不敢. 翁歸, 以錢百千與僕, 別致三百千爲方君謝.

纔數月, 僕復宣言, 翁又詣方, 方曰: "僕自得錢後, 無日不飮博, 今
旣索然, 所以如是, 當執送邑懲治之." 翁懼泄, 乞但用前策, 又如昔者
之數以與僕. 方君曰: "適得中都一知舊訊, 倩市漆二百斤, 倉卒不辨
買, 翁幸爲我市, 當輦錢以償直." 翁曰: "蒙君力如許, 玆細事, 吾家故
有之, 何用言價?" 卽如數送漆. 明年, 僕又欲終訟, 翁歎曰: "我過誤殺
人, 法不至死, 所以不欲至有司者, 畏獄吏求貨無藝, 將蕩覆吾家. 今
私所費將百萬, 而其謀未厭. 吾老矣, 有死而已." 乃距戶自經. 踰三年,
方君爲鄂州蒲圻宰, 白晝恍恍, 於廳事對羣吏震悸言曰: "固知翁必來,
我屢取翁錢而竟速翁於死, 翁宜此來." 亟還舍, 不及與妻子一語, 仆地
卒. 吏以所見白, 始知其冥報云.

　　엄주 순안현¹⁹의 한 부잣집 노인이 잘못하여 그 지역 촌민 한 사
람을 실수로 때려 죽였다. 맞아 죽은 촌민의 집에서는 고소도 하지
못했는데, 그에게는 동생이 하나 있었다. 동생은 지역 유지인 방씨

---

19 淳安縣: 兩浙路 嚴州 소속으로 본래 靑溪縣인데 宣和 연간에 淳化縣으로, 남송 때
　　淳安縣으로 바꿨다. 현 절강성 북서부 항주시의 남쪽, 淳安縣에 해당한다.

집안의 노복이었다. 방씨가 그를 불러 자극하길,

"너의 형이 다른 사람에게 죽임을 당했는데도 고소도 하지 못하면 어찌 사람이라 할 수 있겠는가?"

동생은 곧 문서를 갖추어 현아로 가려고 하였다. 방씨는 예로부터 부잣집 노인과 잘 지냈는데, 그에게 넌지시 알려 주며 자기를 찾아와 도와 달라고 청하게 했다. 부자가 찾아오자 방씨가 대답하길,

"이자는 우리 집 노복인데 어찌 감히 고소하겠습니까? 마땅히 타일러 멈추게 해야지요. 저자는 다만 조금 얻고자 하는 게 있을 따름일 것입니다."

방씨는 노복을 불러 면전에서 꾸짖고 약간의 돈을 받고 끝내라고 유도했다. 노복은 공손하게 말을 따르고 사죄하며 고소하지 않겠다고 하였다. 노인은 돌아갔고, 100관의 돈을 죽은 노복의 동생에게 주었고, 따로 300관을 방씨에게 사례로 주었다. 그런데 불과 몇 개월 뒤 노복은 다시 고소하겠다고 떠들고 다녔고, 노인은 다시 방씨를 찾아왔다. 이에 방씨가 말하길,

"저 놈이 돈이 생기자 하루도 빠짐없이 술을 마시고 노름을 하더니 지금 다 탕진하였답니다. 그래서 이렇게 또 고소한다고 하니 마땅히 그를 잡아다 현아에 보내 처벌해야지요."

노인은 자신의 죄가 탄로가 날까 두려워 그저 전과 같은 방법으로 해결하자고 애걸했다. 그리하여 전과 같은 액수의 돈을 노복에게 주었다. 방씨가 말하길,

"마침 중도[20]에서 한 친구가 옻 200근을 사 달라고 연락했는데 창졸간이라 돈을 마련하지 못해 살 수가 없군요. 어르신께서 저를 대신하여 옻을 사 준다면 감사하겠습니다. 물론 당연히 도성[21]에 있는 친

구에게 돈을 받아서 갚아 드리겠습니다."

노인이 말하길,

"그대의 도움을 이렇게나 받았는데 이런 작은 일쯤이야 어렵지 않습니다. 우리 집에는 원래 옻이 있으니 값을 따질 필요가 어디 있겠습니까?"

곧 그는 방씨가 말한 만큼 옻을 보내 주었다. 다음 해 그 노복은 또 소송을 하겠다고 하니 노인이 탄식하며 말하길,

"내가 실수로 사람을 잘못 죽였는데 법으로 따져도 사형은 아니었을 것이다. 그런데도 내가 관아에 가려고 하지 않은 까닭은 옥졸들이 끝도 없이 뇌물을 요구해 장차 우리 집 재산을 탕진할까 걱정이 돼서였다. 내가 지금까지 사적으로 들인 돈이 백만 전에 가까운데도 저자가 재산을 탐하는 것이 끝이 없구나. 나는 이미 늙었으니 죽으면 그만이다."

문에 매달려 스스로 목을 맸다. 3년 후 방씨는 악주 포기현[22] 지사가 되었는데, 대낮인데 정신이 혼미하여 청사에서 놀라 공포에 떨며 여러 서리에게 말하길,

"노인이 반드시 찾아올 줄 내가 분명히 알았다. 내가 여러 차례 노인의 돈을 빼앗았고 노인의 죽음을 재촉했었으니 노인이 여기에 온

---

20 中都: 통상 도성을 뜻하며 일반 도시를 가리키기도 한다.
21 輦: 본래 여럿이 끄는 큰 수레를 뜻하는 글자였으나 점차 황제와 황후가 타는 큰 수레를 뜻하는 글자로 바뀌었다. 황제의 수레에서 파생하여 輦에는 '도성'이란 뜻도 있다.
22 浦圻縣: 荊湖北路 鄂州 소속으로 현 호북성 동남부 咸寧市 서쪽의 赤壁市에 해당한다.

것도 당연하다."

그는 급히 집으로 돌아가려 했지만, 처자식과 한 마디도 나누지 못한 채 땅에 엎어져 죽었다. 서리들이 본 것을 이야기해 주었는데 그제야 비로소 그것이 명계의 응보임을 알게 되었다.

鄭人薛銳仲藏爲賀州守, 晚治事且退, 意緒忽昏昏不佳, 枕胡牀假
寐. 或揖其前請行, 身隨以出到某處. 他吏來言曰: "官人傳語使君, 大
期甚不遠, 若自此不出仕, 前程猶未艾也." 薛寓會稽久, 生理從容, 宦
情素薄, 聞之卽應曰: "願自此不復仕." 吏卽去, 俄復來曰: "官人欲得
一文書爲證." 薛索紙筆書授之, 吏顧曰: "旣已形於文牘, 不可復悔矣."
遂去, 已而又來曰: "官人甚喜, 使君可歸." 薛惘然如夢覺, 卽日上章乞
祠官還越. 時淳熙三年, 官爲朝請郎, 爲人言: "少須至大夫, 經郊恩任
子, 當掛冠矣."(後二年薛致仕.)

　　자가 중장인 정주 사람 설예가 하주²³ 지사일 때 저녁 늦게 일을 마
치고 퇴청하려는데 갑자기 의식이 혼미하고 영 좋질 않아서 호상에
머리를 기대고 있다가 잠깐 잠이 들었다. 어떤 사람이 그 앞에서 읍
을 하고 함께 가자고 하여 몸을 일으켜 그를 따라 어떤 곳에 당도하
였다. 다른 한 서리가 와서 말을 하기를,

　　"관인께서 지사께 말을 전하라 하셨습니다. 죽을 날²⁴이 머지않았
는데 만약 여기에서 더 관직에 나아가지 않는다면, 앞날은 그런대로
끝나지 않을 수도 있습니다."

23　賀州: 본래 廣南東路 소속이었으나 大觀 2년(1108)에 廣南西路 소속으로 변경되
　　었다. 치소는 臨賀縣(현 광서자치구 賀州市 賀街鎭)이고, 관할 현은 3개, 州格은
　　軍事州이다. 현 광서자치구 동중부에 해당한다.
24　大期: 죽을 때 또는 분만할 때를 뜻하는 말이다. 12월을 가리키는 말이기도 하다.

　　　　　　　　　　　　　　　　　　　　　　　　　이견정지【二】

설예는 회계에 산 지 오래되었는데 재산이 넉넉하였고 관직에 대한 열망도 평소 크지 않아 이를 듣고 즉시 대답하길,

"원컨대 지금부터는 다시 관직에 오르지 않겠습니다."

서리가 즉시 떠났다가 잠시 후 다시 와서 말하길,

"관인께서는 그 말을 증빙할 수 있는 문서를 얻길 원하십니다."

설예는 종이와 붓을 찾아 그것을 써 주자 서리는 그를 돌아보며 말하길,

"이미 문서로 남겼으니 다시 후회하셔서는 안 됩니다."

마침내 떠나가는 것 같았는데, 잠시 후 다시 와서 말하길,

"관인께서 매우 기뻐하십니다. 지사께서는 돌아가셔도 좋습니다."

설예는 맥이 풀려 멍한 것이 마치 꿈에서 깨어난 듯했다. 그날로 상주하여 사록관[25]을 청했고, 월주[26]로 돌아갔다. 때는 순희 3년(1176)으로 관품은 조청랑[27]이었다. 다른 사람에게 말하길,

"조금 기다리면 대부가 되는데 교사[28]가 있을 때 음서[29]의 혜택을

---

25 祠官: 국가 사원의 관리 책임자란 명예직에 제수되어 녹봉을 받는 관리를 가리킨다. 大中祥符 4년(1011)에 玉淸昭應宮使 임명을 시작으로 宰執 등의 고관을 지내고 퇴임한 관료를 대상으로 시작해 점차 허용 대상을 넓혀 주었고, 熙寧 연간(1068~1077)부터 신법 반대파 무마책으로 대폭 증가하였으며 지방 거주도 허용하기 시작하였다. 실제 업무도 없고 부임도 하지 않지만 致仕하지 않은 상태로 제사 주관이란 명목상 직책을 받았기 때문에 祠祿官·宮觀官·祠官이라고 하였다.

26 越州: 兩浙路 소속으로 紹興 1년(1131)에 紹興府로 승격되었다. 치소는 會稽縣과 山陰縣(현 절강성 紹興市 越城區)이고 관할 현은 8개, 州格은 節度州이다. 현 절강성 중북부, 杭州灣 남쪽에 해당한다.

27 朝請郎: 문관 寄祿官 29개 품계 중 18위이며 正7品上이었으나 元豊개혁 후 30개 품계 중 20위, 正7品으로 바뀌었다. 朝請郎부터 從9品 承務郎까지를 낭관이라고 칭하였고, 21위인 朝散郎, 22위인 朝奉郎과 함께 이른바 三朝郎의 하나이다.

28 郊恩: 郊祀는 교외에서 황제가 주관하는 천신과 지신에 대한 제사를 뜻한다. 南郊

받을 수 있으리니 그때가 되면 완전히 사퇴할 것입니다."

2년 후 설예는 정말로 관직에서 물러났다.

에서는 하늘에, 北郊에서는 땅에 제사를 지내는데, 천자로서의 정통성을 과시한다
는 점에서 매우 중요한 행사로 간주된다. 그래서 제사를 마치면 통상 후한 포상과
蔭補의 혜택을 제공하는데 그것을 가리켜 郊恩이라고 한다. 교사에 참여할 수 있
는 관직에 포함되느냐의 여부가 관리들에게는 매우 중요한 사안이었다.

29 任子: 고관 자제들에게 父兄의 공적 및 관직에 따라 관직을 수여하는 제도로 漢代
부터 시행되었다. 蔭補 · 蔭恩 · 奏補라고도 한다. 嘉祐 연간의 추천 기준은 문관
의 侍御史 이상은 매년 1명, 員外郎 이상은 3년 1명, 무관의 橫行 이상은 매년 1명,
諸司副使 이상은 3년 1명이었다.

三鴉鎭在河北孤迴處, 鎭官一員, 俸入不能給妻孥, 官況蕭條. 地多塘濼, 捨蒲藕魚鼈之外, 市井絶無可買, 前後監司未嘗至. 有運使行部, 從吏導之過焉. 入其治, 則官吏已悉委去, 無簿書可尋詰. 徘徊堂上, 顧紙屏間題字尙淫, 試閱之, 乃小詩, 曰:"二年憔悴在三鴉, 無米無錢怎養家? 每日兩餐唯是藕, 看看口裏出蓮花." 運使默笑而去, 好事者傳誦焉.

蒙城高公泗師魯, 紹興末, 監平江市征. 吳中羊價絶高, 肉一斤爲錢九百. 時郡守去官, 浙漕林安宅居仁攝府事, 其人介而嗇, 意郡僚買羊肉食者必貪, 將索買物歷驗之. 通判沈度公雅以告師魯曰:"君北人, 必不免食此, 盍取歷竄改, 毋爲府公所困." 師魯笑謝, 爲沈話前說, 且曰:"亦嘗倣其體作一絶句云: 平江九百一斤羊, 俸薄如何敢買嘗? 只把魚鰕充兩膳, 肚皮今作小池塘." 聞者皆大笑. 林公微聞之, 索歷之事亦已.(右四事皆高師魯說.)

삼아진은 하북에서 아주 편벽진 곳이라서 진관[30] 한 명만 부임하였지만, 봉록이 처자식을 먹여 살리기도 힘들 뿐만 아니라 관아의 상황도 조용하고 쓸쓸했다. 대신 지역에 못과 강이 많아서 갯버들이나 연근, 물고기와 자라는 많았지만, 그 외에는 시장에서도 살 만한 게 거의 없었다. 그래서 일찍이 감사가 이곳에 온 적이 전후로 한 번도 없

---

30 鎭官: 송대에 현을 설치하기에는 인구가 부족하지만, 일정한 인가가 있거나 조세를 징수할 수 있으면 鎭을 설치하고 監鎭을 임명하여 치안과 조세징수 및 전매 수입을 관리하게 하였다. 監鎭이 정식 명칭이지만 통상 鎭官·鎭將이라고 칭하였다.

었다. 그런데 한번은 전운사가 고과 평정을 위해 지역을 방문[31]하자 수행하는 서리들이 전운사를 안내하여 삼아진을 지나가게 되었다.

전운사가 삼아진 관아에 들렀지만, 관리들은 이미 모두 떠나서 아무도 없었고, 찾아서 조사할 장부도 문서도 없었다. 그래서 대청 위를 배회하다 병풍 사이에 글이 쓰여 있는 것을 보게 되었는데, 먹이 미처 다 마르지 않은 상태였다. 시험 삼아 읽어 보니 짧은 시였다.

삼아진에서 2년 동안 초췌하게 지냈는데,
쌀도 없고 돈도 없으니 어찌 가솔을 먹여 살릴까?

매일 두 끼 오로지 연근뿐인데,
보아하니 입 안에서 연꽃이 필 것만 같네.

전운사는 소리 없이 웃으며 떠나갔고, 말 만들기 좋아하는 사람들은 이를 전하여 외우고 다녔다.

자가 사로인 박주 몽성현[32] 사람 고공사는 소흥 말년(1162)에 평강부[33] 시장의 징세를 감독하는 일을 맡았다. 평강부 오중의 양고기 가격이 크게 올라서 1근에 900전이나 하였다. 당시 지사는 이임하였으나 후임이 아직 도착하지 않아 자가 거인인 절서전운사 임안택[34]이

---

31 行部: 관할 지역을 순시하면서 업무 평정을 한다는 말이다.
32 蒙城縣: 淮南東路 亳州 소속으로 현 안휘성 북서부 亳州市 동남쪽 蒙城縣에 해당한다.
33 平江府: 본래 兩浙路 蘇州였는데 政和 3년(1113)에 平江府로 승격되었다. 치소는 吳縣과 長洲縣(현 강소성 蘇州市 城區)이고 관할 현은 6개, 州格은 節度州이다. 현 강소성 장강 남단의 동쪽에 해당한다.
34 林安宅(1097~1179): 자는 居仁이며 건염 2년(1128)에 과거에 급제하여 광동동

잠시 평강부 지사직을 대리하고 있었는데 그 사람됨이 강직하나 인색하였다. 임안택은 주의 관리 가운데 양고기를 사서 먹을 수 있는 자는 반드시 탐관오리일 것이라고 여기고 양고기를 샀던 흔적을 찾아 검사하였다. 자가 공아인 통판 심도는 고공사에게 일러 말하길,

"공께서는 북방 사람이니 반드시 양고기를 먹지 않을 수 없었을 것입니다. 왜 장부를 가져와 몰래 고쳐서 전운사 때문에 곤란해질 상황을 피하지 않으십니까?"

고공사가 웃으며 고맙다고 하면서 심도에게 앞의 일을 이야기해 주며 말하길,

"나는 일찍이 그 시를 모방하여 절구 하나를 지었습니다. 들어 보시지요."

평강부는 900전에 양고기는 한 근뿐이니,
박봉에 시달리며 어찌 감히 사서 맛볼 수 있을까?

다만 물고기와 새우로 두 끼 식사를 채우니,
이제 배를 덮은 살가죽으로 작은 연못을 만들겠네.

이를 들은 자들은 모두 한바탕 웃었다. 임안택도 몰래 이를 전해 듣고 장부를 검사하는 일을 멈추었다.(위의 네 가지 일화 모두 자가 사로인 고공사가 말한 것이다.)

로·강서남로 전운판관을 거쳐 소흥 32년(1162)에 權同知樞密院使가 되었으며, 隆興 1년(1163)에는 兩浙안무사 직까지 겸하였다. 이후 관운이 계속 좋아서 동지추밀원사 겸 권참지정사로 재상이 되었고, 각종 명예직을 누리다가 端明殿大學士로 은퇴하였다.

紹興十七年, 京師人劉觀爲秀州許市巡檢, 其子堯擧買舟趨郡, 就流
寓試. 悅舟人女美, 日夕肆微言以蠱之, 女亦似有意. 翁媼覺焉, 防察
不少懈, 及到郡猶憩舟中, 翁每出則媼止, 媼每出則翁止, 生束手不能
施. 試之日, 出「垂拱而天下治賦」·「秋風生桂枝詩」, 皆所素爲者, 但
賦韻不同, 須加修潤, 迨昏乃出. 次日試論復然, 旣無所點竄, 運筆一
揮, 未午而歸舟.

舟人固以爲如昨日也, 翁媼皆入市, 獨女在. 生徑造其所, 遂合焉.
是夕, 生之父母同夢人持牓來, 報秀才爲牓首. 傍一人曰: "非也, 郎君
所爲事不義, 天勑殿一擧矣." 覺而相語, 皆驚異. 生還家, 父母責訊之,
諱不語. 已而乃以雜犯見牓. 後舟人來, 其事始露. 又三年, 從官淮西,
果魁薦, 然竟不第以死.

　　소흥 17년(1147) 도성 사람 유관은 수주 허시의 순검이 되었다. 유
관의 아들 유요거는 배를 사서 수주에 가서 유우시³⁵를 준비했다. 그
는 뱃사람의 딸이 예뻐서 매일 저녁 시시한 이야기를 늘어놓으며 그
녀를 유혹했고 그녀 역시 그에게 뜻이 있어 보였다. 배의 주인 부부
는 이것을 눈치채고 감시를 조금도 늦추지 않았다. 수주에 도착해서
잠시 배에서 쉴 때, 남편이 외출할 때마다 아내가 남아서 감시했고,
아내가 출타 중에는 남편이 남아 감시했다. 이에 유요거는 속수무책

35　流寓試: 남송 건국 직후 북방에서 많은 사인이 남쪽으로 이주하자 원적에 근거한
　　과거 응시가 곤란한 수험생을 위해 실행한 解試의 일종이다.

으로 아무것도 할 수 없었다.

시험을 보던 날, 문제로 「수공이천하치부」[36]와 「추풍생계지시」[37]가 나왔는데, 모두 평소 공부하던 것이었고 다만 부의 운만 조금 다를 뿐이어서 수정과 윤색을 꼭 해야 했다. 그래서 저녁이 다 돼서야 비로소 시험장에서 나올 수 있었다. 다음 날의 책론은 예전에 보았던 것이었고 조금도 고칠 것이 없어서 일필휘지로 써서 제출하고 정오가 되기도 전에 배로 돌아왔다.

뱃사람 부부는 분명히 어제와 비슷한 시간에 돌아올 줄 알고 부부가 함께 시장에 가고 딸만 홀로 있었다. 유요거는 곧바로 그녀가 있는 곳으로 가서 마침내 함께하였다. 이날 밤 유요거의 부모는 모두 꿈을 꾸었는데, 한 사람이 합격자 방문을 들고 나타나서 수재가 일등을 했다고 알려 주었다.

그런데 옆이 있던 한 사람이 말하길,

"아니오. 낭군이 저지른 일은 불의한 것이어서 하늘에서 칙령이 내려와 다음 과거에 급제시키기로 했소."

부부가 깨어나 서로 이야기를 주고받으며 함께 그 기이함에 놀랐다. 유요거가 집으로 돌아왔고, 부모가 그를 문책하였으나 숨기고 말을 하지 않았다. 얼마 뒤 이런저런 규정 위반으로 방에 이름이 올랐다. 후에 뱃사람 부부가 와서 그 일이 비로소 밝혀졌다. 3년 후 유관이 회서[38]에서 관직에 있을 때, 유요거는 해시에 1등으로 급제하였지

---

36 垂拱而天下治: '두 손을 내려놓고도 천하가 잘 다스려진다'는 뜻으로, 無爲政治의 경지를 가리킨다. 『尙書』 「武成」에서 유래하였다.
37 秋風生桂枝: '가을바람 계수나무에 부니 가지는 바람 소리를 내는구나'라는 뜻으로, 南北朝 沈約의 「遊鍾山詩應西陽王教」에서 유래하였다.

만 결국 최종 급제하지 못하고 죽었다.

<hr />

38 淮西: 至道 3년(997)에 설치된 淮南路는 熙寧 5년(1072)에 회남동·서로로 분리되
    었다. 회남서로의 치소는 壽州(현 안휘성 淮南市 壽縣)였고 북송 멸망 후 최전선
    이 되자 建炎 2년(1128)에 치소를 廬州(현 안휘성 合肥市)로 옮겼다. 약칭은 淮西
    와 함께 淮南·淮右이다. 현 안휘성의 장강 이북에 해당하는 지역이다.

이견정지

夷堅丁志
卷 18

『丙志』載梁子正說路當可事, 云: "其父爲商水主簿, 路之父君寶爲令, 故見其得法甚的." 滕彥智云: "當可乃其舅氏, 蓋得法於蜀, 而君寶是其叔祖, 子正之說不然." 滕言: "嘗與中外兄弟白舅氏, 丐一常行小術可以護身者." 舅曰: "談何容易? 吾平生持身莊敬, 不敢斯須興慢心, 猶三遇厄, 當爲汝輩道之."

其一事云: "頃經嚴州村落間, 過舊友方氏家, 留飲款洽, 日且暮, 里豪葉氏介主人來言: '弈女未嫁而爲魅所惑撓, 凡以法至者輒沮敗以去, 敢敬請於公.' 吾雖被酒, 固不妨行法, 卽如葉氏, 喚女出. 旣出, 端麗絕人, 默驚羨, 以爲向所未睹. 女忽奮而前, 若爲人所驅擁. 吾悯然變色, 急趨避于佛堂中. 女追逐, 至門乃反. 吾以鬼見困, 從其家求閒靜處, 將具奏于天. 主人引吾至西邊小圃一堂, 前後皆巨竹, 與所居相□, 云: '此最絜淸.'

吾取篋笥朱丹符筆之屬置几上, 未暇舉筆, 俄蒙然無所知. 閉目審聽, 覺身在虛空, 坐處搖兀不小定, 蓋已見麾於竹抄. 食頃, 還故處, 則几案窗戶皆糞穢狼籍不可□(處). 度未能與敵, 急喚僕肩輿出外. 行十許里, 適得道觀, 遂託宿. 精神稍寧, 始趨庭中, 望斗下焚香, 百拜謝過, 退而焚奏章. 留兩宿, 微似有影響, 遣一道流詣葉氏物色之. 歸云: '火昨從圃中堂起, 盡焫叢竹, 延及山後高林, 門前屋數十區幷土地小廟皆煨燼.' 吾知訟已直, 自還扣之, 一家長少正相賀云: '女經年冥冥不知人, 今日如醉醒.'"

說: "去歲在房內見一老翁來爲媒妁, 出入數四, 又數日, 以金珠幣帛數合來, 已而迎一少年入, 與我爲夫婦, 明日挾我歸謁翁姑, 其他稱伯叔者又十餘人. 翁甚老, 呼謂衆曰: '吾家受葉氏香火幾世矣, 汝等後生肆爲不義, 禍必及我, 何不取諸他處乎?' 少年曰: '此憑媒納幣而取之, 昏禮明白, 何所懼?' 後數聞術士至, 必相與合力敵之, 往往告捷. 及路

眞官來, 翁又呼謂衆曰: '吾聞路眞官法力通神, 非常人比, 必不免.' 衆
亦頗懼. 俄有喚□(我)言: '眞官叫汝.' 我遂行, 衆皆從于後, 將至書院,
忽呼笑曰: '眞官誇汝好, 盍往就之?' 遂擁我以前. 旣退, 翁問所以, 歎
曰: '事已至此, 果能殺之則大善, 今禍猶在也.' 適方會食, 門內火遽起,
煙炎亘天, 翁拊膺慟哭曰: '禍至矣!' 以手推我出曰: '爲汝滅吾家!' 我纔
得歸. 火乃稍息."

"常時所見室宇臺觀, 一切無孑遺. 所謂行媒者, 土地也. 此事本末,
可畏如此, 吾幾受其害, 豈汝輩所當學哉?" 彦智擧此時, 尙有兩事, 未
及言而卒.

　자가 자정인 양준언이 이야기한 자가 당가인 노시중의 일화를 『이
견병지』에 실었는데,[1] 양준언이 이르길,

　"내 아버지가 진주 상수현[2] 주부이고 자가 군보인 노당가의 아버지
노관이 현지사여서 그가 어떻게 법술을 얻었는지 상세히 볼 수 있었
다."

　그런데 등언지가 이르길,

　"노당가는 나의 외삼촌인데 사천에서 법술을 배웠고, 노관은 나의
작은할아버지여서 양준언이 한 이야기에 잘못된 내용이 있다."

　등언지는 다음과 같이 이야기했다.

　"일찍이 내외종 사촌들이 외삼촌에게 일상에서 행할 수 있는, 능히

1　노시중의 일화에 관하여는 『이견병지』, 권13-12, 「당가 노시중이 법력을 얻다」 참
　조.
2　商水縣: 京西北路 陳州 소속으로 현 하남성 중동부 周口市 남쪽의 商水縣에 해당
　한다.

자신을 보호할 수 있는 작은 법술 하나를 가르쳐 달라"고 하였다. 그러자 외삼촌 노시중이 이렇게 말하였다.

"말로는 쉽지만, 실제는 그렇게 간단하지 않아. 나는 평생 몸을 삼가고 조금도 태만한 마음을 가진 적이 없는데도 여전히 세 번이나 위기를 맞은 적이 있다. 너희들에게 그 이야기를 해 주마. 그중 하나는 다음과 같다."

"일찍이 엄주 촌락을 지나고 있는데, 오랜 친구인 방씨네 집을 지나게 되었다. 그가 나를 머무르라며 대접하는데 매우 친절하고 정성을 다하더구나. 날이 점차 저물어 가는데 마을의 큰 유지인 엽씨가 갑자기 방씨에게 와서 '시집갈 나이가 된 딸이 아직 혼인도 하지 않았는데 요괴에 미혹되어 괴롭힘을 당하고 있습니다. 무릇 법술로 다스리려고 오는 이마다 매번 다치고 패하여 가 버렸습니다. 요괴를 다스려 줄 것을 감히 공께 간절히 부탁드립니다'라고 하였다. 나는 비록 술에 취했지만, 법술을 행하는 데 방해가 될 정도는 아니라서 곧 엽씨 집으로 갔고 딸에게 나오라고 불렀다.

그녀가 나오는데 단정하면서도 아름다운 절세의 미인이라서 놀랐고 묵묵히 경탄해 마지않으면서 부럽기까지 하더라. 예전에 한 번도 이런 미인을 본 적이 없다고 생각했지. 그런데 그녀가 갑자기 흥분해서 앞으로 달려오는데 마치 어떤 사람에 의해 밀쳐진 것 같았어. 나는 멍하고 있다가 안색이 변했고 급히 불당 안으로 몸을 피했다. 여자가 내몰며 따라오더니 불당 문까지 와서는 돌아갔어. 귀신에게 당했다고 생각한 나는 엽씨 집에 조용하고 빈 곳을 달라고 청하여 하늘에 올리는 상주문을 쓰려고 했지. 그러자 엽씨는 나를 서쪽 조그만 채마밭에 있는 집으로 데리고 갔는데 그곳은 앞뒤 모두 큰 대나무들로 둘러싸여 있었고, 그들이 사는 곳과는 조금 떨어져 있었지. 섭씨는 '이곳이 가장 깨끗하고 조용합니다'라고 하였다.

나는 가지고 온 대나무 상자에서 주사와 부적, 붓 등의 도구를 탁자 위에 꺼내 놓았는데, 미처 붓을 들기도 전에 갑자기 몽롱해졌고, 뭐가 뭔지 알 수 없는 상태가 되었단다. 눈을 감고 자세히 들어 보니 몸이 허공에 뜨는 것을 느꼈고, 앉았던 곳이 흔들리고 솟아올라 조금도 안정된 곳이 없었어. 그런데 알고 보니 내 몸은 이미 대나무 끝에 묶여 있더구나. 한 식경이 지나 다시 원래 있던 곳으로 돌아왔는데 탁자와 창문에 똥과 오물이 낭자하게 묻어 있어 더 머무를 수가 없었어. 내가 그 요괴와 상대할 능력이 안 된다는 것을 깨닫고 급히 노복을 불러 견여를 타고 밖으로 나왔다. 십여 리 정도 가자 마침 도관이 보이기에 곧장 그곳에 가서 머물렀다. 정신이 조금 안정되자 비로소 대청으로 나와 북두성을 향해 향을 피우고 백 배를 올려 잘못을 뉘우친 후 물러나 상주문을 써서 태웠다.

이틀 밤을 묵고 나자 미약하나마 효험이 있는 듯하여 한 도사를 엽씨네로 보내 알아보게 하였어. 그자가 돌아와 '어제 큰불이 채마밭에 있는 집에서부터 일어나 대나무 숲을 다 태우고 불길이 산 뒤쪽의 높은 숲까지 다 번졌으며 대문 앞 가옥 수십 채와 토지신을 모신 작은 사당이 모두 불에 타고 말았습니다'라고 알려 주더구나. 나는 하늘에 올린 나의 상주문이 이미 효력을 발휘하고 있다는 것을 알았고 엽씨 집으로 돌아가 자세히 물으니 엽씨 집안 어른이나 아이 할 것 없이 모두 서로 축하하며 '딸이 여러 해 동안 혼미하여 사람을 알아보지 못했는데 오늘 막 깨어난 듯합니다'라고 말하였다."

그 딸은 이렇게 말하였다.

"작년에 방안으로 한 노인이 찾아와 중매를 서겠다고 하였습니다. 들락날락 네 번을 하고 또 며칠 지나자 금과 진주 등 폐백 상자 여러 개를 가져오더군요. 이어서 한 소년이 들어오는 것을 맞이하여 저와 부부가 되었습니다. 다음 날 저를 데리고 시댁으로 돌아가 시부모님께 인사를 드렸고, 그 외 백부와 숙부 되는 자 십여 명을 만났습니다. 시아버지는 매우 연로했는데, 여러 사람을 부르더니, '우리 집은 엽씨의 배향을 여러 대 받아왔는데, 너희들 젊은이들이 멋대로 불의를 저질렀으니 화가 반드시 우리에게 미칠 것이다. 왜 다른 곳 여자를 데려오지 않았느냐?'라고 나무랐습니다. 하지만 소년은 '이번 혼인은 중매쟁이의 도움을 받아 납폐를 제대로 하고 데려온 것입니다. 혼례의 예를 잘 갖추었는데 무엇이 두렵습니까?'라고 반문하였습니다.

후에 술사 여러 명이 왔다고 들었고 그때마다 반드시 힘을 합하여 대항했고 자주 이겼습니다. 그런데 노진관이 왔을 때 시아버지는 다시 사람들을 불러서, '내가 듣기로 노진관은 법력이 신통하여 다른 사람과는 비할 바가 아니라고 한다. 반드시 화를 면하지 못할 것이다'라고 우려하였습니다. 그러자 무리가 두려워 떨었습니다. 잠시 후 나를 부르는 목소리가 들렸고, 그들이 '진관이 너를 부른다'고 말하기에 저도 마침내 나가 보았습니다. 무리가 모두 뒤에서 따라왔고 서재에 이르렀을 때 갑자기 소리치고 웃으며 '진관이 네가 예쁘다고 하네, 왜 그에게 가 보지 않니?'라며 곧 나를 잡고 앞으로 밀었습니다. 노진관이 물러난 뒤 시아버지가 어찌된 일이냐고 묻더니 '일이 이렇게까지 되었으니 실로 노진관을 죽이는 것만이 최선이다. 지금 아직도 재앙이 남아 있구나'라며 탄식하였습니다.

그때 마침 모여서 식사하고 있었는데 문 안에서 갑자기 불길이 일더니 불꽃과 연기가 하늘에까지 솟구쳐 올라갔습니다. 시아버지가 가슴을 치고 통곡하며, '화가 닥쳤구나!'라고 말하고는 손으로 나를 밀쳐 내보내며, '너 때문에 우리 집이 망했다!'라고 하였습니다. 그제야 저는 비로소 돌아올 수 있었고, 불도 곧 꺼졌습니다."

"내가 평상시에 보았던 집과 누대까지 모든 것이 흔적도 없이 사라졌더구나. 소위 중매쟁이는 토지신이었단다. 이 일의 본말이 이러하니 이처럼 두려운 일이다. 나도 하마터면 그 화를 당할 뻔했는데 어찌 너희들이 응당 배울 수 있는 것이겠느냐?"

등언지가 이 이야기를 한 후 아직 두 가지 위기에 처했던 일화가 더 남아 있었지만 미처 다 말하기도 전에 죽었다.

饒廷直, 字朝弼, 建昌南城人. 第進士, 豪俊有氣節. 紹興七年, 以事
過武昌, 有所遇, 自是不邇妻妾, 翛然端居, 如林下道人. 自作詩紀其
事云："丁巳中秋夜半, 偶遊黃鶴樓, 忽遇異人授以祕訣, 所恨尙牽世
故, 未能從事於斯也, 因作詩以識之." 其詞曰："黃鶴樓前秋月寒, 樓前
江闊煙漫漫. 夜深人散萬籟息, 獨對淸影憑欄干. 一聲長嘯肅天宇, 知
是飱霞御風侶. 多生曾結香火緣, 邂逅相逢竟相語. 翛然洗盡朝市忙,
直疑身在無何鄕. 回看往事一破甑, 下視擧世俱亡羊. 嗟予局促猶軒
冕, 知是盧敖遊未遠. 他年有約願追隨, 共看蓬萊水淸淺."

後三年, 歲在庚申, 朝廷復河南, 以爲鄧州通判. 金人叛盟, 鄧城陷,
縊而死. 載其柩還鄕, 昇者覺甚輕, 然無敢發驗者. 或疑其尸解仙去云.
東坡公作「黃鶴樓」詩, 紀馮當世所言老卒遇異人事, 王定國亦載之於
書, 疑此亦其流也.

자가 조필인 건창군 남성현[3] 사람 요정직은 과거에 급제하여 진사
가 되었다. 그는 호방하고 기개가 있었다. 소흥 7년(1137) 일이 있어
악주 무창현으로 가는 도중 누군가를 만났는지 이때부터 처첩과 가
까이하지 않으며 평소 청정하게 생활하는 것이 마치 숲에 사는 도인
같았다. 그는 스스로 시를 지어 이 일에 대해 말한 적이 있다.

"정사년(1137) 추석 한밤중에 우연히 황학루[4]에 올랐는데 갑자기

3　南城縣: 江南西路 建昌軍 소속으로 현 강서성 중동부 撫州市 동남쪽의 南城縣에
　해당한다.

한 기인을 만났고, 그가 나에게 비결을 전해 주었다. 안타까운 것은 여전히 세속의 일에 얽매여 미처 그것을 쫓을 수 없음이라. 이에 사詞를 지어 그것에 대해 기록을 남기고자 한다."

그 사는 다음과 같았다.

황학루 앞 가을 달은 차가운데,
누각 앞을 흐르는 넓은 강에 안개가 자욱하네.
깊은 밤 사람들은 흩어졌고 온 세계가 고요하니,[5]
홀로 청량한 달빛 마주하며 난간에 기대어 있네.
한 번 길게 읊조리니 하늘 끝까지 고요히 울리고,
친구라곤 곧 저녁 식사와 노을, 그리고 불어오는 바람뿐이라네.
윤회를 거듭하여 향기롭고 불꽃 같은 인연을 맺어,
해후하여 서로 만나 마침내 이야기 나누네.
조정과 시장의 분주함을 청정하게 씻어 모두 털어내고,
곧 나의 몸이 있는 곳을 의심하니 어느 곳에도 없구나.
옛일을 뒤돌아 생각하니 한 조각 깨진 시루,
온 세상을 아래로 내려다보니 잃어버린 양들만 있네.
아아, 나는 몸을 움츠리며 고관의 자리를 망설이는데,
아는 것이란 초가에 머물며 멀지 않은 곳 돌아다니는 것뿐이라네.
다른 날 약속을 잡아 따라가,
봉래산 맑고 얕은 물을 함께 바라보기를.

---

4 黃鶴樓: 호북성 무한 武昌區 蛇山에 있는 누각이다. 삼국시대인 黃武 2년(223)에 군사용 전망대로 건설되었으나 이후 장강을 조망하는 명승지로 호남성 악양의 岳陽樓, 강서성 南昌의 滕王閣과 함께 강남 3대 누각으로 꼽힌다. 또 晴川閣·古琴臺와 함께 무한의 3대 명승으로 알려졌다.
5 萬籟息: 唐代 시인 常建의 「題破山寺後禪院」의 '萬籟俱息'에서 유래한 말이다. 강물소리, 바람소리, 새소리 등 세상의 모든 소리가 멈췄는데 오직 절의 종소리만 은은하게 들려온다는 말이다.

3년 후인 소흥 경신년(1140) 조정은 하남을 수복하였고 요정직은
등주⁶ 통판이 되었다. 금이 맹약을 어기고 등주성을 함락하자 요정직
은 목을 매어 자결하였다. 그의 영구를 들고 고향으로 돌아가는데 관
을 들던 자들은 관이 너무 가볍다는 것을 느꼈지만 감히 그 관을 열
어 보고 확인해 보려는 자가 없었다. 혹자는 그가 이미 시해선⁷이 되
어 사라졌을 것이라고 말했다. 소동파 공이 「황학루」 시를 지을 때
자가 당세인 풍경⁸이 전해 준 늙은 군졸이 기인을 만난 이야기에 빗
대어 시를 썼고⁹ 자가 정국인 왕공¹⁰ 또한 그 이야기를 책에 실었는
데, 이 이야기 역시 그와 같은 부류에 속하는 것이리라.

6 鄧州: 京西南路 소속으로 치소는 穰縣(현 하남성 南陽市 鄧州市)이고 관할 현은 5
   개, 州格은 節度州이다. 현 하남성 남서부 南陽市와 그 서남쪽에 해당한다.
7 尸解仙: 도교에서 말하는 신선의 3단계 가운데 하나이다. 위진 때 葛洪이 처음으
   로 제기한 견해로서 신선은 天仙·地仙·尸解仙의 3단계가 있다는 것이다. 도인
   이 득도하면 시신을 남긴 채 선계로 가거나 시신 대신 옷이나 지팡이 등 특정한 물
   건만 남기고 선계로 가는데 이를 가리켜 시해선이라고 한다.
8 馮京(1021~1094): 자는 當世이며 荊湖北路 鄂州 江夏縣(현 호북성 武漢市 武昌
   區) 사람이다. 鄕試·省試·殿試의 3단계를 모두 수석으로 합격한 수재로 유명하
   다. 이를 '三元及第'라고 하는데, '삼원급제'는 1,300년의 과거 역사상 15명에 불과
   하였다. 神宗 즉위 후 翰林學士·御史中丞 직을 맡았으며 王安石의 신법에 대해
   반대하고 대립하였으나 신종은 樞密副使·參知政事로 여전히 신뢰하였다. 哲宗
   때 樞密使로 추천받았으나 사양하였다. 철종이 직접 장례에 참여하여 애도할 정
   도로 비중 있던 인물이었다.
9 소동파가 쓴 「李公擇求黃鶴樓詩」는 황학루를 지키던 늙은 병졸이 배가 고파 잠을
   못 이루다가 신선을 만난 일화를 배경으로 하는데, 소동파는 이 일화가 馮京으로
   부터 들은 것이라 신뢰할 만하다는 말로 마무리하였다.
10 王鞏(1048~1118): 자는 定國이며 北京 大名府(현 하북성 邯鄲市 大名縣) 사람이
   다. 재상 王旦의 손자이며 工部尚書 王素의 아들로 張方平의 사위였다. 뛰어난 시
   재를 지녀 蘇軾의 절친으로서 정치적 부침을 같이하였다. 太常博士,·海州·密
   州·宿州 지사, 하남부 통판을 지냈다.

南城人饒邠, 大觀間預貢西上, 遂留近京, 館于士人胡質夫家. 胡亦
貢士也. 他日同入京, 暮投道店, 見老嫗以黃羅帕髮, 執靑蓋過門外,
類莊家人. 別有少女絶姝美, 相逐而去, 且行且眄, 光豔動人. 胡生惑
之, 率邠躡其後. 甫食頃, 怳迷所如, 益前進, 可六七里, 至一豪民居.
登其門, 老翁垂白負杖出, 自言爲史氏, 見客極喜, 迎肅殊有禮節.

廳事上掛觀世音像, 香花奉事甚嚴, 畫繪光彩, 非人間筆. 旣夕留宿,
休僕馬于外. 二子請入拜其嫗, 許之, 則逆旅所見者. 詢其故, 笑曰:
"早攜孫女訪姻戚, 薄暮歸, 不知二君在彼, 失於趨避, 深負愧怍." 頃又
呼孫女出, 眞國色也, 言談晤黠, 姿態橫生, 二子怳然心醉. 須臾, 引入
中堂, 供張華楚, 治具豐潔, 賓主酬酢歡甚. 半酣, 胡試挑其女, 女欣然
就之. 邠起便旋, 翁使乳婢秉燭從, 姿色亦可悅. 邠出, 盥手, 沃以水爲
戲, 皆大笑. 酒罷, 女侍胡寢, 婢侍邠寢, 皆熟寐. 及寤, 寒風襲人, 披
衣起視, 東方已白, 回顧無復華屋洞戶, 乃在楓林古木間. 二子相視歎
怖, 羣僕亦莫知所以然. 憫悗歸邸, 竟不測爲何物妖魅也.

건창군 남성현 사람 요빈은 대관 연간(1107~1110)에 성시에 참가[11]
하기 위해 서쪽으로 올라가 마침내 도성 근처에서 머무르게 되었다.
요빈은 사인 호질부 집에 묵었는데, 호질부 역시 성시를 준비하던 사
인이었다. 다른 날 함께 도성으로 들어가면서 저물녘이 되자 길가의

---

11 預貢: 예부에서 주관하는 省試에 참여할 자격이 주어진 수험생, 즉 貢生이 된다는
뜻이다.

숙소에 묵으려고 하였는데 그곳에서 황색 비단으로 머리를 싸맨 노파 한 사람을 보았다. 그녀는 푸른 우산을 쓰고 문 앞으로 지나고 있었는데 모습이 농가의 촌부 같았다. 그 옆에는 다른 한 소녀가 있었는데 매우 아름다웠다.

두 사람은 그들을 따라갔는데, 가는 도중에도 곁눈질하는 모습이 요염하여 사람의 마음을 움직였다. 호질부는 그녀에게 미혹되어 요빈을 이끌고 그 뒤를 밟았다. 한 식경이 막 지날 무렵, 황홀하고 미혹되어 더욱 앞으로 나아갔고 약 6~7리를 걸어 한 부잣집에 도착하였다. 그 문을 올라가 보니 노인이 백발을 늘어뜨리고 지팡이를 짚고 나와 자신이 사씨라고 말하였다. 손님을 보고 매우 기뻐하며 정중하게 맞이하는데 아주 예의가 있었다.

대청에는 관세음보살상이 걸려 있었고, 향을 피우며 매우 엄숙하게 모셨는데, 관세음보살 그림은 매우 광채가 빛나 사람이 그린 것 같지 않았다. 저녁이 되어 묵고 가려 하자 노복과 말이 밖에서 대기하고 있었다. 두 사람이 집에 들어가 그 노파를 뵙기를 청하니 허락해 주었다. 바로 전번 여관에서 만났던 그 노파였는데, 당시의 정황을 물으니 웃으며 말하길,

"아침에 손녀를 데리고 친척을 방문하고 초저녁이 되어 돌아가는 길이었습니다. 손녀는 두 분이 그곳에 있는 것을 몰라 미처 피하지 못하여 매우 두려워하며 부끄러워하고 있었습니다."

잠시 후 다시 손녀를 불렀는데 정말로 절세의 미인이었다. 말하는 것은 총명하고 영리하였으며 자태는 생기가 돌아 두 사람은 황홀해하며 마음을 쏙 빼앗겼다. 잠시 후 중당으로 그들을 데리고 가니 차려놓은 상이 매우 화려하고 음식은 모두 풍성하고 그릇은 깨끗하였

다. 손님과 주인이 술잔을 주고받으며 분위기가 무르익고 있었다. 술이 적당히 오르자 호질부는 손녀에게 장난을 쳤고 그녀도 흔쾌히 그를 따랐다. 요빈이 일어나 볼일을 보려고 하자 노인은 유모를 불러 등불을 들고 따르게 하였는데 그녀 역시 자태가 매우 아름다웠다.

요빈이 나와 손을 씻으며 물방울을 튀겨 희롱을 하며 함께 크게 웃었다. 술자리가 파하고 손녀는 호질부를 모시고 침상에 들고 유모는 요빈을 모시고 침상에 들어 모두 깊은 잠에 빠졌다. 그들이 깨어났을 때 차가운 바람이 몸을 엄습했고 옷을 여미며 일어나 보니 동쪽이 이미 밝아지기 시작했는데, 주변을 돌아보니 화려한 집과 대문은 다시 보이지 않았고, 그들은 단풍나무 숲 고목 사이에 있었다. 두 사람은 서로 바라보며 탄식하며 두려움에 떨었는데, 여러 노복 역시 어찌 된 영문인지 몰랐다. 황망히 숙소로 돌아왔는데, 끝내 어떤 요괴에 씌웠던 것인지 알 수 없었다.

　자고신이 쓴 남죽에 관한 시^{紫姑藍粥詩}

臨州謝氏, 家城西, 築圃蓺花, 子姪聚學其中, 暇日迎紫姑神, 作歌詩雜文. 友生江楠過焉, 意後生僞爲之而託以惑衆, 弗信也. 一日再至, 見執箕者皆童奴, 而詞語高妙, 頗生信心. 於是默禱求詩, 箕徐動曰: "德林素不見信, 曷爲索詩?" 漫贈絶句云: "末豆應急用, 屑楡豈充欲? 嗜好肖趙張, 蒼皇救文叔."

衆不曉所謂, 復禱□神, 願明以告我. 又徐書云: "第一句見『晉書』「石崇傳」, 第二句見『唐書』「陽城傳」, 第三句見『史記』「倉公傳」, 第四句見『後漢』「馮異傳」." 檢視之, 皆粥事也. 蓋是時, 官妓藍氏者, 家世賣粥, 人以'藍粥'呼之. 楠前夕方宿其館, 神因此戲之云. 德林, 楠字也.

임주¹²의 사씨는 성 서쪽에 살고 있었는데, 정원을 만들어 꽃을 심고 자제들과 조카들을 모아 그곳에서 공부하게 하였다. 한가로운 날에 그들은 자고신¹³을 모시며 시와 잡문을 짓고 놀았다. 그들의 친구인 학생 강남이 그곳을 지나갔는데, 그는 자고신이 그저 후대 사람들

---

12 臨州: 夔州路 忠州의 별칭이다. 충주는 진·한대 臨江縣이며, 553년 臨州를 설치한 이래 임강과 임주는 오랫동안 충주의 별칭으로 쓰였다. 현 중경시의 중앙 忠縣에 해당한다.

13 紫姑神: 자고는 착하고 가난한 여자였는데, 주인 여자의 질투로 1월 15일 변소에서 죽임을 당했다고 한다. 이에 그를 위로하고 동정하기 위한 행사를 크게 여는데, 자고가 생활한 부엌·변소 등을 돌며 신상에게 따뜻한 위로의 말을 해 주며 함께 눈물을 흘린다.

이 거짓으로 만들고 신을 빙자해서 대중들을 미혹시키는 것이라고 여기며 믿지 않았다.

하루는 그가 다시 왔을 때 키[14]를 잡고 있는 것은 전부 어린 노복들인데, 거기에 쓰여진 사詞에 쓰인 어휘가 매우 고아하고 아름다워 자못 믿음이 생겨났다. 이에 속으로 기도하여 시를 한 수 청하였는데 키가 천천히 움직이며 써지길,

덕림은 평상시 믿지 않더니 어찌 나에게 시를 구하는가?

그러면서 천천히 절구 하나를 내려 주길,

콩가루를 급히 쓰려는데,
느릅나무 가루로 어찌 충족되리오?
좋아하는 마음이 조금씩 생겨나니,
문숙이 창망히 글을 구하네.

사람들은 그 시가 무엇을 뜻하는지 몰라 다시 자고신에게 기도를 올려 그 뜻을 알려 달라고 하니 또 천천히 글이 써지며 이르길,

첫째 구는 『진서』 「석숭전」[15]에 있는 것이고,

---

14 箕: 丁자 형태의 나무틀 위에 추를 달아 모래판 위에 세우고 신령을 대신한 두 사람이 식지로 가로로 댄 나무 양쪽을 움직여 모래판에 글자를 써서 점을 치는 방식이다. 통상 扶乩라고 하며 架乩 · 運箕 · 扶箕 · 抬箕 · 扶鸞 · 揮鸞 · 降筆 · 葡紫姑 등 다양한 별칭이 있다.
15 末豆應急思: 石崇은 관리이면서 무역으로 큰돈을 벌어 매우 사치스러운 생활을 한 것으로 유명하다. 석숭은 자신과 사치 경쟁을 벌였던 王愷와 사소한 것까지 비교

둘째 구는 『신당서』 「양성전」¹⁶에,
셋째 구는 『사기』 「창공전」¹⁷에,
넷째 구는 『후한서』 「풍이전」¹⁸에 나오는 구절이다.

가서 살펴보니 모두 죽에 관한 일화였다. 대체로 그때 관기인 남씨가 대대로 죽을 팔고 있어 사람들은 그녀를 '남죽'이라 그를 불렀다. 강남이 전날 밤 그 집에 묵었기에 자고신이 이것을 가지고 놀리며 말한 것이다. 덕림은 강남의 자이다.

하며 경쟁하였는데, 그 가운데 하나가 죽을 빨리 끓여 손님을 접대하는 것이었다. 석숭은 콩을 미리 갈아서 가루를 만들어 둔 뒤 손님이 오면 흰죽에 콩가루를 넣어 빠르게 대접할 수 있게 함으로써 왕개와의 경쟁에서 우위를 점하였다. 본문의 '급히 콩가루를 쓴다'는 말의 유래다.

16 屑楡豈充欲: 매우 강직하고 청렴하며 인정이 많았던 陽城이 道州 자사가 되었는데, 도주에서는 유난히 난쟁이가 많아 궁중에 난쟁이를 공품으로 진상하여야 했다. 이들의 생이별을 본 양성은 공납을 거부하였다. 본문의 屑楡는 난쟁이를 뜻하는 侏儒와 비슷한 음을 들어 강남을 조롱한 것이다.

17 嗜好肖趙張: 淳于意는 齊의 도성에서 곡식 창고를 관리하는 업무를 맡았기 太倉公이라고 하였다. 순우의는 의학에 조예가 깊어 안색의 변화만으로도 병을 파악하고 치료할 수 있었다. 하지만 돌아다니며 놀기를 좋아해 장안으로 압송되어 처벌을 눈앞에 두고 있었는데 어린 딸의 간절한 간청으로 죄를 면하게 되었다. 본문에서는 순우의가 곡식을 관리하던 倉長임을 들어 趙張이라 비슷한 음을 들어 풍자하였다.

18 蒼皇救文叔: 馮異는 광무제 劉秀에게 거병을 촉구하면서 도탄에 빠진 백성들은 먹을 것만 있어도 만족할 것이라며 각처에 격문을 보내고 억울한 일을 해결하여 민심을 얻는 데 성공하였다. 풍이는 항상 겸손함과 함께 솔선수범하며 백성들에게 피해가 없도록 하는 데 각별한 신경을 썼다. 본문에서는 풍이가 먹는 것이 가장 중요하다는 것을 강조하였고 격문을 서둘러 돌렸음을 들어 강남을 비판하였다. 文叔은 劉秀의 字이다.

南城人劉生, 別業在城南三十里, 地名鯉湖. 時往其所檢視錢穀, 至
則必留旬日, 徘徊不忍捨. 嘗赴鄰家飮, 中夜未歸, 守舍僕倦甚, 就臥
主榻. 少頃, 見婦人衣二紅衫, 自外徑入, 登牀熟視, 審非劉生, 罵曰:
"爾何人, 輒睡于此?" 僕應聲推之, 脫手亟去, 翻身踰垣. 時月色正明,
隨逐之, 化爲花狗走出. 僕因是始疑主公留連不去之意, 蓋爲所惑也.
明日告鄰人, 則其家所蓄者殺之, 剖腹中已有異, 方知其怪變如此. 後
鄕人目之爲劉狗麼.(右四事南城人饒居中說.)

건창군 남성현 사람 유씨는 현성 남쪽 30리 떨어진 곳에 따로 별장
을 두었는데, 그곳의 지명은 이호였다. 때때로 그곳으로 가서 돈과
곡물을 잘 보관하고 있는지 검사하였으며 한 번 가면 반드시 열흘 정
도는 머물렀고 항상 머뭇거리며 차마 떠나지를 못했다.

일찍이 이웃집에 가서 술을 한잔하고 있는데 한밤중이 되어도 돌
아오지 않자 집을 지키던 노복들은 피곤이 밀려와 주인의 침상에 누
워 쉬고 있었다. 잠시 후 두 가지 붉은색 옷을 입은 한 여인이 밖에서
부터 곧바로 들어오는 것을 보았다. 그녀가 침상에 올라와 자세히 살
피더니 유씨가 아님을 알고서 욕하며 말하길,

"너는 뭐 하는 놈이냐. 어째 여기서 자고 있어?"

시종은 묻는 말에 대답하며 그녀를 밀어내자 그녀는 손에서 벗어
나 급히 나가더니 몸을 구부려 담을 넘었다. 당시 달빛이 매우 밝아
서 그녀를 쫓아가 보니 화려한 무늬의 개가 달려 나가고 있었다. 노

복은 그제야 비로소 주인이 이곳에 오면 연연해하며 가려 하지 않는 이유를 알게 되었으니 대략 그녀에게 미혹되었기 때문이었다. 다음 날 이를 이웃 사람에게 말하였고 그 집에서 키우던 그 개를 죽였다. 개의 배를 가르니 그 안에서 기이한 것이 있었고, 바야흐로 그 괴이한 것이 이처럼 변신했다는 것을 알았다. 이후 마을 사람들은 유씨를 '여자로 변신한 개에게 유혹된 유씨'라 불렀다.(위의 네 가지 일화는 남성현 사람 요거중이 말한 것이다.)

張珍奴者, 不知其所自來, 或云吳興官妓, 而未審也. 雖落風塵中, 而性頗淡素, 每夕盥濯, 更衣燒香, 扣天祈脫去甚切. 某士人過其家, 珍出迎, 見其風神秀異, 敬待之, 置酒盡歡而去. 明日又至, 凡往來幾月, 然終不及亂. 珍訝而問曰: "荷君見顧, 不爲不久, 獨不肯少留一昔, 以盡相□□歡, 豈非以下妾猥陋, 不足以娛侍君子耶?" □曰: "不然. 人情相得不在是, 所貴心相知爾."

他日酒半, 客詢珍曰: "汝居常更何所爲?" 對曰: "失身於此, 又將何爲? 但每夕告天, 祈竟此債爾." 客曰: "然則何不學道?" 曰: "迫於口體之奉, 何暇爲此? 且何從得師乎?" 客曰: "吾爲汝師何如?" 曰: "果爾, 則幸也." 起, 更衣炷香, 拜之爲師. 旣去, 數日不至. 珍方獨處, 漫自書云: "逢師許多時, 不說些兒个, 及至如今悶損我." 援毫之際, 客忽來, 見所書, 笑曰: "何爲者?" 珍不答而匿之. 客曰: "示我何害?" 示之, 卽續其後云: "別無巧妙, 與你方兒一箇: 子後午前定息坐, 夾脊雙門崑崙過, 恁時得氣力思量我."

珍大喜, 再三致謝, 自是豁然若有悟. 亦密有所傳授, 第不以告人, 然未知其爲何人也. 累月告去, 珍開宴餞之, 臨歧, 出文字一封曰: "我去後開閱之." 及啓緘, 乃小詞一首, 皆言修煉之事, 云: "坎離乾兌分子午, 但認取自家宗祖.[19] 煉甲庚更降龍虎. 地雷震動山頭雨, 要澆灌黃芽出土. 有人若問是誰傳? 但說道先生姓呂." 始悟其洞賓也. 遂齋戒謝賓客, 繪其象, 嚴奉事, 脩其說. 行之踰年, 尸解而去.

19 송대 판본은 이 뒤의 한 구가 결락되었다.

장진노라는 이는 어디서 왔는지 모르겠다. 누구는 그녀가 호주 오홍현의 관기라 하였지만, 자세히 알아보지 않았다. 비록 거센 바람이 이는 먼지 같은 세상에서 살고 있지만, 성정은 자못 담백하고 소박하여 매일 저녁 깨끗이 씻은 후 옷을 갈아입고 향을 피우며 속세를 벗어나게 해 달라고 하늘에 간절히 기도를 올리곤 하였다.

어떤 사인이 그 집을 지나니 장진노가 나와서 그를 맞았고, 그 사인의 풍채와 기풍이 빼어나고 남다른 것을 보고 극진히 대해 주었다. 술상을 보고 함께 즐겁게 마신 후 떠났지만, 그 사인은 다음 날 다시 오길 반복하여 몇 개월을 왕래했는데도 그는 난잡하게 굴지 않았다. 장진노가 의아해하며 묻기를,

"그대가 돌봐 주는 은혜를 입은 지가 결코 짧지 않은데 어찌 유독 하룻밤 묵어 함께하는 기쁨을 누리고 가시려 하지 않으십니까? 첩이 남루하다고 여기거나 그대를 모실 만하지 못하다고 여겨서 그러신 것이 아니겠습니까?"

사인이 답하길,

"그렇지 않아. 사람이 서로 정을 나누는 것이 그것에 있지는 않지. 귀중한 것은 서로 마음이 통하는 것뿐이라네."

다른 날 술을 마시며 흥이 올랐을 때 사인이 장진노에게 물어보길,

"너는 평상시 무엇을 하느냐?"

장진노가 대답하길,

"이런 곳에 몸담고 있으니 또한 무엇을 할 수 있겠습니까? 그저 매일 밤 하늘에 기도를 올리며 이번 생의 업을 다 갚을 수 있기를 바라는 것뿐이지요."

사인이 말하길,

"그렇다면 어찌하여 도를 배우지 아니하는가?"

그녀가 말하길,

"먹고 사는 것에 얽매여 무슨 시간이 있어 도를 배울 수 쓰겠습니까? 하물며 어디에서 스승님을 만날 수 있겠습니까?"

사인이 말하길,

"내가 너의 스승이 되면 어떠하겠느냐?"

대답하길,

"만약 그럴 수만 있다면 행운이지요!"

그녀는 일어나 옷을 갈아입고 향을 피우고 그에게 재배하며 스승으로 맞았다. 그가 떠나고 여러 날이 지나도록 오지 않았다. 장진노는 마침 홀로 있으면서 천천히 스스로 글을 쓰기를,

"스승을 만난 지 여러 날 되었지만 어떤 것도 말씀이 없네. 지금에 이르도록 나를 답답하게 하고 힘들게 하네."

붓을 거두고 있는 사이 사인이 갑자기 나타나 그가 쓰고 있는 것을 보고 웃으며 말하길,

"무엇을 썼는가?"

장진노가 답을 하지 않고 그것을 숨겼다. 사인이 말하길,

"나에게 보여 주는 것이 무슨 해가 된다고?"

그것을 보여 주니 곧이어 말하길,

"달리 기묘한 법이 있는 것이 아니다. 내가 너에게 방법 하나를 주겠다. 너는 앞으로 오전에 자리를 바로잡고 앉아서 호흡하며 등을 양쪽 문 사이에 대고 '곤륜을 건넌다'고 생각할 때 기력이 생기면 나를 생각하여라."

장진노는 매우 기뻐하며 거듭 감사하였다. 이때부터 확연하게 깨

닫는 바가 있는 것 같았다. 그 사인은 또 비밀리에 전수해 주는 바가 있었지만, 다만 다른 이에게 이를 알리지 말라고 하였다. 그래서 그 자가 어떤 사람인지 알 수 없었다. 여러 달 지나자 떠난다고 하였고, 장진노는 연회를 베풀어 그를 대접하였고, 그는 이별하면서 편지 한 통을 꺼내어 주면서 말하길,

"내가 가고 나면 이것을 열어 보아라."

이에 봉한 것을 열어 보니 짧은 사가 한 수 쓰여 있었는데 모두 수련과 관련된 일이었다. 그 내용은 다음과 같다.

감괘가 떠나고 건괘가 이탈되어 자오선을 나누니,
다만 집안의 조상으로부터 겨우 가져온 것이라네.

…
갑경[20]을 연마하니 다시금 용과 호랑이 같은 힘이 내려오네.

땅에 우레가 쳐 진동하며 산꼭대기에 비가 내리니,
물이 흘러 배추 순이 땅에서 나오네.

어떤 사람이 만약 누가 전한 것이냐 물으면,
그저 도를 전하는 여선생이라고 답하시게.

그제야 비로소 그가 여동빈[21]임을 깨달았다. 곧 장진노는 계율을

---

20 甲庚: 매우 다양한 어의를 지니고 있는데, 甲은 '拆', 즉 '만물을 나누어 꺼냄'을, 庚은 '更', 즉 '만물을 수렴하여 實하게 함'을 뜻한다. 또 甲庚은 '甲山庚向'의 준말로 '동쪽에 앉아 서쪽을 향한다'는 말이다. 한편 과거에 장원급제한 나이를 뜻하는 말이기도 하다.

지키며 빈객을 맞는 일을 사절했고, 여동빈의 상을 그려서 극진하게
그를 모셨다. 그리고 그의 말에 따라 수련했다. 수행한 지 여러 해 지
나자 시해선이 되어 선계로 떠났다.

---

21 呂洞賓: 이름은 嵒 혹은 巖이고, 자는 동빈, 호는 純陽子이며, 唐 河東道 芮州 芮城
    縣(현 산서성 運城市 芮城縣) 사람이다. 終南山에서 수도한 八仙의 한 사람으로
    전해지며 많은 신비한 고사의 주인공이 되었다. 華陽巾을 즐겨 쓰고 황백색의 襴
    衫을 입고 검을 들고 큰 비단끈을 매고 다닌다고 알려졌으며, 잡극의 주인공으로
    송대 민간에서 가장 환영받는 신선 가운데 하나였다.

袁從政, 宜春人. 紹興庚辰登第, 調郴縣尉. 先是, 筠州上高陳氏女
新寡來歸, 以妻袁, 夫婦相歡, 嘗有"彼此勿相忘, 一死則生者不得嫁
娶"之約. 旣之官, 未滿秩, 陳亡. 不能挈柩歸, 但殯道旁僧舍之山下.
再調桂陽軍平陽丞, 遂負前誓, 更娶奉新涂氏女, 相與赴平陽. 道由是
寺, 同年有官於彼者爲具召之. 才就坐, 見故妻從外來, 戟手罵云: "平
生之誓云何, 今反負約邪? 不捨汝矣!" 袁但向空咄咄, 如與人言. 又呼
從史令回城隍牒, 史駭愕, 漫應云: "已回牒了." 袁終席不復顧主人,
不告而起, 歸與涂氏說其詳, 中夜發狂出走. 涂追照以燭, 袁吹滅之, 竟
赴井死.

　원주 이춘현 사람 원종정은 소흥 경신년(30년, 1160) 과거에 급제하
여 침주 침현[22]의 현위로 부임하게 되었다. 이보다 앞서 균주 상고
현[23] 진씨의 딸이 마침 과부가 되어 친정에 와 있었다가 원씨와 혼인
을 하였다. 부부 사이가 좋았고, 일찍이 '피차 서로를 잊지 말고 한 사
람이 죽으면 남은 사람은 재혼하지 않는다'는 약속을 맺었다. 그가
관직에 부임한 후 임기를 다 채우지 못했는데 진씨가 사망하였다.

　원종정은 아내의 영구를 끌고 돌아갈 수가 없어 다만 관을 길가 사
찰이 있는 산 아래 초빈하였다. 다시 계양군[24] 평양현[25] 현승으로 부

22　郴縣: 荊湖南路 郴州 소속으로 현 호남성 남동부 郴州市의 城區에 해당한다.
23　上高縣: 江南西路 筠州 소속으로 현 강서성 서북부 宜春市의 중남쪽 上高縣에 해
　　당한다.

임하게 되어 마침내 앞에 했던 맹세를 어기고 다시 홍주 봉신현[26] 도씨의 딸을 아내로 맞아 함께 평양현으로 가게 되었다. 가는 길에 그 절을 지나게 되었고, 그곳에 그와 같은 해 과거에 급제한 관원이 있어 원종정 일행을 불러 함께했다. 막 자리에 앉자마자 전처 진씨가 밖에서 들어오는 것이 보였다. 그녀는 화가 머리끝까지 나서 삿대질하고 욕하며 말하길,

"평생의 맹세에서는 뭐라고 하였느냐? 그런데 지금 이렇게 약속을 어길 수 있어? 네놈을 가만두지 않을 것이다."

원종정은 다만 공중을 향해 마구 소리치고 있었는데, 마치 누군가와 말하는 듯 보였다. 또 수행하는 서리를 불러 성황당으로 문서를 보내라고 하였다. 서리는 깜짝 놀라며 얼렁뚱땅 넘기며 대답하길,

"이미 문서를 보냈습니다."

원종정은 자리를 뜨면서 초대한 사람을 더는 안중에 두지도 않았다. 원종정은 인사도 하지 않은 채 일어나 도씨에게 돌아가 상세하게 이야기해 주었다. 그는 한밤중에 발광하며 집 밖으로 나갔고, 도씨가 쫓아가 촛불로 비추자 원종정은 입김을 불어 꺼 버렸다. 그리고 마침내 우물에 뛰어들어 자살하였다.

---

24 桂陽軍: 荊湖南路 소속으로 본래 桂陽監에서 승격되었다. 치소는 平陽縣(현 호남성 郴州市 桂陽縣)이고 관할 현은 藍山縣·平陽縣 2개이다. 현 호남성 남동부 郴州市의 남쪽에 해당한다.

25 平陽縣: 荊湖南路 桂陽軍의 치소로서 현 호남성 남동부 郴州市의 서남쪽에 해당한다.

26 奉新縣: 江南西路 洪州 소속으로 현 강서성 북서부 宜春市 북동쪽의 奉新縣에 해당한다.

張季直, 中原人. 待湖北漕幕缺, 寓居豫章龍興寺. 嘗晝寢, 恍惚間
聞人拊掌笑曰: "休休得也□(岡), 雲深處高臥斜陽." 驚起視之, 無見
也. 再就枕, 復聞之. 張不敢寐, 走出, 訪寺僧. 僧曰: "昔年有秀才以賣
詩爲生, 病終此室, 豈其鬼乎?" 張悚然, 立丙休官, 不半年亦死. 及葬
西山, 其地名'得也岡'云.(右三事李叔達說.)

중원 사람 장계직은 호북전운사 막료 자리가 비기를 기다리며 잠시 예장의 용흥사[27]에 머물고 있었다. 일찍이 낮잠을 자고 있는데, 몽롱한 가운데 들으니 사람이 박수 치고 웃으며 말하길,

"득야강에서 쉬세요. 구름이 깊고 높은 곳에 누워 비스듬히 햇빛을 받으세요."

놀라 일어나 자세히 살펴보니 아무것도 보이지 않았다. 다시 취침하려고 하는데 또 그 소리가 들렸다. 장계직은 감히 잠을 이루지 못하고 나와 걷다가 절로 승려를 찾아갔다.

승려가 말하길,

"예전에 한 수재가 여기에서 시를 팔며 생계를 꾸리고 있었는데 병이 들어 이 방에서 죽었지요. 그 귀신이지 않을까요?"

---

[27] 龍興寺: 당 貞觀 연간(627~649)에 선승 馬祖道一이 창건한 선종 발원지의 하나로 유명하다. 현 강서성 南昌市 南昌縣 蓮塘鎭에 있다.

장이 송연해져서 곧 휴직을 신청하였으나 반년도 되지 않아 죽고
말았다. 서산에서 장사 지냈는데, 그곳 지명이 바로 '득야강'이었다.
(위의 세 가지 일화는 이숙달이 말한 것이다.)

黃州赤壁・竹樓・雪堂諸勝境, 以周公瑾・王元之・蘇公遺蹟之故,
名聞四海. 紹興戊午, 郡守韓之美・通判時衍之, 各賦齊安百詠, 欲刊
之郡齋. 韓夢兩君子, 自言爲杜牧之及元之, 云: "二君所賦多是蘇子瞻
故實, 如吾昔臨郡時, 可紀固不少, 何爲不得預? 幸取吾二集觀之, 采
集中所傳, 廣爲篇詠, 則盡善矣." 韓夢覺, 且愧且恐, 方欲取『樊川』・
『小畜』二集, 益爲二百詠, 會將受代不暇作, 遂幷前百詠皆不敢刊.

　　황주에는 적벽,[28] 죽루,[29] 설당[30] 등 여러 명승고적이 있는데 자가
공근인 주유,[31] 자가 원지인 왕우칭,[32] 소식 등과 관련한 유적이었기

28　赤壁: 호북성 내 적벽은 2개가 있다. 하나는 황주적벽(현 호북성 黃岡市 黃州區)으
　　로 청대에 소동파의 글을 새겨 두어 동파적벽이라고도 한다. 또 하나는 浦圻적벽
　　으로 鄂州 浦圻縣(현 호북성 咸寧市 赤壁市)에 있다. 황주적벽은 장강 북쪽에 있
　　고, 포기적벽은 장강 남쪽에 있다.

29　竹樓: 王禹稱이 황주 자사로 폄적되어 지내면서 지은「黃州新建小竹樓記」로 인해
　　유명해졌다. 黃州市 黃州區 陶店鄕에 있다.

30　雪堂: 소동파가 황주에 폄적되어 지내면서 지은 작은 건물로 사방 벽에 설경을 그
　　려 넣고 '雪堂'이라 이름지었다. 설당은 소동파의「黃州雪堂記」로 인해 더욱 유명
　　해졌다. 동파절벽의 뒤에 있다.

31　周瑜(175~210): 자는 公瑾이며 廬江(현 안휘성 合肥市) 사람이다. 孫策을 도와 오
　　의 기틀을 닦았고, 孫權을 도와 오를 안정시켰으며 적벽대전(208)의 주역으로 조
　　조를 대파하여 삼국시대를 열었다. 뛰어난 외모와 영웅의 자질을 구비하였으나
　　36세로 병사하였다.

32　王禹稱(954~1001): 자는 元之이며 京東東路 濟州 鉅野縣(현 산동성 荷澤市 巨野
　　縣) 사람이다. 시인이자 문장가로 이름이 높았으며 청렴하고 강직한 성품과 직언
　　으로도 유명하였으나 그로 인해 자주 유배되었다. 한림학사 知制誥와 황주 지사

때문에 전국에 이름이 난 곳이다. 소흥 무오년(8년, 1138), 황주 지사 한지미와 통판 시연지는 각자 제안[33]에 대한 부賦 100수를 지어 주의 관사에 그것을 새겨 두고자 하였다. 한지미가 꿈에 두 명의 군자를 보았는데 그들은 자신이 자가 목지인 두목[34]과 왕우칭이라며 이르기를, "그대 두 사람이 지은 부는 대부분 자가 자첨인 소식의 옛이야기에 관한 것이다. 우리도 예전에 황주 지사를 맡았을 때 기억할 만한 일들을 적지 않게 남겼는데 어찌 글에 넣지 않았는가? 바라건대, 가서 우리 두 사람의 문집을 자세히 보고 문집에서 전하는 내용을 골라 너희가 짓는 부의 편수를 넓힌다면 매우 좋을 것이다."

한지미가 꿈에서 깨어 한편으론 부끄럽기도 한편으론 무섭기도 하여 바야흐로 가서 『번천문집』과 『소축집』 두 문집을 찾아보고 부를 지어 200수가 되었다. 하지만 마침 임기가 끝나 더 작업할 겨를이 없어 마침내 앞의 100수도 모두 감히 판각하지 못하였다.

를 역임하였다. 『小畜集』을 남겼다.

33 齊安: 黃州의 별칭이다. 南朝 齊의 高帝 蕭道成은 왕조의 안정을 기원하여 '齊·安·寧·義·昌' 등의 글자를 이용하여 많은 지명을 지었다. 당시 황주를 齊安郡이라고 한 뒤 황주의 별칭으로 쓰였으며, 송대 황주의 郡號도 齊安郡이다.

34 杜牧(803~852): 자는 牧之이며 京兆府(현 섬서성 西安市) 사람으로 『通典』을 지은 杜佑의 손자이다. 監察御史와 殿中侍御史, 黃州·池州·睦州·湖州 자사를 역임하였다. 시문에 뛰어났으며 호방한 성품으로 「阿房宮賦」를 비롯한 많은 작품이 있고, 『樊川文集』을 남겼다.

이견정지 【二】

黃人何琥, 東坡門人何頡斯擧之子也. 兵革後寓居鄂渚, 每歲寒食
必一歸. 紹興戊午, 黃守韓之美重建雪堂, 理坡公舊路, 時當中春, 琥
適來游, 夢坡公告之曰: "雪堂基址比吾頃年差一百二十步, 小橋細柳
皆非元所, 汝宜正之." 夢中歷歷憶所指, 不少忘. 明日, 往白韓. 韓如
其言, 悉改定. 他日, 有故老唐德明者, 八十七歲矣, 自黃陂來觀, 歎
曰: "此處眞蘇學士故基也."(右二事韓守說.)

　　황주 사람 하호는 자가 사거인 동파의 문인 하힐의 아들이다. 송금
전쟁이 있은 뒤 악저[35]에 머물렀는데 매년 한식 때마다 반드시 고향
을 다니러 왔다. 소흥 무오년(8년, 1138) 황주 지사 한지미가 설당을
중건하면서 소동파가 예전에 걷던 길을 수리하고 있었다. 당시 봄 2
월이었는데, 하호가 마침 황주에 와서 지내고 있었다. 그는 꿈에 소
동파를 보았는데, 그에게 말하길,

　　"설당의 현재 터는 내가 살던 그때보다 120보나 차이가 난다. 작은
다리며 가는 버드나무 위치가 모두 원래의 위치가 아니다. 너는 마땅
히 가서 바로잡아 주어라."

　　꿈속에서 가르쳐 준 곳이 분명하게 기억이 났고 조금도 잊어먹지
않았다. 다음 날 가서 한지미에게 말해 두었다. 한지미는 하호의 말

---

[35] 鄂渚: 荊湖北路 鄂州의 별칭이다. 隋가 처음 鄂州를 설치한 곳이 장강 가운데 있는
삼각주인 데서 유래하였다. 현 호북성 武漢市에 해당한다.

대로 모두 고쳤다. 다른 날 그 지역의 노인으로 나이가 87세나 되는 당덕명이라는 이가 황피현[36]에서 와서 보고는 감탄하며 이르길,

　"이곳이 정말 소학사[37]의 옛 설당 터이로구나."(위의 두 가지 일화는 지사 한지미가 한 이야기다.)

---

[36] 黃陂縣: 淮南西路 黃州 소속으로 현 호북성 동부 武漢市 북쪽의 黃陂區에 해당한다.

[37] 蘇學士: 소동파의 별칭 가운데 하나이다. 翰林院에서 학사를 지낸 데서 유래하였다.

濟南李茇, 字定國, 寓臨安軍營中, 以聚學自給, 暇則縱游湖山. 嘗
欲詣淨慈寺, 過長橋, 於竹徑迷路, 見靑衣道人林下斸笋, 茇揖之. 道
人問所往, 曰: "將往淨慈, 瞻禮五百羅漢." 道人曰: "未須去, 且來同食
燒笋." 食之甚美. 俄風雨晦冥, 失道人所在. 茇皇懼, 伏林間. 少頃雨
止, 尋徑而出, 至寺門下, 覺身輕神逸, 行步如飛. 泊歸舍, 不復飮食.

其從兄大猷爲諸王宮敎授, 將之任, 遣僕致書. 見其顔如桃紅, 且能
辟穀, 以語大猷. 及大猷至, 卽已去, 云游茅山矣. 後又聞入蜀, 隱靑城
山. 大猷爲梓路提刑, 使人至眉訪所在, 眉守復書報: "數年前已輕擧乘
雲而去, 今唯繪像存."

　자가 정국인 제남부 사람 이발이 임안부의 군영에 잠시 머물 때 학
생들을 모아서 가르치면서 생계를 유지했는데 한가로울 때는 자유로
이 서호와 주변 산을 돌아다녔다. 일찍이 정자사[38]에 가려고 긴 다리
를 건너는데 대나무 숲에서 길을 잃었다. 푸른색 옷을 입은 도인이
숲 아래에서 죽순을 캐고 있는 것을 보았고, 이발은 읍을 하며 인사
했다.

　도사가 어디를 가느냐고 묻자 대답하길,

　"정자사를 가려고 합니다. 가서 오백 나한에게 예를 올리려고요."

38　淨慈寺: 서호 남단 南屛山 慧日峰 아래에 있는 사찰로서 954년에 창건된 서호의 4
　대 고찰 가운데 하나이다.

도사가 말하길,

"꼭 갈 필요는 없으니 잠시 와서 함께 구운 죽순을 먹읍시다."

구운 죽순을 먹어 보니 매우 맛났다. 잠시 후 바람이 불고 비가 와서 어두워졌고 도인은 어디론지 사라졌다. 이발은 황당하고 무서워 숲에서 숨어 있었다. 잠시 후 비가 그치고 길을 찾아 나오니 절 문 앞에 다다랐다. 몸이 가벼워지고 정신이 고양되었음을 느낄 수 있었고 걸음걸이가 나는 듯 가벼웠다. 정자사에서 집으로 돌아온 이후부터 더는 음식을 먹지 않았다.

이발의 사촌 형 이대유는 제왕궁교수[39]가 되어 장차 부임하러 가면서 노복을 보내 그에게 편지를 전했다. 노복이 이발을 보니 안색이 복숭아처럼 붉었고, 능히 곡식을 먹지 않을 수 있었다. 노복은 이런 사실을 모두 이대유에게 말하였다. 이대유가 찾아왔을 때 이발은 이미 어디론가 떠나고 없었는데, 누군가 말하길 이발이 모산에서 노닌다고 하였다.

후에 또 사천으로 들어갔다고 전해 들었고 청성산[40]에서 은거한다고도 하였다. 이대유가 재주로[41] 제점형옥공사가 되자, 사람을 미

---

39 諸王宮敎授: 개봉부와 임안부에 개설한 宗子學 모든 학교의 교수로서 崇寧 3년 전에는 대학교수와 소학교수를 구분하였으나 그 후로는 겸직하게 하였다. 남송 때도 1인이 겸직하였기 때문에 정식 명칭은 諸王宮大小學校敎授였고 宮敎·宮學敎授라도도 칭하였다. 정8품관이었다.

40 靑城山: 사천성 成都市 都江堰市 서남쪽에 있는 도교의 4대 명산 가운데 하나다.

41 州路: 乾德 3년(965), 북송은 後蜀을 멸망시키고 成都府(현 사천성 成都市)를 치소로 한 西川路를 설치하였다. 開寶 6년(973)에 서천로 동부지역을 분리하여 夔州를 치소로 하는 峽路를 신설하였고, 咸平 4년(1001)에 다시 峽路의 서남부 지역을 분리하여 梓州를 치소로 하는 梓州路를 신설하면서 峽路를 夔州路로 개칭하였다. 재주로는 11개 州·1개 軍·1개 監을 관장하였다. 川南이라고도 한다.

주⁴²로 보내서 이발이 있는 곳을 찾아보게 하였지만, 미주 지사는 답신을 보내 이르길,

"여러 해 전에 이미 가볍게 몸을 일으켜 구름을 타고 가 버렸고, 지금은 오직 그의 초상화만 남아 있습니다."

42 眉州: 成都府路 소속으로 치소는 眉山縣(현 사천성 眉山市)이고 관할 현은 4개이며 州格은 防禦使州이다. 현 사천성 중남부에 해당한다.

殿前司遊弈軍卒李立, 以貧隷兵籍, 日爲主將刈馬芻. 嘗至湖山深
僻無人處, 遇女子, 秀麗姝少, 類仕宦家人, 自邀與合, 仍以衣服遺之.
自是日會其地, 且時致錢帛給用度, 立賴是少蘇. 其徒積訝之, 意必盜
也, 共白主將. 密使察之, 無他故, 始疑其必有異遇, 因善術者宋安國
試扣焉. 宋使呼立, 立至, 作法召女子亦來, 曰："妾非今世人, 蓋唐時
蕭家女. 立宿生前乃白侍郞子, 相許結昏, 未嫁而妾不幸爲洛中神物所
錄, 遂弗克諧. 立福力淺薄, 展轉墮爲馬曹, 然妾一念故未嘗捨也. 近
者與神緣盡, 得自由, 遍求白氏子後身, 到此乃知爲李立, 遂與償夙契.
憐其苦貧, 是以賙給之爾."宋曰："汝所與物, 得非竊取乎?"曰："非也,
皆取諸豪貴家有餘者."宋曰："汝可速去, 勿復顧戀, 恐詒後患. 吾當移
文東嶽, 令汝受生."女唯唯拜謝而退, 後果不復見. 立貧如初.(右二事
皆童敏德藻之說.)

전전사[43] 유혁군[44] 소속 병졸 이립은 가난하여 병적에 이름을 올리
고 매일 유혁군 도통제[45]을 위해 말의 꼴을 베는 일을 하였다. 일찍이

---

43 殿前司: 牙軍이라는 私兵 위주로 편제된 오대의 군편제는 점차 侍衛親軍으로 통합
되었으나 시위친군이 쿠데타의 주역이 되어 황권을 위협하자 이를 분리하여 전전
사를 설치하였다. 송조는 황제 직할 중앙군(禁軍)을 전전사와 侍衛司로 나누었다.
초기에는 都點檢·都指揮使·都虞候 등을 두었으나 후에는 도점검 직을 없앴다.

44 遊弈軍: 송대 전전사 소속 금군 병력은 총 7만여 명이었으며, 前軍·後軍·中軍·
左軍·右軍·護聖軍·踏白軍·先鋒軍·策先鋒軍·神勇軍·破敵軍, 그리고 遊突
軍으로 구성되었으며 별도로 明州 水軍이 있었다.

45 主將: 御前諸軍都統制의 약칭이다. 남송 때 변방에 주둔하던 군대의 총사령관으

호수와 산의 깊고 외지며 사람이 없는 곳에 다다른 적이 있었는데, 그곳에서 한 여자를 만났다. 빼어나게 아름답고 청순한 소녀였는데 관원 집 딸 같아 보였다. 그녀는 이립을 불러 함께했고 옷가지 등을 이립에게 주었다. 그때부터 매일 그곳에서 이립과 만났고, 수시로 돈과 비단을 주어 쓸 수 있게 하였다. 이립은 그것에 의지하여 생활이 조금씩 나아졌다.

그의 동료들은 한동안 그것을 기이하게 여겼고 분명 그가 도둑질했을 것으로 생각해 도통제에게 일러바쳤다. 도통제는 몰래 그를 살펴보게 하였으나 특별히 다른 일은 없었다. 그러자 비로소 그가 반드시 기이한 것에 홀린 것으로 의심하여 법술에 능한 송안국이라는 이를 불러 시험 삼아 조사하게 하였다.

송안국은 사람을 시켜 이립을 불러오게 하였고 이립이 오자 법술을 부려 여자도 함께 오게 했다. 그녀가 말하길,

"저는 이 세상 사람이 아닙니다. 대략 당나라 때 소씨 집안 딸이지요. 이립은 오랜 전생에 백시랑의 아들로서 우리는 서로 결혼하기로 하였는데 제가 시집을 가기도 전에 불행히 낙양에서 신에게 바치는 제물이 되어 마침내 해로할 수가 없었습니다. 이립은 쌓아 둔 복이 얇고도 얇아 이리저리 구르다가 마부로 전락하였지만 저는 옛 인연을 생각하며 일찍이 그를 버린 적이 없습니다. 근자에 모시던 신과의 인연이 다하여 겨우 자유를 얻었고 백방으로 백씨 아들의 후생을 찾아 헤맸고 여기에서 비로소 이립이 그인 것을 알게 되었습니다. 그래

로 남송 건국기에는 太尉(정2품), 절도사(종2품), 承宣使(정4품)으로 임명하였다. 통상 都統・都統制・統帥 등과 함께 主將・主帥라고 칭하였다.

서 그 옛날의 약속을 보상해 주려고 하였던 것입니다. 그가 가난한 것을 불쌍히 여겨 제가 그에게 재물을 보태 주었을 뿐입니다."

송안국이 묻길,

"네가 이립에게 준 물건은 도둑질하여 가져온 것이 아니냐?"

그녀가 답하길,

"아닙니다. 모두 권세가와 부잣집에서 남은 것을 가져온 것입니다."

송안국이 말하길,

"너는 속히 가거라. 다시는 돌아보며 연연해하지 말거라. 그리하면 아마도 후환이 닥칠 것이다. 내가 마땅히 동악대제에게 문서를 보내 네가 다음 생을 받을 수 있도록 해 주마."

여자는 공손히 답하고 감사의 절을 올리며 물러났고 이후에는 정말로 다시는 나타나지 않았다. 이립은 처음과 같이 가난하게 되었다.(위의 두 가지 일화 모두 자가 덕조인 동민이 말한 것이다.)

이견정지

衢人留怙彥彊, 年二十餘進士及第, 調官歸鄉, 常獨處一室. 其地濱水, 水次皆芰荷, 景趣奇迥. 忽若有所遇, 家人莫得而知也. 第怪其入室即局戶, 非溫凊與賓客至, 輒不出. 人竊疑之, 而不可問. 後因易衣浣濯, 家人得珠囊於帶間, 皆北珠結成, 而極圓瑩粲潔, 非世能有. 所串銀線柔軟光好, 不可名狀, 囊中香氣又特異. 持以叩所自來, 不肯言.

伺間密聽之, 時聞弈棋下子聲, 遂作計啓關, 掩其不備, 乃一美婦人對局. 見外人至, 急趨入屛後. 就視之, 無所睹. 父兄意其鬼魅, 深以爲憂, 呼方士巫者治禳百方, 終不驗. 而怙顏貌充壯, 了不類困於異物者. 及將赴官, 始絶不至. 所存珠佩, 其父遣擲棄海中.

怙生平康寧無疾, 至老嗜欲不衰, 年八十餘尙有少妾十輩. 官至中大夫, 年幾九十. 晚年, 人問昔所遇, 曰:"水仙也." 當時失不詢名氏, 無得而傳, 蓋得養生之術於彼云.(其曾孫淸卿說.)

자가 언강인 구주 사람 유호[1]는 20여 세에 진사 급제하여 관직 부임을 기다리며 고향에 돌아와 있었다. 그는 평상시 혼자 방에서 지냈는데 그 방은 호수에 접해 있었고 물가에는 마름이나 연꽃이 가득하여 그 풍경이 매우 좋았다. 그는 갑자기 누군가를 만난 듯 행동했는데 가족들은 그에 대해 알 수가 없었다. 다만 가족들은 그가 방에 들

---

[1] 留怙: 자는 彥彊이며 兩浙路 衢州(현 절강성 衢州市) 사람이다. 元豊 2년(1079)에 과거에 급제하여 宣和 5년(1123)에 撫州 지사, 建炎 1년(1127)에 강남서로 提點刑獄公事를 지냈다. 관직은 刑部 郎中에 이르렀다.

어가면 문을 걸어 잠그고, 덥거나 춥거나 손님이 왔을 때를 빼고는 번번이 나오지 않는 것이 이상할 따름이었다. 사람들은 조금씩 그를 의심하였지만, 이유를 물어볼 수는 없었다.

후에 옷을 갈아입고 몸을 씻고 있을 때 가족들은 허리띠에서 구슬 주머니를 발견했는데 모두 북방 진주[2]로 이루어져 있었고 매우 둥글고 빛이 나며 깨끗해서 이 세상의 것으로 보이지 않았다. 구슬을 엮은 은색 실 역시 부드럽고 광택이 좋았으나 뭐라 이름 지을 수 없었고, 주머니에서 나는 향기 또한 매우 특이했다. 그것을 가지고 그에게 어디서 났는지 물어보았지만 말하려고 하지 않았다.

몰래 방 앞에 가서 안에서 나는 소리를 들어 보니 때때로 바둑을 두며 바둑알을 놓는 소리가 들리기에 마침내 계획을 짜 그가 대비하지 못했을 때를 노려 문을 열어 보니 곧 한 아름다운 여인과 바둑을 두고 있었다. 바깥사람이 들어오는 것을 보자 여인은 급히 병풍 뒤로 피했다. 병풍 뒤로 가서 보니 그녀는 사라지고 없었다. 아버지와 형은 그가 귀신에게 홀렸다고 생각하고 크게 걱정하면서 방사와 무당을 불러 백방으로 그를 치료하고자 하였지만 결국 아무런 효험도 없었다.

그러나 유호의 안색과 모습은 건강함이 넘쳤으니 조금도 요괴에게 괴롭힘을 당하는 것처럼 보이지 않았다. 곧 부임해야 할 때가 되니 비로소 여인이 더는 오지 않았다. 가지고 있던 구슬 주머니는 아버지

---

2 北珠: 松花江 하류와 그 지류에서 채취되는 진주로서 재질이 균일하고 맑으며 광택이 좋은 극상품으로서 거란 · 여진에 의해 알려지기 시작하여 공납품이 되었다. 큰 것은 반치 정도이고 작은 것은 콩만 하다. 東珠라고도 한다.

가 가지고 가서 바다에 버렸다.

　유호는 평생 건강하고 병이 없었는데, 나이가 들어도 즐기고자 하는 욕망은 줄어들지 않아 80여 세가 되도록 젊은 첩 십여 명을 두었다. 관직은 중대부에 이르렀고 나이는 거의 90세 가까이 살았다. 만년에 어떤 사람이 예전에 그가 만났던 여자에 관하여 물어보자 그가 답하길,

　"물의 신선입니다."

　당시 유호에게 그녀의 이름을 물어보지 못했기에 전할 수가 없는데, 대략 양생의 술법도 그녀에게서 배운 것이라고 한다.(이 일화는 유호의 증손자 유청경이 말한 것이다.)

緒雲英華事, 前志屢書, 然未嘗聞其能詩詞也. 今得兩篇, 其詩云:
"夜雨連空歇曉晴, 前山重染一回靑. 林梢日暖禽聲滑, 苦動春心不忍
聽." 其惜春詞云: "東風忽起黃昏雨, 紅紫飄殘香滿路. 凭闌空有惜春
心, 濃綠滿枝無處訴. 春光背我堂堂去, 縱有黃金難買住. 欲將春去問
殘花, 花亦不言春已暮." 殊有情致, 故或者又以爲神云.(公安尉蔡聰發
說.)

처주 진운현의 귀선鬼仙인 영화에 관한 일화는 앞에서 여러 차례 기
록하였지만,[3] 일찍이 그녀가 시와 사에 능하다는 얘기를 들어 본 적
은 없었다. 그런데 지금 두 편의 글을 얻었기에 여기에 싣는다. 그 시
는 다음과 같다.

밤새 비가 내려 하늘에 닿는 듯하더니 겨우 그치어 새벽녘 날이 개고,
앞산은 다시금 물들어 푸른색으로 돌아왔네.

우거진 숲은 햇빛으로 따뜻하고 날짐승 울음소리 활기찬데,
봄의 마음 힘들게 동하니 그 소리 차마 듣기 어려워라.

또, 봄이 가는 것을 안타까워하는 사詞를 지었는데, 다음과 같다.

3　鬼仙 英華의 일화에 관하여는 『이견갑지』, 12-5, 「진운현의 귀선」 참조.

갑자기 불어온 동풍에 황혼 녘 비가 내리니,
붉은색 꽃잎들이 표표히 날리어 그 향기 길에 가득하네.

난간에 기대어 하늘을 대하니 봄의 마음 안타까운데,
짙은 푸르름이 가지에 가득하니 어디에 하소연할꼬.

봄빛이 나를 등지고 당당히 떠나가니,
황금이 있다 한들 봄을 사서 잡을 수 있겠나.

봄을 따라가 잡아 두려고 떨어진 꽃잎에 물어보니,
꽃들 역시 봄은 이미 저물었다 말하지 못하네.

이 두 작품은 특별히 빼어나기에 혹자는 이를 신이 지은 것이라 여
기기도 한다.(이 일화는 강릉부 공안현[4] 현위 채총발이 말한 것이다.)

---

4 公安縣: 荊湖北路 江陵府 소속으로 현 호북성 중남부 荊州市 서남쪽의 公安縣에
해당한다.

黃州麻城縣境有泰陂山, 邵武人黃志從居之. 其地多茂林絶麓, 黃
常自種蓻其間. 百果粟豆成實, 每苦爲物所竊食, 密伺之. 見如人而毛
者, 搏之則逝, 追之不及, 百計羅絡, 因結繩置壠間而獲焉. 初不甚了
了, 養之數日始能言, 乃實人也.
　　云: "我某村陳氏子, 年四十餘. 靖康之難, 全家死于兵, 身獨得脱,
竄伏山間. 山有高嵩, 可扳援藤蘿而上, 上有草如毯可覆. 飢餐中實木
葉, 渴匊澗泉飲之. 久而慣習, 遍體生毛, 亦無疾痛, 忘其去家而居深
山也." 且敏捷如猿猱, 黃與之食, 又强使受室. 久之, 膚毛皆脱, 不復
輕趫. 人皆以爲若復縱之還山, 或可不死, 使之飲食者欲爲可惜, 黃不
從. 時童邦直爲郡守, 外孫王仲共侍行, 見其事, 爲作『野人記』幷詩云.

황주 마성현[5] 경내에 태피산이 있는데, 소무군 사람 황지종이 그곳
에 살고 있었다. 그곳은 숲이 무성하고 산이 매우 깊은 곳인데 황지
종은 늘 그곳에 혼자서 씨를 뿌렸다. 하지만 각종 과일과 밤 그리고
콩 등이 열매를 맺으면 매번 다른 무엇인가가 와서 몰래 훔쳐 먹곤
해서 골머리를 앓고 있었다. 어느 날 몰래 그것이 오기를 지켜보았
다. 그러자 사람처럼 생겼지만, 털이 많이 난 무엇인가를 보았고 그
것과 싸우다 도망가기에 따라갔지만 잡을 수 없었다. 여러 가지 방법
을 동원하여 그물을 쳤고, 언덕 사이에 끈으로 올가미를 만들어 그것

5　麻城縣: 淮南西路 黃州 소속으로 현 호북성 동부 黃岡市 북서쪽의 麻城市에 해당
　　한다.

을 잡았다. 처음에는 그것이 무엇인지 잘 알아보지 못했지만, 며칠 키우다 보니 말을 할 수 있었고, 그는 분명 사람이었다. 그가 말하길,

"저는 모 촌에 살던 진씨의 아들이며, 나이는 마흔이 조금 넘었습니다. 정강의 난[6] 때 온 집안 식구들이 병란으로 죽고 저만 겨우 살아남아 몰래 산으로 숨었지요. 이 산에는 높은 절벽이 많아 등나무 덩굴을 잡아야 오를 수 있었고, 바위 위에는 담요 같은 풀이 있어 덮을 수 있었습니다. 배가 고프면 풀과 열매 나뭇잎을 먹었고, 목이 마르면 손바닥으로 계곡물을 떠서 마셨습니다. 오랜 시간 지나자 익숙해졌고 온몸에 털이 났지만, 병이 나거나 아프지 않았습니다. 과거 살던 집은 잊어버렸기에 이렇게 깊은 산속에 살고 있습니다."

그는 원숭이처럼 매우 민첩했다. 황지종은 그에게 음식을 주고, 또 그에게 아내를 맞으라고 강권하였다. 한참 뒤 피부의 털이 모두 빠졌고 몸도 예전처럼 가볍고 민첩하지는 못하게 되었다. 사람들은 모두 만약 그를 다시 산으로 돌려보내면 영원히 죽지 않을 수 있을지도 모른다고 생각하고 그에게 음식을 먹게 하고 욕망을 가지게 한 것을 안타깝게 여겼다. 그러나 황지종은 그들의 의견을 따르지 않았다. 당시 동방직[7]이 황주 지사로 있었고, 그 외손자 왕중공이 그를 따라와 모시고 있었는데, 이 일을 보고 「야인기」를 지었고 시로도 남겼다.

---

6 靖康의 難: 정강 2년(1127)에 발생한 북송의 멸망과 휘종·흠종을 비롯한 3천여 송조의 핵심 인사들이 금에 포로로 끌려간 사건을 말한다. 통일제국 황제 가운데 두 명이나 포로가 되어 끌려간 유일한 경우여서 전대미문의 굴욕적 사건으로 간주되었다.

7 童邦直: 江南西路 建昌軍 南城縣(강서성 撫州市 南城縣) 사람이다. 崇寧 5년에 과거에 급제하였고 소흥 12년(1142)에 황주 지사가 되었으며, 이후 陝州·鄂州 지사를 지냈다. 본문의 사건이 소흥 12년경에 발생한 일임을 알 수 있다.

　　王垂仲共, 南城人. 紹興乙丑赴省試, 聞術士史言方有聲, 往謁之. 史問知鄕里, 曰: "旦者仙郡李鼎 · 周楠 · 余去病 · 石仲堪四先輩來問命, 言獨不取石君, 餘皆當高過." 又詢所業經, 曰: "習『易』." 史曰: "適南劍鄧暐先輩亦云治『易』, 此人今年當擢第." 語罷, 始推王五行, 曰: "毋諱吾說, 君非但今玆不利, 後擧亦不得鄕薦, 歲在庚午當再擧, 辛未必成就也." 王不樂而退.

　　已而六人得失皆驗, 所談王後來事, 的的不差. 旣廷對, 又與同年鄕人江秉鈞往謁, 史已不憶前事, 獨云: "二君復何問? 豈非欲知高下耶? 然科級皆不高, 王君尙可居黃甲. 更有一說, 江君生乙巳, 帶格角殺, 必過房義養者." 二人相顧歎異. 蓋江本甘氏子, 來爲江翁後云. 曁唱名, 王第四甲, 江末等. 史生之精妙如此.(右二事皆王仲共說.)

　　자가 중공인 건창군 남성현 사람 왕수는 소흥 을축년(15년, 1145) 성시에 참가하였다. 술사 사언의 명성을 익히 듣고 있었기에 그를 찾아갔다. 사언은 그에게 고향을 물어보며 말하길;

　　"새벽에 고향 사람인 이정,[8] 주남, 여거병,[9] 석중감 네 선생[10]이 와

8　李鼎: 江南西路 建昌軍 南城縣(강서성 撫州市 南城縣) 사람이다. 紹興 15년(1145)에 과거에 급제하였고 興業縣 지사를 지냈다.

9　余去病(1103~1167): 자는 世剛이며 江南西路 建昌軍 黎川縣(강서성 撫州市 黎川縣) 사람이다. 紹興 15년(1145)에 과거에 2甲으로 급제하였다. 매우 강직한 성품으로 秦檜를 탄핵하여 衡州 통판으로 좌천되었다. 사후 朝奉大夫에 추증되었다.

10　先輩: 본래 연령이 많거나 항렬이 높은 사람에 대한 경칭이지만 唐代에는 진사 급

서 자신들의 운명을 묻기에 오직 석중감만 불합격할 것이고 그 밖의
세 사람은 모두 좋은 성적으로 통과할 것이라 말해 주었습니다."

또 평소 공부하는 경전을 물어보기에 답하길,

"『주역』을 공부했습니다."

사언이 말하길,

"마침 남검주의 등위 선생도 역시 『주역』을 공부했다고 하더군요.
이 사람도 올해 급제할 것입니다."

사언은 말을 끝내고 비로소 왕수의 오행을 따져 보더니 말하길,

"숨기지 않고 솔직하게 말씀드리지요. 당신은 올해만 좋지 않은 것
이 아니라 다음 과거에는 향시에도 합격하지 못할 것입니다. 경오년
에 다시 향시를 보게 되고 신미년에는 반드시 급제할 것입니다."

왕수는 언짢은 마음으로 물러났다. 이후 여섯 명의 운세는 모두 사
언의 말처럼 되었다. 왕수의 훗날에 대해 말한 것도 하나하나 틀린
것이 없었다. 전시를 보고 나서 왕수는 다시 같은 해 향시에 합격한
강병균과 함께 사언을 찾아가니 사언은 이미 전에 말한 것은 기억하
지 못했다. 다만 말하길,

"두 분은 다시 무엇을 물으십니까? 등수를 알고 싶으신 것 아닌가
요? 그런데 최종 등급은 둘 다 높지 않습니다. 그래도 왕군께서는 합
격자 명단[11]에 포함은 될 것입니다. 다시 한마디 더 드리면 강군께서
는 을사년 생이며 '격각살'[12]을 가지고 있으니 반드시 양자[13]일 것입

제한 사람들이 서로에 대한 경칭으로 쓰면서 점차 文人에 대한 경칭으로 널리 쓰
였다.
11 黃甲: 과거의 진사 급제자 명단을 뜻한다. 합격자 명단을 황색 종이에 작성한 데서
유래하였다.

니다."

두 사람은 서로 바라보며 경탄했다. 강병균은 본래 감씨의 아들로 강옹의 양자가 되었다고 한다. 합격자 명단이 차례로 불릴 때 왕수는 제4갑이었고, 강병균은 제5갑이었다. 사언의 점술은 이처럼 영험하였다.(위의 두 가지 일화 모두 왕중공이 말한 것이다.)

---

12 格角殺: 12支의 관계가 순한 三合과 그렇지 못한 관계로 나눌 수 있는데, 격각은 후자에 해당한다.

13 過房: '양자를 들여 대를 잇는다'는 뜻이다. 過嗣 · 過繼 · 繼嗣라고도 한다.

邵武人黃通判, 自太平州秩滿, 寓居句容縣僧寺. 寺與茅山接, 一女
未出適輒有孕, 父母疑與人爲姦, 然女常日不出, 亦無男子往來其家
者. 密詰之, 女泣曰: "兒實非有遇, 但每睡時, 似夢非夢, 必爲一道士
迎置靜室中, 邀與飲宴, 且行房室之事, 以至有身. 久負羞恨而不敢言
也."

父意茅山方士所爲, 乃託故具齋, 悉集十里內道流, 使女自帷中窺
之. 果某觀中道士, 頎然秀整, 類有道者. 擒問之, 具伏, 遂縛致于縣.
縣令考其跡狀, 曰: "某所行蓋玉女喜神術也." 命加械杻, 囚諸獄. 道士
高吟數語, 未絶聲, 黑霧四塞, 對面不相睹. 少頃霧散, 唯五木狼藉于
地, 道士不見矣.(饒文擧說.)

소무군 사람 황통판은 태평주[14]에서 임기를 마치고 잠시 강녕부 구
용현의 절에서 지내고 있었다. 이 절은 모산과 접해 있었다. 황통판
의 딸 하나가 아직 결혼 전이었는데 갑자기 임신하여 황통판 부부는
다른 사람과 밀통했을 것으로 의심하였다. 그러나 딸은 평소 외출도
하지 않았고 또한 어떤 남자도 그 집을 왕래한 적이 없었다. 은밀히
무슨 일이 있었는지 캐묻자 딸이 울며 말하길,

14　太平州: 江南東路 소속으로 치소는 當塗縣(현 안휘성 馬鞍山市 當塗縣)이고 관할
　　현은 3개이며 州格은 刺史州이다. 본래 雄遠軍이었는데 開寶 8년(975)에 平南軍
　　으로 바꿨고 太平興國 2년(977)에 태평주가 되었다. 현 안휘성 동중부 長江의 남
　　쪽에 해당한다.

"저는 실로 어떤 남자와도 만난 적이 없습니다. 다만 매번 잠이 들 때마다 비몽사몽 간에 한 도사에게 이끌려 조용한 방으로 갔고 그곳에서 함께 술을 마셨고, 또 방으로 가서 하룻밤을 보냈습니다. 그렇게 임신하게 되었습니다. 오랜 시간 부끄럽고 한스러웠지만 감히 말을 할 수 없었습니다."

황통판은 모산의 방사가 한 짓이라 생각하고, 일이 있다고 둘러대어 재를 올리겠다며 10리 내에 있는 도사들을 모두 불러 모았다. 그리고는 딸아이에게 장막 안에서 몰래 지켜보라고 하였다. 과연 어떤 도관의 도사가 왔는데 풍채가 좋고 빼어났으며 도술을 가지고 있는 것 같았다. 그를 잡아다 심문하니 모두 자복하였고, 마침내 포박되어 현아에 이르렀다. 현지사는 그의 행적을 모두 심문했고 그는 말하길,

"제가 행한 것은 대개 '옥녀회신술'입니다."

그에게 형구를 씌우라 명했고, 감옥에 가두었다. 도사는 큰 목소리로 몇 마디를 읊고 나더니 소리가 멈추기도 전에 검은 안개가 사방을 메웠고, 상대방의 얼굴도 서로 볼 수가 없을 지경이었다. 잠시 후 안개가 사라지자 오직 다섯 개의 나무토막만 바닥에 낭자하게 흩어져 있었고 도사는 보이지 않았다.(이 일화는 요문거가 말한 것이다.)

紹興初, 盱江城北十五里間黃氏客邸有僧過其家, 體貌軒昂, 云: "俗姓丁." 留數日, 白主人: "日入城中行乞, 夜卽還." 凡數月, 所得錢物, 亦分以與黃. 黃異待之, 相處益久, 出入無所疑. 間遂挑其妻. 妻年尙少, 有容質, 旣喜僧姿相, 又以數得財, 故心許而佯拒之.

迨闇, 排僧闥而入. 房內無燈而自然光明, 僧衣金襴袈裟, 坐壁間靑蓮華上, 類世所畵佛菩薩然. 妻驚慕作禮, 僧遽躍下, 語之曰: "吾非世人, 將度汝, 汝勿泄." 卽留與亂. 自是, 每夫出必往. 浸久, 黃知而詰之, 不敢隱, 盡以直告. 黃怒, 設計將捕治, 託故出宿, 密反. 人定後, 妻又詣僧, 摘語之曰: "我夫欲捉汝, 爲之奈何?" 僧曰: "汝無憂." 闔戶就寢.

黃伏戶外側聽, 愈怒, 欲入而不可, 但呼罵之. 初亦相應答, 已則其聲漸遠, 俄寂然無聞. 壞壁入, 爇火照之, 室已虛矣. 四壁枵如, 僧與妻及器物了不一存, 而牕壁牖戶無少損處. 呼集鄰里, 追尋到明, 杳無音跡, 竟莫知所向. (建昌崇眞隱士黃彦中說.)

소흥 초(1131), 우강¹⁵ 현성 북쪽으로 15리 떨어진 곳에 황씨가 운영하는 여관이 있었다. 한 승려가 그 여관을 지나는데 그 풍채가 헌칠하고 당당하였다. 승려는 말하길,

"저의 속세에서의 성은 정씨였습니다."

---

15 盱江: 강서성에서 두 번째로 큰 撫河의 지류이다. 상류인 廣昌縣에서는 盱江, 중간의 南豐縣에서는 盱江과 旴江, 하류인 南城縣 아래에서는 旴江이라고 칭한다.

그를 붙잡아 며칠을 더 머무르게 하였더니 여관 주인에게 말하길,

"낮에는 현성에 들어가 걸식을 하고 밤에 돌아오겠습니다."

이렇게 여러 달이 지나면서 승려는 자신이 얻은 돈과 물건을 황씨에게도 나누어 주었다. 황씨는 승려에게 특별히 잘 대해 주었고 서로함께하며 지낸 시간이 길어질수록 출입에 아무 거리낌이 없었다. 그러다가 승려가 마침내 황씨의 아내를 유혹하기에 이르렀다. 황씨의아내는 나이가 여전히 젊었고 외모가 아름다웠으며 그녀 역시 승려의 풍채를 좋아하였다. 또한 그에게서 여러 차례 재물도 얻었으니 마음속으로 좋아하면서도 겉으로는 거절하는 척했다.

날이 어두워졌을 때 그녀는 승려가 머무는 방의 문을 밀고 들어갔다. 방안에는 등이 없었지만 자연스럽게 빛이 들어 밝았고, 승려는금빛 비단 가사를 걸치고 벽 사이의 청색 연꽃 위에 앉아 있었다. 마치 세상 사람들이 그린 불보살과 같은 모습이었다. 아내는 놀라 공경하며 예를 갖추었고 승려는 급히 자리에서 뛰어 내려와 그녀에게 말하길,

"나는 이 세상 사람이 아니다. 장차 너를 속세에서 벗어나게 해 줄터이니 너는 누설하지 말거라."

마침내 그녀를 방에 머물게 하고 하룻밤을 보냈다. 이때부터 매번남편이 외출할 때마다 승려의 방으로 갔다. 오랫동안 그렇게 지내자마침내 황씨가 이를 알고 그녀를 꾸짖었다. 그녀는 감히 숨길 수가없어서 사실대로 모두 고하였다. 화가 난 황씨는 승려를 체포하여 벌을 받게 하려고 계책을 세웠다.

황씨는 일부러 일이 있어 밖에서 자고 오겠다고 하고 몰래 돌아왔다. 밤이 깊어 사람이 잠들어 조용해진 뒤 황씨 아내는 다시 승려의

방으로 갔고 그에게 일러 주기를,

"내 남편이 당신을 잡으려고 하는데 이를 어찌하면 좋겠습니까?"

승려가 말하길,

"너는 걱정하지 말아라."

문을 닫고 잠을 청했다.

황씨는 문밖에서 숨어서 몰래 듣고 있었는데 더욱 화가 나서 안으로 들어가고 싶었지만, 방법이 없었다. 그래서 그저 소리를 지르고 욕설만 퍼부었다. 처음에는 안에서 답하는 소리가 나더니 조금 있다 그 소리가 점점 멀어지더니 잠시 후 조용해지면서 아무 소리도 들리지 않았다. 벽을 부수고 들어가 불을 지펴 비추어 보니 방은 이미 비어 있었다. 사방 벽은 휑하니 비어 있었고 승려와 아내 그리고 여러 기물까지 하나도 빠짐없이 사라졌다. 그러나 창과 벽, 문까지 부서진 곳은 하나도 없었다. 이웃들을 불러 모아 새벽까지 찾았지만, 어리둥절할 정도로 어떤 소리도 자취가 찾아볼 수 없었다. 결국 그들이 어디로 갔는지 알 길이 없다.(이 일화는 건창군 숭진의 은사인 황언중이 말한 것이다.)

07 강남의 목객신江南木客

大江以南地多山，而俗禨鬼，其神怪甚佹異，多依巖石樹木爲叢祠，村村有之. 二浙江東曰'五通', 江西閩中曰'木下三郎', 又曰'木客', 一足者曰'獨脚五通', 名雖不同, 其實則一. 考之傳記, 所謂木石之怪·夔·罔兩及山㺐是也. 李善注「東京賦」云: "野仲·游光, 兄弟八人, 常在人間作怪害." 皆是物云.

變幻妖惑, 大抵與北方狐魅相似. 或能使人乍富, 故小人□□(好迎)致奉事, 以祈無妄之福. 若微忤其意, 則又移奪而之他. 遇盛夏, 多販易材木於江湖間, 隱見不常, 人絶畏懼, 至不敢斥言, 祀賽惟謹. 尤喜淫, 或爲士大夫美男子, 或隨人心所喜慕而化形, 或止見本形, 至者如猴猱·如尨·如蝦蟆, 體相不一, 皆趫捷勁健, 冷若冰鐵. 陽道壯偉, 婦女遭之者, 率厭苦不堪, 羸悴無色, 精神奄然.

有轉而爲巫者, 人指以爲仙, 謂逢忤而病者爲仙病. 又有三五日至旬月僵臥不起, 如死而復蘇者, 自言身在華屋洞戶, 與貴人驩狎. 亦有攝藏挾去累日方出者, 亦有相遇卽發狂易, 性理乖亂不可療者. 所淫據者非皆好女子, 神言宿契當爾, 不然不得近也. 交際訖事, 遺精如墨水, 多感孕成胎. 怪媚百端, 今紀十餘事于此.

建昌軍城西北隅兵馬監押廨, 本吏人曹氏居室, 籍入于官. 屋後有小祠, 來者多爲所擾. 趙宥之之女已嫁, 與夫侍父行, 爲所迷, 至白晝出與接. 不見其形, 但聞女悲泣呻吟, 手足撓亂, 叫言人來逼己, 去而視之, 遺瀝正黑, 浹液衣被中, 女竟死. 趙不訥妾, 年可三十許, 有姿態. 嘗奏溷欲起, 瞥忽爲橫木所串, 閣于屋梁上, 絶叫求救, 人爲解免, 便得病, 才數日死.

南城尉耿弁妻吳有祟孕, 臨蓐痛不可忍, 呼僧誦孔雀咒, 呑符, 乃下鬼雛, 遍體皆毛. 陳氏女未嫁而孕, 既嫁, 產肉塊如紫帛包裹衣物者, 畏而瘞之, 女亦死. 龔氏妻生子, 形如人而絶醜惡, 洎長, 不畏寒暑, 霜

天能溪浴. 翁十八郎妻虞, 年少, 乾道癸巳, 遇男子, 每夕來同宿. 夫元
不知, 雖在房, 常擲置地上或戶外, 初亦罔覺, 但睡醒則不在床. 虞孕
三年, 至淳熙乙未秋, 産塊如斗大, 棄之溪流, 尋亦死.

　饒氏婦王, 在家爲女時已有感, 旣嫁亦來, 遂見形. 顔色秀麗如婦人,
鮮衣華飾, 與人語笑. 外客至, 則相與酊餕蔬果, 若家人然. 少怫之, 卽
擲沙礫, 作風火, 置人矢牛糞於飲食中, 莫不怖畏. 後遣歸其父母家,
禍乃息. 王不知所終. 李一妻黃・劉十八妻周, 生子如猪独, 毛甚長,
墮地能跳躑. 一死, 一失所在. 黃氏妻是夜遇物如蠹而長大, 逼與交,
孕過期乃生, 得一靑物, 類其父. 胡氏妻黃, 孕不産, 占之巫, 云: "已在
雲頭上受喜, 神欲迎之, 不可爲也." 果死.

　新城縣中田村民李氏妾生子, 軀幹矬小, 面目睢盱如猴, 手足指僅
寸, 不類人. 三弟皆然, 今五六十歲. 南豐縣京源村民丘氏妻, 孕十年,
兒時時腹中作聲, 母欲出門, 胎必騰踏, 痛至徹心, 不出方止. 後産一
赤猴, 色如血, 棄之野, 母幸獨存. 宜黃縣下潦村民袁氏女, 汲水門外
井中, 爲大蛇繳繞仆地, 遂與接, 束之困急, 女號啼宛轉. 家人驚擾, 召
巫. 巫云: "是木客所爲, 不可殺, 久當自去." 薄暮乃解. 昇女歸, 色萎
如蠟, 病踰月乃瘳, 顔狀終不復舊, 成癡人矣.

대강[16] 이남 지역은 산이 많고, 귀신에게 제사 지내는 풍속이 있다.
그 신이나 요괴의 기괴함 역시 매우 남달랐다. 대부분 암석과 수목을

16　大江: 현 長江을 가리키는 말이다. 長江의 본래 명칭은 '江・江水'였고, 東漢 말부
　　터 長江이라고 칭하기 시작하여, 南北朝~五代에 長江이라는 명칭이 정착되었다.
　　그런데 송대 蘇軾의 詞인 「念奴嬌・赤壁懷古」가 대유행하면서 그 첫 구절인 '大
　　江東去, 浪淘盡'에서 유래한 大江이 인구에 회자되면서 大江으로 바뀌어 淸末까지
　　이어졌다. 1911년 남경 임시정부가 전근대적 호칭 등을 바꾸는 제반 조치와 함께
　　大江을 長江으로 개칭한다는 결정을 내리면서 현 명칭으로 자리를 잡았다.

의지하여 사묘[17]를 지었고 촌락마다 사묘가 있었다. 양절과 강동 지역에서는 이 신을 '오통신'이라 불렀고, 강서와 복건 지역에서는 '목하삼랑'이라 불렀으며 또는 '목객'이라고도 불렀다. 발이 하나인 경우는 '독각오통'이라고 하였다. 이름은 비록 다르지만 실제로는 모두 같은 신이다.[18]

전해 오는 기록을 살펴보면, 이른바 '목석의 괴이함', '기夔'나 '망량罔兩', '산로山㺒'라고 하는 것들이[19] 모두 이에 속한다. 이선[20]이 주를 단 「동경부」[21]에서, "야중과 유광의 형제 여덟 명은 항상 사람들 사이에서 괴이함과 해악을 만들어 낸다."[22]고 한 것이 모두 이들을 이름이다.

변신하고 요상하게 유혹하는 것은 대개 북방의 '여우 귀신'와 비슷하다. 어떤 귀신은 사람들을 갑자기 부자로 만들어 주기도 하므로 소인배들은 그들을 맞이하며 정성으로 모시면서 복이 하늘에서 뚝 떨

---

17 叢祠: 향촌이나 들판, 숲 속에 세운 사묘를 가리키는 말이다.

18 五通神의 일화에 대해서는 『이견정지』, 권13-8, 「공로충」 참조.

19 '木石之怪·夔·罔兩': 『國語』에 있는 내용이다. 해석에 약간의 차이가 있으나 모두 전설 속의 요괴나 정령이다. 罔兩은 '罔閬'이라고도 한다.

20 李善(630~689): 鄂州(현 호북성 武漢市) 사람이다. 청렴하고 강직하였으며 군자의 풍모와 박학다식으로 유명하였다. 崇文館 학사와 崇賢館 직학사를 역임하였으며 昭明太子가 편찬한 『文選』에 대한 방대한 주를 달아 『文選註』를 편찬하였다. 이선의 『文選註』은 唐代 문단에 가장 큰 영향을 끼친 거작의 하나로 평가받았다.

21 「東京賦」: 張衡(78~139)이 지은 '二京賦' 가운데 하나다. 장형은 班固의 「兩都」를 모방하되 더욱 광범위하고 세밀하게 동경 낙양의 풍속과 생활상, 그리고 다양한 군상 등을 묘사하였다. '二京賦'가 『文選』에 수록되었기 때문에 자연히 이선의 『文選註』에도 수록되었다.

22 '野仲·游光': 野仲과 游光은 「東京賦」에 나오는 악귀의 이름이다. 「東京賦」에는 낙양에서 疫鬼를 내쫓기 위한 驅儺 의식 등이 잘 소개되어 있다.

어지길 빈다. 만약 조금이라도 그 뜻을 거스르면 다 빼앗아 다른 곳으로 간다. 한여름이 되면 강과 호수에서 목재를 옮기고 파는데 수시로 출몰하니 사람들은 특히 이를 경외하고 무서워하나 감히 불평하지 못하고 그저 성심껏 제사를 지내고 굿을 할 뿐이다.

그들은 특히 음란한 것을 좋아하여 어떤 것은 사대부 미남자로, 어떤 것은 사람들이 좋아하는 모습을 따라 변신하고, 어떤 것은 다만 본모습 그대로이다. 예를 들면, 원숭이, 삽살개, 두꺼비 등으로 나타나는데 모양은 서로 다르나 모두 재빠르고 힘이 세며 차갑기가 얼어버린 쇳덩이 같다. 양기가 아주 세서 여자들 가운데 이들과 만나는 이는 모두 고통스러워 참기 힘들어 파리해지고 초췌해져 안색이 안 좋아지고 곧 정신이 흐려진다.

변하여 무당이 된 경우 사람들은 그를 가리켜 신선이라고도 하는데 뜻을 거역하여 병에 걸리면 이를 가리켜 '선병仙病'이라고 하였다. 또 사흘 닷새 심지어 열흘이나 한 달 동안 몸이 뻣뻣하게 굳은 채 누워서 일어나지 못해 마치 죽었다 다시 살아나는 것 같은 경우도 있다. 그들은 깨어나 말하길 몸은 화려한 저택의 깊숙한 내실에서 귀인과 뒹굴었다고도 했다. 또는 어떤 경우 여러 날 요괴에 잡히거나 끌려갔다가 겨우 도망쳐 나온 경우도 있고, 또 요괴와 만나 발광하다 바뀌어서 성품과 정신이 망가져 치료할 수가 없는 경우도 있었다.

음란의 대상이 된 자는 모두 예쁜 여자만은 아니었고, 신이 말하기로 전생의 인연이 있어야 그렇게 할 수 있으며 그렇지 않으면 가까이 갈 수 없다고 한다. 교합이 끝나면 먹물과 같은 정액을 남기며 종종 감응하여 임신이 되어 태아가 생기기도 한다. 괴이한 유혹은 백 가지 양상을 띠나 지금 여기에 십여 건의 일화만 적어 본다.

건창군 군성의 서북쪽 모퉁이에 병마도감 관청이 있다. 이 건물은 본래 성이 조씨인 서리의 가옥이었는데 관에 몰수된 것으로 가옥 뒤에는 작은 사당이 있다. 이곳을 오는 자들은 대부분 괴롭힘을 당했다. 조유지의 딸은 이미 시집을 갔는데, 남편과 함께 아버지를 뵈러 왔을 때 곧 미혹되었다. 대낮에도 나와 그녀와 만나기에 이르렀다. 그 형상은 보이지 않았는데 다만 여자의 비명과 울음소리가 들렸고 손과 발은 어지러이 흔들렸고 어떤 사람이 자기를 괴롭힌다고 소리 쳤다. 가고 나서 보니 검은색 정액이 옷과 이불 여기저기에 흩어져 있으며 딸은 곧 죽었다.

조불눌의 첩은 나이가 서른 살 정도 되었는데 자태가 고왔다. 일찍이 변소에 갔다가 일어나려고 하는데, 쪽을 진 머리가 갑자기 가로지른 긴 나무에 꽂히더니 집 기둥 위에 매달리게 되어 살려 달라고 절규했다. 사람들에 의해 풀려나긴 했지만, 곧 병이 들어 며칠 만에 죽었다.

남성현 현위 경변의 아내 오씨는 귀신에 씌어 임신하였는데, 출산에 임박하여 고통을 참을 수가 없어서 승려를 불러 '공작주'를 외게 하고 부적을 태운 물을 마시자 겨우 도깨비 새끼鬼雛 한 마리를 낳았는데 온몸에 털이 덮여 있었다. 진씨의 딸은 시집가기 전에 임신하였고 혼인 후에 자색 비단에 싸인 옷가지처럼 생긴 고깃덩어리를 낳았다. 두려워 그것을 땅에 묻었지만 진씨의 딸 또한 죽고 말았다. 공씨의 아내가 아들을 낳았는데 모양은 사람 같았지만 매우 추악하게 생겼으며 크면서부터는 춥고 더운 것을 두려워하지 않아 서리 내린 날에도 능히 계곡에서 목욕할 수 있었다.

옹십팔랑의 아내 우씨는 나이가 젊었다. 건도 계사년(9년, 1173)에 어떤 남자를 만났고 그 남자는 매일 밤 와서 그녀와 함께 잤다. 남편은 본래 알지 못했는데, 비록 한 방에 있었지만, 늘 방바닥이나 방 밖으로 던져져 있어 처음에는 이를 깨닫지 못했고 다만 잠에서 깨어나면 침상에 있지 않은 것만 알았다. 우씨는 임신한 지 3년이 되었는데 순희 을미년(2년, 1175) 가을, 1말 정도 크기의 덩어리를 낳아 그것을 계곡의 물에 버렸다. 우씨 역시 곧 죽었다.

요씨 집 며느리 왕씨는 시집오기 전 본가에 있을 때 이미 요괴에 감응되어 시집간 뒤에도 그것이 따라왔고, 마침내 형체를 드러냈다. 안색은 수려하여 여자 같았고 화려한 옷을 입고 장식을 하였으며 사람들과 담소를 나누기도 하였다. 바깥에서 손님이 오면 더불어 식사를 내고 다과를 내어 마치 한 집안사람인 것처럼 행동했다. 하지만 조금이라도 그의 뜻을 거스르면 즉시 모래와 자갈을 던지고 바람과 불을 일으키며 음식에 사람과 소의 똥을 집어넣어, 집식구 가운데 두려워하지 않은 이가 없었다. 후에 왕씨를 친정으로 돌려보내자 재앙도 사라졌다. 왕씨는 그 후 어떻게 되었는지 모른다.

이일의 아내 황씨, 유십팔의 아내 주씨는 돼지 새끼를 낳았다. 털이 매우 길었고 그것을 땅에 던지니 능히 뛰어 오르내릴 수 있었다. 하나는 죽었고 하나는 어디로 갔는지 모른다. 황씨의 아내는 밤에 두꺼비같이 생긴 길고 큰 무엇인가를 만나 억지로 교합하고 임신하여 기한을 넘겨 출산하였는데, 푸른색 덩어리를 낳았는데 그 아비를 닮았다. 호씨의 아내 황씨가 임신을 하였는데 분만을 하지 못해 무당에게 가서 점을 치니 이르길,

"이미 구름 위에서 기쁨을 누리고 있습니다. 신이 그녀를 맞이하고자 하니 아무것도 할 수 없습니다."

과연 죽고 말았다.

임안부 신성현[23] 중전촌의 촌민 이씨의 첩은 아들을 낳았는데, 몸통이 왜소하였고 얼굴과 눈은 원숭이가 부릅뜨고 있는 것 같았다. 손과 발도 겨우 1촌 정도 되어 사람 같지 않았다. 그 후 세 형제가 모두 그렇게 생겼는데 지금 5살, 6살, 10살이다.

남풍현 경원촌의 촌민 구씨의 아내는 임신한 지 10년이 되었는데, 태아가 수시로 뱃속에서 소리를 내었고 엄마가 문을 나서려고 하면 꼭 뱃속에서 뛰고 걸어 다녀 통증이 심장까지 미쳐 외출도 하지 못했다. 훗날 붉은색 원숭이를 낳았는데, 털 색깔이 핏빛이어서 들판에 내다 버렸다. 그 어미는 다행히 살아 있다.

무주 의황현 하료촌의 촌민 원씨의 딸은 문밖 우물에서 물을 긷다가 큰 뱀에게 똘똘 말려 땅에 엎어진 상태에서 마침내 교합을 하였다. 뱀이 그녀를 꽁꽁 휘감아 고통이 심해 여자는 울며불며 굴렀다. 집안사람들은 놀라 걱정하며 무당을 불렀다. 무당이 말하길,

"이 뱀은 목객신이므로 죽일 수 없으며, 조금 시간이 흐르면 스스로 떠날 것입니다."

저녁이 되자 뱀은 그녀를 풀어 주었다. 그 딸을 떠매어 데리고 왔는데 얼굴색이 양초처럼 창백해졌다. 병은 한 달이 지나서야 비로소 나았는데 얼굴색은 결국 예전처럼 회복되지 않았을 뿐 아니라 바보가 되었다.

---

23 新城縣: 남송 兩浙路 臨安府 新城縣(현 절강성 杭州市 富陽區)과 江南西路 建昌軍 新城縣(현 강서성 무주시 黎川縣) 가운데 하나로, 본문의 내용만으로는 어느 곳인지 확정하기 어렵다.

　강을 건넌 귀졸들^{鬼卒渡溪}

　　紹興癸□, 新城縣村渡, 月明中漁人繫舟將歸, 聞隔岸人喚船欲渡, 就之, 則皆文身荷兵刃者, 二十餘輩. 意其寨卒也, 不暇問而載之. 既濟, 探囊予錢, 登岸謝別而去. 異時兵卒經過, 未嘗有也. 漁人既喜且訝. 明日, 視其錢, 皆紙也, 始悟其鬼.(鄧漢說.)

　　소흥 계□년 신성현의 한 촌락 나루터에서의 일이다. 달빛이 밝았는데 한 어부가 배를 묶어 두고 집으로 돌아가려고 하였다. 저쪽 편 언덕에서 사람들이 강을 건너려고 배를 부르는 소리가 들렸다. 이에 배를 타고 가서 보니 모두 문신을 하고 병기를 들고 있었으며 무려 20여 명이나 되었다. 그쪽 순검채의 병졸들인가 생각하고 물을 겨를도 없이 그들을 태웠다. 강을 건넌 뒤 주머니를 뒤지며 뱃삯을 주고, 언덕에 오르더니 감사하다며 인사하고 떠났다. 다른 때 병졸들을 태울 때는 한 번도 없었던 일이었다. 어부는 한편으론 기뻐하며 한편으론 의아했다. 다음 날 일어나 그 돈을 보니 모두 명전이었다. 그제야 그들이 귀신이었음을 깨달았다.(이 일화는 등한이 말한 것이다.)

南城縣東百餘里龍門山, 山巓有寺, 幽僻孤寂, 人跡罕至, 獨一僧居
焉. 客僧過之, 留宿他室, 與主僧房相去差遠. 旣寢, 聞戶外人呼聲, 驚
怪不敢起. 須臾, 門軋然自開. 客悸甚, 不敢喘息, 急下床欲走, 門已爲
巨石所塞矣. 大呼移時, 主僧始應, 甫問答間, 石忽不見, 而門開如初.
客不復能寢, 往卽主僧宿焉, 且詢其怪, 曰:"山鬼所爲也."前後見此事
甚衆, 但不能相犯云.(邑士鄧樵說.)

　　건창군 남성현에서 동쪽으로 백여 리쯤 떨어진 곳에 용문산이 있
고, 산꼭대기에 절이 하나 있었는데 편벽한 곳에 있어 적막하였으며
인적이 드문 곳이었다. 오직 승려 한 사람이 그곳에 살고 있었다. 한
객승이 그곳을 지나다 이 절에서 묵게 되었는데, 주지 승려의 방과
상당한 거리가 있었다. 이미 잠들었는데 문밖에서 사람이 부르는 소
리가 들려 놀라고 괴이하여 감히 일어나지 못했다. 잠시 후 문이 삐
걱거리며 스스로 열렸다. 객승은 몹시 놀라서 숨조차 쉴 수 없었다.

　　급히 침상에서 내려와 달아나려고 했지만, 문은 이미 큰 돌에 막혀
있었다. 크게 소리를 지르자 한참 만에 주지승이 비로소 대답해 왔
다. 막 두 승려가 이야기를 주고받는 사이 큰 돌이 갑자기 사라졌고
문은 원래대로 열렸다. 객승은 다시 잠을 청할 수가 없어서 곧 주지
승의 방으로 가서 함께 묵으며 이 괴이한 일에 관해서 물어보았다.
주지승이 답하길,

"산도깨비가 한 일입니다."

주지승은 예전에도 이와 같은 일을 아주 많이 보았다고 말하며, 그러나 사람을 해하지는 않는다고 했다.(이 일화는 남성현의 사인 등조가 말한 것이다.)

南城鄧某, 宣和五年爲郴州戶曹掾. 時牢城卒唐勝, 出處詭異, 語默
不常, 若病風狂者, 人目之爲'唐顛'. 有母無妻子, 嘗以過逃去, 久乃從
蘇仙山白鹿洞中出, 言: "洞中大有佳境, 山川邑屋, 別一人間也." 或
問: "爾何不遂留?" 曰: "老母在, 安可不歸? 異時去未爲晩." 細扣之,
則不答.

喜飮酒, 常以馬通及蛇置于懷, 詣人索酒. 若呼與之酒, 雖副以糞穢
亦不拒. 嘗攜毒虺來掾廳, 掾呼至庭下, 酌大白飮之, 唐欣然一吸而盡.
取虺齧食, 留其半, 曰: "姑藏之以俟晩飮." 每醉後, 輒坦其腹, 使人以
鐵椎撞之, 如擊木石, 顔色略不變, 後不知所終.(掾之孫植說.)

　　건창군 남성현 사람 등모는 선화 5년(1123), 침주²⁴의 호조연²⁵이
되었다. 당시 뇌성영²⁶의 병졸 중에는 당승이라는 자가 있었는데, 가
는 곳마다 괴이한 행동을 서슴지 않았다. 말을 할 때와 침묵할 때가
정상이 아니었으며 마치 병들어 미친 자같이 행동하였다. 그래서 사

24　郴州: 荊湖南路 소속으로 치소는 郴縣(현 호남성 郴州市 蘇仙區)이고 관할 현은 4
　　개, 州格은 刺史州이다. 현 호남성 남동부 郴州市의 중앙에 해당한다.

25　戶曹掾: 掾은 부책임자나 보좌관을 뜻하는 말로 州의 보좌관 정원은 주의 6개 등
　　급에 따라 달랐다. 大觀 2년(1108), 掾官 제도를 정비하면서 六曹의 參軍을 두고
　　별도로 士·戶·儀·兵·刑曹掾 등 5掾官을 두어서 주현 서리 수가 대폭 증가하
　　였다.

26　牢城: 각 주에 배속된 廂軍의 편제로서 牢城營은 성벽 수비를, 壯城營은 성벽 보수
　　공사를 주로 맡았지만, 상병은 사실상 군대라기보다 雜役에 종사하는 조직의 성격
　　이 더 강하였기 때문에 실제 하는 일은 명확하게 구분하기 힘들었다.

람들은 그를 가리켜 '뒤집어진 자'라는 뜻에서 '당전'이라고 불렀다.

당승에게는 노모가 있었으나 처자식은 없었다. 일찍이 잘못을 범해 도망을 다닌 적이 있었는데 오랫동안 소선산[27] 백록동에서 지내다 한참 만에 나오더니 말하길,

"백록동 안에는 정말 선경이 있습니다. 산과 내가 있고 마을이 있는데 이 세상과는 다른 곳입니다."

어떤 이가 묻길,

"어찌하여 그곳에서 계속 머물지 않았는가?"

대답하길,

"노모가 계시니 어찌 돌아오지 않을 수 있겠습니까? 훗날 가도 늦지는 않을 것입니다."

그곳에 대해 세세하게 물어보자 답하지 않았다. 당승은 술을 좋아했는데, 종종 말똥과 뱀을 품에 안고 와서 사람들에게 와서 술을 달라고 하였다. 그를 불러 술을 주면 비록 똥과 오물을 섞은 것이라도 그는 거절하지 않았다.

일찍이 독사를 호조연 관사로 가지고 왔기에 등씨가 그를 불러 대청 아래 오게 하여 큰 술잔[28]에 술을 따라 주며 마시게 하였다. 당승은 흔쾌하게 한번에 다 마셨다. 그리고는 독사를 가지고 와 씹어 먹으면서 그 반을 남기며 말하길,

"이것은 잠시 남겨 두었다가 밤에 술 마실 때 먹을 것입니다."

---

27 蘇仙山: 호남성 郴州市 동북쪽에 있는 산으로 지금은 馬嶺山이라고 한다. 도교의 72개 福地 가운데 25위에 해당하는 명산이다.

28 大白: 본래 漢代 이전에는 벌주로 마시는 큰 술잔을 뜻하였으나 후에는 단순히 '큰 술잔'의 의미로 쓰였다.

매번 취한 후에는 그 배를 내보이고 사람들에게 철 방망이로 두드
리게 하였는데 목석을 두드리는 것과 같았으며, 안색은 하나도 변하
지 않았다. 후에 어떻게 되었는지 모른다.(이 일화는 호조연 둥씨의 손자
둥식이 말한 것이다.)

豫章武寧縣復塘村, 乾道己丑歲七月二十一日, 白晝雷雨大作. 數牧童放牛壠上, 見西北方電光中二龍鬭, 良久, 東南震霆數聲起, 逐退之. 二龍奔逃, 墜一物於半空中, 大如車輪, 上下凡數十而不止. 少頃, 紅霞白雲盤旋圍繞, 竟不得上, 遂墮田間. 其光漸微, 僅若鳧卵大, 圓明如珠, 衆童競取之. 二樵者見其爭不已, 爲擊以斧, 欲碎而分之, 極力不少傷. 相近富人余氏聞之來觀, 見光采異常, 知其龍珠也, 易以數十錢. 映空而視, 中有仙女焉, 遂爲所得. 府帥吳明可給事聞而訪之, 余氏以僞珠塞命, 吳亦不復取. 自此後, 邑境連年水災, 繼以荒旱, 莫眹其故也.

건도 기축년(5년, 1169) 7월 21일, 예장 무녕현²⁹ 복당촌에 대낮에 번개가 치고 큰비가 내렸다. 여러 명의 목동이 언덕에서 소를 먹이고 있었는데, 서북쪽에서 번갯불이 번쩍이는 중에 두 마리 용이 싸우는 것을 보았고, 한참 후에 동남쪽에서 요란한 천둥소리가 여러 차례 울리더니 그들을 쫓아 물러나게 했다. 두 마리의 용은 서둘러 달아났고 물건 하나가 공중에서 떨어졌는데 크기가 수레바퀴만 했다. 위아래로 무릇 수십 번을 튀더니 멈추었다. 잠시 후 붉은 노을과 흰 구름이 그 주위를 돌며 감싸니 마침내 튀어 오르지 못하고 밭 사이로 떨어졌

29　武寧縣: 江南西路 洪州 소속으로 현 강서성 북서부 九江市 중앙의 武寧縣에 해당한다.

다. 그 빛이 점점 희미해지더니 크기는 오리알 정도로 작아졌다. 하지만 진주처럼 둥글고 밝았다. 목동 여럿이 앞다투어 그것을 가져가려고 했다.

두 나무꾼이 와서 그들이 계속 싸우는 것을 보고 도끼로 그것을 깨뜨려 그들에게 나누어 주려고 하였는데 온 힘을 다해 내리쳤지만, 조금도 부서지지 않았다. 근처에 사는 부자 여씨가 소문을 듣고 와서 보았는데, 그 광채가 남다른 것을 보고 그것이 용주임을 알았다. 수십 전의 돈을 주고 그것을 바꾸어 왔다. 공중에 비추어 자세히 보니 그 가운데 선녀상이 보였다. 마침내 그것을 보관하였다. 당시 급사중으로 안무사[30]였던 자가 명가인 오불[31]이 그 이야기를 듣고 보려고 갔지만 여씨는 다른 구슬로 얼렁뚱땅 넘기려 하였다. 오명가 역시 가져가려고 하지 않았다. 이 이후로 무녕현 경내에서 해마나 수재가 있었고, 그 이후 가뭄이 이어졌는데 그 까닭을 알 수 없었다.

---

30 府帥: 洪州는 建炎 1년에 安撫使府로 승격되어 江州 · 撫州 · 信州 · 洪州 · 建昌軍 · 南康軍 · 臨江軍 · 興國軍을 관장하는 江西路의 帥府가 되었다.

31 吳芾(1104~1183): 자는 明可이며 양절로 台州 仙居縣 사람이다. 紹興 2년(1132)에 과거에 급제하였고 秘書省正字 · 監察御史 · 殿中侍御史를 지내며 주전론자로서 秦檜를 비판하여 파직되었다. 隆興 1년(1163)에 복권되어 臨安府 · 太平州 · 洪州 등 여섯 곳의 주지사를 지냈다. 龍圖閣直學士로 치사하였다.

建昌縣富民有不肖子, 常亡賴縱飲. 因大醉臥路旁, 旣醒, 見一石如盌大, 巉嵓可愛, 日光射其中, 有物焉. 審視之, 則犀牛也. 不甚以爲貴, 持往江州. 德安潘氏者奇之, 餉錢十萬, 取其石. 後其父聞而索之, 已無及矣. 時乾道五年八月也.

　남강군 건창현에 사는 한 부자에게 어리석은 아들이 있었는데, 항상 불량배와 어울리며 내키는 대로 술을 마셨다. 어느 날 크게 취하여 대로변에 누워 있다가 깨어났다. 그때 사발 크기의 큰 돌 하나가 보였는데 모양이 가파른 바위처럼 생겨 매우 보기 좋았다. 햇빛에 비추어 그 안을 보니 어떤 물건이 있는 것만 같았다. 자세히 들여다보니 코뿔소였다. 하지만 그렇게 귀한 것이라 여기지 않고 그것을 가지고 강주[32]로 갔다. 강주 덕안현[33] 사람 반씨가 그것을 기이하게 여기며 10만 전을 주고 그 돌을 사서 가지고 갔다. 후에 그 아버지가 이야기를 듣고 그 돌을 찾았지만 이미 때가 늦었다. 당시가 건도 5년(1169) 8월이었다.

32　江州: 江南東路 소속으로 치소는 德化縣(현 강서성 九江市 城區)이고 관할 현은 5개, 監은 1개, 州格은 軍事州이다. 행정지명보다 장강에서 유래한 별칭인 潯陽과 九江이 더 유명하다. 현 강서성 북부 지역에 해당한다.
33　德安縣: 江南東路 江州 소속으로 현 강서성 북부 九江市 가운데의 德安縣에 해당한다.

新淦民陳氏, 所居在修德鄕之郭下里. 隆興初, 元妻爲物所魅, 經數
年, 百方禳逐弗效. 夫問之: "汝常日所見幾何人? 厥狀何如?" 妻曰:
"先有白衣人强我同寢, 我每績麻時, 老嫗必來伴績, 仍攜兩童爲執爨,
無日不然." 姑亦苦之, 謂婦曰: "若至, 當報我." 婦奉敎. 會嫗入室, 走
白姑. 姑挾刃徑往襄帳. 嫗正理麻, 卽斫之. 嫗示以囊金曰: "所爲來,
欲富汝家, 安得殺我?" 姑遂止. 轉眼間, 已滅不見. 陳曰: "妖易治爾."
磨刀授妻曰: "白衣至, 便斫之." 妻如言, 擧刃中肩, 怪走而嫗至焉, 曰:
"郎與若相處許久, 今乃謀殺之, 何無人情如此? 使在家受盡楚痛, 展轉
不能, 亦不恨汝, 令我來覓藥." 妻不應, 刀猶在手, 伺隙剚其脇. 嫗奔
大山, 風掀裙起, 狐尾露焉. 俄兩女童哭而至曰: "汝已傷我郎君, 又傷
我婆婆, 可謂無義." 妻連斫之, 皆化爲石, 自是絶不來.

임강군 신감현[34]의 주민 진씨는 수덕향의 외곽에 있는 마을에 살고
있었다. 융흥 연간(1163~1164) 초, 본 부인이 어떤 요괴에 썬 바 되었
는데 재를 올리는 등 백방으로 내쫓으려 했지만 여러 해가 지나도록
효과가 없었다. 남편이 아내에게 묻길,

"당신은 평상시 날마다 보는 사람이 몇 명이나 되오? 그 모양은 어
떠하고?"

아내가 답하길,

---

34 新淦縣: 江南西路 臨江軍 소속으로 현 강서성 중서부 吉安市 북동쪽의 新干縣에
해당한다.

"먼저 흰옷을 입은 사람이 와서 강제로 저와 동침하려 하고, 내가 매번 삼에서 실을 뽑을 때 노파가 반드시 와서 함께 일을 해 주지요. 그다음 두 명의 어린아이를 데려오니 밥을 해 주어야 합니다. 하루도 그렇지 않은 날이 없습니다."

시어머니 역시 그것을 안타깝게 여겨 며느리에게 말하길,

"만약 그들이 다시 오면 나에게 알려 다오."

며느리는 그렇겠다고 했다. 마침 노파가 집으로 들어오기에 며느리는 가서 시어머니에게 알렸다. 시어머니는 칼을 들고 곧바로 방으로 가더니 장막을 걷어 올렸다. 노파가 마침 실을 정리하고 있었는데, 시어머니는 즉시 노파를 칼로 내리쳤다. 노파가 주머니 속 돈을 보여 주면서 말하길,

"내가 오는 이유는 너희 집을 부자로 만들어 주기 위함인데 어찌하여 나를 죽이려 하는가?"

시어머니는 곧 멈추었다. 순식간에 노파는 사라지고 보이지 않았다. 진씨가 말하길,

"요괴는 다스리기 어렵지 않아."

진씨는 날카로운 칼을 아내에게 주면서 말하길,

"흰옷 입은 자가 오면 이 칼로 찔러 버려.":

아내는 남편이 시키는 대로 해 칼을 들어 어깨를 찔렀다. 흰옷을 입은 자가 달아나자 노파가 와서 말하길,

"낭군과 당신은 서로 함께한 지 오래되었는데 지금 그를 죽이려고 하니 어쩌면 이렇게도 인정이 없을 수 있습니까? 그는 집에서 고통을 견디며 꼼짝도 못하는데도 당신을 원망하지 않고 나에게 약을 찾아오라고 하였습니다."

아내는 아무런 대답도 하지 않고 여전히 손에 칼을 쥐고 있으면서 틈을 보다가 노파의 옆구리를 찔렀다. 노파는 산 쪽으로 달아났고, 바람이 불어 그 치마가 날렸는데 여우 꼬리가 보였다. 잠시 후 두 여자아이가 울면서 와서 말하길,

"당신은 우리 낭군[35]을 다치게 했고 우리 할머니를 다치게 했으니 너무 의리가 없지 않나요?"

하지만 아내는 연이어 그들을 칼로 찔렀다. 그러자 그들은 모두 돌로 변했고 그때부터 다시는 찾아오지 않았다.

---

35 郎君: 漢代에 연봉 2천 석 이상의 고관 자제를 郎으로 임명하자 후에 고관이나 부잣집 자제를 가리켜 郎君이라 칭하기 시작했고, 唐代에는 과거에 급제한 진사를 가리키는 별칭이 되었다. 그리고 다시 여성이 남편이나 연인을 부르는 호칭이 되었고, 장인이 사위를 부르는 호칭, 또는 자기 아들에 대한 호칭으로도 쓰였다.

이견정지【二】

溫州民謝生母, 老病不肯服藥, 以夏月思生柑, 不啻飢渴, 謝生搏手
無策. 家有小園種此果, 乃夜拜樹下, 膝爲之穿裂. 詰旦, 已纍纍結丹
實數顆. 跪摘以奉, 母食之, 痼疾遂瘳. 聞者傳爲孝感, 遠近士大夫爭
賦詩詞歌誦其美, 目曰'靈柑詩軸'. 郡守王漑巽澤詒書它邦, 誇廣其事.
惜不上諸朝, 揭之史策, 使繼姜詩 · 孟宗之芳塵以示不朽. 時淳熙十四
年也.

　온주의 주민 사씨의 어머니는 늙고 병들었지만 약을 먹으려 하지
않았고, 여름인데도 생귤을 먹고 싶다고 하였다. 마치 배가 고프고
목이 마른 사람처럼 귤만 찾는 바람에 사씨로서는 속수무책이었다.
집의 작은 뜰에 귤나무를 심었고, 밤에는 나무 아래에서 절을 하며
빌었는데 무릎이 다 벗겨질 지경이었다.

　그런데 다음 날 아침이 되자 이미 알알이 붉은 열매가 여러 알 맺
혔다. 꿇어앉아 귤을 따서 어머니에게 드리니 노모는 귤을 먹고 오랜
병이 마침내 나았다.

　이 소식을 들은 사람들은 그의 효성에 하늘이 감동한 것이라 하였
다. 원근의 사대부들이 앞다투어 시와 사를 지어 그 효성을 칭송했
다. 그 제목은 '영험한 귤에 관한 시'였다. 자가 손택인 온주 지사 왕
개는 편지를 써서 다른 지역에 알렸고, 그 일을 널리 칭송하였다. 안
타깝게도 조정에 보고되지 않아 그것을 사서에 실어 강시³⁶와 맹종³⁷

의 아름다운 사례처럼 오랫동안 알려져 잊히지 않게 하지는 못했다.
순희 14년(1187)의 일이다.

---

36 姜詩: 자는 士遊이며 東漢 廣漢郡(현 사천성 廣漢市 德陽市) 사람이다. 강물과 잉
   어를 좋아하는 어머니를 위해 매일 강물을 기르는 수고를 마다하지 않자 뜰 앞에
   샘물이 솟아났고, 샘에서 매일 잉어가 두 마리씩 나왔다고 한다. '24명의 대표적인
   효자' 가운데 하나이다.
37 孟宗(218~271): 자는 恭武이며 삼국시대 江夏(현 호북성 孝感市) 사람이다. 죽순
   을 먹고 싶어 하는 어머니에게 죽순을 구해 드리지 못해 대밭에서 울자 죽순이 솟
   아났다는 '孟宗哭竹'의 주인공이다. '24명의 대표적인 효자' 가운데 하나이다.

　　樂平明口人許德和, 聞城下米麥價高, 令幹僕董德押一船出糶. 既
至, 而價復增, 德用沙礫拌和以與人, 每一石又贏五升. 不數日貨盡,
載錢回. 甫及家, 天氣正好晴, 或變陰暗, 雷風掀其身於田畈間, 卽時
震死.

　　요주 낙평현 명구진 사람 허덕화는 성안의 쌀과 보리 가격이 올랐
다는 소문을 듣고 일 처리 솜씨가 좋은 노복 동덕에게 배를 하나 빌
려서 싣고 가 팔게 하였다. 그런데 성에 당도했을 때 곡가가 더 올랐
다. 동덕은 모래와 자갈을 그 안에 섞어서 사람들에게 팔았다. 그리
하여 1석마다 5승의 이익을 더 취했다. 며칠 만에 다 팔고 돈을 싣고
돌아오는 길이었다. 막 집에 도착했을 때 날씨가 매우 맑았는데 갑자
기 어둡고 캄캄하게 변하더니 천둥과 바람이 불어 그는 들판으로 높
이 날아갔고 곧 벼락을 맞아 죽었다.

이견정지

夷堅丁志
卷 20

臨川畫工黃生, 旅遊如廣昌, 至秩巴寨卒長郎嚴館之. 中夕, 一婦人
出燈下, 頗可悅, 乘醉挑之, 欣然相就. 詢其誰家人, 曰: "主家婦也."
自是每夕至, 黃或窘索, 必竊資給之, 留連半年, 漸奄奄病悴. 嚴問之,
不肯言. 初, 嚴嘗與倡暱, 妻不勝忿妬, 自經死于房, 雖葬, 猶數爲影
響. 虛其室, 莫敢居, 而黃居之. 嚴意其鬼也. 告之故, 始以實言. 嚴向
空中唾罵之, 徙黃出寓旅舍. 是夕復來, 黃方謀畏避, 婦曰: "無用避我,
我豈忍害子? 子雖遁, 我亦來." 黃不得已, 留與宿. 益久, 黃終慮其害
己, 馳還鄕. 中途憩泊, 納涼桑下, 婦又至, 曰: "是賊太無情, 相與好合
許時, 無一分顧戀意, 忍棄我邪? 宜速反." 黃不敢答, 但冥心禱天地,
默誦經. 婦忽長吁曰: "此我過也, 初不合迷謬, 至逢今日. 沒前程畜産
何足慕? 我獨不能別擇偶乎?" 遂去, 其怪始絶.

　무주 임천현¹의 화공 황씨는 유랑을 하다가 건창군 광창현을 들렀
는데, 질파채의 졸장²인 낭암의 집에 머물렀다. 한밤중에 한 여인이
등불 아래 나타났는데, 제법 즐길 만한 매력을 지녔다. 황생은 취기
에 힘입어 그녀를 유혹하며 즐겁게 하룻밤을 보냈다. 어느 집 누구냐

1　臨川縣: 江南西路 撫州 소속으로 현 강서성 중동부 撫州市의 城區인 臨川區에 해
　　당한다.
2　卒長: 고대에는 사졸 100명을 1卒로 편성하고 그 책임자를 卒長이라고 하였으나
　　본문의 卒長과는 무관하다. 송대 寨의 책임자는 知寨·寨主·寨官이라고 한다.
　　따라서 卒長은 知寨 아래 사졸의 대표로 정식 직책이 아니라 관용적·구어적인 용
　　어이다.

고 묻자 그녀가 답하길,

"주인집 여자입니다."

이때부터 매일 밤 와서 함께 보냈고, 황씨가 다소 궁색할 때면 그때마다 몰래 재물도 가져다주며 그렇게 반년을 머물며 시간을 보냈다. 하지만 황씨는 점점 숨이 가빠지면서 초췌해져 병색이 완연해졌다. 낭암이 그에게 묻자 말하려고 하지 않았다. 당초 낭암은 일찍이 창녀와 놀아나 그의 아내는 분노와 질투를 이기지 못해 스스로 방에서 목을 매 죽었다. 비록 장례를 치렀지만, 여전히 여러 차례 나타나 영향을 미치고 있었다. 그 방은 비어 있었고, 아무도 감히 지내려 하지 않는데 황씨가 거기에 머문 것이었다.

낭암은 그가 요괴에 쒼 것을 알았다. 그에게 전에 있었던 일을 설명하니 황씨도 비로소 사실대로 털어놓았다. 낭암은 하늘을 향해 침을 튀기며 욕을 한 뒤 황씨를 내보내 여관에 묵게 했다. 그날 밤 그녀가 다시 왔고 황씨는 두려워 피하려고 생각하는데 여자가 말하길,

"저를 피할 필요는 없습니다. 제가 어찌 차마 당신을 해할 수 있겠습니까? 그대가 도망을 가도 저는 따라갈 것입니다."

황씨는 부득이 그녀를 머물게 하고 같이 밤을 보냈다. 더욱 시간이 흐르자 황씨는 마침내 그녀가 자기를 해할 것을 우려하여 고향으로 급히 돌아가려 했다. 도중에 잠시 배를 대고 쉬면서 뽕나무 아래에서 바람을 쐬고 있는데 여자가 다시 나타나 말하길,

"이 나쁜 사람아, 어지간히 무정하기도 하지. 함께 보낸 행복한 시간이 얼마인데 일말의 미련도 없이 어찌 나를 버릴 수 있단 말이오? 어이 속히 돌아와 주시오."

황씨는 감히 아무런 대답도 하지 못한 채 그저 마음속으로 천지신

명께 기도를 올리며 조용히 불경을 암송했다. 여자는 갑자기 길게 탄식하며 말하길,

"다 내 잘못이지. 처음부터 잘못된 미련을 가지지 말았어야 했는데 그만 오늘에 이르렀네. 전날의 재산이 없어진들 무에 그리 아깝겠는가? 내가 설마 다른 사람을 만나지 못하겠는가?"

마침내 그녀는 떠났고 괴이한 일로 비로소 멈추었다.

黃資深秀才, 廣昌人, 館于鄕里王氏. 去主家百步許, 有婦人, 自言
主家女, 來與亂. 旣久, 遂病瘵, 主人疑焉. 子弟於薄暮見牝狗銜酒器
人立而扣館門, 匿跡窺之. 黃啟戶延入, 俄聞飮食語笑聲, 亦未敢呼問.
明日, 密詢之, 諱拒甚力. 是日且晚, 狗趨屋後山間, 久不返. 子弟隨觀
其所爲, 乃入破冢中, 戴髑髏而出. 急逐之, 棄而走. 追擊以杖, 殺而曳
歸. 剖其腹, 似有孕, 一物如皮毬, 膜裏皆精液, 凝結如乳. 卽煮熟之,
加鹽醯, 託爲野物以啗黃, 婦人遂不至. 黃他日始知其詳, 大驚愧, 然
所患瘵疾亦愈.(廣昌黃襄說.)

　　건창군 광창현 사람인 수재 황자심은 향리의 왕씨 집에서 묵고 있
었다. 지내고 있던 곳은 주인집에서 100보쯤 떨어진 곳이었는데, 자
신이 주인집 딸이라고 말하는 한 여인이 와서 함께 밤을 보냈다. 한
참 시간이 흘러 마침내 황자심은 폐결핵에 걸려 앓게 되었고, 주인은
그런 그를 의심했다. 주인집 아들들은 저물녘 한 마리 암캐가 술병과
잔을 물고 사람처럼 서서 그의 방문을 두드리는 것을 보았고 숨어서
따라 들어가 몰래 살펴보았다. 황자심은 문을 열고 들어오게 하였고
잠시 후 음식을 먹고 담소를 나누는 소리가 들렸다. 하지만 감히 불
러내 물어보지 못했다.

　　다음 날 몰래 그에게 물어보니 회피하면서 아니라고 강하게 부인
하였다. 이날 저녁 무렵이 되자 개가 집 뒷산으로 급히 오르더니 한
참이 지나도 돌아오지 않았다. 자제들은 따라가 무엇을 하는지 보았

는데 곧 무너진 무덤으로 들어가 해골을 가지고 나왔다. 급히 개를 쫓으니 해골을 버리고 도망갔다. 쫓아가 몽둥이로 때려잡았고 죽여서 집으로 끌고 돌아왔다.

그 배를 갈라 보니, 마치 임신한 것 같았는데, 어떤 물건이 공처럼 들어 있었다. 공의 막 안에는 정액으로 가득 차 있었고, 타락처럼 응고되어 있었다. 곧 그것을 끓여서 소금과 식초를 넣어 야생에서 얻은 약이라고 하고 황자심에게 먹였다. 그 여자는 마침내 오지 않았다. 황자심은 다른 날 그 자세한 이야기를 비로소 알게 되자 몹시 놀라고 부끄러워했다. 그러나 앓고 있었던 병환도 곧 나았다.(이 일화는 건창군 광창현 사람 황양이 말한 것이다.)

蛇最能爲妖, 化形魅人, 傳記多載, 亦有眞形親與婦女交會者. 南城縣東五十里大竹村, 建炎間, 民家少婦因歸寧行兩山間, 聞林中有聲, 回顧, 見大蛇在後, 婦驚走. 蛇昂首張口, 疾追及, 繞而淫之. 婦宛轉不得脫, 叫呼求救. 見者奔告其家, 鄰里皆來赴, 莫能措手. 盡夜至旦乃去.

又壕口寶慈觀側田家胡氏婦, 年少白晳, 春月餉田, 去家數里, 負擔行山麓, 過叢薄中. 蛇追之, 婦棄擔走, 未百步驚顚而仆, 爲所及. 以身匝繞, 擧尾褰裳, 其捷如手. 裳皆破裂, 淫接甚久. 其夫訝餉不至, 歸就食, 至則見之, 憤恚不知所出, 呼數十人持杖來救. 蛇對衆擧首怒目, 呀口吐氣, 蓬勃如煙. 衆股栗, 莫敢前, 但熟視遠伺而已. 數日乃去, 婦因臥不能起, 形腫腹脹, 津沫狼藉. 舁歸, 下五色汁斗餘, 病逾年, 色如蠟.

宜黃縣富家居近山, 女刺繡開窗, 每見一蛇相顧, 咽間有聲鳴其傍. 伺左右無人, 疾走入室, 徑就女爲淫, 時時以吻接女口, 又引首搭肩上, 如並頭狀. 女啼呼宛轉不忍聞. 家人環視, 欲殺蛇, 恐幷及女. 交訖乃去. 遂妊娠, 十月, 産蜿蜒數十. 南豐縣葉落坑, 紹興丁丑歲, 董氏婦夏日浴溪中, 遇黑衣男子與野合. 又同歸舍, 坐臥房內. 家人但見長黑蛇, 亦不敢殺, 七日而後去. 婦蓋不知爲異物也. 此四女婦皆存.(士人傅合寶慈道士黃師肇說.)

뱀은 가장 재주가 있는 요물이어서 전해지는 기록에서는 몸을 변신하여 사람을 미혹시키는 내용이 많이 보이지만 또한 원래의 모습으로 접근해 여자와 직접 교합하는 경우도 있다. 건창군 남성현에서 동쪽으로 50리 가면 대죽촌이 있는데, 건염 연간(1127~1130)에 민가의 젊은 여자가 친정에 다녀오려고 두 산 사이를 걷고 있는데, 숲에서 어떤 소리가 들려 고개를 돌려보니 큰 뱀이 그 뒤를 따라오고 있어 여자는 놀라 도망갔다.

뱀은 머리를 들고 입을 벌리며 달리듯 쫓아와 여자를 둘둘 감은 뒤 강간했다. 여자는 발버둥쳤지만 빠져나올 수 없었고 소리를 질러 살려 달라고 하였다. 이를 본 자가 달려가 그 집에 알렸고 이웃들이 모두 달려왔지만, 어떻게 손을 쓸 수가 없었다. 밤이 다 지나고 새벽이 되어서야 뱀은 사라졌다.

또 해자 입구에 있는 도관 보자관 옆에 전씨 집이 있는데, 그 집 며느리 호씨는 나이가 젊고 피부가 희고 윤기가 있었다. 봄날 밭으로 음식을 가져가느라 집에서 몇 리 떨어진 곳으로 음식이 메고 산기슭을 걷고 있었다. 막 무성한 풀숲을 지나고 있는데 뱀이 그녀를 쫓아왔다. 그녀는 메고 있던 것을 버리고 도망갔지만, 미처 100보를 가기도 전에 놀라고 떨려서 넘어졌다. 뱀이 그녀를 잡았고 몸으로 그녀를 둘러싸고 꼬리를 들어 치마를 걷어 올렸는데 사람의 손처럼 민첩하게 움직였다. 치마가 모두 찢어지고 한참동안 교합하였다.

그 남편은 음식이 오지 않는 것을 의아해하면서 집으로 가 밥을 먹으려는데 이곳에 이르러 아내가 당하는 것을 보게 되었다. 화가 나고 분했지만 어찌할 바를 몰랐고 수십 명의 사람을 불러 몽둥이를 가지고 아내를 구하려고 하였다. 뱀은 사람들을 향해 머리를 치켜들고 무섭게 노려보고, 입을 딱 벌리고 입김을 뿜어냈는데, 연기 같은 것이 피어올랐다. 사람들은 무서워 떨며 감히 앞으로 나아갈 수가 없었고, 다만 멀리서 주의해 지켜볼 수밖에 없었다.

뱀은 여러 날이 지난 후 비로소 가 버렸다. 부인은 지쳐 쓰러져 누운 채 일어날 수 없었으며 몸과 배는 부어올랐고 침과 땀이 낭자했다. 그녀를 들쳐 메고 집으로 돌아갔는데 그녀는 오색 즙을 한 말 넘게 배설하였고, 해를 넘기면서 앓았다. 얼굴은 납색이 되었다.

무주 의황현의 부자가 산 근처에 살고 있었는데, 딸이 창문을 열어 놓고 자수를 하고 있었다. 매번 뱀 한 마리가 나타날 때마다 서로 쳐다보았고 뱀은 옆에서 목구멍으로 울음소리를 냈다. 그러다가 좌우에 아무도 없는 것을 보고 뱀은 방안으로 재빨리 들어와 곧바로 여자에게 다가와 교합했고, 수시로 여자의 입 안으로 혀를 들이밀었다. 또 머리를 쭉 빼어 여자의 어깨에 걸쳐 놓아 마치 머리를 나란히 한 모양을 취했다. 딸은 울며 발버둥을 쳤으나 차마 소리를 지르지 못했고 가족들은 둘러싸서 보고 있으면서 뱀을 죽이려 했지만, 딸이 다칠까 봐 어쩔 수 없었다. 교합이 끝나고 뱀은 사라졌다. 마침내 임신을 하였고, 10월에 뱀 수십 마리를 낳았다.

소흥 정축년(27년, 1157), 건창군 남풍현 엽낙갱에서 동씨 며느리가 한여름 계곡에서 목욕하고 있었는데 검은 옷을 입은 남자를 만나 야합하였다. 또 함께 집으로 돌아와 방 안에 함께 누웠다. 가족들은 다만 길고 검은 뱀을 보았고 역시 감히 죽이지 못했는데 7일 후 사라졌다. 며느리는 아마도 그자가 기이한 뱀인지도 모르는 것 같았다. 위 네 명의 여자들은 모두 살아 있다.(이 일화는 보자관 도사 황사조가 말한 것이다. 사인 부합은 그에게서 들었다고 하였다.)

臨川縣曹舍村吳氏女, 未嫁而孕, 父母責之. 女云: "每夕黃昏後, 有黃衣人踰牆推戶入, 强我與交, 因遂感孕." 家人密伺之, 果如女言. 將入, 迎摏以刃, 卽死. 取火照視, 乃鄰家老黃狗也. 以藥去其胎, 得異雛焉.

南城竹油村田家嘗失少婦, 尋捕無迹, 半月而後歸, 云: "爲烏衣官人迎入山, 處大屋下, 飮宴相歡, 不知何人也." 自是常常去之, 或至旬日. 家人以爲山鬼, 率鄰里壯男子深入探逐, 正見大石穴如屋, 黑狗抱婦酣寢, 不虞人至, 無復能化形. 遂擊殺之, 以婦歸.

무주 임천현 조사촌의 오씨 집안 딸은 결혼도 하지 않았는데 임신을 하여 부모가 그녀를 책망하였다. 딸이 말하길,

"매일 저녁 황혼이 지나면 누런색 옷을 입은 사람이 담을 넘어 문을 밀고 들어와 강제로 저와 교합하였고 마침내 임신하게 되었습니다."

집안사람들이 몰래 지켜보니 과연 딸의 말과 같았다. 그자가 들어오려고 할 때 기다렸다가 칼로 거듭 찔렀고 그는 그 자리에서 죽었다. 불을 비추어 자세히 보니 이웃집 늙은 누런 개였다. 약을 먹이고 유산을 시키니 기이한 태아가 나왔다.

건창군 남성현 죽유촌에 사는 전씨 집에 일찍이 젊은 며느리가 사라졌다. 아무리 찾아도 자취를 찾을 수 없었는데 보름이 지나 스스로 돌아왔다. 그녀가 말하길,

"검은 옷을 입은 관인이 저를 데리고 산으로 들어가더니 큰 집에 들어가 먹을 것을 먹고 함께 즐겁게 보냈습니다. 어떤 사람인지 알 수 없었습니다."

그때부터 종종 사라지더니 때로는 열흘이 지나서야 돌아왔다. 집 안사람들은 산도깨비에게 홀렸다고 생각하고 이웃 마을의 청년들을 데리고 산속 깊이 들어가 찾았다. 마침 집처럼 생긴 커다란 바위 동굴을 찾았는데 검은 개가 며느리를 안고 달게 잠을 자고 있었다. 사람이 올 줄 모르고 있었기에 다시 사람으로 변신하지 못하였다. 곧 몽둥이로 때려죽이고 며느리를 데리고 집으로 돌아왔다.

撫州金溪士人藍獻卿妻, 頗有姿貌. 與夫婦寧母家, 肩輿行塗中, 風雨暴作, 空中飄紅葉, 冉冉入懷, 鮮紅可愛, 撫翫不捨. 至夜, 恍惚間有人登牀與接. 及明告其夫, 俄得狂疾, 言語錯亂, 被髮裸跣不可制. 藍大以爲撓, 醫巫無所施其伎, 了不知何物爲妖也.(朱槱説.)

　무주 금계현의 사인 남헌경의 아내는 상당한 미인이었다. 부부가 같이 친정어머니 집에 문안을 가기 위해 견여를 타고 길을 가던 중 갑자기 바람이 불고 비가 내리더니 공중에서 붉은 나뭇잎이 날아오더니 천천히 품안으로 들어왔다. 선명한 붉은색이 예뻐서 버리지 않고 간직하며 아꼈다. 밤이 되자 희미한 가운데 어떤 사람이 침상으로 올라와 그녀와 교합하였다. 날이 밝자 남편에게 그 일을 말하고 잠시 후 미쳤다.

　말을 할 때 앞뒤가 전혀 맞지 않았고 머리를 풀어헤치고 알몸과 맨발로 돌아다니는데 제어할 수가 없었다. 남헌경은 크게 곤혹스러워했고, 의사와 무녀를 불렀지만 아무런 효과가 없었다. 어떤 것에 사로잡힌 것인지 알 수 없었다.(이 일화는 주정이 말한 것이다.)

南城楊氏, 家頗富. 長子不肖, 父逐之. 天寒無所向, 入所貯牛藁屋中, 藉草而寢, 霜重月明, 寒不得寐. 忽一虎躍而來, 翼從數鬼, 皆倀也, 直趨屋所, 取草鼓舞爲戲. 子不敢喘. 俄黑雲勁風, 咫尺翳暝, 虎若被物逐, 倉黃走, 衆倀亦散. 旣, 神人傳呼而至, 命喚土地神. 老叟出拜, 神人責之曰: "汝受楊氏祭祀有年矣, 公縱虎爲暴, 郎君幾爲所食, 致煩吾出神兵驅之, 汝可謂不職矣! 吾乃其家竈君司命也, 汝識乎?" 土地謝罪而退. 明日起視, 外有虎迹, 草皆散擲地上. 後其父怒解, 子得歸, 具言之, 由是事竈益謹.(縣士羅大臨說.)

건창군 남성현의 양씨 집은 상당한 부자였는데 그 집 큰아들이 보잘것없었다. 양씨는 아들을 내쫓았는데 추운 날씨에 갈 곳이 없던 아들은 소의 꼴을 보관하는 방에 들어가 풀을 깔고 잠을 청했다. 서리가 무겁게 내렸고 달빛은 밝았는데 너무 추워서 잠을 잘 수가 없었다. 그때 갑자기 호랑이 한 마리가 뛰어 들어왔고, 옆에 여러 귀신이 따라왔는데 모두 창귀[3]였다.

그들은 곧바로 방으로 들어오더니 풀을 헤집으며 북을 치고 춤을 추며 놀았다. 아들은 감히 숨조차 쉴 수 없었다. 잠시 후 검은 구름이 몰려오며 거센 바람이 일더니 지척도 보이지 않을 정도로 어두워졌

3　倀鬼: 호랑이에게 물려 죽은 사람이 귀신이 되어 호랑이에게 먹잇감을 인도하는데, 그 귀신을 가리키는 말이다.

다. 호랑이는 무엇엔가 쫓김을 당하는 듯하더니 창졸간에 황급히 달아났으며, 창귀들도 모두 흩어졌다. 잠시 후 신인이 호령하며 나타나 토지신에게 오라고 명하였다. 한 노인이 나타나 배알하니 신인이 그를 꾸짖으며 말하길,

"너는 양씨네 집 제사를 받은 지 여러 해가 되었는데 공공연히 호랑이가 제멋대로 난동을 부리게 하고, 양씨 도령을 거의 잡아먹힐 뻔하게 했다. 게다가 번거롭게 내가 직접 나서서 신병神兵들을 불러 그것들을 쫓아내게 하다니, 너에게는 이제 일을 맡길 수가 없겠구나! 나는 이 집의 조왕신[4]이다. 잘 알겠는가?"

토지신은 사죄하며 물러났다. 다음 날 일어나 보니 바깥에는 호랑이 발자국이 있었고 풀들은 모두 땅바닥에 내던져져 있었다. 후에 아버지 양씨가 노여움을 풀어 아들은 집으로 들어갔고 있었던 일을 상세히 말하였다. 이로 말미암아 더욱 정성스럽게 조왕신을 모셨다.(이 일화는 남성현의 사인 나대임이 말한 것이다.)

---

4 竈君司命: 부엌과 음식을 주관하는 동시에 민간의 선악과 화재 방비를 관장하는 신이다. 연말에는 하늘에 올라가 일 년 동안의 공과를 보고하므로 그에 앞선 12월 23일에 제사를 지내는데, 이를 送竈라고 한다. 민간신앙의 대상이어서 속칭도 竈君・竈王・竈公 등 다양한데, 도교에서는 '九天司命定福東廚煙主保竈護宅眞君' 또는 '九靈元王保竈護宅天尊'이라고 칭하였으며, 약칭은 '司命眞君'이다.

姚師文, 南城人. 建炎初登第, 得宜春尉以死. 家之田園, 先以歲饑速售, 産去而稅存, 妻弱子幼, 莫知買者主名, 閱十餘年, 負官物至多. 邑令李鼎, 治逋峻, 繫姚子於獄累月. 會歲盡, 鼎憐其實窮, 使召保任, 立期暫歸.

子至家, 除夜無以享, 獨持飯一器祀其父, 告以久囚不能輸稅之故, 哀號不已. 屋上忽有人呼小名, 驚視之, 父衣公服立, 索紙墨筆硯. 子欲梯而上, 止之曰 : “幽明異塗, 不宜相近, 第置四物簷間可也.” 子退, 忍淚屏息遙望之. 姚稍步及簷坐, 就膝書滿紙, 擲下. 俯拾之際, 父遂不見. 新歲, 持死父書至邑, 邑宰讀所書 : 某田歸某家, 稅當若干. 遂逮人至, 皆駭異承伏, 子乃得免. 子婦之父董, 在臨川, 素相善, 亦往訪之. 空中揖語, 相勞如平生, 且請具酒席叙款, 而不見形. 董曰 : “以何禮爲席?” 曰 : “與生人等耳.” 董如言, 相對盡敬, 不敢少慢. 又語及敎子, 爲出論題, 說題意, 主張有條理. 罷酒始辭去, 仍囑善護其子, 自此寂然.

건창군 남성현 사람 요사문은 건염 연간(1127~1130) 초, 과거에 급제하였고 원주 의춘현 현위가 되었으나 세상을 떴다. 그의 집에는 밭이 있었는데, 생전에 한 해 흉년이 들어 급히 팔았다. 밭은 이미 넘겼지만, 관아에 신고하지 못한 상황이라 세금을 여전히 내야 했다. 아내는 유약하고 아들은 어려서 밭을 사 간 자의 이름도 모르고 십여 년이 흘렀다. 관아에는 밀린 세금이 점점 쌓여 갔다.

현지사 이정은 세금 체납에 대해 매우 엄하게 다스려서 요사문의 아들을 체포하여 감옥에 가둔 지 여러 달 지났다. 마침 한 해가 저물어 가기에 이정은 요씨 집이 실제로 매우 가난한 것을 가엾게 여겨 사람을 시켜 보증인을 불러 기한을 두고 잠시 집으로 돌려보내 주었다.

아들이 집에 돌아오자 섣달그믐 제사에 올릴 음식이 없어 오직 밥 한 그릇을 떠서 선친을 제사 지내면서 오랫동안 감옥에서 지내며 세금을 내지 못한 일들에 대해 고하고 슬피 울었다. 그러자 지붕에서 갑자기 어떤 사람이 그의 아명을 불렀다. 깜짝 놀라 살펴보니 아버지가 관복을 입고 서 있었다. 요사문은 종이와 먹 그리고 붓과 벼루를 가져오라고 하였다. 아들이 사다리를 놓고 올라가려고 하자 그를 제지하며 말하길,

"이승과 저승은 엄연히 다르니 가까이 와서는 안 된다. 다만 가지고 온 네 가지 것만 처마 사이에 두고 가거라."

아들은 물러나며 눈물을 참고 숨을 죽이고 물러나 멀리서 아버지를 바라보았다. 요사문은 천천히 걸어와 처마 위에 앉더니 무릎을 꿇고 종이에 글을 가득 썼다. 그리고 그것을 아래로 던져 주었다. 몸을 구부려 종이를 줍는 사이 아버지는 곧 보이지 않았다.

새해가 되어 아들은 죽은 아버지가 써 준 글을 가지고 현아로 갔고, 현지사는 쓰여 있는 글을 다 읽었다. 어느 곳의 밭을 어떤 집에 팔았고 세금은 마땅히 얼마라고 적혀 있었다. 곧 그 밭을 샀던 사람을 붙잡아 들였고 심문을 하자 놀라 자복하였다. 이에 요사문의 아들은 풀려날 수 있었다.

필자 며느리의 친정아버지 동씨는 무주 임천현에 살았는데 요사문과 본래 사이가 좋았다. 요사문은 그에게도 찾아갔다. 공중에서 읍하

며 안부를 묻는 등 평소와 다름없이 서로 인사하였다. 곧 그에게 술
상을 갖추어 대접하고자 했으나 사람이 보이지 않았다. 동씨가 말하
길,

"어떤 예로 자리를 마련할까요?"

요사문이 대답하길,

"살아 있을 때와 같게 하시지요."

동씨는 그의 말대로 하며 서로 대작하면서 정성을 다했고 조금도
태만하지 않았다. 또 아들을 가르치는 일에 대해 말하였고, 논할 만
한 주제를 제시하여 그 뜻을 설명하는데 주장에 조리가 있었다. 술자
리를 파하고 떠나려 할 때 여전히 그 아들을 잘 봐달라고 부탁하였
고, 이후로는 조용해졌다.

5　송대 판본은 이 아래 11항이 결락되었다.

南豊朱氏之祖軾, 字器之, 就館於村墅. 嘗告歸邑居, 中道如廁, 見
一農夫自縊而氣未絶, 急呼傍近人共救解之. 旣得活, 詢其故, 曰: "負
租坐繫, 不能輸, 雖幸責任給限, 竟無以自脫, 至於就死. 豈予所欲哉?"
問所負幾何, 曰: "得數千錢便了, 特無所從出." 朱隨身齎挾, 僅有此
數, 悉與之, 不告姓名而行. 歲夕, 無以祭神, 亦不悔也. 後以累舉恩至
承議郎, 生五子. 京至國子司業, 彦終待制, 襃爲郎官, 襄至郡守, 皆知
名當世. 朱公淸健康寧, 及見諸子達官, 享甘旨, 年八十有餘乃卒. 里
中人至今能言之.

　건창군 남풍현 주씨의 조상 중 자가 기지인 주식은 촌락의 사숙에
서 학생들을 가르치는 일을 하였다. 일찍이 사숙의 일을 그만두고[6]
살던 현성으로 돌아가는 중에 길에서 변소에 갔다가 스스로 목을 맨
한 농부를 보았다. 그는 아직 숨이 끊어지지 않은 상태여서 급히 근
처의 사람들을 불러 함께 그를 구해 주었다. 농부가 다시 살아나자
사람들은 죽으려고 했던 이유를 물었다, 그가 답하길,

　"밀린 세금 때문에 감옥에 잡혀 있었지만, 세금을 낼 수 없었습니
다. 비록 풀려나긴 했지만, 세금을 정해진 기한 내에 내야 하나 결국
스스로 해결할 수 없었기에 죽으려고 하였습니다. 제가 죽고 싶어 죽

6　告歸: 관리가 늙어서 사임하고 고향으로 돌아가는 것, 또는 휴가를 얻어 고향으로
　돌아가는 것을 뜻하며, 이별을 고하고 집으로 돌아간다는 뜻으로도 쓴다.

으려 했겠습니까?"

밀린 세금이 얼마냐고 묻자 그가 답하길,

"수천 전이면 됩니다만 아무리 해도 돈 나올 곳이 없습니다."

주식은 자기 몸에 가지고 있는 돈이 가까스로 그 액수와 같았기에 모두 그에게 주었고, 이름도 말하지 않고 떠났다. 섣달그믐 밤 신에게 제사 지낼 것이 없었지만 후회하지 않았다. 후에 여러 차례 과거에 응시한 경력으로 관리가 되어 승의랑[7]에 올랐고 아들 다섯을 두었다. 아들 주경[8]은 국자사업,[9] 주언[10]은 대제, 주포는 낭관,[11] 주양은 주지사에 오르며 모두 당시 세상에 이름을 알렸다. 주식은 깨끗하고 건강하게 안녕을 누렸고 여러 아들이 관직에 오르는 것을 보고, 또 맛있는 음식을 즐기면서 80여 세까지 살았다. 그 지역 사람들은 오늘까지도 그의 선행을 이야기한다.

---

7 承議郎: 문관 寄祿官 30개 품계 중 23위로 품계는 종7품이다. 元豊 3년(1080) 관제개혁 이후 左 · 右正言 · 太常博士 · 國子博士 등을 대신하였다.

8 朱京(1038~1101): 자는 世昌이며 江南西路 建昌軍 南豊縣(현 강서성 撫州市 南豊縣) 사람이다. 감찰어사로 神宗에게 직언을 했고, 太常博士, 湖北 · 京西 · 江東 轉運判官, 提點淮西刑獄公事, 國子司業 등을 역임하였다.

9 國子司業: 국자감의 책임자인 國子祭酒에 이은 부책임자로 품계는 정6품이다. 국자사업 아래에 丞 · 主簿 · 太學博士 · 學正 · 學錄 · 武學博士 · 律學博士 등을 두었다. 송대 국자감은 唐代와 같이 東京 開封府와 서경 河南府에 각각 설치하였다.

10 朱彦(1043~1111): 자는 世英이며 江南西路 建昌軍 南豊縣(현 강서성 撫州市 南豊縣) 사람이다. 강서 · 강동 轉運判官, 刑部侍郎을 지냈고, 顯謨閣待制로 항주 · 穎昌府 지사를 지냈다.

11 郎官: 尙書省 소속 24司의 책임자인 郎中의 별칭이다. 송의 경우 원풍개혁 후 28司로 늘었지만 수 · 당대 이래의 오랜 관습으로 여전히 24司 郎中이라고 칭하였다. 6부의 장관인 尙書와 차관인 侍郎 바로 아래의 직급으로 국정 실무를 처리하는 중요 직책이다. 원풍 관제개혁 이후 종6품이었다. 郎官 외에도 郎 · 郎官 · 郎曹 · 尙書郎 등 별칭이 대단히 많다.

崇仁縣農家子婦, 頗少艾, 因往屋後暴衣不還, 求之鄰里及其父母家, 皆不見, 遂詣縣告. 縣爲下里正, 揭賞搜捕, 閱半月弗得. 其家在巴山下十里, 山絶高峻. 樵者負薪歸, 至半嶺, 望絶壁嵒崖間若皂衣人擁抱婦人坐者, 疑此是也, 置薪于地, 尋磴道攀援而上. 稍近, 兩人俱入穴中. 穴深不可測. 樵歸報厥夫, 意爲惡子竊負而逃者, 時日已夕, 不克往.

至明, 家人率樵至其處偵視, 莫敢入. 或云: "穴深且暗, 非人能處, 殆妖魅所爲, 宜委諸巫覡." 聞樂安詹生素善術, 亟招致之. 詹被髮銜刀, 禹步作法, 先擲布巾入. 須臾, 青氣一道如煙, 吹巾出. 又脫冠服擲下, 亦爲氣所却, 詹不得已, 倮身持刀, 躍而下. 穴廣袤如數間屋, 盤石如牀, 婦人仰臥, 大蛇纏其身, 奮起欲鬪. 詹揮刀排墮牀下, 挾婦人相繼躍出.

婦色黃如梔, 瞑目垂死. 詹爲毒氛熏觸, 困臥久乃蘇, 含水噀婦, 婦卽活. 歸之, 明日始能言. 云: "初暴衣時, 爲皂袍人隔籬相誘, 不覺與俱行, 亦不知登山履危, 但在高堂華屋內與共寢處, 飢則以物如餳與我食, 食已卽飽, 心常迷蒙, 殊不悟其爲異類也." 鄉人共請詹盡蛇命, 詹曰: "吾只能禁使勿出, 不能殺也." 乃施符穴口鎭之, 自是亦絶.

무주 숭인현 한 농가의 며느리는 나이가 자못 어리고 예뻤다. 집 뒤쪽으로 빨래를 말리러 가서는 돌아오지 않아 마을 사람들과 친정집에 알리고 같이 찾았지만 찾을 수가 없었다. 마침내 현에 신고하였고, 현에서는 이정들에게 현상을 걸고 찾게 하였지만, 보름이 지나도록 찾을 수 없었다.

그 집은 파산진[12]에서 10여 리 떨어진 곳에 있는데, 산세가 매우 높고 험준했다. 나무꾼이 땔감을 지고 돌아오는 길에 고개 중턱에 이르렀을 때 가파른 절벽 바위틈에 검은 옷을 입은 사람이 부인을 안고 앉아 있는 모습을 보고 아마도 그 여자가 아닌가 싶어 땔감을 바닥에 두고 비탈길을 찾아 겨우 매달려 올라가 보았다. 조금 더 가까이 가자 두 사람은 함께 동굴 안으로 들어갔다. 동굴은 깊어서 그 안을 예측할 수 없었다.

나무꾼은 돌아가 그 남편에게 이 사실을 알렸고, 남편은 못된 놈이 몰래 업고 도망간 것이라고 여겼다. 당시 날이 이미 저물어 갈 수가 없었고 새벽이 되자 집안사람들은 나무꾼의 안내를 따라 그곳에 가서 은밀히 지켜보았다. 하지만 감히 동굴에 들어가지를 못했다. 어떤 사람이 말하길,

"동굴은 매우 깊고 또 어두우니 사람이 살 만한 곳이 아닐 것입니다. 아무래도 요괴에 썬 것 같습니다. 이일은 무당에게 맡기는 것이 옳습니다."

무주 낙안현[13]의 담씨가 법술에 능하다는 이야기를 듣고 급히 그를 불러오게 했다. 담씨는 머리를 풀어 헤치고 칼을 입에 물고 칠성의 기를 받기 위한 걸음을 걸으며 법술을 부리기 시작했다. 먼저 수건을 동굴 안으로 던져 보았다. 잠시 후 푸른색 기운이 연기처럼 일더니

---

12 巴山鎭: 江南西路 撫州 崇仁縣의 縣衙가 있던 곳이며, 북서쪽은 산지이다. 현 강서성 撫州市 崇仁縣 巴山鎭에 해당한다.

13 樂安縣: 江南西路 撫州 소속으로 紹興 19년(1149)에 崇仁・永豊縣에서 분리, 신설되었다. 현 강서성 중동부 撫州市 중서쪽의 樂安縣에 해당한다.

수건이 바람에 날리어 나왔다. 다시 모자와 옷을 벗어 던지니 역시 그 기운에 밀려나자 담씨는 부득이 나체로 칼을 들고 뛰어들어 갔다.

동굴은 여러 칸의 집이 들어갈 만큼 면적이 넓고 컸으며, 침상처럼 평평한 바위가 있는데 부인이 그 위에 누워 있었다. 커다란 뱀이 부인의 몸을 돌돌 감고 있었는데, 떨쳐 일어나 싸우려고 했다. 담씨가 칼을 휘둘러 뱀을 침상 아래로 밀쳐 떨어뜨린 뒤 여자를 데리고 속히 뛰어나왔다.

부인의 얼굴색은 치자같이 누런데다 눈도 감고 있어 거의 죽은 것 같았다. 담씨도 뱀의 독기를 쏘이고 마셨기에 지쳐 쓰러져 있다가 한참 만에 정신을 차렸다. 그는 입에 물을 머금었다가 부인에게 뿌려 주자 여자가 곧 살아났다. 집으로 돌아온 후 다음 날이 돼서야 비로소 말을 할 수 있었다. 그녀가 말하길,

"처음에 빨래를 널고 있는데 검은 도포를 입은 사람이 울타리 건너에서 유혹하기에 저도 모르게 함께 가게 되었고, 또한 깨닫지 못한 사이 산을 올라 높고 가파른 곳을 걸었습니다만 높고 화려한 집이 있어 그 안에서 그와 더불어 동침하며 지냈습니다. 배가 고프면 엿과 같은 것을 저에게 먹으라고 주었고, 먹고 나면 배가 불렀습니다. 마음은 항상 몽롱하고 정신이 없었는데 그가 사람이 아닌 줄은 전혀 알지 못했습니다."

마을 사람들은 함께 담씨에게 청해 그 뱀을 죽여 달라고 했지만 담씨는 말하길,

"저는 다만 그 뱀이 나오지 못하게 막을 수 있을 뿐 죽이지는 못합니다."

이에 동굴 입구를 부적으로 막았고, 이때부터 뱀의 화는 사라졌다.

　　홍국현의 도인^{興國道人}

劉大夫子昻爲贛州興國宰, 一子年十七八歲, 嘗出書館中, 見醉人酣寢于階下, 令掖出, 則常日在市貨藥道人也. 明日復然, 疑其異人, 命扶入齋舍, 揖使坐, 焚香作禮. 道人曰：“郞年少, 拜我何爲? 且何所求也?” 劉曰：“某觀先生必非尋常人, 願求祕術爾.” 道人笑探布囊, 取文字三卷, 緘其二, 皆長二寸許, 僅如指大, 堅緊若木石, 悉以授之. 戒曰：“謹守護, 勿遺失, 勿泄於人. 先取不封一卷敬行之, 餘以次啓視, 書盡則事成矣.” 丁寧反復乃去.

劉大喜, 退發其書, 皆符籙呪術也, 依法稍行之, 無不立驗. 呪一棗置水缸中, 試飲病者, 無新故癃篤輒愈, 請水者雲集. 父聞之, 大以爲憂. 詢小吏, 得其實, 索書欲觀. 子不敢隱, 取以示, 卽命焚之. 火畢, 室有聲如雷, 少頃, 神將數輩如世所繪天下力士者, 涕泣辭訣, 謂子昻曰：“明府誤矣! 賢子當積功行而得道, 今乃如此, 何不祥甚邪? 豈惟不得道, 將致禍, 某年受大難, 不可禳也.” 言訖, 隱不見. 及期, 子果死.

　　대부의 자리까지 오른 유자앙이 감주 홍국현 지사로 있을 때 그의 한 아들은 나이가 십칠팔 세였다. 아들이 일찍이 공부방에 갔다가 한 사람이 술에 취해 계단에서 달게 자고 있는 것을 보고 사람을 불러 그를 부축해 내보냈는데 알고 보니 매일 시장에서 약을 팔던 도인이었다. 그런데 다음 날도 또 술에 취해 계단에서 잠들어 있기에 그가 기인이 아닐까 싶어 사람들에게 명해 부축하여 관사 내 방으로 들어오게 한 후 공손히 인사를 하고 앉게 한 다음 향을 피우고 예를 다하였다. 도인이 말하길,

"낭군께서는 나이도 어린데 저에게 절을 하니 무슨 일인지요? 바라는 것이라도 있습니까?"

유자앙 아들이 말하길,

"제가 보기에 선생께서는 보통 사람이 아닌 것 같은데 비법이 있으면 알려 주시길 원합니다."

도인이 웃으며 면으로 된 주머니를 찾아 책 세 권을 꺼냈는데, 그중 두 권은 잘 봉해진 상태였다. 모두 길이가 2촌 정도여서 겨우 손가락 크기 정도였는데, 돌이나 나무토막처럼 단단하였다. 세 권 모두 그에게 주면서 당부하길,

"삼가 잘 보관하고 잃어버리면 안 됩니다. 또 다른 사람에게 보이지 마십시오. 먼저 봉하지 않은 한 권을 읽고 그것을 잘 따라 하시고 나머지는 순서대로 열어 보시면 됩니다. 책을 다 읽고 나면 일이 모두 이루어질 것입니다."

여러 번 확인시키고 떠났다. 유자앙의 아들은 크게 기뻐하며 물러나 그 책을 펴 보니 모두 부적과 주술과 관련된 내용이었고, 쓰인 법대로 조금씩 행해 보니 즉시 효험이 드러나지 않는 것이 없었다. 대추 한 알에 주문을 걸고 물 항아리에 넣은 후 시범 삼아 병자에게 마시게 해보니 새로운 병이든 오래된 병이든 단순한 병이든 위중한 병이든 번번이 나았다. 그러자 물을 마시고자 하는 이들이 구름처럼 몰려들었다. 아버지 유자앙이 이를 듣고 크게 걱정하며 시종에게 물어보고는 그 사실을 알게 되었다. 책을 보기 위해 가져오라고 하자 아들은 감히 숨길 수 없어 가져다 보여 주었다. 아버지는 즉시 태우라고 명하였다. 책을 다 태우자 방안에서 천둥처럼 요란한 소리가 났고 잠시 후 세간에 그려진 천하 역사力士처럼 생긴 여러 신장神將들이 눈

물을 흘리며 이별을 고하고 유자앙에게 이르길,

"지사¹⁴께서 크게 잘못한 것이오! 지사의 현명한 아들이 공적을 쌓고 도를 깨치려고 하는데, 오늘 이와 같은 일이 벌어졌으니 얼마나 불길합니까? 도를 깨칠 수 없을 뿐만 아니라 장차 화도 닥칠 것이니 모년에 큰 재앙을 받을 것이며 이는 피할 수 없습니다."

말을 마치고 곧 사라져 보이지 않았다. 그해가 되자 과연 아들이 죽고 말았다.

---

14 明府: 漢代에 太守에 대한 존칭으로 쓰던 '明府君'의 약칭이다. 唐代 이후에는 현 지사에 대한 별칭으로 계속 사용하였다.

　거울 만드는 장인 진씨陳磨鏡

衡州陳道人以磨鏡爲業, 中年忽盲, 但日凭妻肩行於市. 嘗到衡州, 覺有拊其背曰:"陳翁, 明旦出郭相尋, 無失約." 明將往, 妻止之曰:"蠻寇方擾, 安撫李尚書以重賞募級, 或有殺平人以應令, 汝設遭此, 奈何?" 遂已. 明日復遇之, 約如初, 且責其失信. 陳語其故, 曰:"明日但出, 無害也." 乃如之. 至則一道人, 攜陳手行官道上, 詣粉牆後附耳語, 俄頃別去, 不知所言何事也. 自是陳不復出, 獨令妻自行磨鏡以取給, 而閉戶端坐. 過百日, 雙目瞭然復明, 顔色潤澤如少年時, 頗能談人未來事. 至今猶往來湖湘間.(右二事余翼說.)

형주[15] 사람인 도인 진씨는 거울 만드는 일을 업으로 삼고 있었다. 중년에 갑자기 시력을 잃어 매일 아내의 어깨에 기대어 시장을 다녔다. 일찍이 형주에 갔을 때 누군가 등을 두드리는 것을 느꼈는데, 그 자가 말하길,

"진씨 노인, 내일 새벽 성곽 밖으로 나와 나를 찾으시오. 약속을 어기면 안 되오."

다음 날 성곽 밖으로 나가려고 하는데 아내가 그를 제지하며 말하길,

---

15 衡州: 荊湖南路 소속으로 치소는 衡陽縣(현 호남성 衡陽市 蒸湘區)이고 관할 현은 5개이며 州格은 刺史州이다. 五嶽의 하나인 衡山의 남쪽에 있으며 현 호남성 중남부에 해당한다.

"남만 도적놈들이 지금 난리를 치고 있어 상서인 안무사 이공이 큰 상금을 내걸고 도적의 목을 구하고 있답니다. 어떤 자들은 평범한 사람을 죽여 명령에 응하고 있다고 하니 당신이 그런 일을 당하면 어찌합니까?"

이에 가지 않았다. 다음 날 그자를 다시 만났는데 그가 약속을 지키지 않은 것에 대해 책망하며 전날과 똑같이 약속하였다. 진씨가 약속을 어긴 사정을 말해 주자 그가 말하길,

"내일은 그냥 나오면 됩니다. 별다른 일이 없을 거요."

이에 그렇게 하였다. 가서 한 도인을 만났고 도인은 진씨의 손을 잡으며 큰길[16]로 걸어갔고, 잘 꾸민 담장 뒤로 가서 귀에 대고 얘기를 해 주었다. 그리고 잠시 후 떠났다. 그가 어떤 것에 관해 무슨 말을 했는지 아무도 몰랐다. 이때부터 진씨는 다시 외출하지 않았고 다만 아내에게 스스로 거울을 만들며 생계를 유지하라고 하였고 방문을 걸고 정좌하였다. 이렇게 백일이 지나자 두 눈은 다시 환하게 밝아졌고, 안색은 소년처럼 윤기가 흘렀으며 제법 능히 다른 사람들의 미래를 이야기할 수 있게 되었다. 지금도 여전히 형호남로를 오가며 살고 있다고 한다. (위의 두 가지 일화는 여익이 말한 것이다.)

---

16 官道: 관에서 건설한 도로로서 통상 '큰길'을 뜻하기도 한다.

新建烏山村, 乾道辛卯歲, 邑境饑疫. 有田家十餘口盡死, 唯老媼與
小孫在. 未幾, 媼亦死. 孫力疾出, 哀祈鄰里, 丐掩葬. 皆畏病染, 不肯
往. 越五日, 媼手足微動, 俄體煖目開, 遂復活. 孫掖起坐, 問之曰: "數
日何所往? 若外人肯相助, 則入土矣. 幸而不至, 豈非天乎?"

媼曰: "我了不覺知, 但見人喚我去, 仍擔我破籠隨行. 到橋邊, 一人
自橋而下, 令留住行李, 使行橋上. 顧來者紛紛, 在泥在水, 擧足如陷.
不暇問, 前詣官府, 朱扉洞開, 門內朱紫衣冠, 緇黃男女, 被驅逐甚衆.
路逢縣中舊識吏, 問是何處, 吏曰: '非汝所知, 汝不合來此. 皆是劫會
中人, 五百年當一小劫. 吾掌綾絹紙三等簿, 紙簿勾已盡, 絹簿亦勾半.
汝係簿內人, 然未當至, 宜急回.' 使人引出, 復過橋, 守者擧手加額曰:
'還爾籠. 爾有善心, 脫此劫會, 吾爲爾喜. 今速歸, 救爾屋宅.' 遂失脚
墮橋下, 乃甦."(齊徹說.)

건도 신묘년(7년, 1117) 홍주 신건현 오산촌에 흉년이 들었고 전염병이 돌았다. 한 농민 집안에서 십여 명의 식구가 다 죽었고 오직 늙은 할머니와 어린 손자만 살아남았다. 얼마 되지 않아 할머니도 역시죽었다. 손자는 밖으로 나가 온 힘을 다해 이웃들에게 애원하며 할머니 장사 지내는 일을 도와 달라고 하였지만 모두 병에 전염될까 두려워 선뜻 오려고 하지 않았다.

닷새가 지나 할머니의 손과 발이 조금씩 움직이기 시작했고 잠시 후 몸이 따뜻해지더니 눈을 떴으며 마침내 다시 살아났다. 손자는 할머니를 부축하여 일어나 앉게 하였고 할머니에게 묻길,

"며칠 동안 어디에 가셨던 것입니까? 만약 이웃 사람들이 와서 도와주었다면 이미 흙에 묻혔을 것입니다. 다행히 그들이 오지 않았으니 어찌 하늘의 뜻이 아니겠습니까?"

할머니가 답하길,

"내가 전혀 알지도 느끼지도 못하고 있는 사이 어떤 사람이 나타나 나를 불러 데리고 갔단다. 나는 해진 짐보따리만 메고 따라갔어. 어느 다리 근처에 다다르자 한 사람이 다리에서 내려와 나에게 짐을 내려놓으라고 하고 다리 위로 오르게 하더구나. 돌아보니 지나가는 사람이 분분히 줄지어 가는데, 진창길과 물속을 걸으며 다리가 빠지는 듯하더라. 무언가 물어볼 겨를도 없었고 그저 앞으로 가서 관부에 다다랐단다. 붉은 문이 열리고 문 안에는 붉은색과 자주색 의관을 갖춘 이가 있었으며 승려와 도사 그리고 남자 여자가 모두 쫓기듯 가고 있었는데 숫자가 매우 많았단다.

길에서 예전에 알고 지내던 현의 서리를 만나 이곳이 어디냐고 물어보니 그가 답하길, '할머니가 알아야 할 바가 아닙니다. 할머니는 이곳에 오시면 안 되었습니다. 모두 이번 겁회[17]로 인해 모인 사람입니다. 5백 년에 한 번씩 작은 겁회가 있습니다. 저는 무늬가 있는 비단綾, 그냥 명주綢, 종이 등 세 등급으로 나뉜 장부를 가지고 있는데, 종이 장부는 이미 확인이 다 끝났고 지금 명주 장부를 확인하고 있는데 반 정도는 마쳤습니다. 할머니는 이 장부에 속한 사람인데 아직 올 순서가 되질 않습니다. 그러니 속히 돌아가세요.'

---

17 劫會: 한꺼번에 생긴 재난이라는 뜻이며, 500년마다 있는 이런 재난을 가리켜 '小劫'이라고 한다.

사람을 시켜 나를 데리고 나가 다시 다리를 건넜고, 지키는 자가 손을 들어 이마에 얹고 말하길, '짐 보따리를 돌려주겠다. 너는 착한 마음을 가지고 있었기에 이번 겁회에서 빠져나갈 수 있었던 것이니 나도 축하를 보낸다. 지금 속히 돌아가 당신의 집을 먼저 구하라.' 나는 마침내 발을 헛디뎌서 다리 아래로 떨어졌고, 그래서 마침내 깨어났단다."(이 일화는 제철이 말한 것이다.)

　　南城士人于仲德, 爲子㻸納婦陳氏. 陳世爲巫, 女在家時, 嘗許以事神, 旣嫁, 神日日來惑蠱之. 每至, 必一犬踴躍前導, 陳則盛飾入室以須. 衆皆見犬不見人, 踰時始去. 于氏以爲撓, 召道士奏章告天. 陳稍甦, 自言: "比苦心志罔罔, 不憶人事, 唯覺在朱門洞戶宮室之中, 服飾供帳, 華麗煥好. 一美男子如貴人, 相與燕處. 如是甚久, 其母忽怒, 呼謂子曰: '不合留婦人於此, 今上天有命, 汝將奈何? 盍以平日所積錢爲自脫計?' 子亦甚懼, 遽云: '急遣歸!' 自爾復常." 于氏父子計, 以婦本巫家, 故爲神所擾, 不若及其無恙時善遣之. 遂令歸父母家, 竟復使爲巫. (王三錫說.)

　　건창군 남성현의 사인 우중덕은 아들 우착에게 진씨 여자를 아내로 맞게 했다. 진씨 집안에서는 대대로 무녀가 나왔는데, 며느리도 본가에 있을 때부터 일찍이 신을 모시기로 몸을 맡긴 바 있었다. 그녀가 시집을 간 뒤에도 날마다 신이 찾아와 그녀를 유혹하고 미혹시켰다. 매번 올 때마다 반드시 개 한 마리가 펄펄 뛰며 앞길을 열었고, 진씨는 잘 꾸미고 나서 방으로 들어가 기다렸다. 가족들 모두 개만 보일 뿐 사람은 보지 못했다. 그렇게 한 시진이 지나서야 비로소 갔다.

　　우씨는 이를 매우 곤혹스럽게 여겨 도사를 불러 상주문을 써서 하늘에 고하였다. 그러자 며느리가 점차 깨어나서 스스로 말하길,

　　"자주 마음과 생각이 막막해져 힘들었으며 인간사의 일을 기억할

수 없었고, 오직 붉은 대문 안에 있는 궁궐의 깊숙한 내실 안에 있었다는 것만을 기억납니다. 복식과 장막이 갖추어져 있었는데 화려하고 빛이 났어요. 한 귀인 같아 보이는 미남자와 더불어 즐겁게 지냈습니다. 이처럼 여러 날을 보냈는데, 그 어머니가 갑자기 화를 내며 아들을 불러 말하길, '이 여자를 이곳에 머물게 하면 안 된다. 지금 하늘에서 명이 내려왔으니 너는 장차 어찌할 것인가? 왜 평소 모아둔 돈으로 스스로 벗어날 계획을 세우지 않느냐?' 아들은 역시 매우 두려워하였고 황급히 말하길, '서둘러 돌아가시오!' 그리하여 다시 원래대로 돌아올 수 있었습니다."

우씨 부자는 생각하기를 며느리의 본가가 원래 무당집이었고 그래서 신에게 어지럽힘을 당한 것이니 지금처럼 아무 일 없을 때 그녀를 잘 보내는 것이 차라리 낫겠다고 판단했다. 이에 곧 그녀를 친정으로 돌려보냈고 친정 부모는 결국 그녀를 다시 무당이 되게 하였다.(이 일화는 왕삼석이 말한 것이다.)

紹興庚午歲十一月, 建昌新城縣永安村風雪大作. 半夜, 村中聞數百千人行聲, 或語或笑, 或歌或哭, 雜擾匆遽, 不甚明了, 莫不駭怪. 而凝寒陰翳, 咫尺莫辨. 有膽者開門諦視, 略無所睹. 明旦, 雪深尺餘, 雪中迹如兵馬所經, 人畜鳥獸之蹤相半, 或流血汚染, 如此幾十許里, 入深山乃絶.(自十八卷至此, 除「路當可」一事外, 皆建昌土人鄧植端若轉爲予言.)

　소흥 경오년(20년, 1150) 11월, 건창군 신성현 영안촌에 큰바람과 함께 폭설이 내렸다. 한밤중에 마을에서는 수백 수천 명의 사람이 지나가는 소리가 들렸다.

　그들 중 어떤 이는 얘기를 나누고 어떤 이는 웃으며, 어떤 이는 노래를 부르고 어떤 이는 곡을 하는 등 잡다하게 섞여서 소란스러운 가운데 급히 지나갔다. 무슨 일인지 분명하지 않았으나 놀라고 해괴하게 여기지 않은 이가 없었다.

　날이 매우 춥고 하늘에 구름이 덮여 어두웠기에 지척 간의 거리에서도 사람을 알아볼 수 없었다. 담력이 있는 사람은 문을 열고 살펴보았지만, 대략이나마 보이는 것이 전혀 없었다.

　다음 날 아침 일어나 보니 눈은 1척이 넘게 쌓였고 눈 가운데 병사와 말이 지나간 발자국이 남아 있었을 뿐 아니라 사람과 가축, 들짐승과 날짐승의 자취가 서로 뒤섞여 있었다. 또 어떤 곳은 유혈이 낭자하였는데 이러한 정황이 수십 리나 계속 이어졌고, 깊은 산속으로 들어가서야 비로소 끊어졌다.

(「노당가」를 제외하면 18권에서 20권까지의 일화 모두 자가 단약인 건창현 사인 등식이 나에게 전해 준 것이다.)

저 자_ **홍 매 (洪邁)**

홍매洪邁(1123~1202)는 남송南宋 시기 사람으로 자가 경로景廬이고 호는 용재容齋 · 야처野處이며, 강남동로江南東路 요주饒州 파양현鄱陽縣(지금의 강서성 上饒市 鄱陽縣) 사람이다. 아버지는 예부상서禮部尙書를 지낸 홍호洪皓(1088~1155)로, 금조에 사신으로 갔다가 15년간 억류 생활을 마치고 돌아와『송막기문松漠紀聞』을 편찬한 바 있으며, 형 홍괄洪适(1117~1184)과 홍준洪遵(1120~1174) 역시 모두 송조의 재상과 부재상의 자리에 올랐다. 후대 사람들은 이렇듯 활약이 뛰어난 홍씨 네 부자父子를 두고 '사홍四洪'이라 일컬었다.

홍매는 소흥紹興 15년(1145) 진사가 되어 관직에 올랐고, 금조에 사신으로 다녀온 바 있다. 일찍이 길주吉州지사, 감주贛州지사, 무주婺州지사 등을 역임하였고, 순희淳熙 13년(1186)에는 한림학사翰林學士가 되었다. 이후 영종寧宗 시기 단명전학사端明殿學士에 오른 후 관직에서 물러났다. 만년에는 향리에 머물면서 저술에 전념했으며, 남긴 저술로는『이견지』외에『용재수필容齋隨筆』과『야처유고野處類稿』및『사기법어史記法語』등이 있다.

역주자_ **유원준 (兪垣濬, Yoo WonJoon)**

경희대학교 사학과를 졸업하고 대만 중국문화대학 사학과에서 송대사 전공으로 석사 및 박사학위를 취득하였으며, 현재 경희대학교 사학과 교수로 재직 중이다. 저서로는『중국역사지리』(2023, 내일의 나),『대학자치의 역사와 지향Ⅰ·Ⅱ』(2020, 내일의 나), 공저로『대학정책』(2022, 내일의 나) 등이 있으며, 역서로는『중국문화의 시스템론적 해석』(천지, 1994), 공역으로 『이견지(갑·을지)』(세창출판사, 2019) 등이 있다. 이 외에 송대 경제사·군사사 등에 대한 다수의 논문이 있다.

역주자_ **최해별 (崔해별, Choi HaeByoul)**

이화여자대학교 사학과를 졸업하고 중국 북경대학 역사학과에서 당송시대로 석사 및 박사학위를 취득하였으며, 현재 이화여자대학교 사학과 부교수로 재직 중이다. 저서로는『송대 사법 속의 검시 문화』(세창출판사, 2019), 공저로『질병 관리의 사회문화사』(이화여자대학교출판문화원, 2021) 등이 있으며, 역서로는『공주의 죽음—우리가 모르는 3-7세기 중국 법률 이야기』(프라하, 2013), 공역으로『이견지(갑·을지)』(세창출판사, 2019) 등이 있다. 이 외에 송대 법제사·사회사·의료사 등에 대한 다수의 논문이 있다.